KB246411

명시선
明詩選

한중역대한시선 ❺

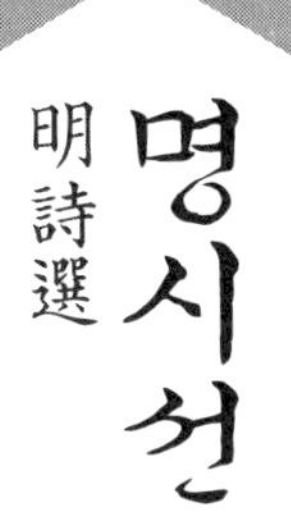

明詩選

명시선

기태완 선역

보고사

머리말

이 『명시선』은 명(明: 1368-1644)나라 277년간에 생산된 한시(漢詩) 중에서 124가(家)의 407수(首)를 선발하여 번역한 것이다. 작가마다 소전(小傳)을 간략히 소개하고, 작품마다 상세한 주석을 달았다. 또한 작가와 작품에 한국과 중국의 역대의 몇몇 평설을 붙여서 작품 감상에 도움을 주고자 했다.

명시(明詩)는 동아시아 한문학사에서 특별한 의미를 갖는다. 한국과 일본을 비롯한 동아시아 각국에 막대한 영향을 미쳤기 때문이다. 동아시아의 당시(唐詩) 선호는 명나라 이전부터 면면히 이어온 것이지만, 중간에 갑자기 당시풍이 대유행을 이룬 것은 명나라 시의 영향이 그 배경에 있다.

조선 중기 임진왜란 이후 명나라 전후칠자들이 주도한 '문장은 반드시 진한을 본받고, 시는 반드시 성당을 본받는다(文必秦漢, 詩必盛唐)'는 복고(復古)의 바람이 조선에도 크게 몰아쳤다. 조선의 문인들은 이에 따라 저마다 성당(盛唐)시를 창작과 비평의 법으로 받들었다. 그 결과 당시풍으로 성취를 이룬 이른바 삼당시인(三唐詩人) 이달(李達)·백광훈(白光勳)·최경창(崔慶昌) 등을 배출하기에 이르렀다. 일본에서도 적생조래(荻生徂徠: 1666-1728)와 같은 이는 명나라 후칠자인 이반룡(李攀龍)과 왕세정(王世貞)의 의고문(擬古文)과 시들을 신주처럼 받들고서 한 시대를 호령했다. 그 결과 일본에서는 지금도 이반룡이 편찬한 『당시선(唐詩選)』이 최고의 당시의 선집으로 통용되고 있다.

조선의 문인들은 명시(明詩)의 흐름과 중요 작가들에 대하여 깊이 체득하고 있었다.

명인(明人) 중 시로써 저명한 자로는 하대복(何大復) 경명(景明)과 이공동(李崆峒) 몽양(夢陽)을 사람들이 이백(李白)과 두보(杜甫)에 비한다. 한때에 능하다고 불린 자로는 변화천(邊華泉) 공(貢)·서박사(徐博士) 정경(楨卿)·손태백(孫太白) 일원(一元)·왕검토(王檢討) 구사(九思)이다. 하경명과 이동양의 장편과 칠율은 모두 훌륭하다. 근고(近古)에는 이우린(李于鱗: 李攀龍)과 왕원미(王元美: 王世貞)를 또한 2대가라고 부른다. 그리고 오국륜(吳國倫)·서중행(徐中行)·장가윤(張佳胤)·왕세무(王世懋)·이세방(李世芳)·사진(謝榛)·여민표(黎民表)·장구일(張九一) 등도 모두 함께 내달리며 선두를 다투었다. (허균(許筠)의 『학산초담(鶴山樵談)』 중에서)

명시(明詩)는 격(格)은 당(唐)에 미치지 못하고, 정(情)은 송(宋)에 미치지 못하고, 다만 음향(音響)으로써 스스로 높은데, 보는 자들은 그것을 병으로 여긴다. 그러나 그 가운데 기걸(奇傑)함이 있어서 취할 만한 것이 있다.

이공동(李空同: 李夢陽)은 황무지를 크게 개척한 공이 있는데, 후래 시인들은 모두 이것을 종(宗)으로 삼았다. 그 이전의 고태사(高太史: 高啓)·양안찰(楊按察: 楊基)·임원외(林員外: 林鴻)·원해잠(袁海潛: 袁凱)·왕우승(汪右丞: 汪廣洋)·포장해(浦長海: 浦源)·장정산(莊定山: 莊昶) 등에게도 또한 경구(警句)가 많다. 하대복(何大復: 何景明)은 공동(空同)과 제명(齊名)했는데, 풍조(風調)로써 경계를 쌓으려 했으나 힘이 크게 미치지 못했다. 그 후에 왕준천(王浚川: 王廷相)·변화천(邊華泉: 邊貢)·서적공(徐迪功: 徐楨卿)·왕양명(王陽明: 王守仁)·당형천(唐荊川: 唐順之)·양승암(楊升菴: 楊愼) 제공이 서로 이어서 나왔는데, 이창명(李滄溟: 李攀龍)·왕엄주(王弇州: 王世貞)에 이르러서 크게 떨쳐 일어났다. 종유(從遊)한 자로는 오천루(吳川樓: 吳國倫)·종방성(宗方城: 宗臣)·왕린주(王麟州: 王世懋)·서용만(徐龍灣: 徐中行)·양란정(梁蘭汀: 梁有譽) 등도 또한 모두 고답(高踏)이다. 개괄하여 논하면, 공동(空同)과 엄주(弇州)는 두보(杜甫)와 같고, 대복(大復)과 창명(滄溟)은 이백(李白)과 같다. 그 집대성(集大成)을 논한다면 왕세정에게 귀속되지 않을 수 없다. 그러나 그 재간의 탁월함은 창명이 최고이다. 예를 들면 "산중에서 병으로 누우니 계수나무 자라고, 강가에서 사람을 그리워하니 매화가 떨어지네(臥病山中生桂樹, 懷人江上落梅花)”·“술잔 앞에서 병에서 일어나니 한식을 만나고, 객중에서 꽃이 피니 친구를 이별하네(樽前病起逢寒食, 客裏花開別故人)” 등의 구는 왕세정이 또한 미칠 수 없다. 이것이 엄주가 창명을 경모하는 이유이다. 비록 중니(仲尼)와 좌구명(左丘明)이라는 칭찬을 받았지만, 단지 눈으로 노려보아도 크게 거스르게 할 수 없으니, 자미(子美: 두보)가 태백(太白)을 스승으로 삼은 것과 같음이 있다. 천루 이하는 지추덕제(地醜德齊: 막상막하)한데, 오체(吳體)를 가장 갖춘 것은 종재(宗才)가 최고이다. (조선 남용익(南龍翼)의 『호곡시평(壺谷詩評)』 중에서)

조선의 허균(1569-1618)과 남용익(1628-1692)이 위에서 거론하고 있는 명나라 시인들은 대체로 전후칠자들의 그룹이다. 사실 명시의 주류는 전후칠자의 그룹이었다고 할 수 있다.

명시의 전반적인 흐름과 중요 작가들을 대략 살펴보면 아래와 같다.

송시(宋詩)는 부패함에 가깝고, 원시(元詩)는 섬약함에 가까웠는데, 명시(明詩)는 그 때문에 복고(復古)했다. 270여 년 동안에 또한 승강성쇠(升降盛衰)의 구별이 있다. 일찍이 명나라 한 시대의 시를 모아서 논한 적이 있다. 홍무(洪武) 초에는 유백온(劉伯溫: 劉基)의 고격(高格)이 고계적(高季迪: 高啓)·원경문(袁景文: 袁凱) 등과 함께 각자 재정(才情)을 다 펴서 말과 수레를 나란히 했는데, 여전히 원나라 시대의 여풍(餘風)이 남아 있어서 융성한 시대의 정궤(正軌)를 이루지 못했다. 영락(永樂) 이후 체(體)가 대각(臺閣)을 숭상하여 굽힘을 펴지 못했다. 홍무(洪武)·정덕(正德) 연간에는 헌길(獻吉: 李夢陽)·중묵(仲默: 何景明)이 힘써 아음(雅音)을 추구하고, 정실(庭實: 邊貢)·창곡(昌穀: 徐禎卿)이 좌우에서 결말이 되어서 고풍(古風)을 잃지 않았다. 그 나머지 양용수(楊用修: 楊愼)의 재화(才華)·설군채(薛君采: 薛蕙)의 아정(雅正)·고자업(高子業: 高叔嗣)의 충담(沖淡)은 모두 비연(斐然)하다고 하겠다. 우린(于鱗: 李攀龍)·원미(元美: 王世貞)는 무진(茂秦: 謝榛)을 더하여 낭철(曩哲)을 접하여 이었다. 비록 그 사이에 규격(規格)은 남음이 있었으나 변화를 다하지는 못했다. 식자들은 자득한 아취가 적음을 책망했다. 그러나 그 청영(菁英)함을 취하면 빈빈(彬彬)한 대아(大雅)의 문장이었다. 이로부터 정성(正聲)이 점차 멀어지고, 번향(繁響)을 경쟁하여 지었다. 공안(公安) 원씨(袁氏: 袁宏道 형제), 경릉(竟陵) 종씨(鍾氏: 鍾惺)·담씨(譚氏: 譚元春)는 자회무기(自鄶無譏: 평론할 가치가 없음)에 가깝다. 대개 시가(詩歌)가 쇠퇴하면 국조(國祚)도 또한 그 때문에 옮겨지게 된다. 이것이 승강(升降)의 대략이다. (청나라 심덕잠(沈德潛)의 『명시별재(明詩別裁)』의 서문 중에서)

위의 심덕잠의 언급에서 명시의 흐름을 대략 볼 수 있다. 이를 약간 부연하여 정리하자면 명나라 개국 초에는 유기(劉基)·고계(高啓)·원개(袁凱) 등이 있었고, 그 뒤에 태평시절을 맞아 양사기(楊士奇)·양영(楊榮)·양부(楊溥) 등의 대각체(臺閣體)가 등장했다. 이 무미건조한 대각체를 교정하려고 했던 것은 이동양(李東陽)의 다릉시파(茶陵詩派)였는데 그 힘이 미약했다. 이에 이몽양(李夢陽)·하경명(何景明) 등의 전칠자가 나와서 한위(漢魏)의 문장과 성당(盛唐)의 시를 주창했다. 또 뒤를 이어 이반룡(李攀龍)·왕세정(王世貞) 등의 후칠자가 더욱 복고(復古)를 강화했다. 한 시대를 풍미하던 복고가 마침내 천편일률적인 표절로 타락하자, 원굉도(袁宏道) 형제의 공안파(公安派)와 종성(鍾惺)과 담원춘(譚元春)의 경릉파(竟陵派)의 공격을 받게 되었다. 이것이 명시의 대략적인 흐름이다.

명나라 사람은 걸핏하면 한위(漢魏)와 성당(盛唐)을 말한다. 한위와는 참으로 거리가 멀고, 그 이른바 당(唐)이란 것도 또한 당이 아니다. 내가 일찍이 생각건대, 당시의 어려움은 기준상랑(奇俊爽朗)에 있지 않고 한아(閒雅)에서 어려우며, 고화수려(高華秀麗)에는 어렵지 않으나 온후연담(溫厚淵澹)에서 어렵고, 갱장향랑(鏗鏘響朗)에는 어렵지 않으나 화평유원(和平悠遠)에서 어렵다. 명나라 사람이 당을 배운 것은 다만 그 기준상랑만 배우고 그 종용한아(從容閒雅)는 얻지 못했고, 다만 그 고화수려만 배우고 그 온후연담은 얻지 못했고, 다만 갱장향장만 배우고 그 화평유원은 배우지 못했다. 그로써 곧 천리나 멀어지게 되었다.(조선 김창협(金昌協)의 「농암잡지(農巖雜識)」 중에서)

　　시란 성정(性情)의 발현이고, 천기(天機)의 발동이다. 당인(唐人)의 시는
여기에서 얼음이 있기 때문에 초당·성당·중당·만당은 물론이고 대저 모두
자연스러움에 가깝다. 지금 이를 알지 못하고 오로지 성색(聲色)을 모방하여
본뜨고, 기격(氣格)에만 힘을 써서 고인(古人)을 추종하려고 한다면 그 성음
과 면모는 간혹 방불할지라도 정성(情性)과 흥회(興會)는 모두 서로 같지 않
게 될 것이다. 이것이 명나라 사람들이 실패한 것이다.(조선 김창협(金昌協)
의 「농암잡지(農巖雜識)」 중에서)

위는 조선 김창협(1651-1708)이 명시의 의고(擬古)주의를 비판한 글인데,
사실 이는 당시 조선에 풍미했던 명시의 영향으로 인한 의고주의를 겨냥한
공격이었다. 이후 조선 문단은 당시파(唐詩派) 일색에서 벗어나 송시파(宋
詩派)가 본격적으로 등장하게 되었다. 어쨌든 이처럼 조선 한시는 한동안
명시의 지대한 영향을 받았던 것이다. 따라서 조선 한시를 심도 있게 이해
하기 위해서는 명시를 참고해야 할 것임은 말할 것도 없다.

선발한 시가 판본마다 제목 및 글자에 출입이 있을 경우 주이존(朱彝尊)
의 『명시종(明詩綜)』과 진전(陳田)의 『명시기사(明詩紀事)』에 의거하여 확
정했다. 시의 배열은 대략 작자의 생몰 편년에 따랐으며, 시체(詩體)는 고
시(古詩)와 악부(樂府)를 앞에 두고 근체(近體)를 뒤에 두었다. 번역은 직역
을 원칙으로 했으며, 간혹 의역하기도 했다.

　　　　2010년 초봄 매화가 핀 정취재(情趣齋)에서 기태완(奇泰完)

차 례

가정 병인년에 나는 항주 현묘관에
머물고 있었다. 꿈에서 한 사가 장신
이고, 수염이 아름다웠는데, 그때 이
미 술에 취하여 내 옷자락을 당기면
서 말하기를 "나를 위해 〈취선사〉를
지어주구려"라고 했다. 그래서 입 따

장이녕(1301-1370), 자는 지도(志道), 자호는 취병산인(翠屛山人), 고전(古田: 복건성) 사람. 원나라 태정(泰定) 4년(1327)에 진사(進士)가 되고, 지정(至正) 연간에 한림시독학사(翰林侍讀學士) · 지제고(知制誥)를 지냈다. 명나라 홍무(洪武) 초에 시강학사(侍講學士)가 되고, 3차례 안남(安南)으로 사신을 갔는데, 돌아오는 도중에 죽었다. 저서로 『취병집(翠屛集)』 등이 있다.

청나라 전겸익(錢謙益)의 『열조시집(列朝詩集)』에 "국초(國初)의 시파(詩派)로는 강서(江西)의 유태화(劉太和) 숭(崇)과 민중(閩中)의 장고전(張古田) 지도(志道)가 있다. 태화(太和)는 아정(雅正)으로써 종(宗)을 표방했고, 지도(志道)는 웅려(雄麗)로써 깃발을 세웠다"고 했다.

청나라 왕사정(王士禎)의 『고시선(古詩選)』에 "명나라 한 시대에 작가가 몹시 많다. 칠언장구(七言長句)에 있어서 명나라 초에는 고계적(高季迪: 高啓) · 장지도(張志道) · 유자고(劉子高: 劉崧)가 최고이다. 나중에는 이빈지(李賓之: 李東陽)가 있다"고 했다.

청나라 왕단(王端)의 『명십삼가시선(明十三家詩選)』에 "지도(志道)의 칠고

(七古)는 골력(骨力)이 주건(遒健)하고, 재기(才氣)가 배탕(排宕)하고, 두릉(杜陵: 杜甫)에게서 발원(發源)하여 유산(遺山: 元好問)·도원(道園: 虞集)의 사이를 출입하였는데 일군(一軍)을 홀로 펼쳐놓았다고 할 만하다"고 했다.

<이백문월도>에 적다 題李白問月圖[1]

誰提明月天上懸	누가 밝은 달을 천상에 매달았는가?
九州蕩蕩淸無煙[2]	구주가 탕탕하게 맑아서 연기도 없네
天東天西走不駐	하늘 동서로 달리며 머물지 않고
姮娥鬢霜垂兩肩[3]	항아의 귀밑머리 하얗게 양 어깨에 드리웠네
中有桂樹萬里長	그 안에 계수나무가 만 리로 긴데
吳剛玉斧聲闐闐[4]	오강의 옥도끼 소리가 꽝꽝거리네
顧兔杵藥宵不眠	옥토끼의 약 절구질 밤에도 자지 않으니
天翁下視爲爾憐	천옹이 내려다보며 너를 동정하네
頗聞昔時錦袍客[5]	옛날의 금포객에게 대해 자못 들었는데
乃是月中之謫仙[6]	곧 달 속의 적선이네
帝命和予羽衣曲[7]	상제가 나에게 <우의곡>에 화답하라 명하니
虹橋一斷心茫然	무지개다리 한 번 끊기어 마음이 망연하네
竹王祠前霧如雨[8]	죽왕사 앞 안개가 비 오는 듯한데
躑躅花開啼杜鵑[9]	진달래 피고 두견새가 우네
月在天上缺復圓	달은 천상에서 이지러졌다 다시 둥글고
人間塵土多英賢	세상의 진토엔 영웅과 현인들이 많네
擧杯問月月不言	술잔 들어 달에게 묻는데 달은 말이 없고
風吹海水秋無邊	바람이 바닷물에 부니 가을이 끝이 없네
滄波盡捲金尊裏	푸른 물결은 금 술잔 안에 모두 말아들고
淸影長隨舞袖前	밝은 달빛은 춤추는 소매를 오래 따르네
相期迢迢在雲漢	서로의 기약이 아득하게 은하수에 있는데
嗚呼此意誰能傳	아! 이 뜻을 누가 전할 수 있는가?

騎鯨寥廓忽千年[10]　　고래 타고 떠난 지 적막하게 문득 천년인데

金薤青熒垂萬篇[11]　　금해의 푸른빛이 만 편에 드리웠네

浮雲起滅焉足異　　뜬구름이 피고 소멸함이 어찌 다르겠는가?

終古明月懸青天　　예로부터 밝은 달은 푸른 하늘에 매달려 있었네

주석 ∽

1) 이백(李白)의 〈把酒問月〉시의 시의(詩意)를 그린 그림에 적은 시임.

2) 九州(구주): 중국 전체. 蕩蕩(탕탕): 드넓은 모양.

3) 姮娥(항아): 월궁(月宮)에 산다는 선녀의 이름. 달이 별칭이기도 함.

4) 吳剛(오강): 전설 속의 선인(仙人)의 이름. 당(唐)나라 은성식(段成式)의『유
   양잡조(酉陽雜俎)·천지(天咫)』에 "옛날 말에 달 속에 계수나무가 있고, 두꺼
   비가 있다고 한다. 그래서 이서(異書)에서 말하기를 '월계(月桂)는 높이가 5
   백 장(丈)인데, 그 아래에서 한 사람이 항상 그것을 도끼로 찍고 있지만 나무
   는 쪼개지면 곧 다시 합쳐져 버린다. 그 사람의 성은 오(吳)이고, 이름은 강
   (剛)인데 서하(西河) 사람이다. 선(仙)을 배우다가 허물이 있어서 유배를 보
   내 나무를 베게 했다"고 했다.

5) 錦袍客(금포객): 이백을 말함.

6) 謫仙(적선): 하지장(賀知章)이 이백을 적선인(謫仙人)이라 불렀음.

7) 羽衣曲(우의곡): 예상우의곡(霓裳羽衣曲). 당나라 현종(玄宗)이 꿈속에서 월
   궁(月宮)으로 가서 선녀들이 추는 춤을 보고 돌아와서 작곡했다는 악곡. 그
   러나 백거이(白居易)의 〈예상우의무가(霓裳羽衣舞歌)〉의 자주(自注)에 "개
   원(開元) 중에 서량절도(西涼節度) 양경술(楊敬述)이 만들었다"고 했다.

8) 竹王(죽왕): 한(漢)나라 때 야랑국(夜郎國) 왕이 큰 대나무에서 탄생하였다고
   하여서 부르는 이름.

9) 躑躅花(척촉화): 두견화(杜鵑花). 진달래. 촉(蜀)의 망제(望帝) 두우(杜宇)가

죽어서 두견새가 되었는데, 피를 토하며 울면 그 피에서 진달래가 피어난다
고 함.

10) 騎鯨(기경): 전설에 이백이 죽어서 신선이 되어 고래를 타고 떠났다고 함.
그래서 이백을 기경자(騎鯨子)라고 부름.

11) 金薤(금해): 이백의 작품을 말함. 당나라 한유(韓愈)의 〈조장적(調張籍)〉시에
"平生千萬篇, 金薤垂琳瑯"이라 했음. 靑熒(청형): 광채.

평설 ～

* 청나라 왕사정(王士禎)의 『고시선(古詩選)』: "명나라 한 시대에 작자가
많은데, 칠언장구(七言長句)에 있어서 명나라 초에는 고계적(高季迪: 高
啓)·장지도(張志道)·유자고(劉子高: 劉崧)가 최고이다."

참고 ～

* 이백의 〈파주문월〉시: "青天有月來幾時? 我今停盃一問之. 人攀明月不可
得, 月行却與人相隨. 皎如飛鏡臨丹闕, 綠烟滅盡淸輝發. 但見宵從海上來,
寧知曉向雲間沒? 白兔擣藥秋復春, 姮娥孤棲與誰鄰? 今人不見古時月, 今
月曾經照古人. 古人今人若流水, 共看明月皆如此. 唯願當歌對酒時, 月光
長照金樽裏."

아미정 峨眉亭[1]

碧酒雙玉瓶	푸른 술이 쌍옥병에 있는데
獨酌峨眉亭	아미정에서 홀로 마시네

不見謫仙人[2]　　　적선인은 볼 수 없고

但見三山靑[3]　　　단지 삼산의 푸름만 보네

秋色淮上來　　　가을색이 회수가로 오니

蕭然滿雲汀　　　쓸쓸함이 구름 낀 물가에 가득하네

安得十五絃[4]　　　어디서 십오현을 얻어서

彈與蛟龍聽　　　탄주하여 교룡에게 듣게 할까?

주석 ⌇

1) 아미정(峨眉亭): 아미정(蛾眉亭), 착월정(捉月亭)이라고도 함. 안휘성(安徽省) 마안시(馬鞍市) 채석기(采石磯)에 있음.

2) 謫仙人(적선인): 이백(李白). 이백의 시에 〈아미산월가(峨眉山月歌)〉가 있음.

3) 三山(삼산): 강소성(江蘇省) 강녕(江寧) 서남쪽에 있음.

4) 十五絃(십오현): 금(琴)의 별칭.

평설 ⌇

* 청나라 심덕잠(沈德潛)의 『명시별재(明詩別裁)』: "'秋色淮上來' 20글자는 어찌 태백(太白: 李白)보다 못하겠는가?"

엄릉조대 嚴陵釣臺[1]

故人己乘赤龍去[2]　　친구는 이미 적룡을 타고 떠났는데

君獨羊裘釣月明　　그대 홀로 양가죽 옷을 입고 달빛에서 낚시 하네

魯國高名懸宇宙[3]　　노나라에선 높은 명성을 우주에 매달았는데
漢家小吏待公卿[4]　　한나라에선 소리로서 공경을 대우하네
天回御榻星辰動[5]　　하늘이 어탑을 도니 별들이 움직이고
人去空臺山水淸　　사람은 떠나고 대는 비었는데 산수가 맑네
我欲長竿數千尺　　내 장대 수천 척으로
坐來東海看潮生　　앉은 채 동해에 조수가 오름을 보고자 하네

주석

1) 엄릉조대(嚴陵釣臺): 절강성(浙江省) 동려현(桐廬縣) 부춘산(富春山)에 있음.
   엄릉은 엄광(嚴光), 자는 자릉(子陵), 여요(餘姚) 사람. 한나라 광무제(光武帝)
   유수(劉秀)와 동학(同學)인데, 유수가 즉위하자 성명을 바꾸고 은거했음.

2) 유수(劉秀)가 황제에 즉위했음을 말함. 고인(故人)은 광무제 유수.

3) 노(魯)나라 공자(孔子)의 명성이 우주에 매달린 것은 높은 지위 때문이 아니
   고 그의 불후한 도덕과 학문 때문이라는 것.

4) 한(漢)나라의 군왕들은 소리(小吏)를 대하듯 공경(公卿)을 천시한다는 것.

5) 엄광이 광무제와 한 침상에서 잠을 잤는데, 발을 광무제의 배 위에 올려놓고
   잠을 잤음. 이때 객성(客星)이 황제의 별자리를 침범하여 조정이 놀랐다고 함.

평설

● 심덕잠의 『명시별재』: "명나라 사람이 엄릉(嚴陵)을 읊은 것 가운데 이
  장(章)을 최고로 친다."

유기 劉基

유기(1311-1375), 자는 백온(伯溫), 처주(處州) 청전(靑田: 절강성) 사람.
원(元)나라 말에 진사(進士)가 되어 강절유학부제거(江浙儒學副提擧)를 지
냈다. 홍무(洪武) 초에 주원장(朱元璋)의 초빙을 받아서 명나라 개국원훈
(開國元勳)의 한 사람이 되었다. 어사중승(御史中丞)을 지냈고, 좌명공(佐
命功)으로서 성의백(誠意伯)에 봉해졌다. 나중에 호유용(胡惟庸)에게 독살
을 당했다. 저서로 『복부집(覆瓿集)』과 『이미공집(犁眉公集)』 등이 있다.
청나라 주이존(朱彝尊)의 『정지거시화(靜志居詩話)』에 "악부사(樂府辭)는
당나라 이전부터 시인들이 본뜬 것이 많은데 송나라에 이르러 쓸어내
버려서 모두 없어졌다. 원나라 말에 양염부(楊廉夫: 楊維楨)·이계화(李季
和: 李孝光)의 무리가 서로 창답(唱答)을 했다. 그러나 새 제목을 지어서
고체(古體)로 삼은 것이 많았다. 오직 유성의(劉誠意: 유기)가 뜻을 기울
여 옛것을 모의(模擬)하여 지은 것이 특히 많았는데, 마침내 명나라 3백
년의 풍기(風氣)를 열었다. 그 오언시는 오로지 위좌사(韋左司: 韋應物)를
본받았는데, 그 신예(神詣)가 서로 백중했다. 여러 체도 모두 순정(純正)
하여 하자가 없다"고 했다.

청(淸)나라 심덕잠(沈德潛)의 『명시별재(明詩別裁)』에 "문성(文成: 유기의 諡號)은 홀로 고격(高格)을 표방했는데, 때때로 한유(韓愈)와 두보(杜甫)를 추구하려고 했다. 그래서 초연(超然)히 독왕(獨往)하여 참으로 한 시대의 으뜸이었다"고 하고, 또 "악부(樂府)는 고시보다 높고, 고시는 근체보다 높고, 오언근체는 또 칠언보다 높다"고 했다.

여흥 旅興[1]

倦鳥冀安巢	피곤한 새가 편안한 둥지를 바라는데
風林無靜柯	바람 부는 숲엔 조용한 가지가 없네
路長羽翼短	길은 길고 날개는 짧고
日暮當如何	날 저무는데 마땅히 어찌해야 하나?
登高望四方	높이 올라 사방을 바라보니
但見山與河	다만 산과 물을 보네
寧知天上雨	어찌 천상의 비가
去爲滄海波	흘러가 푸른 바닷물결이 됨을 알았으랴?
慷慨對長風	강개하여 긴 바람을 대하고
坐感玄髮皤	앉아서 검은 머리가 희어짐을 감개하네
弱水不可航[2]	약수는 건너갈 수 없고
曾城岌崔峨[3]	층성은 험악하게 높네
凄涼華表鶴[4]	처량한 화표학이여
太息成悲歌	큰 탄식이 슬픈 노래를 이루네

주석 ⌒

1) 모두 50수임. 유기는 원(元)나라 지순(至順) 4년(1333)에 진사(進士)가 되어서 지원(至元) 20년(1360)에 주원장(朱元璋)에게 의부(依附)했다. 그 사이 20여 년간 3번 출사했다가 3번 물러났다. 모두 강직한 그의 성격이 받아들여지지 못한 탓이었다. 그래서 청전(靑田) 산중으로 은거했는데 이때의 심회를 읊은 것이다.

2) 弱水(약수): 전설 속의 부력이 약하여 깃털도 뜨지 못한다는 물.

3) 曾城(증성): 층성(層城). 전설 속의 곤륜산(崑崙山)에 있다는 높은 성. 岌嵯
   (급차): 산이 험하고 높은 모양.

4) 華表鶴(화표학): 진(晉)나라 도잠(陶潛)의 『수신후기(搜神後記)』에 "정령위
   (丁令威)는 본래 요동(遼東) 사람이다. 영허산(靈虛山)에서 도를 배운 후에
   학이 되어서 요동으로 돌아와서, 성문 화표주(華表柱)에 머물렀다. 그때 어떤
   소년이 활을 들고 쏘려고 하니, 학이 곧 날아서 공중에서 배회하면서 말하기
   를 '새여! 새여! 정령위가 집을 떠나 천년 만에 지금 비로소 돌아왔는데, 성곽
   은 예전 같지만 사람들은 다르네. 어찌 선(仙)을 배우지 않고, 무덤만 늘어져
   있는가?'라고 했다. 마침내 높이 날아 하늘로 사라졌다"고 했다.

양보음 梁甫吟[1]

誰謂秋月明	누가 가을 달을 밝다고 했던가?
蔽之不必一尺翳	가리는 덴 일척의 양산도 필요 없네
誰謂江水淸	누가 강물이 맑다고 했던가?
淆之不必一斗泥	흐리는 덴 한 말의 진흙도 필요 없네
人情旦暮有翻覆	인정은 아침저녁으로 번복되고
平地倏忽成山谿	평지는 갑자기 산과 골짜기가 되네
君不見	그대는 보지 못했는가?
桓公相仲父	환공이 중부를 재상으로 삼았는데
竪刁終亂齊[2]	수조가 끝내 제나라를 어지럽혔네
秦穆信逢孫	진목공은 강손을 믿고
遂違百里奚[3]	마침내 백리해의 충언을 듣지 않았네
赤符天子明見萬里外[4]	적부천자는 만 리 밖을 밝게 보았는데

乃以薏苡爲文犀[5]　　곧 율무를 문서로 알았네

停婚仆碑何震怒[6]　　혼인을 물리고 비석을 뽑아내며 어찌 진노했던가?

靑天白日生虹蜺[7]　　푸른 하늘 밝은 날에 무지개가 떴네

明良際會有如此[8]　　명군과 양신이 만남이 이와 같은데

而況童角不辨粟與稊　　하물며 어린애가 조와 피를 구별 못함에랴!

外間皇父中豔妻[9]　　외간의 황부가 염처와 뜻이 맞아서

馬角突兀連牝鷄[10]　　말의 뿔이 돌올하여 암탉에 이어지네

以聰爲聾狂作聖　　밝은 귀를 귀머거리라고 하고 광인을 성인이라 하고

顚倒衣裳行蒺藜[11]　　웃옷과 아래옷을 바꿔 입고 질려 위로 가네

屈原懷子胥棄[12]　　굴원은 강에 투신하고 자서는 강에 던져지니

魑魅叫嘯風凄凄　　도깨비가 을부짖고 바람이 차갑네

梁甫吟　　양보음은

悲以悽　　슬프고도 처량하네

岐山竹實日稀少[13]　　기산의 죽실이 참으로 날로 희소해지니

鳳皇憔悴將安棲　　봉황이 초췌하여 장차 어디에 깃들 것인가?

주석 ᘓ

1) 梁甫吟(양보음): 옛 〈상화가사(相和歌辭)·초조곡(楚調曲)〉에 〈양보행음(梁甫行吟)〉이 있음. 양보(梁甫)는 양보(梁父)와 같은데 산 이름이다. 태산(泰山) 부근에 있음. 장형(張衡)의 〈사수시(四愁詩)〉에 "我所思兮在泰山, 欲往從之梁甫艱"이라 했는데, 이선(李善)의 주(注)에 태산은 군자를 비유하고, 양

보산은 소인을 비유한다고 했음. 제갈량(諸葛亮)이 지었다고 전해지는 〈양보음〉 또한 여기에서 뜻을 취한 것임. 고악부(古樂府) 〈양보음〉의 내용은 다음과 같다. 제(齊)나라 경공(景公) 때 공손접(公孫接), 전개강(田開疆), 고야자(古冶子) 등 세 장사가 있었는데 모두 호랑이를 잡을 정도로 용력이 있었다. 재상 안영(晏嬰)이 그들의 불손함에 원한을 품고, 경공을 사주하여 그들에게 복숭아 두 개를 내려주도록 하고, 공이 높은 두 사람이 먹도록 하였음. 세 사람이 자신의 공적을 내세우며 복숭아를 다투다가 우열을 가리지 못하고 각각 자살하였다는 내용이다.

2) 춘추시대 제환공(齊桓公)이 관중(管仲)을 중용하여, 포숙(鮑叔)·습붕(隰朋)·고혜(高傒)와 함께 국정을 담당하도록 했는데, 관중을 존중하여 중부(仲父)로 삼았다. 제환공은 이들의 힘으로 패주(覇主)가 되었는데, 나중에 관중의 말을 듣지 않고, 수조(竪刁)·이아(易牙)·개방(開方) 등을 중용했다. 환공이 죽자, 수조와 이아가 여러 관리들을 살해하고, 공자(公子) 무궤(無詭)를 임금으로 추대하여 오공자(五公子)의 난을 야기했다. 그래서 제나라는 큰 난리를 겪게 되어서 환공의 시신에 구더기가 피었는데 상을 치르지 못했다.

3) 진목공(秦穆公)은 진후(晉侯)와 함께 정(鄭)나라를 포위했는데, 촉지무(燭之武)의 유세(遊說)로 인하여 정나라와 동맹했다. 그리고 그의 대부(大夫) 강손(降孫)에게 수비를 맡겼다. 나중에 강손은 진목공을 배신하고 정나라에 투항했다. 또 진목공은 백리혜(百里奚)가 어질다는 말을 듣고 초(楚)나라에 오고양피(五羖羊皮)를 주고 속량(贖良)시켜서 국정을 맡기고, 오고대부(五羖大夫)라고 불렀다. 나중에 백리혜의 권고를 듣지 않고, 효(殽)땅에서 진(晉)나라와 전쟁을 벌였으나 대패했다.

4) 赤符天子(적부천자): 후한(後漢) 광무제(光武帝). 광무제가 즉위하기 전, 그의 동학(同學) 강화(强華)가 〈적복부(赤伏符)〉를 올려서 황제에 즉위할 것을 권했음.

5) 복파장군(伏波將軍) 마원(馬援)이 교지(交阯)를 정벌했을 때 남방의 율무열매가 큰 것을 보고 종자로 사용하기 위해 한 수레를 싣고 왔는데, 보는 자가 모두 명주(明珠)와 문서(文犀)라고 여겼다. 광무제가 듣고서 크게 노했다. 마원이 죽자, 가인(家人)들이 감히 상을 치르지 못하고 고장(藁葬)으로 그쳤다.

6) 당(唐)나라 위징(魏徵)은 현상(賢相)으로서 당태종(唐太宗)의 신임을 받았다. 당태종은 그의 공주를 위징의 장자에게 시집보내기로 약속했다. 그런데 위징이 죽자, 혼인을 정지시키고, 위징의 묘비를 뽑아버리게 했다.

7) 『사기(史記)·노중련추양열전(魯仲連雛陽列傳)』에 "예전에 형가(荊軻)가 연단(燕丹)의 의리를 사모하자, 흰 무지개가 해를 관통했다. 태자(太子)가 그것을 두렵게 여겼다"고 했음. 정성이 하늘을 감동시킴을 말함.

8) 明良際會(명량제회): 명군(明君)과 양신(良臣)이 서로 만나는 것.

9) 皇父(황부): 종실(宗室)의 대신(大臣). 艶妻(염처): 내총(內寵).

10) 당(唐)나라 숙종(肅宗) 때 이보국(李補國)이 권력을 장악하고, 숙종이 총애하는 장량(張良)의 누이와 결탁하여 내외에서 간악을 저질렀음. 마각돌올(馬角突兀)은 환관(宦官) 이보국이 권력을 천단함을 비유하고, 빈계(牝鷄)는 장량의 누이를 비유했음.

11) 질려(蒺藜): 1년생 초본식물. 그 열매는 날카로운 가시가 돋아있음. 이 열매 모양으로 쇠로 만든 병기를 말하기도 함. 이를 길에 뿌려 놓고 말과 사람의 발을 손상시키게 함.

12) 屈原懷沙(굴원회사): 초(楚)나라 굴원은 참소를 받고 쫓겨나서 모래더미를 품고 강에 투신하여 자결했음. 子胥棄(자서기): 오(吳)나라 오자서(伍子胥)는 오왕 부차(夫差)에게 충간했으나, 도리어 참소를 당하여 죽임을 당한 후 말가죽에 싸여져서 강물에 던져졌음.

13) 岐山竹實(기산죽실): 주(周)나라가 일어났을 때 기산(岐山)에서 봉황이 울었다고 함. 봉황은 죽실만 먹는다고 함.

평설 ᘐᕉ (評說)

• 청(淸)나라 심덕잠(沈德潛)의 『명시별재(明詩別裁)』: "여러 가지를 끌어다가 문을 이루었는데, 번원귀란(煩冤瞶亂)의 극치를 지극히 했다. 이는 〈이소(離騷)〉의 유음(遺音)이다."

촉국현 蜀國弦[1]

胡笳拍斷玄氷結[2]	<호가박>이 끊기니 현빙이 얼고
湘靈曲終斑竹裂[3]	<상령곡>이 끝나니 반죽이 쪼개지네
爲君更奏蜀國弦	그대 위해 다시 <촉국현>을 연주하니
一彈一聲飛上天	한 탄주의 한 소리가 상천으로 나네
蜀國周遭五千里	촉국은 주위가 오천 리인데
峨眉岌岌連玉壘[4]	아미산이 높게 옥루산에 이어졌네
岷嶓出水作大江[5]	민산과 파산에서 물이 나와 대강을 이루고
地坼天浮戒南紀[6]	땅 갈라지고 하늘이 떠서 남쪽 끝에 이르네
舒爲五色朝霞暉	오색 아침놀의 빛남을 펼치고
慘爲虎豹嘷陰霏	호표가 울부짖는 어두운 비를 참담하게 하고
翕爲千嶂雲雨入	천 봉우리의 구름과 비를 일으켜 들이고
噓爲百里雷霆飛	백 리의 번개와 천둥이 불어서 날리네
白鹽雪消春水滿[7]	백염산 눈이 녹아 봄물이 가득하고
谷鳥相呼錦城暖[8]	골짜기 새가 서로 부르는 금성이 따뜻하네
巴姬倚歌漢女和[9]	파동 미희가 노래하니 한수의 미녀가 화답하고
楊柳壓橋花纂纂[10]	버들이 다리를 누르고 꽃이 찬란하네
銅梁翠氣通靑蛉[11]	동량산 푸른 기운은 청령으로 통하고
碧鷄啼落天上星[12]	벽계가 울어 천상의 별을 떨어뜨리네
山都號風寡鵠泣[13]	산도가 울부짖는 바람 속에 과곡이 울고
杜鵑鳴咽愁幽冥	두견새 오열하며 유명을 근심하네
商悲羽怒聽末了[14]	상음 우음의 슬프고 노한 소리를 다 듣지 못했는데
窮猿三聲巫峽曉[15]	원숭이의 세 번 울음에 무협이 밝아오네

瞿塘噴浪翻九淵[16]　구당의 분출하는 물결이 구연을 뒤엎고

倒瀉流泉喧木杪　거꾸로 쏟아지는 폭포는 나무 끝에서 시끄럽네

樓頭仲宣羈旅客[17]　누대 앞 중선은 나그네인데

故鄕渺渺音塵隔[18]　고향 아득하여 소식이 끊겼네

含悽更聽蜀國弦　처량함을 머금고 다시 <촉국현>을 들으며

不待天明頭盡白　날 밝아 머리가 온통 희어짐을 기다리지 않네

주석 ☙

1) 촉국현(蜀國弦): 악부(樂府) 〈상화가사(相和歌辭)·사현곡(四弦曲)〉 중의 한 곡. 고사(古辭)는 없어졌고, 양간문제(梁簡文帝)와 이하(李賀) 등의 의작(擬作)이 있다. 내용은 촉중(蜀中)의 고사(故事)를 읊었다.

2) 胡笳拍(호가박): 호가십팔박(胡笳十八拍). 동한(東漢) 여류시인 채염(蔡琰)의 시. 변새에서 유락(流落)하며 고국으로 돌아가기를 바라는 내용인데 정사(精詞)가 애완비분(哀婉悲憤)함. 玄氷(현빙): 두꺼운 얼음.

3) 湘靈曲(상령곡): 상령(湘靈)은 상수(湘水)의 신(神) 이름. 우순(虞舜)의 비(妃) 아황(娥皇)과 여영(女英)이 순의 죽음을 슬퍼하여 상수에 투신하여 죽어서 상수의 신이 되었다고 함. 상비(湘妃)라고 함. 斑竹(반죽): 아황과 여영이 뿌린 눈물이 대나무에 얼룩져서 무늬를 이루었는데 이를 반죽, 혹은 상비죽(湘妃竹)이라고 함.

4) 峨眉(아미): 산 이름. 사천성(四川省) 중부 아미현(峨眉縣) 남쪽에 있음. 峛峛(초초): 산이 높은 모양. 玉壘(옥루): 산 이름. 사천성 중부 관현(灌縣) 서북쪽에 있음.

5) 岷嶓(민파): 민산(岷山)과 파산(嶓山). 감숙성(甘肅省) 천수현(天水縣)과 예현(禮縣) 사이에 있음.

6) 舂(획): 서로 갈라지는 소리. 戒(계): 도(到). 紀(기): 극(極). 끝.

7) 白鹽(백염): 산 이름. 사천성 봉절현(奉節縣) 백제성(白帝城) 강변에 있음. 소
금처럼 희기 때문에 얻은 이름임.

8) 錦城(금성): 금관성(錦官城). 성도(成都)의 별칭. 촉금(蜀錦) 산지로 유명한
데, 고대에 금관(錦官)을 두었기 때문에 얻은 이름임.

9) 巴姬(파희): 파동(巴東)의 미희(美姬). 漢女(한녀): 한수(漢水) 가의 미녀.

10) 簇簇(찬찬): 꽃이 무리지어 찬란한 모양.

11) 銅梁(동량): 산 이름. 사천성 합천현(合川縣) 남쪽. 青蛉(청령): 옛 현의 이
름. 치소는 운남성(雲南省) 대요현(大姚縣).

12) 碧鷄(벽계): 산 이름. 운남성 곤명시(昆明市) 서남.

13) 山都(산도): 짐승 이름. 비비(狒狒). 寡鵠(과곡): 과부(寡婦)를 말함. 『열녀전
(列女傳) · 조과도영(早寡陶嬰)』에 "黃鵠之早寡兮, 七年不雙"이라고 했음.

14) 商悲羽怒(상비우노): 상성(商聲)은 비절(悲絶)하고, 우음(羽音)은 격앙(激昂)함.

15) 역도원(酈都元)의 『수경주(水經注) · 강수(江水)』에서 인용한 〈어가(漁歌)〉에
"巴東三峽巫峽長, 猿啼三聲淚沾裳"이라 했음. 무협(巫峽)은 장강(長江) 삼협
(三峽) 중의 하나. 사천성 무산현(巫山縣)에서 호북성(湖北省) 파동현(巴東
縣) 사이.

16) 瞿塘(구당): 구당협(瞿塘峽). 장강 삼협 중의 하나. 사천성 봉절현(奉節縣) 백
제성(白帝城) 동쪽. 九淵(구연): 구중(九重)의 연(淵). 지극히 깊은 못.

17) 樓頭仲宣(누두중선): 중선루(仲宣樓)를 말함. 형수성(荊州城) 동남에 있었
음. 중선은 건안칠자(建安七子) 중의 왕찬(王粲)의 자(字). 형주로 피난 와서
머물 때 〈등루부(登樓賦)〉를 지어서 고향생각을 붙였음.

18) 塵隔(진격): 구격(久隔).

미인소향도 美人燒香圖[1]

翡翠釵梁雲作葉[2]	비취 비녀에 구름머리가 꽃잎을 만들고
膩紅深暈桃花頰	매끄럽고 붉고 깊은 햇무리의 복사꽃 뺨이네
玉奴纖手捲蝦鬚[3]	옥노의 가는 손이 하수를 걷고
繡羅襪小不勝扶	수 비단 버선이 작아서 부지할 수 없네
低頭背人整裙帶	머리 숙여 남을 등진 채 치마 띠를 정돈하고
神前獨自深深拜[4]	신 앞에서 홀로 조용히 절을 하네
翠袖輕迴香霧分	푸른 소매 가볍게 돌며 향의 안개를 나누고
細語悠悠聽不聞	나직한 말소리 멀어서 들을 수 없네
門外遊人空駐馬	문 밖 길손은 공연히 말을 멈췄는데
冥冥白日西山下	어둡게 해가 서산 아래에 있네

주석 ◌◌

1) 제목이 〈미인소향사(美人燒香詞)〉로 된 판본도 있음. 소향(燒香)은 분향(焚香).

2) 釵梁(채량): 비녀의 주간(主幹). 雲作葉(운작엽): 부드러운 머리칼이 비녀에 꽃잎처럼 엉기는 것을 말함.

3) 玉奴(옥노): 여자의 미칭. 여기서는 하녀를 말함. 蝦鬚(하수): 주렴의 별칭.

4) 深深(심심): 깊고 조용한 모양.

옛 수루 古戌

古戌連山火[1]	옛 수루에 봉홧불 이어지고

新城殷地笳[2)	새 성엔 땅을 진동하는 호가소리 울리네
九州猶虎豹[3)	구주가 호랑이 표범과 같아서
四海未桑麻[4)	사해가 뽕과 삼을 심지 못하네
天迥雲垂草	하늘 먼데 구름이 초원에 드리우고
江空雪覆沙[5)	강은 비었는데 흰 물결이 모래밭을 뒤덮네
野梅燒不盡	야생 매화는 다 불타지 않아서
時見兩三花	때마침 두세 송이 꽃을 보네

주석

1) 山火(산화): 봉화(烽火).

2) 殷(은): 진동(震動). 笳(가): 중국 북방이민족의 취주악기. 적(笛)과 비슷한데 호가(胡笳)라고 함. 처음에는 갈대 잎을 말아서 부는 악기였으나, 나중에는 대나무로 관(管)을 삼고, 자작나무 껍질로 수식하고, 위에 3개의 구멍이 있고, 양 끝은 뿔을 덧대었다.

3) 九州(구주): 중국 전체. 虎豹(호표): 원나라 말의 전쟁이 빈번함을 말함.

4) 四海(사해): 중국 전체.

5) 雪(설): 눈처럼 흰 낭화(浪花: 물결).

평설

● 명나라 고기륜(顧起綸)의 『국아품(國雅品)』: "공(公)은 이윤(伊尹)과 여상(呂尙)과 같은 보좌의 중신(重臣)이고, 문(文)은 그 서여(緖餘)일 뿐이다. 그래서 준재(駿才)가 홍조(鴻調)하고, 공교하게 기려(綺麗)함을 이루었다. 고풍(古風) 〈사귀인(思歸引)〉·〈사미인(思美人)〉과 근체(近體) 〈고수(古戍)〉 등은 모두 〈소(騷)〉와 〈아(雅)〉에서 나왔다."

감흥 感興[1]

天狐不解射封狼[2]	천호가 봉랑을 쏘는 것을 풀지 않으니
戰骨縱橫滿路傍	전골이 종횡으로 길가에 가득하네
古戍有狐鳴夜月	옛 수루엔 밤 달을 보고 우는 여우가 있는데
高岡無鳳集朝陽[3]	높은 언덕엔 산 동쪽에 모이는 봉황이 없네
琱戈畫戟空文物[4]	조과 화극으로 문물이 비워졌고
廢井頹垣自雪霜	무너진 우물과 담엔 눈서리만 있네
漫說漢庭思李牧[5]	한나라에서 이목을 생각했다고 말하지만
未聞郎署遣馮唐[6]	낭서에서 풍당을 파견했다는 소식은 듣지 못했네

주석

1) 모두 7수임. 원나라 말의 전쟁의 참혹함을 읊은 시임.

2) 天狐(천호): 별 이름. 封狼(봉랑): 별 이름. 『진서(晉書)·천문지(天文志)』에 "낭(狼) 1성(星)은 동정(東井)의 남쪽에 있는데 야장(野將)이 되어서 침략을 주관한다. 호(狐) 9성은 낭(狼)의 동남에 있는데 천궁(天弓)으로서 도적을 대비함을 주관한다"고 했음.

3) 『시경·대아(大雅)·권아(卷阿)』에 "鳳凰鳴矣, 于彼高岡. 梧桐生矣, 于彼朝陽."이라 했음. 조양(朝陽)은 산의 동쪽.

4) 琱戈畫戟(조과화극): 옥으로 장식한 과와 화문의 극. 과와 극은 모두 긴 자루가 달린 창과 같은 병기.

5) 漢庭(한정): 한나라 조정. 李牧(이목): 전국시대 조(趙)나라 맹장. 백기(白起)·왕전(王翦)·염파(廉頗) 등과 함께 '전국사대명장(戰國四大名將)'이라 불림.

6) 馮唐(풍당): 한(漢)나라 문제(文帝) 때 낭중서장(郎中署長)을 지냈음. 문제가 낭서(郎署)를 방문했을 때 풍당은 이목(李牧)과 염파(廉頗)의 고사(故事)를

거론하며, 위상(魏尙)을 사면시켜서 운중군군수(雲中郡郡守)를 맡게 했음.

오농가 懊儂歌[1]

白鴉養雛時	흰 까마귀가 새끼를 칠 때
夜夜啼達曙	밤마다 울며 날을 새네
如何羽翼成	어찌하여 날개가 다 자라면
各自東西去	각자 동서로 떠나가는가?

주석 ᏱᏋ

1) 오농가(懊儂歌): 악부(樂府) 오성가곡(吳聲歌曲)의 이름. 오농가(懊憹歌), 오
  흥가(懊恟歌)라고도 함. 강남(江南)의 민가(民歌)에서 나왔음. 내용은 주로
  남녀의 애정의 좌절을 읊은 것이 많음.

평설 ᏱᏋ

● 심덕잠의 『명시별재』: "(유기의 시는) 악부(樂府)가 고시(古詩)보다 높
  고, 고시는 근체(近體)보다 높고, 오언근체는 또 칠언보다 높다."·"그
  법은 '打起黃鶯兒' 편을 근거했다."

봄누에 春蠶

可笑春蠶獨苦辛	봄누에가 홀로 고생함이 가소로운데
爲誰成繭却焚身[1]	누구를 위해 고치를 만들고 도리어 분신하는가?
不如無用蜘蛛網	쓸모없는 거미줄보다 못하니
網盡飛蟲不畏人	나는 벌레를 일망타진하고 사람도 두려워 않네

주석 ∽

1) 焚身(분신): 누에고치가 끓는 물에 삶아지는 것을 말함.

오월 십구일의 큰 비 五月十九日大雨

風驅急雨洒高城	바람이 급한 비를 몰아다 높은 성을 씻고
雲壓輕雷殷地聲	구름이 누르고 가벼운 천둥이 땅을 진동하네
雨過不知龍去處	비 지나가자 용이 간 곳을 모르겠는데
一池草色萬蛙鳴	한 못의 풀색에서 만 개구리가 우네

송렴 宋濂

송렴(1310-1381), 자는 경렴(景濂), 그 선조는 금화(金華) 잠계(潛溪) 사람이었으나, 송렴 때 포강(浦江: 절강성 포강현)으로 옮겼다. 원나라 지정(至正) 연간에 한림편수(翰林編修)로 추천되었으나 부친이 연로하여서 부임하지 않았다. 홍무(洪武) 2년(1369)에 『원사(元史)』의 총재관(總裁官)이 되었다. 관직은 시강학사(侍講學士)에 이르렀다. 개국문신(開國文臣)의 수장이 되었다. 저서로 『송학사집(宋學士集)』이 있다.

명나라 왕세정(王世貞)의 『명시평선(明詩評選)』에서 "(송렴은) 비록 문(文)으로써 명성이 있었지만, 시 또한 엄정타절(嚴整妥切)하다"고 했다.

허시용이 섬으로 돌아감을 전송하다 送許時用還剡[1]

尊酒都門外[2]	술자리가 도성문 밖에 있는데
孤帆水驛飛	외로운 돛은 수역에서 날아가네
靑雲諸老盡	청운의 꿈을 여러 노인들이 다하고
白髮幾人歸	백발로 몇 사람이나 돌아왔나?
風雨魚羮飯	비바람 속에 물고기 국을 먹고
煙霞鶴氅衣[3]	연하 속에 학창의를 걸쳤네
因君動高興	그대로 인하여 높은 흥취가 일어나는데
予亦夢柴扉	나 또한 고향의 사립문을 꿈꾼다네

주석 〜

1) 許時用(허시용): 절강성 승현(嵊縣) 사람. 원나라 지정(至正) 10년(1350)에 진사가 되었음. 剡(섬): 절강성 승현(嵊縣).

2) 都門(도문): 도성문(都城門). 남경(南京)을 말함.

3) 鶴氅衣(학창의): 새 깃털로 만든 털옷. 주로 도사(道士)나 은자가 입는 옷을 말함.

예주암 蕊珠巖[1]

吟上蕊珠巖	시 읊으며 예주암에 올라서
詩成不敢寫	시를 완성했는데 감히 베끼지 못하네
疑有綠毛仙[2]	녹모선이 있어서

洗髓梅花下   매화 아래서 골수를 씻나 싶네

주석 ᐸᐅ

1) **예주암**(蕊珠巖): 도가(道家)의 전설에 천상의 상청궁(上淸宮) 안에 예주궁(蕊
   珠宮)이 있는데 신선이 거주한다고 함. 예주암의 장소는 미상.

2) **綠毛仙**(녹모선): 도교의 전설에 선술을 오래 수련하면 몸에 녹모가 나서 신
   선이 된다고 함.

왕광양 汪光洋

왕광양(?-1379), 자는 조종(朝宗), 고우(高郵: 강소성) 사람. 원나라 지정(至正) 연간에 진사가 되었다. 원말에 주원장(朱元璋)이 불러서 원수부영사(元帥府令史)로 삼았다. 홍무(洪武) 초에 개국공신으로서 충훈백(忠勳伯)에 봉해졌다. 우승상(右丞相)을 지냈다. 나중에 호유용(胡惟庸)의 당(黨)으로 몰려서 해남(海南)으로 유배 가던 중에 사사(賜死)되었다. 저서로 『봉지음고(鳳池吟稿)』가 있다.

주이존의 『정지거시화』에 "충훈(忠勳)의 청강(淸剛)한 기(氣)가 풍요하여 원인(元人)의 섬욕(纖縟)한 자태를 한 번 씻어내 버렸다"고 했다.

고기륜의 『국아품』에 "왕조종(王朝宗)은 사(詞)가 새롭고 조(調)는 한아(閒雅)하여 당인(唐人)의 대검(大檢)을 잃지 않았다"고 했다.

남해역 누대에 오르다 登南海驛樓[1]

海氣空蒙日夜浮	바다기운 흐릿하게 밤낮으로 떠있고
山城繞雨便成秋	산성에 비 내리니 곧 가을이 되네
馮唐頭白偏多感[2]	풍당은 머리가 희어서 두루 다감하여
倚遍天南百尺樓	하늘 남쪽 백 척 누대에 기대었네

주석 ⌒

1) 왕광한이 우승상으로 있다가 광동참정(廣東參政)으로 좌천되었을 때 지은 작품임. 남해(南海)는 지금의 광주시(廣州市).

2) 馮唐(풍당): 서한(西漢) 문제(文帝) 때 중랑서장(中郞署長)을 지내고, 경제(景帝) 때 초상(楚相)이 되었고, 무제(武帝) 때 현량(賢良)으로 추천되었는데 나이가 이미 90세였다.

도안(1312-1368), 자는 주경(主敬), 당도(當涂: 안휘성) 사람. 원나라 지정
(至正) 초에 거인(擧人)으로서 명도안절서원산장(明道安節書院山長)이 되
었다. 홍무(洪武) 초에 지제고(知制誥)가 되고 수국사(修國史)를 겸했다.
나중에 강서행성참지정사(江西行省參知政事)가 되어서 임소에서 죽었다.
저서로 『도학사집(陶學士集)』이 있다.
청나라 진전(陳田)의 『명시기사(明詩紀事)』에 "도안의 시는 청절(淸絶)하
여 아음(雅音)에 부끄럽지 않다"고 했다.

호수마을 湖鄕[1]

1

淝水新無警[2]	비수에 새 전쟁경보가 없고
湖鄕頗有年	호수마을이 자못 풍년이 들었네
稻田驅夜豕	벼논에선 밤 돼지를 몰아대고
蓮蕩捕秋鯿[3]	연못에선 가을 편어를 포획하네
邏卒黃茅屋	나졸은 누런 띠풀 집에 있고
歸人白板船	귀가하는 사람들은 흰 판자 배에 있네
數家依綠樹	여러 가옥이 초록 숲을 의지하고
斜日照炊烟	석양이 밥 짓는 연기를 비추네

주석 ∽

1) 모두 2수임.

2) **淝水**(비수): 강 이름. 비수(肥水)라고도 함. 안휘성 합비시(合肥市) 자련산(紫
蓮山)에서 발원하여서 회하(淮河)로 들어감.

3) **鯿**(편): 편어(鯿魚). 일종의 민물고기.

2

熟處人還聚	곡식 익은 곳에 사람들 돌아와 모이고
生涯日漸忙	생애가 날로 점차 바빠지네
洗魚醃作鮓	생선을 씻어 절어서 젓을 잠그고
切藕曝爲糧	연근을 잘라 햇볕에 말려 식량으로 삼네

野紵栽臨屋   들 모시를 심어 집에 임했고
家鳧浴滿塘   집오리는 목욕하며 연못에 가득하네
掩門兒女坐   문 닫고 아녀자들 앉아서
燈下補衣裳   등불 아래 옷가지를 깁네

강주에 정박하다 泊江州[1]

江雲紺綠夕陽邊   강 구름 감록색으로 석양 옆에 있고
江水空明海氣連[2]   강물은 밝게 해기와 이어졌네
一點遠帆如白鳥   한 점의 먼 돛대는 흰 새와 같고
數聲急鼓隔蒼煙   여러 번의 급한 북소리는 푸른 안개로 격했네
潯陽九派疑無地[3]   심양강 아홉 줄기로 땅이 없는 듯한데
廬阜千峰直造天[4]   여산의 천봉우리가 곧장 하늘에 닿았네
清夜開樽酹司馬[5]   맑은 밤 술동이 열어 사마에게 제를 올리니
琵琶亭下月當船[6]   비파정 아래 달빛이 배에 당도했네

주석

1) 江州(강주): 지금의 강서성 구강시(九江市).

2) 海氣(해기): 강 표면의 안개기운을 말함.

3) 潯陽(심양): 강 이름. 강서성 구강시 북쪽에 있음.

4) 廬阜(여부): 여산(廬山). 강서성 구강시 부근에 있음.

5) 司馬(사마): 강주사마(江州司馬)를 지낸 당나라 백거이(白居易).

6) 琵琶亭(비파정): 백거이의 〈비파행(琵琶行)〉을 기념하여 후인이 세운 정자.

패경(1314-1378), 자는 정거(廷琚), 일명 궐(闕), 자는 정신(廷臣), 숭덕(崇德: 절강성 桐鄕縣) 사람. 원나라 말에 난리를 만나 향리에 은거했다. 장사성(張士誠)이 여러 번 벼슬에 임명했으나 나가지 않았다. 홍무(洪武) 2년(1369)에 『원사(元史)』의 수찬에 참여했다. 국자조교(國子助敎) 등을 지냈다. 저서로 『청강집(淸江集)』이 있다.

『사고전서제요(四庫全書提要)』에 "경(瓊)은 양유정(楊維楨)에게서 시를 배웠으나, 그 논문(論文)은 합당하고, 입언(立言)은 참절각삭(嶄絶刻峭)하지 않고 평연(平衍)하여 볼만하고, 황당험괴(荒唐險怪)하지 않고 풍유(豐腴)하여 즐길 수 있다.……그 시는 온후(溫厚)한 중에 자연스럽게 고수(高秀)하다"고 했다.

고송 孤松

青松類貧士	푸른 솔이 가난한 선비 같은데
落落惟霜皮	낙락하게 서리 맞은 껍질이 있네
已羞三春艶	이미 삼춘의 아름다움을 바치고
幸存千歲姿	다행히 천세의 자태를 남겼네
螻蟻穴其根[1]	땅강아지 개미가 그 뿌리에 굴을 파고
烏鵲巢其枝[2]	오작이 그 가지에 둥지를 트네
時蒙過客賞	때때로 과객의 칭송을 받고
但感愚夫嗤	단지 어리석은 사람의 비웃음에 감개하네
回飆振空至	회오리바람이 허공을 진동하며 불어오니
百卉落無遺	온 초목들 남김없이 떨어지네
蒼然上參天	창연히 위로 하늘로 솟으니
乃見青松奇	곧 푸른 솔의 기이함을 보네
苟非厄氷雪	만약 재앙의 얼음과 눈이 아니라면
貞脆安可知	굳셈과 무름을 어찌 알겠는가?

주석

1) 螻蟻(누의): 땅강아지와 개미.

2) 烏鵲(오작): 희작(喜鵲), 혹은 까마귀와 까치를 말함.

추운 밤 寒夜

月落江天黑	달 떨어진 강 하늘이 검고
長風正怒號	긴 바람이 진정 노하여 소리치네
靈鷄寒失次	신령한 닭도 추워서 차례를 잃고
別雁暝呼曹	헤어진 기러기는 어둠에서 무리를 부르네
擊柝征人起[1]	딱따기 소리에 정인이 일어나고
鳴機織婦勞	베틀소리 울리며 베 짜는 부녀가 일하네
所思千里隔	그리운 사람은 천리로 떨어져 있는데
十二碧峰高[2]	열두 푸른 봉우리가 높네

주석

1) 擊柝(격탁): 순찰을 도는 딱따기소리. 征人(정인): 징집당한 병사를 말함.

2) 十二碧峰(십이벽봉): 사천성 무산(巫山)의 12봉우리.

옛날의 내궁을 지나가다 經故內[1]

山中玉殿盡蒼苔	산중의 옥전이 푸른 이끼로 덮이고
天子蒙塵豈復迴[2]	천자가 피난 가니 어찌 다시 돌아올 것인가?
地脉不從滄海斷	지맥은 푸른 바다로부터 끊어지지 않았는데
潮聲猶上浙江來	조수소리 오히려 절강으로 올라오네
百年禁樹知誰惜[3]	백년의 금수를 누가 애석해 하는가?
三月宮花尚自開	삼월의 궁중 꽃이 오히려 절로 피었네

此日登臨解題賦　　이날 올라와 임하여 시편들을 살펴보며
白頭庾信不勝哀[4]　　백발의 유신이 슬픔을 이기지 못하네

주석

1) 원나라 말에 남송(南宋) 조정의 황폐해진 내궁(內宮)을 지나가며 지은 작품임.

2) 蒙塵(몽진): 제왕이 피난을 가는 것.

3) 禁樹(금수): 벌목이나 땔나무 하는 것을 금하는 것.

4) 庾信(유신): 남조 양(梁)나라에 출사했던 유신은 서위(西魏)로 사신을 갔다가
   억류되었음. 서위가 양나라를 멸망시키자 나라와 고향을 생각하며 〈애강남
   부(哀江南賦)〉를 지었음.

서호죽지 西湖竹枝[1]

六月玉泉來看魚[2]　　유월 옥천에 와서 물고기를 보는데
湖頭雨過盡芙蕖[3]　　호수 앞에 비 지나자 온통 연꽃이네
芙蕖花開郞更遠　　연꽃 피었지만 낭군은 다시 멀리 있는데
玉泉魚少亦無書[4]　　옥천에 물고기가 적어서 또한 편지도 없네

주석

1) 西湖(서호): 절강성 항주(杭州)에 있는 호수 이름. 竹枝(죽지): 죽지사(竹枝
   詞). 악부 〈근대곡(近代曲)〉의 이름. 본래 파(巴)·투(渝) 지방의 민가(民歌)
   인데 당나라 유우석(劉禹錫)이 신사(新詞)로 개작했음. 삼협(三峽)의 풍광과
   남녀의 애정을 노래한 것임. 이후 이를 모방한 작품이 많은데 내용은 주로

지방의 풍속과 남녀의 애정을 노래한 것이 많다.

2) 玉泉(옥천): 항주 서호의 명승(名勝)의 하나. 샘물이 용출하고 물고기가 많아서 '어락국(魚樂國)'이란 칭호가 있다.

3) 芙蕖(부거): 연꽃.

4) 한(漢)나라 악부 〈음마장성굴(飮馬長城窟)〉에 "客從遠方來, 遺我雙鯉魚. 呼兒烹鯉魚, 中有尺素書"라고 하였음.

이욱(1367년 전후), 자는 종표(宗表), 전당(錢塘: 절강성 杭州) 사람. 홍무
(洪武) 초에 국자조교(國子助敎)를 지냈다. 시는 원나라 말에 이효광(李孝
光: 1285-1350)에게서 배웠다. 저서로 『초각집(草閣集)』이 있다.

『사고전서제요(四庫全書提要)』에 "욱(昱)의 시는 재력(才力)이 웅섬(雄贍)
하고, 고체장편(古體長篇)은 대저 청강준상(淸剛雋上)하여 교교(矯矯)하게
출중했다. 근체(近體) 또한 탁영(卓犖)하여 평범한 말이 없다"고 했다.

호수 제방을 새벽에 가다 湖堤曉行

宿雲如墨繞湖堤　　묵은 구름 먹물처럼 호수 제방을 둘러서
黃柳靑蒲咫尺迷　　노란 버들 푸른 부들이 지척에서 희미하네
行到畵橋天忽醒[1]　화교로 걸어가니 하늘이 갑자기 깨어나니
誰家茅屋一聲鷄　　누구네 초가에서 한 차례 닭이 우는가?

주석 ☙

1) 天忽醒(천홀성): 갑자기 여명(黎明)이 밝은 것을 말함.

장욱 張昱

장욱. 자는 광필(光弼), 여릉(廬陵) 사람, 항주(杭州)로 옮겨 살았다. 원나라 말에 행추밀원판관(行樞密院判官)을 지냈다. 원말에 농민군을 이끌고 기의(起義)한 장사성(張士誠)이 불러서 보좌로 삼으려고 했으나 거절하고 나가지 않았다. 명나라 태조(太祖)가 불러다가 보고서 그 늙음을 민망하게 여기고 '한가하게 지낼 만하다(可閑)'고 했다. 그로 인하여 자호를 가한노인(可閑老人)이라고 했다. 저서로 『장광필집(張光弼集)』이 있다.

시사에 감개하다 感事[1]

雨過湖樓作晚寒　　비가 호수 누대를 지나자 저녁 추위가 생기고
此心時暫酒邊寬　　이 마음은 때때로 잠깐 술 옆에서 관대하네
杞人惟恐靑天墜[2]　기인은 오직 푸른 하늘이 무너질까 두려워하고
精衛難期碧海乾[3]　정위는 푸른 바다가 마르기를 기약하기 어렵네
鴻雁信從天上過　　기러기 소식은 하늘 위로 지나가고
山河影在月中看　　산하의 그림자를 달 속에서 보네
洛陽橋上聞鵑處[4]　낙양교 위 두견새소리를 듣던 곳에
誰識當時獨倚闌　　누가 당시에 홀로 난간에 기대었던 것을 아는가?

주석

1) 원래 2수임. 당시의 시사(時事)에 감개하여 지은 시임.

2) 기(杞)나라 사람이 하늘이 무너질까 싶어서 근심했다고 함. 이를 기우(杞憂)
   라고 함.

3) 精衛(정위): 전설 속의 새 이름. 염제(炎帝)의 딸이 바다에 익사하여, 그 혼이
   정위가 되었는데 항상 서산(西山)에서 나뭇가지와 돌을 물어다가 동해(東海)
   를 메운다고 함.

4) 洛陽橋(낙양교): 일명 천진교(天津橋). 당나라 황소(黃巢)의 〈자제상(自題
   像)〉시 "天津橋畔無人識, 獨倚闌干看落暉"를 끌어온 것임. 당나라 때 농민군
   을 이끌고 기의(起義)했던 황소가 패한 후에 승려가 되어서 낙양의 장전의
   (張全義)에게 의지했는데, 이를 인용하여 당시 장사성(張士誠)이 반드시 패
   할 것을 암시한 것임.

유숭(1321-1382), 초명은 초(楚), 자는 자고(子高), 태화(泰和: 강서성 태화현) 사람. 홍무(洪武) 3년(1370)에 병부직방사랑중(兵部職方司郎中)이 되고, 13년에 예부시랑(禮部侍郎)·이부상서(吏部尙書)를 지냈다. 저서로 『사용집(槎翁集)』이 있다.

주이존의 『정지거시화』에 "자고(子高)는 구(句)를 깎고 글자를 쪼는데 자못 고심했다. 그 체가 약함이 애석한데, 방정(方程)에 구속당하여 펴서 개척할 수 없었다. 당나라에 있어서는 대력십재자(大歷十才子)에 가깝고, 송나라에 있어서는 영가사령(永嘉四靈)과 비슷하고, 원나라에 있어서는 살천석(薩天錫: 薩屠剌)과 가장 닮았다"고 했다.

들나물을 캐다 采野菜

采野菜	들나물을 캐며
行且顧	가다가 돌아보는데
野田雨深泥沒路	들밭엔 빗물 깊어 진창이 길을 파묻었네
稚男小女挈筐籠	남자애와 계집애가 광주리를 들고
清晨各向田中去	맑은 새벽에 각자 밭 안으로 가네
茫茫四野烟火絶	망망한 사방의 들엔 밥 짓는 연기 끊기고
去年秋旱今年雪	작년엔 가을 가뭄이 들고 금년엔 눈 내리네
草根凍死無寸靑	풀뿌리가 얼어 죽어서 한 치의 푸른 싹이 없는데
却攬苦荬淚流血[1]	씀바귀뿌리를 뽑아내니 피가 흘러나오네
水邊蒲荇未作芽[2]	물가엔 부들과 노랑어리연의 싹이 돋지 않았는데
甘薺出泥先放花[3]	냉이가 진흙에서 나와서 먼저 꽃을 피웠네
長條大葉瘦且老	긴 줄기와 큰 잎이 마르고 쇠었는데
得似家園菘韭好[4]	채소밭의 배추와 부추를 얻은 것처럼 좋네
枯腸暫滿終易饑	마른 창자는 잠시 배부르다가 끝내 곧 허기지니
酸苦螫人還自知	쓰라린 고통이 사람을 쏘는 것을 스스로 아네
采野菜	들나물을 캐며
行且哭	가다가 통곡하네
貧家食菜苦不足	가난한 집에선 나물을 먹는 것도 부족한데
寨軍掠人還食肉	요새의 군인들은 백성들을 약탈해 고기를 먹네

1) 苦荄(고해): 씀바귀뿌리.

2) 蒲荇(포행): 부들과 노랑어리연꽃. 모두 어린 싹을 식용함.

3) 甘薺(감제): 냉이.

4) 菘韮(숭구): 배추와 부추.

옥화산 玉華山[1]

翠巘千峰合	푸른 비탈 천 봉우리가 합하고
丹厓一逕通	붉은 언덕에 한 길이 통하네
樓臺上雲氣	누대엔 구름기운이 오르고
草木動天風	초목들은 바람에 흔들리네
野曠行人外	들은 행인 너머에서 드넓고
江平落鴈中	강물은 떨어지는 기러기 안에 평탄하네
傷心俯城郭	상심하여 성곽을 굽어보는데
煙雨正溟濛	연우가 진정 흐릿하네

주석

1) 옥화산(玉華山): 강서성 청강현(靑江縣) 경내에 있음.

물가의 전가 水口田家[1]

水口山腰三四家	물가 산기슭에 서너 가옥이 있어
楓林茆屋帶蒼葭	단풍 숲의 띠 지붕이 푸른 갈대를 둘렀네
野人敲火夜然竹	시골사람은 불을 피워 밤에 대나무를 태우고
溪女踏雲朝浣紗	개울가 여인은 구름 밟고 아침에 비단을 빠네
水落寒潭魚可捕	물 빠진 찬 못에선 물고기를 잡을 수 있고
草肥秋壠兔堪置	풀 우거진 가을 언덕에선 토끼를 그물질 할 수 있네
有時刀槊還登岩	때때로 칼과 창을 들고 다시 성채로 오르는데
鷄犬蕭蕭隔暮霞	닭과 개 짖는 소리가 쓸쓸하게 저녁놀에 격했네

주석

1) 水口(수구): 물이 흘러들어오는 곳.

달빛을 밟다 步月

乘凉步月過西鄰	서늘함을 타고 달빛 밟으며 서쪽 이웃을 방문하니
草露霏微濕葛巾	풀 이슬 부슬부슬 내려 갈건이 젖네
一逕竹陰無犬吠	한 길의 대숲 어둠에 개 짖는 소리도 없는데
飛螢來徃暗隨人	나는 반딧불이 오가며 몰래 사람을 따르네

전재(1299-1394), 자는 자여(子予)·백균(伯均), 회계(會稽) 사람. 원나라 지정(至正) 연간에 진사 갑과(甲科)에 합격했다. 명나라 홍무(洪武) 초에 예악서(禮樂書)를 수찬하고, 병으로 물러갔다가, 홍무 6년(1373)에 국자조교(國子助教)를 지내고, 27년에 국자박사(國子博士)를 지냈다. 저서로 『임안집(臨安集)』이 있다.

『사고전서제요』에 "그 시는 토한 말이 청발(淸拔)하고 붙인 뜻이 고원(高遠)하다. 고조(古調)에 힘을 쏟았는데, 염측(艶仄) 한 가지 체는 달갑게 여지지 않았다"고 했다.

오동나무 梧桐樹

梧桐樹	오동나무가
一葉墮秋風	한 잎은 가을바람에 떨구고
一葉委秋露	한 잎은 가을이슬에 맡기네
明年二月新葉生	이듬해 이월에 새 잎이 돋아나면
還在今年葉飛處	다시 금년에 잎 날아간 곳에 있으리라
漢宮飛燕近承恩[1]	한나라 궁전에서 비연이 근래 은총을 받드니
零落班姬不如故[2]	영락한 반희는 옛날만 못하네
君不見	그대는 보지 않았는가?
梧桐樹	오동나무를?

주석 ⁓

1) 飛燕(비연): 조비연(趙飛燕). 한나라 성제(成帝)의 총애를 받고 황후가 되어 소양전(昭陽殿)에서 거주했음.

2) 班姬(반희): 반첩여(班婕妤). 조비연(趙飛燕) 자매 때문에 총애를 잃고, 비연 자매의 질투를 피하기 위해 허황후(許皇后)를 모시고 장신궁(長信宮)에서 함께 기거했음.

왕순, 자는 자선(子宣). 명나라 초기 사람.

궁사 宮詞

南風吹斷采蓮歌　　남풍이 불어 〈채릉가〉를 끊어놓고
夜雨新添太液波[1]　　밤비는 태액지의 물결을 새로 더하네
水殿雲廊三十六[2]　　수전 운랑의 삼십육 궁 가운데
不知何處月明多　　어느 곳에 밝은 달빛이 많은 줄 모르겠네

주석 ҩᴥ

1) 太液(태액): 태액지(太液池). 당나라 때 궁중의 연못 이름.
2) 水殿(수전): 물가의 궁전. 雲廊(운랑): 운무(雲霧)가 감도는 방실(房室).

평설 ҩᴥ

● 청나라 주이존(朱彝尊)의 『명시종(明詩綜)』: "고계적(高季廸)은 시로써 처를 얻었는데, 왕자선(王子宣)도 또한 시로써 처를 얻었다. 자선의 〈궁사(宮詞)〉를 제가들은 왕숙명(王叔明)의 시라고 잘못 적음이 많은데, 인화(仁和) 유우인(兪友仁)이 이 시를 보고 감탄하여 칭찬하기를 '당인(唐人)의 득의구(得意句)이다'라고 하고, 마침내 그 누이를 처로 삼게 했다고 한다. 능언충(凌彦狪)의 『자헌집(柘軒集)』을 살펴보니, 〈도왕숙명실장씨시(悼王叔明室張氏詩)〉가 있는데 '結髮爲夫婦, 齊眷若主賓. 山同黃鶴隱, 書逼彩鸞眞. 蘭樹人皆羨, 蘋蘩爾獨親. 情傷坦腹者, 臨穴重沾巾'이라고 했으니, 숙명은 장(張)씨에게 장가든 것이고, 유(兪)씨가 아니다. 그러므로 진정 자선(子宣)의 작품이라 여긴다"고 했다. 또 "고정례(高廷禮: 高棟)가 말하기를 '완려(婉麗)함이 완전히 왕용표(王龍標: 王昌齡)와 같다'고 하고, 이시원(李時遠)이 말하기를 '성당(盛唐)의 음향(音響)인데,

이른바 1천 수도 많은 것이 아니며, 1수도 적은 것이 아니라고 하는 것이다'고 했다. 진와자(陳臥子: 陳子龍)가 말하기를 '역시 두목(杜牧)과 이익(李益)일 뿐이다. 어찌 성당일 것인가? 그러나 경(景)과 조(調)가 모두 아름답다'고 했다. 엄손우(嚴蓀友)가 말하기를 '자선의 〈궁사〉는 공교롭지 않다고 말할 수 없다. 그러나 살천석(薩天錫)의 입묘(入妙)보다는 못하다. 살천석의 시에「淸夜宮車出上央, 紫衣小隊兩三行. 石闌干外銀燈過, 照見芙蓉葉上霜.」이라고 했다'고 했다."

원개 袁凱

원개, 자는 경문(景文), 호는 해수(海叟), 화정(華亭: 上海市 松江縣) 사람.
원나라 말에 부리(府吏)를 지냈다. 일찍이 양유정(楊維楨)의 좌석에서
〈백연시(白燕詩)〉를 지어 올려서 명성을 얻었는데, 사람들이 '원백연(袁白
燕)'이라 했다. 명나라 홍무(洪武) 3년(1370)에 어사(御史)에 추천되었다.
얼마 후에 태조(太祖)의 미움을 받고, 거짓 미친 척하고 향리로 돌아가
서 은거했다. 저서로 『해수집(海叟集)』과 『외집(外集)』이 있다.

하경명(何景明)의 『대복집(大復集』에 "우리나라의 여러 명가집(名家集)에
서 다만 해수(海叟)의 시가 으뜸이다. 해수의 가행(歌行)과 근체는 두보
(杜甫)를 법으로 삼았고, 고작(古作)은 이를 다하지 않았다. 요컨대 그 취
한 법은 한위(漢魏) 이래의 것이다. 그 성취한 바는 대개 체를 갖추었으
나 크지는 않다"고 했다.

청나라 왕사정(王士禎)의 『향조필기(香祖筆記)』에 "명나라 초기의 시인으
로는 모두 고계적(高季迪: 高啓)을 추대하여 으뜸으로 삼는다. 그러나 대
복(大復)이 홀로 해수를 으뜸으로 삼았는데, 공동(空同: 李夢陽)이 찬성하
여 맞은 말이라고 했다 지금 그 시를 읽어보니, 고시는 한위를 배웠고,

근체는 두보를 배웠는데 체는 갖추었으나 미약하다. 성급히 청구생(靑邱生: 고계) 위에다가 올려놓는 것은 의론을 잃음을 면하지 못한다"고 했다. 심덕잠의 『명시별재』에 "이헌길(李獻吉: 李夢陽)은 해수가 자미(子美: 杜甫)를 사법(師法)으로 했다고 하고, 하중묵(何仲默: 何景明)은 가행은 두보의 체를 얻었다고 했다. 내 생각은 평직(平直)에서 손상되었고, 변화를 다하지 못했다고 여긴다. 칠언절구는 이서자(李庶子)·유빈객(劉賓客: 劉基)의 사이에 있고, 청구(靑丘: 高啓)·맹재(孟齋: 楊基)는 모두 미치지 못한다"고 했다.

양백화 楊白花[1]

楊白花	양백화가
飛入深宮裏	심궁 안으로 날아들어
宛轉房櫳間	완전히 방 창살 사이에 있는데
誰能復禁爾	누가 너를 막을 수 있겠는가?
胡爲高飛渡江水	어찌하여 높이 날아 강물을 건넜던가?
江水在天涯	강물은 하늘 끝에 있는데
楊花去不歸	양화는 가서 돌아오지 않네
安得楊花作楊樹	어디서 양화가 양수가 된 것을 얻어서
種向深宮飛不去	심궁에 심어 날아가지 못하게 할까?

주석 ᘓ

1) 양백화(楊白花): 악부 〈잡곡가(雜曲歌)〉의 이름. 양백화는 버드나무의 흰 꽃임.

평설 ᘓ

❋ 진자룡(陳子龍)의 『명시선(明詩選)』: "감개가 심장(深長)하다."

객중의 제야 客中除夜

今夕爲何夕[1]	오늘 밤이 어떤 밤인가?
他鄕說故鄕	타향에서 고향을 말하네

看人兒女大   남의 계집아이가 성장한 것을 보니

爲客歲年長   객이 된 세월이 오래이네

戎馬無休歇[2]   융마가 쉴 때가 없는데

關山正渺茫   관산은 진정 아득하네

一杯柏葉酒[3]   한 잔의 백엽주로는

未敵淚千行   천 갈래 눈물을 막을 수 없네

주석

1) 『시경·당풍(唐風)·주무(綢繆)』에 "今夕何夕? 見此良人"이라 했음.

2) 戎馬(융마): 전마(戰馬). 당나라 두보(杜甫)의 〈등악양루(登岳陽樓)〉시에 "戎
   馬關山北, 凭軒涕泗流"라고 했음.

3) 柏葉酒(백엽주): 측백나무 잎을 넣어 빚은 술. 새해 첫날에 백엽주를 마시며
   사악함을 쫓고, 장수를 기원함.

흰 제비 白燕

故國飄零事已非   고국은 표령하여 일이 이미 글렀고

舊時王謝見應稀[1]   옛날의 왕씨 사씨를 보는 것이 당연히 드무네

月明漢水初無影   달 밝은 한수에 처음부터 그림자 없고

雪滿梁園尙未歸[2]   눈 가득한 양원에도 아직 돌아오지 않았네

柳絮池塘香入夢   버들솜의 지당엔 향기가 꿈으로 들고

梨花庭院冷侵衣   배꽃의 정원엔 냉기가 옷에 끼치네

趙家姉妹多相忌[3]　　조가의 자매는 서로 꺼림이 많으니
莫向昭陽殿裏飛[4]　　소양궁전으로 날아들지 말라

주석

1) 王謝(왕사): 동진(東晉) 때의 명문귀족이었던 왕도(王導)와 사안(謝安)의 집안을 말함. 당나라 유우석(劉禹錫)의 〈오의항(烏衣巷)〉시에 "朱雀橋邊野草花, 烏衣巷口夕陽斜. 舊時王謝堂前燕, 飛入尋常百姓家."라 했음.

2) 梁園(양원): 토원(兎園). 선한(西漢) 양효왕(梁孝王)이 건설한 유명한 원림(園林). 하남성 상구현(商丘縣) 동남에 있었음.

3) 趙家姉妹(조가자매): 한(漢) 효성제(孝成帝)의 황후 조비연(趙飛燕) 자매를 말함. 자매가 모두 한때에 황제의 총애를 받았음.

4) 昭陽殿(소양전): 한나라 궁전의 이름. 조비연에게 총애를 빼앗긴 허황후(許皇后)와 반첩여(班倢仔)가 기거했던 곳.

평설

● 조선 남용익(南龍翼)의 『호곡시화(壺谷詩話)』: "원해잠(袁海潛)의 〈백연〉시 '月明漢水初無影, 雪滿梁園尙未歸'구는 송(宋)을 뛰어넘어 당(唐)으로 들어갈 수 있는데, 그러나 또한 스스로 명조(明調)가 있다."

● 조선 이수광(李睟光)의 『지봉유설(芝峰類說)』: "당(唐)나라 도옹(陶雍)의 〈노자(鷺鷀)〉시에 '立當青草人先見, 行傍白蓮魚未知'라고 했고, 평당(平唐)의 〈백마(白馬)〉시에 '雪中放去空尋跡, 月下牽來知箠鞍'이라 했고, 명(明)나라 원개의 〈백연(白燕)〉시에 '月明漢水初無影, 雪滿梁園尙未歸'라고 했고, 탕지중(湯志中)의 시에 '梨花院落只閑語. 柳絮池塘不見飛'라고 했다. 이들 시는 말은 비록 같지만 공졸(工拙)을 가릴 수는 없</p>

다. 원개의 작품 〈백연〉이 제일 나은 것 같다.”

● 『역대시화(歷代詩話)』: “요산당외기(堯山堂外紀)에 ‘원해수(袁海叟)가 일찍이 양렴부(楊廉夫: 楊維楨)를 알현했는데, 안석 위에 있는 금천(琴川) 시대본(時大本)이 읊은 〈백연시(白燕詩)〉「春社年年帶雪歸, 海棠庭院月爭輝. 珠簾十二中間捲, 玉剪一雙高下飛. 天下公侯誇紫頷, 國中儔侶尙烏衣. 江湖多少閒鷗鷺, 宜與同盟伴釣磯.」를 보고, 염부(廉夫)에게 말하기를「이 시는 거의 체물(體物)의 묘(妙)를 다하지 못했습니다」라고 했다. 염부는 그렇지 않다고 여겼다. 해수(海叟)가 돌아가서 시를 지어서 다음날 염부에게 올렸는데「故國飄零事已非, ……莫向昭陽殿裏飛」라고 했다. 염부가 시를 받고서 감탄하고 칭찬하며, 여러 종이에다 연달아 써서 여러 좌객들에게 모두 나눠주었다. 한때에 ‘원백연(袁白燕)’이라 불렀다’고 했다.”

● 청나라 왕사정(王士禎)의 『어양시화(漁洋詩話)』: “송강(松江)에 백연암(白燕菴)이 있는데 해수의 고거(故居)이다. 강희(康熙) 병술년 문인(門人) 주책명(周策銘)이 그 유집(遺集)을 베껴서 서로 기증했다. 내가 감개하여 적기를 ‘鼎足高陽爾不慚, 百年遺蹟改名藍. 烏依王謝久零落, 七字風流白燕菴’이라 했다.”

● 고기륜의 『국아품』에 “원시어(袁侍御) 경문(景文)은 재정(才情)이 준발(遒拔)한데, 더욱 영물(詠物)에서 한려(閑麗)했다. 그가 지은 〈백연〉·〈문적(聞笛)〉은 자못 당시 사람들에게 회자(膾炙)되었다.”

경사에서 집안편지를 받다 京師得家書

江水三千里	강물이 삼천리인데
家書十五行	집안편지는 십오 행이네
行行無別語	행마다 이별의 말은 없고
只道早還鄕	다만 일찍 귀향하라고 말했네

평설 ⌇

● 심덕잠의 『명시별재』: "천뢰(天籟)이다."

객중에 밤에 앉아서 客中夜坐

落葉蕭蕭江水長[1]	낙엽이 소소하고 강물은 긴데
故園歸路更茫茫	고향으로 돌아가는 길은 더욱 아득하네
一聲新鴈三更雨	삼경의 빗속에 새 기러기가 한 번 우니
何處行人不斷腸	어느 곳 행인인들 애간장이 안 끊기랴!

주석 ⌇

1) **蕭蕭**(소소): 낙엽이 떨어지는 소리.

양주에서 이십이연을 만나다 揚州逢李十二衍[1]

與子相逢俱少年　　그대와 만난 것이 서로 젊었을 때였는데
東吳城郭酒如川[2]　동오의 성곽에서 냇물 들이키듯 술을 마셨네
如今白髮知多少　　지금 백발이 얼마인지 모르지만
風雨揚州共被眠　　비바람 치는 양주에서 한 이불에서 잠자네

주석 ∽

1) 원래 2수임. 揚州(양주): 강소성 중부에 있음. 李十二衍(이십이연): 십이(十
二)는 사촌 간의 배항(排行).

2) 東吳(동오): 강소성 소주(蘇州)를 말함.

회서에서 홀로 앉아서 淮西獨坐[1]

蕭蕭風雨滿關河　　소소한 비바람소리 관하에 가득하고
酒盡西樓聽鴈過　　술자리 다한 서루에서 기러기 지나는 소리를 듣네
莫怪行人頭盡白　　행인의 머리가 온통 백발임을 괴이 여기지 마오
異鄕秋色不勝多　　이향의 가을 색을 몹시 감당할 수 없다오

주석 ∽

1) 淮西(회서): 회하(淮河) 상류인 안휘성과 호북성 일부 지역을 말함.

평설 ⌒

* 청나라 주이존(朱彝尊)의 『명시종(明詩綜)』: "오명경(吳明卿: 吳國倫)이
  '비완(悲惋)하여 눈물이 나오려 한다'고 했다."

고계(1336-1374), 자는 계적(季迪), 호는 사헌(槎軒), 장주(長洲: 강소성 蘇州市) 사람. 원나라 말에 오송(吳淞) 청구(靑丘)에 은거하여, 호를 또한 청구자(靑丘子)라고 했다. 홍무(洪武) 2년(1396)에 『원사(元史)』 수찬에 참여하고, 한림원국사편수(翰林院國史編修)가 되고, 호부시랑(戶部侍郞)에 발탁되었으나 사양하고 청구에 은거했다. 나중에 역모로 죄를 받은 소주자사(蘇州刺史) 위관(魏觀)을 위해 지어준 상량문(上梁文)이 문제가 되어서 남경(南京)에서 요참(腰斬)을 당했다. 향년 39세였다. 저서로 『고청구집(高靑丘集)』이 있다.

고계는 명나라 제일의 시인으로 평가되는데, 양기(楊基)·서분(徐賁)·장우(張羽)와 함께 '오중사걸(吳中四傑)'이라 불렸다.

청나라 조익(趙翼)의 『구북시화(甌北詩話)』에 "시가 남송(南宋) 말년에 이르러서, 섬박(纖薄)함이 몹시 지극했는데, 그래서 원(元)·명(明) 양대(兩代) 시인들은 또한 다시 당(唐)을 배웠다. 이는 풍기(風氣)의 순환왕복이 자연스러운 형세였다. 원말(元末) 명초(明初)에는 양철애(楊鐵崖)가 가장 거벽(巨擘)이다. 그러나 험괴(險怪)함은 창곡(昌谷: 李賀)을 모방하고, 요려(妖麗)함은 온정균(溫庭筠)·이상은(李商隱)을 모방했는데, 그것으로써 자성일가(自成一家)했다고 하면 옳지만, 끝내 강장대도(康壯大道)가 아니다. 당시 왕상종(王常宗)이 이미 '문요(文妖)'라고 지목했으니, 후생들에게 법으로 취해질 수 없다. 오직 고청구(高靑丘: 고계)가 재기(才氣)가 초매(超邁)하고, 음절(音節)이 향량(響亮)한데, 당인(唐人)을 종파(宗派)로 삼아서 스스로 신의(新意)를 내었고, 한 번 붓을 대면 곧 박대창명(博大昌明)한 기상(氣象)이 있으니 또한 명나라 한 시대의 문운(文運)에 관계됨이 있다. 논자들이 개국시인(開國詩人)의 제일로 추대한 것은 참으로 헛되지 않다. 이지광(李志光)이 지은 「고태사전(高太史傳)」에서 '그 시는 위로는 건안(建安)을 엿보고, 아래로는 개원(開元)에 미쳤는데, 대력(大歷) 이후에 이르러는 아득하다'고 했는데, 이는 또한 확론(確論)이 아니다. 지금 평심(平心)으로 살펴보면, 오고(五古)·오율(五律)은 한(漢)·위(魏)·육조(六朝)·초당(初唐)·성당(盛唐)에서 탈태(脫胎)했고, 칠고(七古)·칠율(七律)은 중당(中唐)을 참고했고, 칠절(七絶)은 모두 만당(晚唐)에 이르렀다. 요컨대 그 영상(英爽)이 남보다 뛰어나기 때문에 당을 배웠지만 당에 의하여 구속되지 않았다. 후래에 당을 배운 사람 중 이몽양(李夢陽)·하경명(何景明)의 무리는 그 면모만 답습하고, 그 성조(聲調)만 모방하여서 신리(神理)가 삭연(索然)하니, 우맹(優孟)의 의관(衣冠)이다. 종성(鍾惺)·담원춘(譚元春) 등은 또한 일자일구(一字一句)를 좇아서 냉벽(冷僻)함을 표거(標擧)하여 미외미(味外味)를 얻었다고 여겼으나 유독군(幽獨君)의 귀어(鬼語)이다. 다만 천구(靑丘)만이 천반(天半)의 붉은 놀이 하계(下界)를 비추는 것과 같아서 지금도 오히려 광경(光景)이 항상 새로운데, 그 천분(天分)에 미칠 수 없다"고 했다.

심덕잠의 『명시별재』에 "고시랑(高侍郎)의 시는 위로 한위(漢魏)·성당(盛唐)에서부터 아래로 송원(宋元) 제가까지 그 사이를 출입하지 않음이 없다. 한때에 대작수(大作手)로 추대했는데, 다만 재조(才調)는 남음이 있지만 혜경(蹊徑)은 변화시키지 못했다. 그래서 원풍(元風)을 한 번 변화시켰으나 대아(大雅)를 곧장 추구하지 못했다"고 했다.

청구자가 靑丘子歌[1]

강가에 푸른 언덕이 있어서, 나는 그 남쪽으로 집을 옮겼다. 그로 인하여 청구자라고 자호했다. 한가하게 지내며 일도 없어서 종일 골똘히 시를 읊었는데, 그 사이에 〈청구자가〉를 지어서 그 뜻을 말했다. 이로써 시음(詩淫)[2]이라는 조롱을 풀고자 한다.

江上有青丘, 予徙家其南, 因自號青丘子. 閒居無事, 終日苦吟, 間作〈青丘子歌〉言其意, 以解詩淫之嘲.

青丘子	청구자는
臞而清	여위고 맑으며
本是五雲閣下之仙卿[3]	본래 오운각 아래의 선경인데
何年降謫在世間	언제 세간으로 떨어져 유배 왔던가?
向人不道姓與名	남들에게 성명을 말하지 않네
躡屩厭遠遊	짚신을 신고 먼 유람을 싫어하고
荷鋤懶躬耕	호미 지고 밭갈이에도 게으르네
有劍任鏽澁[4]	검이 있으나 녹이 슬게 버려두고
有書任縱橫	책이 있으나 종횡으로 던져놓았네
不肯折腰爲五斗米[5]	오두미를 위해 허리를 꺾으려고 하지 않고
不肯掉舌下七十城[6]	칠십 성을 함락시키려 혀를 놀리지 않네
但好覓詩句	단지 시구를 찾기를 좋아하여
自吟自酬賡[7]	스스로 읊고 스스로 화답을 잇네
田間曳杖復帶索[8]	밭에서 지팡이 끌고 새끼허리띠 묶으니
傍人不識笑且輕	옆 사람들은 알지 못하고 비웃고 경시하며

謂是魯迂儒楚狂生[9]　　노우유와 초광생이라고 하네

靑丘子聞之不介意　　청구자는 듣고도 개의치 않고

吟聲出吻不絶咿唔鳴[10]　　읊는 소리를 입술로 웅얼댐을 끊이질 않네

朝吟忘其饑　　아침에 읊조리며 그 시장기를 잊고

暮吟散不平　　저녁에 읊조리며 불평을 흩어버리네

當其苦吟時　　그 골똘히 읊을 때에는

兀兀如被醒[11]　　올올하게 술 취해 있는 듯하고

頭髮不暇櫛　　머리털도 빗질할 겨를이 없고

家事不及營　　집안일을 경영하지 않고

兒啼不知憐　　아이가 울어도 동정할 줄 모르고

客至不果迎　　객이 와도 맞이하지 않네

不憂回也空[12]　　안회의 굶주림을 근심하지 않고

不慕猗氏盈[13]　　의씨의 부유함을 사모하지 않네

不慙被寬褐　　헐렁한 갈옷을 입은 것을 부끄러워하지 않고

不羨垂華纓　　화려한 모자 끈을 드리움을 선망하지 않네

不問龍虎苦戰鬪[14]　　용호가 심하게 싸우는 것을 묻지 않고

不管烏兔忙奔傾[15]　　오토가 분주히 기우는 것을 상관하지 않네

向水際獨坐　　물가를 향해 홀로 앉고

林中獨行　　숲속을 홀로 가고

斲元氣[16]　　원기를 깎아내고

搜元精[17]　　원정을 수습하니

造化萬物難隱情　　조화의 만물도 정을 감추기 어렵고

冥茫八極遊心兵[18]　　아득히 끝없는 팔극으로 심병을 노닐게 하고

坐令無象作有聲[19]	무상을 소리 나게 하네
微如破懸蝨[20]	정미하기는 매단 이를 적중시킨 것 같고
壯若屠長鯨	웅장하기는 큰 고래를 자른 듯하네
淸同吸沆瀣[21]	맑기는 이슬을 들이킨 듯하고
險比排崢嶸[22]	험악하기는 드높은 산을 늘어놓은 듯하고
靄靄晴雲披[23]	애애한 맑은 구름을 열어놓은 듯하고
軋軋凍草萌[24]	알알한 얼어붙은 풀이 싹을 낸 듯하네
高攀天根探月窟[25]	천근에 높이 올라 월굴을 탐색하고
犀照牛渚萬怪呈[26]	무소뿔로 우저를 비춰 만괴를 드러내니
妙意俄同鬼神會	묘의가 곧 귀신과 회통하고
佳景每與江山爭	가경은 매번 강산과 다투네
星虹助光氣	별과 무지개가 광기를 돕고
煙露滋華英	안개와 이슬이 꽃에 자욱하네
聽音諧韶樂[27]	음률을 들으면 소악과 어울리고
咀味得大羹[28]	맛을 보면 대갱을 얻네
世間無物爲我娛	세간에는 나를 즐겁게 할 물건이 없으니
自出金石相轟鏗[29]	스스로 금석소리를 내어 소리를 살피네
江邊茅屋風雨晴	강가의 띠집에 비바람이 개면
閉門睡足詩初成	문 닫고 잠자다가 시를 비로소 완성하네
叩壺自高歌[30]	항아리를 두드리며 스스로 크게 노래하고
不顧俗耳驚	속인의 귀가 놀라는 것을 돌아보지 않네
欲呼君山老父[31]	군산노부를 불러내서
攜諸仙所弄之長笛	여러 선인들이 부는 장적을 가져다가

和我此歌吹月明	나의 이 곡에 맞추어 달 밝음을 불게 하려는데
但愁歘忽波浪起	다만 갑자기 파도가 일어나서
鳥獸駭叫山搖崩	새 짐승이 놀라 울부짖고 산이 흔들려 무너질까 근심이네
天帝聞之怒	천제가 듣고서 노하여
下遣白鶴迎	백학을 아래로 파견하여 맞이하게 하여
不容在世作狡獪	세상에서 교회한 짓을 저지르지 않게 하려고
復結飛珮還瑤京[32]	다시 비패를 묶고 요경으로 돌아오게 하네

주석

1) 고계는 23세에 소주(蘇州) 교외 오송강(吳淞江) 언덕 청구(靑丘)로 이주했는데, 자호를 청구자(靑丘子)라고 했다. 그의 처가 주자달(周子達)의 집안은 그 지역의 거부였기 때문에 생계를 근심하지 않고 지낼 수 있었다. 그래서 오직 시 짓는 것만 즐거움을 삼았는데, 이 시는 바로 이 당시에 지은 것이다.

2) 시음(詩淫): 지나치게 시 짓는 것을 좋아하는 것.

3) 五雲閣(오운각): 신선들이 거주하는 누각. 仙卿(선경): 선관(仙官).

4) 鏽澀(수삽): 쇠에 녹이 슬어 무뎌지는 것.

5) 진(晉)나라 도연명(陶淵明)이 팽택령(彭澤令)을 지낼 때 상관이 시찰 와서 예복을 입고 영접하라고 하자, 박봉 오두미를 위해 소인배에게 허리를 굽힐 수 없다고 하고 사임하고 고향으로 돌아갔음.

6) 한고조(漢高祖) 때 고조의 모사 역이기(酈食其)가 제왕(齊王) 전광(田廣)을 설득하여 한나라에 귀순하게 하고, 제나라 70여 성을 얻어냈음.

7) 酬賡(수갱): 수창(酬唱).

8) 帶索(대삭): 새끼줄로 허리띠를 묶는 것.

9) 魯迂儒(노우유): 노(魯)나라 우활한 유생(儒生). 한고조(漢高祖)가 천하를 통일한 후 손숙통(孫叔通)이 노나라 유생들을 징집하여 예악을 제정하기를 청했는데, 두 유생이 죽은 자들을 장례하지 못했고, 부상자들을 살려내지 못한 채 먼저 예악을 제정하는 것은 부당하다며 징집에 응하려 하지 않았다. 손숙통이 그들을 비웃으며 변통할 줄 모르는 비루한 유생이라고 비난했다. 楚狂生(초광생): 초(楚)나라 육통(陸通), 자는 접여(接輿). 초나라 소왕(昭王)의 정치가 혼란했는데, 거짓 미친 척하고 출사하지 않았다. 사람들이 그를 초광(楚狂)이라 불렀다.

10) 咿咿(이이): 시를 읊는 소리.

11) 兀兀(올올): 술에 취해 혼미한 모양.

12) 回也空(회야공): 『논어·선진(先進)』에 "子曰: '回也, ……其庶幾乎屢空'"이라 했음. 공자의 제자 안회(顔回)가 안빈낙도(安貧樂道)하며 궁곤(窮困)함을 말함.

13) 猗氏盈(의씨영): 의씨는 노(魯)나라 부자(富者) 의돈(猗頓). 영(盈)은 창고가 가득 찬 것.

14) 龍虎(용호): 원나라 말에 거의(擧義)한 군웅들을 말함.

15) 烏兔(오토): 삼족오(三足烏)와 옥토(玉兔). 해와 달.

16) 元氣(원기): 만물의 근원물질.

17) 元精(원정): 만물의 정신.

18) 冥茫(명망): 광대하여 끝이 없는 모양. 八極(팔극): 팔방의 끝. 心兵(심병): 마음의 충동. 사물에 감발하는 영감을 말함.

19) 坐令(좌령): 치사(致使). 無象(무상): 상(象)은 물상(物象). 무상은 그 정신.

20) 破懸蝨(파현슬): 『열자(列子)·탕문(湯問)』에 "기창(紀昌)이 비위(飛衛)에게서 활쏘기를 배웠는데, 비위가 말하기를 '보는 것을 배운 후에야 잘 쏠 수 있을 것이다'라고 했다. 기창은 이를 소털에 묶어서 창문에 매달아두고 남쪽으로 바라보았다. 3년 후에 수레바퀴처럼 보여서, 활을 쏘니 이의 심장을 관통했는데 매달려서 떨어지지 않았다"고 했다.

21) 沆瀣(항해): 노기(露氣). 이슬기운.

22) 崢嶸(쟁영): 산이 높고 험한 모양.

23) 靄靄(애애): 구름이 자욱한 모양.

24) 軋軋(알알): 나오기 어려운 모양.

25) 天根(천근): 별 이름. 저수(氐宿). 月窟(월굴): 달.

26) 犀照牛渚(서조우저):『진서(晉書)·온교전(溫嶠傳)』에 "온교가 우저기(牛渚磯)에 이르러서 수심(水深)을 헤아릴 수 없었다. 세상에서 그 아래에 괴물이 많다고 했다. 온교는 서각(犀角)을 태워서 비춰보았다. 잠시 후 수족(水族)들이 불빛에 비추는 것을 보았는데 기이한 형상들이었다. 어떤 것은 말을 타고 붉은 옷을 입고 있었다"고 했다. 우저(牛渚)는 산 이름. 안휘성 당도현(當塗縣) 장강(長江) 가에 있음.

27) 韶樂(소악): 우순(虞舜)이 연주했다는 악곡.

28) 大羹(대갱): 태갱(太羹). 오미(五味)를 섞지 않은 고깃국. 고대 제사에 사용했음.

29) 金石(금석): 쇠와 돌로 만든 악기. 종(鐘)이나 경(磬) 따위. 轟鏗(굉갱): 종이나 경을 칠 때 울리는 소리.

30)『진서(晉書)·왕돈전(王敦傳)』에서 말하기를, 왕돈이 술에 취하면 타호(唾壺)를 두드리며 조조(曹操)의 악부시 "老驥伏櫪, 志在千里. 烈士暮年, 壯心不已"를 불렀는데, 타호가 모두 깨졌다고 함.

31) 君山老父(군산노부):『박이지(博異志)』에 "상인(商人) 여경군(呂卿筠)이 적(笛)을 잘 불었는데, 달밤에 군산(君山: 洞庭湖에 있는 산) 옆에 정박하고, 술자리를 펴고 적을 불었다. 갑자기 한 노부가 배로 올라오더니 소매에서 적 3자루를 꺼내어……세 차례 불었다. 호수 위에 바람이 불고, 파도가 출렁대고 어별(魚鼈)이 뛰어올랐다. 5번 6번을 부니 군산의 새와 짐승들이 울부짖고, 달빛이 어두워지고, 뱃사람들이 크게 놀랐다. 노부는 마침내 적을 부는 것을 그치고, 여러 잔의 술을 마음껏 마시고, 배를 저어 떠나가서 파도 사이로 사라져버렸다"고 했다.

32) 瑤京(요경): 천제(天帝)가 거주하는 천궁(天宮).

평설 ⌒

• 조익의 『구북시화』: "〈청구자가〉 1수는 그 작시에 있어서 초췌(憔悴)하
  도록 전일(專一)함을 스스로 말했는데, '朝吟忘其饑……犀照牛渚萬怪呈'
  은 그 공력의 정지(精至)함이 지극하다고 말할 수 있다."

• 진전의 『명시기사』: "계적(季迪)은 여러 체가 모두 뛰어나고, 천재(天才)
  가 절특(絶特)하여 참으로 명나라 삼백 년의 시인 중 으뜸이 되니, 한때
  에 관절(冠絶)했을 뿐이 아니다. 청전(靑田: 劉基)이 〈이귀(二鬼)〉시를
  지어서 잠계(潛溪: 宋濂)와 함께 천양(天壤)에서 대치한다고 자부했는
  데, 어찌 강가에 청구자(靑丘子)가 있음을 몰랐던가? 계적의 〈청구자〉시
  는 '……'라고 했는데, 그 뜻을 볼 수 있다!"

명황병촉야유도 明皇秉燭夜遊圖[1]

華蕚樓頭日初墮[2]　　화악루 앞에 해가 처음 떨어지고
紫衣催上宮門鎖[3]　　자의의 환관이 상궁문을 잠그라고 재촉하네
大家今夕燕西園[4]　　대가가 오늘 밤 서원에서 연회하는데
高爇銀盤百枝火　　　은반 촛대 백 가지에 불을 높이 피웠네
海棠欲睡不得成[5]　　해당은 잠자려 하지만 그러지 못하고
紅妝照見殊分明　　　홍장을 비춰보니 특별히 분명하네
滿庭紫燄作春霧　　　뜰 가득히 붉은 불꽃이 봄 안개를 이루니

不知有月空中行　　달이 공중에서 지나감을 모르네
新譜霓裳試初按[6]　　새 악보 〈예상우의곡〉을 처음 살펴볼 때
內使頻呼燒燭換[7]　　내사가 새 촛불로 바꾸라고 자주 소리치네
知更宮女報銅籤[8]　　지경궁녀가 시간을 알려와서
歌舞休催夜方半　　가무의 재촉을 멈추니 한밤중이네
共言醉飮終此宵　　모두가 말하길 술 취하여 이 밤을 지새우니
明日且免羣臣朝　　내일은 군신들의 조회가 없을 것이라네
只憂風露漸欲冷　　다만 바람과 이슬이 점차 차가워짐을 근심하고
妃子衣薄愁成嬌[9]　　비자의 옷이 엷어서 교태 꾸미기를 근심하네
琵琶羯鼓相追續[10]　　비파와 갈고소리가 서로 이어지는데
白日君心歡不足　　대낮에도 임금의 마음은 즐거움이 부족하네
此時何暇化光明　　이 때 어찌 광명촉으로 변할 겨를이 있어
去照逃亡小家屋[11]　　도망가는 가난한 백성의 집을 비추겠는가?
姑蘇臺上長夜歌[12]　　고소대 위에선 긴 밤에 노래하고
江都宮裏飛螢多[13]　　강도의 궁중 안엔 나는 반딧불이 많네
一般行樂未知極　　일반의 행락이 끝을 알 수 없는데
烽火忽至將如何[14]　　봉화가 갑자기 이르니 장차 어찌 해야 하는가?
可憐蜀道歸來客[15]　　가련하구나 촉도에서 돌아온 객이여!
南內凄凉頭盡白[16]　　남내에서 처량하게 머리가 온통 백발이 되었네
孤燈不照返魂人[17]　　외로운 등불은 반혼인을 비추지 못하는데
梧桐夜雨秋蕭瑟[18]　　오동나무의 밤비에 가을이 쓸쓸하네

주석 ⌒

1) **明皇(명황)**: 당나라 현종(玄宗) 이융기(李隆基). 말년에 성색(聲色)에 빠져서 정사에 소홀하여, 안사(安史)의 난을 야기하여 서촉(西蜀)으로 피난을 갔다. 결국 당나라의 쇠퇴를 불러왔음.

2) **華萼樓(화악루)**: 누대 이름. 현종이 건축한 것으로서 지금의 서안시(西安市) 흥경궁(興慶宮) 안에 있음.

3) **紫衣(자의)**: 태감(太監)이 입는 옷. 태감은 환관(宦官).

4) **大家(대가)**: 궁중에서 황제를 부르는 칭호. **西園(서원)**: 본래 한(漢)나라 상림원(上林園)의 별칭인데 여기서는 궁중의 원림(園林)을 말함.

5) **海棠(해당)**: 양귀비(楊貴妃)를 말함. 당현종이 침향전(沈香殿)에서 양귀비를 불렀는데, 마침 양귀비는 전날의 숙취에서 깨어나지 못하고 시녀의 부축을 받고 와서 절도 올리지 못했다. 현종이 "해당이 봄잠이 부족한 것인가?"라고 했음.

6) **霓裳(예상)**: 〈예상우의곡(霓裳羽衣曲)〉.

7) **內使(내사)**: 태감(太監).

8) **知更宮女(지경궁녀)**: 경(更)은 경루(更漏). 일종의 물시계. 지경궁녀는 시간을 살펴보는 계인(鷄人)을 말함. **銅籤(동첨)**: 경첨(更籤).

9) **妃子(비자)**: 양귀비.

10) **琵琶羯鼓(비파갈고)**: 비파는 비파(批把). 본래 호중(胡中)에서 나온 것으로서 마상(馬上)에서 타던 악기. 갈고는 중국북방 이민족 갈족(羯族)의 악기. 둘 다 현종이 즐겼던 악기라고 함.

11) 당나라 섭이중(聶夷中)의 〈전가시(田家詩)〉에 "我願君王心, 化爲光明燭. 不照綺羅筵, 只照逃亡屋"이라 했음.

12) **姑蘇臺(고소대)**: 강소성 소주시(蘇州市) 서남 고소산(姑蘇山) 위에 있는 누대 이름. 춘추시대 오(吳)나라 왕 합려(闔閭)가 건설했는데, 그 아들 부차(夫差)가 대 위에 춘소궁(春宵宮)을 세워서 서시(西施)와 함께 밤을 지새우며 음주가무를 즐겼음. 나중에 월(越)나라 왕 구천(句踐)의 공격을 받고 멸망된 후

고소대 또한 불태워졌음.

13) 江都宮(강도궁): 강도는 강소성 양주시(揚州市). 수양제(隋煬帝)의 행도(行都)이었음. 수양제는 경화궁(景華宮)에서 반딧불 수 곡(斛)을 잡아오게 하여 밤에 풀어놓고 행락을 즐겼는데, 우문화급(宇文化及)에게 피살되었음.

14) 烽火(봉화): 안사(安史)의 난을 말함.

15) 蜀道(촉도): 산서성에서 섬서성으로 들어가는 도로. 험난하기로 유명함. 歸來客(귀래객): 현종. 숙종(肅宗) 지덕(至德) 2년(757)에 촉(蜀)으로 피난 갔던 현종이 장안(長安)으로 돌아왔음.

16) 南內(남내): 흥경궁(興慶宮). 촉에서 돌아온 현종은 태상황(太上皇)이 되어서 남내에 유폐되었음. 백거이(白居易)의 〈장한가(長恨歌)〉에 "西宮南內多秋草, 落葉滿街紅不掃"라고 했음.

17) 返魂人(반혼인): 양귀비. 장안으로 돌아온 현종은 마외파(馬嵬坡)에서 죽은 양귀비를 잊지 못하고 방사(方士)를 시켜 그 혼을 불러오게 했음.

18) 백거이의 〈장한가〉에 "春風桃李花開日, 秋雨梧桐葉落時"라고 했음.

평설 ᘒᕉ

● 심덕잠의 『명시별재』: "'光明燭' 2어(語)는 섭이중(聶夷中)의 〈전가시(田家詩)〉의 뜻을 활용했는데, 제목 중의 병촉(秉燭)과 상응한다. 공교롭지만 섬약(纖弱)하지 않다."

금릉 우화대에 올라 대강을 바라보다 登金陵雨花臺望大江[1]

大江來從萬山中	큰 강이 많은 산들로부터 흘러오는데
山勢盡與江流東	산세가 다하여 강과 함께 동쪽으로 흘러가네

鍾山如龍獨西上²⁾ 종산은 용처럼 홀로 서쪽으로 올라가는데

欲破巨浪乘長風 큰 파도를 깨트리고 긴 바람을 타려고 하네

江山相雄不相讓 강과 산이 서로 웅발함을 양보하지 않는데

形勝爭誇天下壯 형승이 천하의 장관을 다퉈 자랑하네

秦皇空此瘞黃金³⁾ 진시황은 공연히 여기에 황금을 묻었지만

佳氣蔥蔥至今王 가기가 총총히 지금도 왕성하네

我懷鬱塞何由開 나의 가슴 막혔는데 어떻게 열 것인가?

酒酣走上城南臺⁴⁾ 술 취해 성남대로 달려 올라가네

坐覺蒼茫萬古意 앉아서 창망한 만고의 뜻을 깨닫는데

遠自荒煙落日之中來 황량한 연기와 석양 중에서 멀리 오네

石頭城下濤聲怒⁵⁾ 석두성 아래 파도소리 노하니

武騎千羣誰敢渡⁶⁾ 천 무리 기병인데 누가 감히 건너랴?

黃旗入洛竟何祥⁷⁾ 황기가 낙양에 들어감이 어찌 길조인가?

鐵鎖橫江未爲固⁸⁾ 쇠사슬로 강을 가로질러도 견고하지 못하네

前三國後六朝⁹⁾ 앞에는 삼국이 있고 뒤에는 육조가 있었는데

草生宮闕何蕭蕭 풀 돋은 궁궐은 어찌 쓸쓸한가?

英雄來時務割據 영웅들이 왔을 때 힘써 할거했는데

幾度戰血流寒潮 몇 번이나 전혈이 찬 조수에 흘렀던가?

我生幸逢聖人起南國¹⁰⁾ 나의 생애가 다행히 성인이 남국에서 일어

날 때를 만나니

禍亂初平事休息 난리가 처음 평정되고 전쟁이 멈추었네

從今四海永爲家 지금부터 사해가 영원히 한 집안이 되니

不用長江限南北¹¹⁾ 장강으로 남북을 나누지 않으리라

주석 ⌇

1) 金陵(금릉): 남경(南京)의 별칭. 이밖에 말릉(秣陵)·건업(建業)·건강(建康)·강녕(康寧)·석두성(石頭城) 등의 이름이 있었다. 雨花臺(우화대): 남경 남쪽 취보산(聚寶山) 위에 있음. 양무제(梁武帝) 때 승려 운광(雲光)이 이곳에서 불경을 강론했는데 하늘에서 꽃이 비처럼 떨어졌다고 함. 大江(대강): 장강(長江). 고계가 홍무(洪武) 2년(1369)에 『원사(元史)』의 수찬에 참여했을 때 지은 시임.

2) 鍾山(종산): 자금산(紫金山). 남경 동쪽에 있음. 일찍이 제갈량(諸葛亮)이 남경에 와서 형세를 돌아보고 "종산(鍾山)은 용이 서리고, 석두(石頭)는 호랑이가 웅크리고 있으니, 이는 제왕(帝王)의 댁(宅)이다"라고 했다고 전함.

3) 전설에 진시황이 금릉에 천자기(天子氣)가 있다는 소문을 듣고, 금은보화를 묻어서 그것을 억누르도록 했다고 함.

4) 城南臺(성남대): 우화대(雨花臺).

5) 石頭城(석두성): 남경 청량산(淸凉山)에 있음.

6) 武騎千羣(무기천군): 황초(黃初) 5년(224)에 위문제(魏文帝)가 오(吳)나라를 정벌하려 광릉(廣陵)에 이르러서 장강(長江)의 넘실대는 파도를 보고 탄식하기를 "위나라가 비록 무기(武騎) 천 무리를 지녔지만 사용할 바가 없으니 도모할 수가 없다"고 했음.

7) 黃旗入洛(황기입락): 오(吳)나라 왕 손호(孫皓)가 "황기(黃旗)와 자개(紫蓋)가 동남에서 보이니, 끝내 천하를 소유할 자는 형주(荊州)와 양주(揚州)의 임금이던가?"라는 노래가 전해오는 것을 믿고서, 어머니·처·자녀·후궁 등 수천 인을 거느리고 북상하여 천명(天命)에 응하려고 했는데, 도중에 대설(大雪)을 만나고, 군사들이 원망하자 곧 낭패하여 돌아왔음.

8) 진(晉)나라 태강(太康) 원년(280)에 무제(武帝)가 왕준(王濬)을 파견하여 수군을 이끌고 오(吳)나라를 정벌하게 했는데, 오나라에서 강 속의 험요지에 쇠사슬을 설치하여 막으려고 했다. 왕준은 큰 대나무 뗏목을 이용하여 쇠사슬을 태워버리고 동쪽으로 진격하여 오나라를 멸망시켰다.

9) 삼국은 위(魏)·오(吳)·촉한(蜀漢), 육조는 오(吳)·동진(東晋)과 남조의 송

(宋)·제(齊)·양(梁)·진(陳).

10) **聖人起南國**(성인기남국): 주원장(朱元璋)이 남방에서 일어난 것을 말함.

11) 『남사(南史)·공범전(孔範傳)』에 "장강(長江)은 천참(天塹)이어서, 예로부터 막혔는데, 오랑캐 군대가 어찌 날아서 건너오겠는가?"라고 했음.

조선아가 朝鮮兒歌[1]

朝鮮兒髮綠[2]	조선 여아 머리털이 검은데
初剪齊雙眉	처음 자른 쌍 눈썹이 가지런하네
芳筵夜出對歌舞	좋은 연회에 밤에 나와 가무를 대하니
木綿裘軟銅鐶垂	목면의 털옷 부드럽고 구리 귀걸이 드리웠네
輕身回旋細喉囀	가벼운 몸 회전하며 가는 목으로 노래하니
蕩月搖花醉中見	흔들리는 달빛 요란한 꽃을 취중에 보네
夷語何須問譯人[3]	조선말을 통역에게 물을 필요가 있겠는가?
深情知訴離鄉怨	깊은 정이 고향 떠난 원망을 호소함을 알 수 있네
曲終拳足拜客前	곡이 끝나자 발 구부리고 객 앞에 절을 하니
烏啼井樹蠟燈然	우물가 나무에 까마귀 울고 밀랍등불이 타네
共訝玄菟隔雲海[4]	모두 의아하니 현도는 구름바다로 막혔는데
兒今到此是何緣	여아가 지금 이곳에 온 것은 무슨 연고인가?
主人爲言曾遠使	주인이 말하길 일찍이 멀리 사신을 가서
萬里好風三日至	만 리 좋은 바람으로 삼일 만에 이르렀다네
鹿走荒宮亂寇過[5]	사슴은 황폐한 궁중을 달리고 반란군이 지나가니
鷄鳴廢館行人次	닭은 폐관에서 울고 행인들 머무네

四月王城麥熟稀[6]　　사월 왕성에 보리 여무는 것 드무니

兒行道路苦啼饑　　여아는 길을 가며 몹시 굶주림에 을었네

黃金擲買傾裝得　　황금을 주고 사고 행장을 기울어 얻어서

白飯分餐趁舶歸　　백반을 나눠 먹고 배를 좇아 돌아왔다네

我憶東藩內臣日[7]　　내 생각건대 동번이 내신하던 날

納女椒房被褘翟[8]　　납녀가 초방에서 위적을 입었으니

敎坊此曲亦應傳[9]　　교방의 이 곡 또한 마땅히 전해져서

特奉宸遊樂朝夕[10]　　특히 신유를 받들어 조석으로 즐겼으리라

中國年來亂未鋤　　중국은 연래에 난리로 농사를 짓지 못해서

頓令貢使入朝無[11]　　곧 공사가 입조하지 못하게 했네

儲皇尚說居靈武[12]　　저황은 오히려 영무에 거주하기를 좋아하고

丞相方謀卜許都[13]　　승상은 바야흐로 허도로 옮길 것을 모의했네

金水河邊幾株柳[14]　　금수 물가에 몇 그루의 버들은

依舊春風無恙否　　의구한 봄바람 속에 무양하던가?

小臣撫事憶昇平　　소신은 일을 헤아리고 승평을 추억하며

尊前淚瀉多於酒　　술잔 앞에 쏟은 눈물이 술보다 많네

주석 ⟶

1) 원주에 "내가 주검교(周檢校)의 댁에서 술을 마셨는데, 고려아(高麗兒) 두 사
　 람이 가무를 했다"고 했음.

2) 髮綠(발록): 녹(綠)은 흑(黑).

3) 夷語(이어): 조선말을 말함.

4) 玄菟(현도): 고려를 말함. 한무제(漢武帝)가 설치했다는 한사군(漢四郡)의 하나.

5) 鹿走荒宮(녹주황궁): 춘추시대 오자서(伍子胥)가 오왕(吳王) 부차(夫差)의 명
   으로 자결하면서 "고소대(姑蘇臺)에 사슴들이 노니는 것을 볼 것이다"라고
   했음. 황폐한 궁전을 말함. 亂寇(난구): 고려 말의 왜구(倭寇)의 난리를 말함.

6) 王城(왕성): 고려의 도성 개성(開城).

7) 東藩內臣(동번내신): 고려가 원나라에 귀속된 것을 말함.

8) 納女(납녀): 원나라 순제(順帝: 1333-1370)의 제이 황후는 황태자 애유식리달
   랍(愛猶識理達臘)의 모친 기황후(奇皇后)인데, 고려 출신이었음. 椒房(초방):
   황후가 거주하는 궁전. 褘翟(위적): 황후가 제사 때 입는 의복.

9) 敎坊(교방): 궁중에 소속된 가무대(歌舞隊).

10) 宸遊(신유): 황제의 연회.

11) 貢使(공사): 외국에서 공물을 바치는 사신.

12) 儲皇(저황): 황태자. 靈武(영무): 영하(寧夏) 부근에 있는 지명. 당나라 안록
   산(安綠山)의 난리 때 현종(玄宗)은 촉(蜀)으로 도망하고, 황태자 숙종(肅宗)
   은 영무로 달아나서 즉위하였음. 원나라 지정(至正) 24년에 대동(大同)을 지
   키던 장군 발라첩목아(孛羅帖木兒)가 반란을 일으켜서 원나라 수도 북경(北
   京)을 점령했다. 이때 황태자 애유식리달랍(愛猶識理達臘)은태원(太原)을 지
   키고 있었는데, 장군 확곽첩목아(擴廓帖木兒)에게로 도망갔다. 이듬해 확곽
   첩목아가 북경을 수복하고 발라첩목아를 죽였다.

13) 許都(허도): 하남성 허창(許昌). 조조(曹操)가 헌제(獻帝)에게 낙양(洛陽)에서
   허창으로 도성을 옮기도록 했음.

14) 金水(금수): 북경(北京) 궁전 앞에 흐르는 물 이름.

물가에서 손을 씻다 水上盥手

盥手愛春水   손을 씻으며 봄물을 사랑하는데

水香手應綠　　　물에 향기 나고 손은 마땅히 초록빛이네

泫泫細浪起[1]　　졸졸 잔물결 일어나고

杳杳驚魚伏[2]　　깊숙이 놀란 물고기가 엎드렸네

怊悵坐沙邊[3]　　슬프게 모래 가에 앉았는데

流花去難掬　　　흘러가는 꽃잎을 양손으로 움켜 담기 어렵네

1) 泫泫(운운): 물결이 이는 모양.

2) 杳杳(묘묘): 깊고 먼 모양.

3) 怊悵(초창): 실의(失意)한 모양.

꽃 파는 노래　賣花詞[1]

綠盆小樹枝枝好　　초록 화분의 작은 나무 가지마다 좋은데

花比人家別開早　　꽃이 인가에 비해 특히 빨리 피었네

陌頭擔得春風行　　거리 앞에서 봄바람을 얻어 짊어지고 지나가니

美人出簾聞叫聲　　미인이 발에서 나와 외치는 소리를 듣네

移去莫愁花不活　　옮겨 가서 꽃이 살지 못할 거라 근심 마오

賣與還傳種花訣　　팔 때는 꽃 심는 비결을 전해 준다오

餘香滿路日暮歸　　남은 향기가 길에 가득하고 석양에 귀가하는데

猶有蜂蝶相隨飛　　여전히 벌과 나비가 서로 따르며 나네

買花朱門幾迴改　　꽃 사는 부잣집들 몇 번이나 바뀌었던가?

不如擔上花長在　　등짐에서 꽃이 오래 있는 것보다 못하네

주석 ⌇

 1) 일종의 신악부(新樂府) 시임.

진씨추용헌　陳氏秋容軒

西郊莽迢递[1]　　　서교에 풀만 이어지고
川樹凝煙景　　　냇가 나무엔 연경이 엉겼네
雨過落紅蕖　　　비 지나자 붉은 연꽃 떨어지고
斜陽半江冷　　　해 기울자 강의 차가움이 반이네
蟬鳴山欲暗　　　매미 울자 산이 어두워지려 하고
鴈去天逾永　　　기러기 떠나가자 하늘이 더욱 기네
孤客對蕭條　　　외로운 객은 쓸쓸함을 대하고
應嗟鏡中影　　　거울 속 모습을 탄식하네

주석 ⌇

 1) 迢递(초체): 끊이지 않고 이어지는 모양.

심좌사가 왕참정을 수행하여 섬서 지역을 살피러 감을 전송
하다. 왕은 어사중승으로 나갔다 送沈左司從汪參政分省陝
西, 汪由御史中丞出[1]

重臣分陝去臺端[2]　　중신이 섬서를 살피러 대단을 떠나가니
賓從威儀盡漢官[3]　　빈종의 위의가 한관의 예절을 다했네
四塞河山歸版籍[4]　　사새의 산하가 판적으로 귀속되고
百年父老見衣冠[5]　　백년의 부로들이 의관을 보네
函關月落聽鷄度[6]　　함곡관에 달 지자 닭소리를 듣고 지나가고
華岳雲開立馬看[7]　　화악의 구름 열리자 말 세우고 바라보네
知爾西行定回首　　　그대가 서행하며 머리 돌릴 것을 아니
如今江左是長安[8]　　지금의 강좌가 장안이라네

주석 ◈

1) 沈左司(심좌사): 미상. 좌사는 관서(官署)의 이름. 汪參政(왕참정): 왕광양
(汪廣洋). 分省(분성): 중앙의 고급관리가 나가서 지방의 행정을 살피는 것.

2) 重臣(중신): 고급관리. 臺端(대단): 어사대(御史臺).

3) 賓從(빈종): 막객(幕客) 등의 수행원. 威儀盡漢官(위의진한관): 후한(後漢)
광무제(光武帝)가 장안(長安)을 수복하자, 부로(父老)들이 "금일 한관(漢官)
의 위의(威儀)를 다시 볼 줄을 기대하지 못했다"고 했음.

4) 四塞河山(사새하산): 『사기(史記)·소진열전(蘇秦列傳)』에 "진(秦)나라는 사
새(四塞)의 나라이다. 산으로 둘러싸이고, 위수(渭水)를 두르고 있는데, 동쪽
에는 관하(關河)가 있고, 서쪽에는 한중(漢中)이 있고, 남쪽에는 파촉(巴蜀)
이 있고, 북쪽에는 대마(代馬)가 있으니, 이는 천부(天府)이다"라고 했음. 진
나라 지역은 섬서 일대임. 版籍(판적): 호적(戶籍).

5) 百年父老(백년부로): 섬서 지역은 금(金)과 원(元)이 2백 년 동안 통치했던
   곳임. 衣冠(의관): 한족(漢族)의 전례제도(典禮制度)를 말함. 주원장(朱元璋)
   이 섬서 지역을 수복했음을 찬양하여 말한 것.

6) 函關(함관): 함곡관(函谷關). 전국시대 맹상군(孟嘗君)이 진(秦)나라를 탈출
   할 때 닭소리를 잘 내는 객(客)의 도움으로 함곡관을 넘어왔음. 계명구도(鷄
   鳴狗盜)의 고사를 인용한 것임.

7) 華岳(화악): 서악(西岳) 화산(華山). 섬서성 화음현(華陰縣) 남쪽.

8) 江左(강좌): 장강(長江) 하류 지역. 명나라 도성 남경(南京)을 말함.

평설 ～

● 심덕잠의 『명시별재』: "음절(音節) · 기미(氣味) · 격률(格律) · 사화(詞華)
   가 입묘(入妙)하지 않음이 없다."

청명날 관중의 제공들에게 올리다 淸明呈館中諸公[1]

新煙著柳禁垣斜[2]	새 연기 버들에 붙어 금원에 비껴있고
杏酪分香俗共誇[3]	행락의 향기 나누며 시속을 자랑하네
白下有山皆繞郭[4]	백하의 산들은 모두 성곽을 둘렀는데
淸明無客不思家	청명날 집을 생각하지 않는 객이 없네
卞侯墓上迷芳草[5]	변후의 묘 위엔 방초가 가득하고
盧女門前映落花[6]	노녀의 문전엔 낙화가 밝네
喜得故人同待詔[7]	기쁘게 친구들과 대조를 함께 하니
擬沽春酒醉京華[8]	봄 술을 사서 경화에서 취하려네

주석 ✑

1) 淸明(청명): 한식(寒食) 하루 뒤의 절기. 가족들과 함께 성묘를 하는 중요한 절기였음. 館中(관중): 국사관(國史館). 고계는 홍무(洪武) 초에 한림원국사 편수(翰林院國史編修)를 지냈음.

2) 新煙(신연): 청명절 하루 전의 한식(寒食) 때는 춘추시대 진(晉)나라 개지추 (介之推)를 기념하여 불을 피우지 않는데, 청명절에 다시 불을 피우는 것을 신연이라고 함. 禁垣(금원): 황궁(皇宮)의 담장.

3) 杏酪(행락): 청명절에 먹는 행인(杏仁: 살구씨)을 갈아서 넣은 보리죽.

4) 白下(백하): 백하성(白下城). 남경(南京)의 별칭.

5) 卞侯(변후): 진(晉)나라 상서령(尙書令) 변호(卞壺). 소준(蘇峻)이 반란을 일 으켰을 때 피살되어서 야성(冶城)에 장례했음. 야성은 남경시 조천궁(朝天 宮) 일대.

6) 盧女(노녀): 막수(莫愁)를 말함. 고대에 노래를 잘 했던 여자. 고악부(古樂府) 〈하중지수가(河中之水歌)〉에 "洛陽女兒名莫愁, 十五嫁作盧家婦"라고 했음.

7) 待詔(대조): 당나라 때 한림대조(翰林待詔). 여기서는 국사편수를 말한 것.

8) 京華(경화): 경사(京師).

매화 梅花[1]

1

瓊姿只合在瑤臺[2]	옥의 자태가 다만 요대에 있어야 하는데
誰向江南處處栽	누가 강남 곳곳에 심었는가?
雪滿山中高士臥[3]	눈 가득한 산중에 고사가 누웠는데
月明林下美人來[4]	달 밝은 숲 아래 미인이 찾아왔네
寒依疎影蕭蕭竹[5]	추위는 성근 그림자에 의지해 소소한 대숲에 있고

春掩殘香漠漠苔[6]　봄은 남은 향기를 가리고 막막한 이끼에 있네
自去何郞無好詠[7]　하랑이 떠나간 후 좋은 읊음이 없는데
東風愁寂幾回開　봄바람 속에 적막히 몇 번이나 피었던가?

주석

1) 모두 9수임.

2) 瓊姿(경자): 옥과 같은 아름다운 자용(姿容). 瑤臺(요대): 전설 속의 신선이
   거주한다는 곳.

3) 高士(고사): 한(漢)나라 원안(袁安)을 말함. 자는 소공(邵公), 여남(汝南) 여
   양(汝陽: 하남성 商水縣) 사람. 한나라 장제(章帝) 때 사도(司徒)를 지냈음.
   원안은 젊은 시절 출사하지 않고 은거했을 때, 한번은 대설이 내려서 식량도
   구할 수 없었는데, 굶주림을 참으면서 집안에 편히 누워 있었다. 낙양령(洛陽
   令)이 걱정하여 문안하였으나 나와 보지도 않았다.

4) 美人(미인): 유종원(柳宗元)의 『용성록(龍城錄)』에 나오는, 수(隋)나라 조사
   웅(趙士雄)이 만났다는 매화의 정령인 호의(縞衣) 미인.

5) 疎影(소영): 매화의 성근 그림자. 송나라 임포(林逋)의 〈山園小梅〉 시에 "疎
   影橫斜水淸淺, 暗香浮動月黃昏"이라 했음. 蕭蕭(소소): 바람이 초목에 부는
   소리.

6) 漠漠(막막): 조밀하게 퍼져 있는 모양.

7) 何郞(하랑): 하손(何遜). 남조 양(梁)나라 시인. 하손이 일찍이 양주(楊州) 법
   조(法曹)로 있을 때, 관사에 매화 한 그루가 있었는데 〈양주법조매화성개(揚
   州法曹梅花盛開)〉 시를 지었음. 그 후 낙양에 있으면서 양주의 매화를 생각하
   고 재임(再任)할 것을 청하여 다시 양주로 가니, 때마침 매화가 성대하게 피
   어서 꽃을 대하고 종일 방황하였다고 함.

참고 ∽

● 유종원(柳宗元)의 『용성록(龍城綠)』에 "수나라 개황(開皇) 중, 조사웅(趙師雄)이 나부산(羅浮山)으로 좌천되었을 때, 하루는 날이 차가운 석양에 반쯤 취해 있었다. 그래서 솔숲 사이의 주막에 종복과 수레를 쉬게 하였다. 옆집에 사는 한 여인을 보았는데, 곱게 화장을 하고 소복차림으로 나와서 사웅을 맞이하였다. 때는 이미 어둠이 깔리고, 잔설만이 달빛을 마주하고 희미하게 밝았다. 사웅은 기뻐하며 함께 말을 나누었다. 다만 방향(芳香)이 끼쳐옴을 느꼈는데, 그녀의 언어는 지극히 맑고 아름다웠다. 그래서 사웅은 그녀와 더불어 술집 문을 두드려 여러 잔을 얻어서 함께 술을 마셨다. 얼마 후 한 녹의동자(綠衣童子)가 와서 즐겁게 노래하고 춤을 췄다. 그것 또한 볼만하였다. 이윽고 취하여 모두 잠이 들었는데, 사웅 또한 몽롱하였다. 다만 풍운(風雲)의 기운이 엄습함을 느꼈다. 시간이 오래되어 동방이 이미 밝아 있었다. 사웅이 일어나 둘러보니 곧 큰 매화나무 아래 있었다. 그 위에는 비취새 한 마리가 재잘대고 있었다. 망연히 기다리고 있는데 달은 지고 삼성(參星)도 기울어, 다만 슬플 뿐이었다"고 했다.

2

縞袂相逢半是仙[1]　흰 소매를 상봉하니 반은 신선인데
平生水竹有深緣[2]　평생 수죽과 깊은 인연이 있네
將疎尚密微經雨　성글며 조밀하며 보슬비를 겪고
似暗還明遠在煙　어둡다 밝으며 멀리 안개 속에 있네
薄暝山家松樹下[3]　석양에 산가의 소나무 아래 있고
嫩寒江店杏花前[4]　약한 추위 속 강가 주점의 살구꽃 앞에 있네

秦人若解當時種[5]　진나라 사람이 매화를 심을 줄 알았더라면
不引漁郎入洞天[6]　어랑을 동천으로 끌어들이지 않았으리라

주석

1) 縞袂(호메): 유종원(柳宗元)의 『용성록(龍城綠)』에 나오는 호의(縞衣) 미인을
   말함.

2) 水竹(수죽): 물가의 대나무 옆에 매화를 많이 심었음. 임포(林逋)의 〈매화〉시
   에 "水邊籬落忽橫枝"라고 했고, 소식(蘇軾)의 〈和秦太虛梅花〉시에 "竹外一
   枝斜更好"라고 했음.

3) 薄暝(박명): 박모(薄暮). 저녁 어스름.

4) 嫩寒(눈한): 경한(輕寒).

5) 秦人(진인): 진시황(秦始皇)의 폭정을 피해 피난 와서 수백 년간 무릉도원(武
   陵桃源)에서 살아온 진나라 사람들.

6) 漁郎(어랑): 복사꽃이 떠내려 오는 것을 보고 무릉도원을 찾아갔던 어부. 洞
   天(동천): 신선이 사는 곳. 무릉도원을 말함.

3

翠羽驚飛別樹頭[1]　비취새가 놀라 날며 나뭇가지를 떠나가니
冷香狼藉倩誰收　찬 향기 낭자한데 누구에게 거둬 달라 할 것인가?
騎驢客醉風吹帽[2]　나귀 탄 객은 취하여 바람이 모자를 날리고
放鶴人歸雪滿舟[3]　학 날리고 사람 돌아오니
淡月微雲皆似夢　맑은 달빛 작은 구름이 모두 꿈결 같은데
空山流水獨成愁　빈산의 흐르는 물소리에 홀로 수심 짓네

幾看孤影低徊處　　외로운 그림자 배회함을 몇 번 보았던가?
只道花神夜出遊　　다만 화신이 밤에 유람한다고 말하네

주석 ∽

1) 翠羽(취우): 유종원(柳宗元)의 『용성록(龍城綠)』에 나오는 비취새를 말함.

2) 騎驢客(기려객): 당나라 시인 맹호연(孟浩然). 전설에 일찍이 나귀를 타고 눈
   을 밟으며 매화를 찾았다고 함. 소식(蘇軾)의 〈贈寫眞何充〉시에 "雪中騎驢孟
   浩然, 皺眉吟詩肩聳山"이라 했음. 장도흡(張道洽)의 〈매화〉시에 "寒驢積雪
   深須去, 破帽嚴霜打不知"라고 했음.

3) 放鶴人(방학인): 송나라 임포(林逋). 항주(杭州) 서호(西湖) 가에 은거하며,
   백학(白鶴)을 키우고 매화를 심어서, '매처학자(梅妻鶴子)'라고 불렸음. 때
   때로 학을 풀어놓고 즐겼는데, 지금 서호의 고산(孤山)에 방학정(放鶴亭)이
   있다.

4

最愛寒多最得陽[1]　　추위 속에 봄기운을 먼저 얻음이 가장 사랑스럽고
仙遊長在白雲鄕[2]　　선유가 오랫동안 백운향에 있네
春愁寂寞天應老[3]　　봄 시름이 적막하니 하늘도 마땅히 늙어가고
夜色朦朧月亦香　　밤의 색이 몽롱하니 달빛 또한 향기롭네
楚客不吟江路寂[4]　　초객이 읊지 않으니 강 길이 쓸쓸하고
吳王已醉苑臺荒[5]　　오왕이 이미 취하니 원대가 황량하네
枝頭誰見花驚處　　가지 끝에 꽃이 놀라는 것을 누가 보는가?
嫋嫋微風簌簌霜[6]　　하늘대는 미풍과 무성한 서리뿐이네

주석 ◌◌

1) 陽(양): 양화(陽和)의 기운.

2) 白雲鄉(백운향): 신선이 거주하는 곳.

3) 당나라 이하(李賀)의 〈金銅仙人辭漢家〉에 "天若有情天亦老"라고 했음.

4) 楚客(초객): 초(楚)나라 굴원(屈原). 『초사(楚辭)』에는 매화를 읊은 작품이 없
   음. 고계의 〈次韻西園公詠梅〉시에 "如何天與出塵姿, 不得芳名入楚辭"라고
   했고, 송나라 증기(曾幾)의 〈해당(海棠)〉시에 "少陵忘却渾閑事, 更有離騷忘
   却梅"라고 했음.

5) 吳王(오왕): 춘추시대 오나라 왕 부차(夫差). 말년에 성색(聲色)에 빠져 나라
   를 멸망시켰음.

6) 嫋嫋(요뇨): 가볍게 흔들리는 모양. 簌簌(속속): 무성한 모양.

호은군을 방문하다 尋胡隱君

渡水復渡水	물을 건너고 다시 물을 건너고
看花還看花	꽃을 보고 또 꽃을 보면서
春風江上路	봄바람의 강가 길에서
不覺到君家	나도 모르게 그대 집에 왔다오

가을 버들 秋柳

| 欲挽長條已不堪 | 긴 가지를 당기려는데 이미 그럴 수 없고 |
| 都門無復舊毿毿[1] | 도성 문엔 다시 예전의 가는 가지가 없네 |

此時愁殺桓司馬[2]　　이때 환사마를 슬퍼하니
暮雨秋風滿漢南[3]　　저녁비와 가을바람이 한남에 가득하네

주석

1) 毿毿(삼삼): 가지가 가늘고 긴 모양.

2) 桓司馬(환사마): 동진(東晉)의 환온(桓溫). 대사마(大司馬)를 지냈음. 환온이 북벌을 할 때 금성(金城)을 지나가다가 젊은 시절에 심어놓은 버드나무가 이미 열 아름이 된 것을 보고 감개하여 말하기를 "나무가 이와 같으니, 사람이 어찌 감당하겠는가?" 하고는 나무에 올라가서 가지를 붙잡고 눈물을 흘렸다고 함.

3) 漢南(한남): 한수(漢水)의 남쪽. 환온은 일찍이 강남(江南)에서 진수(鎭守)했음.

봄이 저문 서원 春暮西園[1]

綠池芳草滿晴波　　초록 못의 방초가 맑은 물결에 가득하고
春色都從雨裏過　　춘색이 모두 비를 좇아 지나갔네
知是人家花落盡　　인가에 꽃이 다 진 것을 아는데
菜畦今日蝶來多　　채마밭엔 오늘도 호랑나비가 많이 오네

주석

1) 제목이 〈서원즉사(西園卽事)〉로 된 판본도 있음.

가을에 바라보다 秋望

霜後芙蓉落遠洲[1]	서리 온 후 부용꽃이 먼 물섬에서 떨어지고
雁行初過客登樓	기러기 행렬 처음 지나서 객이 누대에 올랐네
荒煙平楚蒼茫處[2]	황량한 연기의 평야가 아득한 곳
極目江南總是秋	시야 멀리 강남이 모두 가을이네

주석 ⌁

1) 芙蓉(부용): 거상화(拒霜花)의 별칭.

2) 平楚(평초): 원야(原野). 蒼茫(창망): 넓고 먼 모양.

궁녀도 宮女圖

女奴扶醉踏蒼苔[1]	여노가 술에 취해 푸른 이끼를 밟으며
明月西園侍宴迴	밝은 달 뜬 서원의 시연에서 돌아오네
小犬隔花空吠影	작은 개가 꽃 너머에서 공연히 그림자를 짖는데
夜深宮禁有誰來[2]	밤 깊은 궁금에 누가 오겠는가?

주석 ⌁

1) 女奴(여노): 후궁(後宮)의 천한 여종. 여기서는 궁녀(宮女)를 말함. 扶醉(부
   취): 대취(帶醉).

2) 宮禁(궁금): 제왕이 거주하는 심궁(深宮).

● 청나라 전겸익(錢謙益)의 『열조시집(列朝詩集)』: "계적(季迪: 고계)은 이 시로 인하여 화(禍)를 얻었다."

● 청나라 주이준(朱彛尊)의 『정지거시화(靜志居詩話)』: "세상에서 시랑(侍郞: 고계)이 화(禍)를 산 것은 〈제궁녀도(題宮女圖)〉로 인한 것이라고 전한다. 효릉(孝陵: 明太祖)의 시기(猜忌)는 정(情)이 혹은 지닐 수 있다. 그러나 문집 중에 또한 〈제화견(題畵犬)〉시가 있는데, '猧兒初長尾茸茸, 行響金鈴細草中. 莫向瑤階吠人影, 羊車夜半出深宮'이라 했다. 이는 명나라 초의 액정사(掖庭事)와는 같지 않다. 어떤 이는 경신군(庚申君)을 풍자하여 지은 것인데 호사가가 이로 인하여 부회(附會)한 것이라고 한다."

〈맹호연기려음설도〉에 적다 題孟浩然騎驢吟雪圖[1]

西風驢背倚吟魂[2]	서풍 속 나귀 등에서 음혼에 의지하는데
只到龐公舊隱村[3]	다만 방공이 옛날 은거한 마을에 이르네
何事能詩杜陵老[4]	어찌하여 시에 능한 두릉노인은
也頻騎叩富兒門	빈번히 말 타고 부잣집 문을 두드렸던가?

1) 당나라 맹호연(孟浩然)이 나귀를 타고 골똘히 눈을 읊는 그림에 적은 시이다. 맹호연의 친구 왕유(王維)는 〈襄陽孟公馬上吟詩圖〉를 그린 적이 있다.

2) 吟魂(음혼): 시상(詩想)을 말함.

3) 龐公(방공): 방덕공(龐德公). 동한(東漢)의 은사(隱士). 양양(襄陽) 사람. 동

한 말에 현산(峴山) 남쪽에 은가하고 성시(城市)에 출입하지 않았다. 건안(建
安) 때에는 양양 녹문산(鹿門山)에 은거했다. 나중에 맹호연 또한 녹문산에
은거했다.

4) 杜陵老(두릉로): 당나라 두보(杜甫). 집이 두릉(杜陵)에 있어서 자칭 두릉포
의(杜陵布衣)라고 했다.

양기(1326-1378), 자는 맹재(孟載), 호는 미암(眉庵), 원적은 가정(嘉定: 사천성 樂山縣)인데, 오현(吳縣: 강소성 蘇州)에서 태어나서 소주(蘇州) 사람이 되었다. 원래 장사성(張士誠)의 막료를 지냈는데, 홍무(洪武) 초에 형양지현(滎陽知縣)이 되고, 병부원외랑(兵部員外郎)에 발탁되고, 산서안찰사(山西按察使)를 지냈다. 나중에 참소를 당하여 관직을 박탈당하고, 요동(遼東)으로 유배되었다. 후에 또 문자옥(文字獄)을 만나서 피살되었다. 저서로 『미암집(眉庵集)』이 있다.

양기는 젊어서부터 시명(詩名)이 있어서 고계(高啓)·장우(張羽)·서분(徐賁)과 함께 '오중사걸(吳中四傑)'로 불렸다.

악양루 岳陽樓[1]

春色醉巴陵[2]	춘색은 파릉을 취하게 하고
闌干落洞庭[3]	종횡으로 동정호로 떨어지네
水吞三楚白[4]	물은 삼초땅을 삼켜서 희고
雲接九疑靑[5]	구름은 구의산에 이어져 푸르네
空濶魚龍舞	넓고 아득히 어룡들 춤추고
娉婷帝子靈[6]	아리따운 제자의 혼령이네
何人夜吹笛	누가 밤에 피리를 부는가?
風急雨冥冥[7]	바람 급하고 비가 어둡네

주석 ⌒

1) 岳陽樓(악양루): 호남성 악양현성(岳陽縣城) 서문루(西門樓). 동정호(洞庭湖) 가에 있음.

2) 巴陵(파릉): 악양의 별칭. 이백(李白)의 〈陪侍郎叔遊洞庭醉後三首〉에 "巴陵 無限酒, 醉殺洞庭秋"라고 했음.

3) 闌干(난간): 종횡으로 비껴있는 모양.

4) 三楚(삼초): 진한(秦漢) 때 초(楚)나라 지역을 동초(東楚)·서초(西楚)·남초 (南楚)로 나누었음. 지금의 호남과 호북 지역.

5) 九疑(구의): 산 이름. 호남성 영원현(寧遠縣) 경내에 있음.

6) 娉婷(빙정): 아름다운 모양. 帝子靈(제자령): 순(虞)의 비(妃) 아황(娥皇)과 여영(女英). 죽어서 상수(湘水)의 신이 되어서 상령(湘靈)이라고 함.

7) 冥冥(명명): 어두운 모양.

- 명나라 호응린(胡應麟)의 『시수(詩藪)』: "〈악양(岳陽)〉 1수는 장려(壯麗)함이 맹호연(孟浩然)과 나란히 하려고 하고, 그 말구 '何人夜吹笛? 風急雨冥冥'은 더욱 회자(膾炙)된다."

- 심덕잠의 『명시별재』: "마땅히 오언(五言)의 사조수(射雕手)로 추대해야 하고, 기결(起結)은 더욱 신경(神境)으로 들어갔다."

참고 ⟶

- 맹호연(孟浩然)의 〈臨洞庭湖〉: "八月湖水平, 含虛混太淸. 氣蒸雲夢澤, 波撼岳陽城. 欲濟無舟楫, 端居恥聖明. 坐看垂釣者, 徒有羨魚情."

- 두보(杜甫)의 〈登岳陽樓〉: "昔聞洞庭水, 今上岳陽樓. 吳楚東南坼, 乾坤日夜浮. 親朋無一字, 老病有孤舟. 戎馬關山北, 憑軒涕泗流."

장강만리도 長江萬里圖

我家岷山更西住[1]	내 집은 민산 서쪽에 있는데
正見岷江發源處[2]	바로 민강의 발원처가 보이네
三巴春霽雪初消[3]	삼파의 봄날 개어서 눈이 처음 녹으니
百折千回向東去	백 번 꺾이고 천 번 돌며 동쪽으로 흘러가네
江水東流萬里長	강물은 동쪽으로 흘러 만 리로 긴데
人今漂泊尙他鄕	사람은 지금 떠돌며 여전히 타향에 있네

煙波草色時牽恨　　연파 속 춘색에 때때로 한을 이끌고
風雨猨聲欲斷腸[4]　풍우 속 원숭이울음에 애가 끊기려 하네

주석

1) 岷山(민산): 사천성 북부에 있음. 장강(長江)와 황하(黃河)의 분수령임.

2) 岷江(민강): 장강(長江)의 지류로서 민산 남쪽기슭에서 발원함.

3) 三巴(삼파): 파군(巴郡) · 파동(巴東) · 파서(巴西). 사천성 가릉강(嘉陵江) ·
   기강(綦江) 유역의 동부지역.

4) 역도원(酈道元)의 『수경주(水經注)』에 "어부가 노래하기를 '巴東三峽巫峽長,
   猿啼三聲淚沾裳'"이라 했음.

평설

● 심덕잠의 『명시별재』: "칠언단고(七言短古)는 이기(李頎) · 상건(常建)
   등 제공(諸公)에게 근본을 두었다."

악양루에 올라 군산을 바라보다 登岳陽樓, 望君山[1]

洞庭無烟晚風定　　동정호에 안개 없고 저녁바람 그치니
春水平鋪如練淨[2]　봄물이 평평히 퍼져 흰 비단처럼 정결하고
君山一點望中青　　군산 한 점이 조망 안에 푸르네
湘女梳頭對明鏡[3]　상녀가 빗질하며 밝은 거울을 대하고
鏡裏芙蓉夜不收[4]　거울 속 부용을 밤에도 거두지 않네

水光山色兩悠悠　　물빛과 산색이 둘 다 아득하네
直敎流下春江去　　곧장 봄 강으로 흘러내려 떠나가며
消得巴陵萬古愁⁵⁾　　파릉의 만고 시름을 풀어내네

주석

1) 岳陽樓(악양루): 호남성 악양현성(岳陽縣城) 서문루(西門樓). 아래로 동정호(洞庭湖)를 굽어봄. 君山(군산): 일명 동정산(洞庭山)·상산(湘山). 동정호 입구에 있는 작은 섬. 전설에 순(舜)의 비(妃)인 상비(湘妃)가 이곳에서 노닐었다고 하여서 상산이라고 함.

2) 練(연): 백색의 견(絹).

3) 湘女(상녀): 순(虞)의 비(妃) 아황(娥皇)과 여영(女英). 순의 죽음을 슬퍼하여 상수에 투신하여 죽어서 상수의 신 상비(湘妃)가 되었다고 함. 상령(湘靈) 혹은 상부인(湘夫人)으로 부른다.

4) 芙蓉(부용): 호수의 연꽃과 상녀의 얼굴을 동시에 말한 것임.

5) 巴陵(파릉): 치소(治所)가 악양에 있었던 옛 군(郡) 이름. 악양의 별칭.

봄풀 春草

嫩綠柔香遠更濃¹⁾　　연초록이 부드럽고 향기로운데 멀수록 질고
春來無處不茸茸²⁾　　봄이 오니 우거지지 않은 곳이 없네
六朝舊恨斜陽裏³⁾　　육조의 옛 한은 석양 속에 있고
南浦新愁細雨中⁴⁾　　남포의 새 근심은 보슬비 안에 있네
近水欲迷歌扇綠⁵⁾　　물 가까이 가선의 초록이 헤매려 하고

隔花偏襯舞裙紅⁶⁾　꽃에 격하여 무군의 붉음이 두루 붙었네

平川十里人歸晚　평평한 냇물 십리에 사람들 돌아오는 저녁인데

無數牛羊一笛風　무수한 양과 소들은 피리 부는 바람 속에 있네

주석

1) 嫩綠(눈록): 연초록.

2) 茸茸(용용): 무성한 모양.

3) 六朝(육조): 오(吳)·동진(東晋)과 남조의 송(宋)·제(齊)·양(梁)·진(陳). 모두 남경(南京)에 도읍했음.

4) 南浦(남포): 널리 물가를 지칭함. 주로 이별의 장소를 말함. 굴원(屈原)의 〈九歌·河伯〉에 "子交手兮東行, 送美人兮南浦"라고 했음.

5) 歌扇(가선): 가수의 부채.

6) 舞裙(무군): 무희의 치마.

평설

● 이동양(李東陽)의 『회록당시화((懷麓堂詩話))』: "양맹재(楊孟載)의 〈춘초〉시는 최고로 전해진다. '六朝舊恨斜陽外, 南浦新愁細雨中'이라 하고, '平川十里人歸晚, 無數牛羊一笛風'이라 한 것은 참으로 아름답다. 그러나 '綠迷歌扇'과 '紅襯舞裙'은 이미 원시(元詩)의 습기(氣習)를 벗어날 수 없다."

● 심덕잠의 『명시별재』: "맹재(孟載)의 〈춘초〉시 '六朝舊恨斜陽外, 南浦新愁細雨中'은 참으로 가구(佳句)이다. 그러나 대개 섬약함에 가깝다."

천평산중 天平山中[1]

細雨茸茸濕楝花[2]	보슬비 보슬보슬 멀구슬나무 꽃이 젖고
南風樹樹熟枇杷[3]	남풍이 살랑살랑 비파 열매가 익네
徐行不記山深淺	천천히 걸으며 산의 깊고 얕음을 기억 못 하는데
一路鶯啼送到家	한 길에서 꾀꼬리가 울며 집까지 전송하네

주석 ⌒

1) 天平山(천평산): 강소성 소주(蘇州) 서쪽에 있음. 양기의 자주(自註)에 "나의 집은 적산(赤山)에 있는데, 서로의 거리가 5리를 넘지 않는다"고 했음.

2) 茸茸(용용): 무성한 모양. 楝(연): 멀구슬나무, 남방의 낙엽교목. 봄에 담자 (淡紫)색의 꽃이 피고, 가을에 노란 구슬 같은 열매가 열린다.

3) 樹樹(수수): 바람이 가볍게 부는 모양. 枇杷(비파): 남방의 낙엽교목. 겨울에 흰 꽃이 피고 초여름에 금귤 같은 노란 열매가 열림.

꿈에서 서호를 유람하다 夢遊西湖[1]

採蓮女郎蓮花腮	연밥 따는 아가씨는 연꽃의 뺨인데
藕絲衣輕難剪裁[2]	우사의 옷은 가벼워 마름질이 어렵네
瞥然一見唱歌去	문득 한 번 보고 노래하며 떠나가니
荷葉滿湖風雨來	연잎 가득한 호수에 비바람이 몰려오네

주석 ⌒

1) **西湖**(서호): 절강성 항주(杭州)에 있는 호수 이름.

2) **藕絲**(우사): 연뿌리의 섬유.

장우 張羽

장우(1333-1385), 자는 내의(來儀), 원적은 심양(瀋陽: 강소성 九江市)인데 원나라 말에 오(吳)로 옮겨 살았다. 안정서원산장(安定書院山長)을 지냈다. 홍무(洪武) 초에 태상사승(太常司丞)·한림원동장문연각사(翰林院同掌 文淵閣事)를 지냈다. 홍무 18년에 사건에 연루되어 영남(嶺南)으로 유배되었는데, 도중에 다시 소환되자 용강(龍江)에 투신하여 자살했다. 저서로 『정거집(靜居集)』이 있다.

장우는 서분(徐賁)과 친했는데, 함께 '오중사걸(吳中四傑)' 중의 한 사람이었다.

고기륜의 『국아품』에 "장사승(張司丞) 내의(來儀)는 체재(體裁)가 정밀하고, 정유(情喩)는 유심(幽深)하여 자못 전기(錢起)·낭사원(郎士元)과 같다"고 했다.

연산의 봄이 저물다 燕山春暮[1]

金水橋邊蜀鳥啼[2]	금수교 가에 두견새 울고
玉泉山下柳花飛[3]	옥천산 아래 버들꽃 날리네
江南江北三千里	강남과 강북이 삼천리인데
愁絶春歸客未歸	슬프게 봄은 돌아가는데 객은 돌아가지 못하네

주석

1) 燕山(연산): 송(宋)나라 때 연산부(燕山府)로서 북경(北京)의 대칭(代稱)으로 사용했음.

2) 金水橋(금수교): 금수(金水)는 북경시에 있음. 蜀鳥(촉조): 두견새. 뻐꾸기 과의 새. 봄철에 남의 둥지에 탁란하여 번식을 함. 『촉왕본기(蜀王本紀)』에 의하면, 고대 촉(蜀)나라에 두우(杜宇)라는 자가 스스로 망제(望帝)라고 칭하고 촉나라를 다스리다가 형(荊)에서 온 별령(鼈靈)에게 왕위를 물려주고 서산(西山)에 은거했는데, 나중에 두견이로 변했다고 함. 봄에 두견이가 피를 토하며 울면 그 핏자국에서 두견화(杜鵑花: 진달래)가 피어난다고 함. 두견이의 별칭으로는 촉혼(蜀魂)·망제혼(望帝魂)·불여귀(不如歸)·귀촉도(歸蜀道)·두우(杜宇)·원조(怨鳥) 등이 있음.

3) 玉泉山(옥천산): 북경시 서북에 있는 산.

도연명상에 적다 題陶淵明像[1]

| 五兒長大翟卿賢[2] | 다섯 아들 장대하고 적경이 현명하니 |
| 彭澤歸來只醉眠 | 팽택에서 돌아와서 단지 취해서 잘 뿐이네 |

籬下黃花門外柳[3]　울타리 아래 황화와 문 밖 버들은

秋光不似義熙前[4]　가을빛이 의희 전과 같지 않네

주석 ⌇

1) 원래 〈劉伶·謝安·陶潛·王羲之像〉시 중의 한 수임. 도연명(365-427)은 심양(尋陽) 시상(柴桑: 강서성 九江市) 율리(栗里) 사람. 이름은 잠(潛), 또 다른 자는 원량(元亮). 동진(東晋) 때의 유명한 시인이었음.

2) 五兒(오아): 도연명의 다섯 아들. 그의 〈책자시(責子詩)〉에 "雖有五男兒, 總不好紙筆"이라 했음. 翟卿(적경): 도연명의 둘째 부인.

3) 籬下黃花(이하황화): 도연명의 〈음주(飮酒)〉시에 "采菊東籬下, 悠然見南山"이라 했음. 門外柳(문외류): 도연명은 「오류선생전(五柳先生傳)」을 지어서 자황(自況)을 표했음.

4) 義熙(의희): 동진(東晋) 안제(安帝)의 연호. 도연명은 의희 2년에 팽택령(彭澤令)을 사임하고 〈귀거래사(歸去來辭)〉를 읊고, 고향으로 돌아와 은거했음.

서분 徐賁

서분(?-1379), 자는 유문(幼文), 호는 북곽생(北郭生), 원적은 서촉(西蜀)이었는데 평강(平江: 강소성 蘇州)로 옮겨 살았다. 홍무(洪武) 7년(1374)에 추천으로 경사에 가서 형부주사(刑部主事)·광서참의(廣西參議)를 지내고, 하남좌포정사(河南左布政司)에 발탁되었다. 대군(大軍)이 조(洮)·민(岷)을 정벌할 때 호로(犒勞)를 때맞추어 하지 못했다는 이유로 옥에 갇혀서 굶어죽었다. 저서로 『북곽집(北郭集)』이 있다. '오중사걸(吳中四傑)' 중의 한 사람이었다.

고기륜의 『국아품』에 "서방백(徐方伯) 유문(幼文)은 사채(詞彩)가 주려(遒麗)하고 풍운(風韻)이 처량하여, 거의 초객(楚客)의 총란(叢蘭)과 상군(湘君)의 방두(芳杜)와 같이 매번 추창(惆愴)함이 많다"고 했다.

비 온 후 못가의 부용을 위로하다 雨後慰池上芙蓉

池上新晴偶得過	새로 갠 연못가를 우연히 찾아가니
芙蓉寂寞照寒波	부용이 적막하게 찬 물결을 비추네
相看莫厭秋情薄	서로 보며 가을기운 엷음이 싫지 않는데
若在春風怨更多	봄바람 속에 있었다면 원망이 많았으리라

손분 孫蕡

손분(1334-1393), 자는 중연(仲衍), 순덕(順德: 광동성) 사람. 홍무(洪武) 3년(1370)에 거인(擧人)이 되고 곧 진사가 되었다. 공부직염국사(工部織染局使)·홍연주부(虹縣主簿)를 지냈다. 조정에서 한림전적(翰林典籍)을 지내고, 평원주부(平原主簿)로 나갔다가 파직되었다. 다시 소주부경력(蘇州府經歷)이 되었으나, 당화(黨禍)에 연좌되어 죽었다. 저서로 『서암집(西菴集)』이 있다.

손분은 왕좌(王左)·조개(趙介)·이덕(李德)·황철(黃哲) 등과 함께 '남원오자(南園五子)'로 불린다.

주이존의 『정지거시화』에 "(남원오선생(南園五先生) 중에서) 중연(仲衍)의 재조(才調)가 네 사람보다 걸출하다. 오고(五古)는 멀리 한위(漢魏)를 스승으로 삼았고, 근체 또한 당음(唐音)을 잃지 않았다. 가행(歌行)은 더욱 임랑(琳琅)하여 암송할 만한데 번욕(繁縟)을 꺼리지 않았을 뿐이다"라고 했다.

구당으로 내려가다 下瞿塘[1]

我從前月來西州[2]　　나는 전 달에 서주로 왔는데

錦官城下十日留[3]　　금관성 아래서 십 일을 머물렀네

回船正値九九節[4]　　배를 돌릴 때 바로 구중절인데

巫山巫峽風颼颼[5]　　무산 무협의 바람이 쏴아쏴아 부네

人言灩澦大於馬[6]　　사람들이 염여퇴가 말보다 커서

瞿塘此時不可下　　구당은 이때에는 내려갈 수 없다고 하네

公家王事有程期[7]　　공가의 나랏일엔 일정한 기한이 있으니

敢憚微軀作人鮓[8]　　감히 미천한 몸이 인자가 되는 것을 꺼리랴?

人鮓甕頭翻白波[9]　　인자옹 머리에 흰 파도 뒤집히고

怒流觸石爲漩渦[10]　　노한 물결이 바위를 치며 소용돌이가 되네

柂工敲板助船客[11]　　타공은 판자를 두들겨 선객을 돕고

破浪一擲如飛梭[12]　　깨진 파도가 한 번 후려침이 나는 북 같네

灘聲櫓聲歷亂聒[13]　　여울소리 노질소리 어지럽게 시끄럽고

緊揺手滑櫓易脫　　굳센 요동에 손이 미끄러워 노가 쉽게 빠져나가네

沿洄劃轉如漩風[14]　　내려가고 거스르며 도는 것이 돌개바람 같고

半側船頭水花沒[15]　　반이나 기운 뱃머리는 수화에 잠기네

船頭半沒船尾高　　뱃머리가 반쯤 잠기니 배꼬리가 높아지고

水花作雨飛鬢毛　　수화가 비가 되어 머리털에 날아드네

爭牽百丈上崖谷　　다투어 백 길을 이끌어서 연안 골짜기로 올라가니

舟子快捷如猨猱　　뱃사공의 민첩함이 원숭이 같네

攏船把酒聊自勞　　배를 묶고 술잔 들고 스스로 위로하며

因笑輕生博奇好　　가벼운 생애가 기호가 많음을 비웃네

吟詩未解追謫仙[16] 시 읊음이 적선을 추구할 수 없는데
天遣經行蜀中道　하늘이 촉중의 길을 지나가게 했네
巴東東下想安流[17] 파동 동쪽 아래 편안한 흐름을 생각하며
便指歸州向峽州[18] 귀주를 가리키며 협주로 향하네
船到岳陽應漸穩　배가 악양에 이르러 점차 평온해지니
洞庭霜降水如油　동정호에 서리 내려 물이 기름처럼 매끄럽네

주석 ⌘

1) 瞿塘(구당): 구당협(瞿塘峽). 장강(長江) 삼협(三峽) 중의 하나. 서쪽 사천(四
　川) 봉절현(奉節縣) 백제성(白帝城)에서 시작하여, 동쪽으로 무산현(巫山縣)
　대녕하구(大寧河口)에 이른다. 양안이 높은 절벽을 이루고, 산세가 험악하고,
　급류를 이룬다.

2) 西州(서주): 감숙성 무위(武威) 일대를 말함. 중원(中原)의 서쪽을 서주라고
　했음.

3) 錦官城(금관성): 성도(成都)의 별칭. 촉금(蜀錦)의 산지로 유명하여 붙여진
　이름.

4) 九九節(구구절): 음력 9월 9일 중구절(重九節). 고대에는 큰 명절이었음.

5) 巫山(무산): 사천성 무산현(巫山縣) 동쪽 무협(武峽) 양안. 颸颸(수수): 바람
　이 부는 소리.

6) 灩澦(염여): 염여퇴(灩澦堆). 구당협의 강물 속에 있는 큰 바위.

7) 公家王事(공가왕사): 관청의 나랏일.

8) 人鮓(인자): 물고기 밥이 되어 생선젓이 되는 것을 말함.

9) 人鮓甕(인자옹): 지명. 장장(長江)의 험한 여울 중의 하나.

10) 漩渦(선와): 물결의 소용돌이.

11) 柁工(타공): 배의 키를 조종하는 뱃사공.

12) 飛梭(비사): 베틀의 북.

13) 歷亂(역란): 잡란(雜亂). 聒(괄): 소란한 소리.

14) 沿洄(연회): 물을 따라 내려가고, 또 거슬러 올라가는 것.

15) 水花(수화): 하얀 물결.

16) 謫仙(적선): 당나라 이백(李白). 장강(長江) 삼협(三峽)에 관한 시를 많이 남
   겼음.

17) 巴東(파동): 호북성 파동현(巴東縣).

18) 歸州(귀주): 호북성 제귀현(梯歸縣). 峽州(협주): 호북성 의창시(宜昌市) 서북.

호주의 즐거움 湖州樂¹⁾

湖州溪水穿城郭	호주의 냇물은 성곽을 뚫고 지나고
傍水人家起樓閣	물가 인가에 누대들을 세웠네
春風垂柳綠軒窓²⁾	봄바람 속 수양버들에 창문이 푸르고
細雨飛花濕簾幕	보슬비 속 나는 꽃에 주렴 장막이 축축하네
四月五月南風來	사월과 오월에 남풍이 불어오니
當門處處芰荷開	문 앞 곳곳에 마름과 연꽃이 피네
吳姬畫舫小於斛³⁾	오희의 채색 배는 곡보다 작은데
蕩槳出城沿月回	노 저어 성을 나가 달빛 따라 돌아오네
菰蒲浪深迷白紵	줄과 부들의 물결에 흰 모시옷이 헤매고
有時隔花聞笑語	때때로 꽃 너머에서 웃음소리 들려오네
鯉魚風起燕飛斜⁴⁾	잉어풍 일어나니 제비가 비껴 날고
菱歌聲入鴛鴦渚	마름노래 소리 원앙의 물가로 들어가네

주석 〜

1) 湖州(호주): 절강성 오홍현(吳興縣).

2) 軒窓(헌창): 창호(窓戶).

3) 吳姬(오희): 오(吳) 지역의 미녀. 畫舫(화방): 채색한 작은 배. 斛(곡): 10두
   (斗)의 용량.

4) 鯉魚風(이어풍): 잉어풍. 5월에 부는 바람.

구우(1341-1427), 이름이 우(祐)라고도 함. 자는 종길(宗吉), 전당(錢塘: 절강성 杭州) 사람. 홍무(洪武) 초에 훈도(訓導)·국자조교(國子助敎)를 지내고, 주왕부장사(周王府長史)가 되었다. 영락(永樂) 연간에 시(詩)로써 죄를 얻어 보안(保安: 섬서성 志丹縣)으로 유배되어서 10년 만에 풀려났다. 그의 시풍은 조직(組織)이 공려(工麗)하여 온정균(溫庭筠)의 풍이 있었다. 저서로『존재시집(存齋詩集)』·『귀전시화(歸田詩話)』·『악부유음(樂府遺音)』과 전기소설(傳奇小說)『전등신화(剪燈新話)』 등이 있다.

진전의『명시기사』에 "종길(宗吉)의 재화(才華)는 난만(爛漫)한데 영고(詠古)의 작품이 가장 경책(警策)이다"라고 했다.

청명절에 짓다 淸明卽事

風落梨花雪滿庭	바람이 배꽃을 떨치니 눈발이 뜰에 가득하고
今年又是一淸明	금년에 또 청명절이 되었네
遊絲到地終無意	날리는 거미줄 땅에 늘어져 끝내 뜻이 없는데
芳草連天若有情	방초는 하늘에 이어져서 정이 있는 듯하네
滿院曉烟聞燕語	담 안의 새벽안개 속에 제비소리 듣고
半窗晴日看蠶生	반 창가의 맑은 햇살에서 누에들을 보네
鞦韆一架名園裏[1]	그네 한 시렁이 명원 안에 있는데
人隔垂楊聽笑聲	사람은 수양버들에 격하여 웃음소리를 듣네

주석

1) 鞦韆(추천): 그네.

평설

● 조신 신흠(申欽)의 『청창연담(晴窓軟談)』: "구우의 〈청명(淸明)〉시에 '風
落梨花雪滿庭……人隔垂楊聽笑聲'이라고 했다. 참으로 재자(才子)의 작
품이다."

사사의 단판 師師檀板[1]

千金一曲擅歌場	천금의 한 곡조로 가장을 독점했는데

曾把新腔動帝王　　일찍이 새 가락으로 제왕을 감동시켰네

老大可憐人事改　　늙어서 불쌍하게 인생이 바뀌니

縷衣檀板過湖湘[2]　누의의 단판이 호상을 찾아왔네

주석

1) **師師**(사사): 이사사(李師師). 북송(北宋) 변경(汴京)의 명기(名妓). 휘종(徽宗)의 총애를 받았는데, 휘종은 미복차림으로 그녀의 집에서 여러 번 묵은 적이 있다. **檀板**(단판): 박자 판.

2) **縷衣**(누의): 금루의(金縷衣). 금실로 누빈 옷. 『청니연화기(靑泥蓮花記)』에 "정강(靖康)의 난리 때 사사(師師)가 남쪽으로 옮겨왔다. 어떤 사람이 호상(湖湘) 간에서 그녀를 만났는데 쇠로(衰老)하고 초췌하여 지난 시절의 풍태(風態)가 없었다"고 했음. 송나라 유자휘(劉子翬)의 〈변경기사(汴京記事)〉에 "輦轂繁華事可傷, 師師垂老過湖湘. 縷衣檀板無顏色, 一曲當時動帝王"이라고 했음.

남인 藍仁

남인, 자는 정지(靜之), 숭안(崇安: 복건성 숭안현) 사람. 원나라 말에 아우 남지(藍智)와 함께 과거를 포기하고, 시에 전념했다. 나중에 무이서원 산장(武夷書院山長)에 임명되었다. 명나라 홍무(洪武) 7년(1374)에 잠시 출사했다가 곧 귀은(歸隱)하고, 오로지 시에 힘을 쏟았다. 당시(唐詩)를 추구하여 자못 당시풍이 있었다. 저서로 『남산집(藍山集)』이 있다.

서산에서 저녁에 돌아오다 西山暮歸

凉葉墜微風	찬 이파리가 미풍에 떨어지고
秋山正蕭爽	가을 산이 진정 쓸쓸하네
天寒獨鳥歸	날이 차니 외로운 새가 돌아오고
日夕百蟲響	밤낮으로 온갖 벌레 을어대고
偶從桂樹招[1]	우연히 계수나무의 부름을 좇으니
遂有桃源想	마침내 무릉도원을 생각했네
石磴闃無人	석등은 고요하고 인적 없는데
山猨自來往	산 원숭이가 스스로 왕래하네

주석 ✑

1) 『초사(楚辭)·초은사(招隱士)』의 “桂樹叢生兮山之幽”와 “攀桂樹兮聊淹留”를
   사용한 구절임.

저녁에 산중으로 돌아가다 暮歸山中

暮歸山已昏	저녁에 돌아가니 산이 이미 어둡고
濯足月在澗	발을 씻는데 달이 개울에 있네
衡門棲鵲定[1]	형문엔 깃든 까치가 고요한데
暗樹流螢亂	어두운 숲엔 나는 반딧불 어지럽네
妻孥候我至[2]	처노는 내가 오는 것을 기다려서
明燈共蔬飯	밝은 등불 아래 소반을 함께 먹네

| 佇立松桂凉 | 우두커니 서있으니 솔과 계수나무 서늘하고 |
| 疎星隔河漢 | 성근 별들 은하수와 격해있네 |

주석

1) 衡門(형문): 막대로 가로질러 놓은 문. 가난한 집을 말함.

2) 妻孥(처노): 아녀(兒女).

〈고목창등도〉에 적다 題古木蒼藤圖[1]

風雲氣質雪霜蹤	풍운의 기질이 눈서리의 자취인데
獨立空山慘淡中	빈산의 참담한 중에 홀로 서있네
慚愧藤蘿爭附託	부끄럽게 등과 담쟁이는 붙어 의지함을 다투며
年年春色換靑紅	해마다 춘색을 청홍색으로 바꾼다네

주석

1) 소나무와 같은 상록수인 고목과 다른 나무에 의지해 살아가며 낙엽이 지는
   등나무를 서로 대비한 시임.

남지, 자는 명지(明之), 남인(藍仁)의 아우. 원나라 말에 과거를 포기하고 시에 전념했다. 홍무(洪武) 10년(1377)에 추천으로 광서안찰첨사(廣西按察僉事)가 되었다. 저서로 『남간집(藍澗集)』이 있다.

『사고전서제요』에 "남지의 시는 청신완약(淸新婉約)하여 그 형(藍仁)을 나란히 따를 수 있다. 오언은 결체(結體)가 고아(高雅)하고 소연(翛然)히 진외(塵外)에 있다. 비록 웅쾌함은 부족하지만 준일(雋逸)함은 남음이 있다. 칠언은 돈좌유량(頓挫溜亮)하여 또한 당인(唐人)의 구확(矩矱)을 잃지 않았다"고 했다.

우중에 맹원 첨헌과 함께 가어정에 오르다
雨中, 同孟原僉憲, 登嘉魚亭[1]

高閣流鶯外	높은 누각은 나는 꾀꼬리 너머에 있고
荒城駐馬前	황량한 성은 세운 말 앞에 있네
江寒三月雨	강물 차고 삼월의 비가 내리는데
春老百蠻天[2]	봄이 저무는 백만의 하늘이네
折柳悲橫笛[3]	<절양류>곡은 횡적에서 슬피 울리고
飛花落釣船	나는 꽃은 낚싯배에 떨어지네
乾坤總羈旅	건곤이 모두 나그네 같아서
把酒意茫然	술잔 들고 뜻이 망연하네

주석 ❧

1) 孟原(맹원): 시인의 친구. 출신은 미상. 僉憲(첨헌): 첨도어사(僉都御史).

2) 百蠻(백만): 남방의 이민족. 남방 지역을 말함.

3) 折柳(절류): 〈절양류(折楊柳)〉. 고악곡(古樂曲)의 이름.

용주 龍州[1]

1

山蕉木奈野葡萄[2]	산초 목내 야포도
佛指香圓人面桃[3]	불지 향원 인면도
更有波羅甜似蜜[4]	또한 파라가 있어서 꿀처럼 단데

冰盤初薦尺餘高[5]　빙반에 처음 올리니 일척이 넘네

주석 ☙

1) 龍州(용주): 광서성 장족(壯族) 자치구 남부의 용주현(龍州縣). 좌강(左江) 상
   류 횡관(橫貫) 경내. 모두 10수임.

2) 山蕉(산초): 남방 상록교목. 바나나의 일종. 木奈(목내): 과일 이름. 청·
   백·적 3종류가 있음. 野葡萄(야포도): 머루의 일종.

3) 佛指(불지): 불수감(佛手柑). 과일 이름. 香圓(향온): 등자(橙子). 오렌지. 人
   面桃(인면도): 복숭아의 일종.

4) 波羅(파라): 파라(菠蘿). 파인애플.

5) 冰盤(빙반): 하얀 소반.

2

峒丁峒婦皆高髻[1]　동정과 동부들이 모두 높은 머리이고
白紵裁衫青布裙　흰 모시 적삼에 푸른 무명치마이네
客至柴門共深揖　객이 사립문에 이르니 모두 깊이 읍하는데
一時男女竟誰分　한때의 남녀들을 누가 구분할 것인가?

주석 ☙

1) 峒(동): 광서성 귀주성 일대 묘족(苗族)·동족(侗族)·장족(壯族)의 거주지역
   의 통칭.

3

白沙靑石小溪淸	흰 모래 푸른 돌의 작은 냇물이 맑은데
魚入疎罾艇子輕	물고기가 성근 그물에 들고 거룻배가 가볍네
謾說南荒風景異	남쪽 황무지는 풍광이 다르다고 함부로 말하지만
此時眞似剡中行[1]	이때는 참으로 섬중을 가는 듯하네

주석 ⌇

1) 剡中(섬중): 조아강(曹娥江) 상류, 절강성 승현(嵊縣) 남쪽. 풍광으로 유명함.

포원, 자는 장원(長源), 무석(無錫: 강소성) 사람. 홍무(洪武) 연간에 진왕부인례사인(晉王府引禮舍人)을 지냈다. 시와 그림에 뛰어났다. 일찍이 구룡산(九龍山)에 청송헌(聽松軒)을 세워놓고 시와 그림으로 소일했다. 회하(淮河)를 건너다가 익사했는데, 나이가 겨우 36세였다.

고기륜의 『국아품』에 "포사인(浦舍人) 장원(長源)은 사채(詞彩)가 수려(秀麗)한데, 원미(元美: 王世貞)가 포원과 임홍(林鴻)을 평하기를 '소승법사(小乘法師)인데 말이 불경계(佛境界)에 이르지 못했다'고 했다. 사인의 구 '聽鷄曉闕疏星白, 走馬春郊細柳黃'·'衣上暮寒吳苑雨, 馬頭秋色晉陵山'은 또한 상중색어(相中色語)이다"라고 했다.

심덕잠의 『명시별재』에 "사인의 명구(名句)는 시중유화(詩中有畵)이다"라고 했다.

형문으로 가는 사람을 전송하다 送人之荊門[1]

長江風颷布帆輕	장강에 바람 부니 무명 돛이 가볍고
西入荊門感客情	서쪽 형문으로 들어가니 객의 정이 감개롭네
三國已亡遺舊壘[2]	삼국은 이미 망하여 옛 보루만 남겼는데
幾家猶在住荒城	몇몇 집이 여전히 황폐한 성에 있네
雲邊路遶巴山色[3]	구름 옆의 길엔 파산의 색이 둘렀고
樹裏河流漢水聲[4]	숲 속의 냇물엔 한수의 소리가 흐르네
此去郢中應有賦[5]	여기서 영중으로 가면 마땅히 읊음이 있으리니
千秋白雪待君賡[6]	천추의 <백설곡>이 그대의 화답을 기다리네

주석 ↷

1) 荊門(형문): 호북성 형문현(荊門縣).

2) 三國(삼국): 위(魏)·촉(蜀)·오(吳).

3) 巴山(파산): 대파산(大巴山). 형문 서쪽에 있음.

4) 漢水(한수): 장강(長江)을 말함.

5) 郢中(영중): 전국시대 초(楚)나라 도성(都城).

6) 白雪(백설): 초나라 영중에서 불렸던 고대 가곡의 이름. 고아하여 화답하는
자가 적었다고 함.

평설 ↷

● 조선 남용익의 『호곡시화』: "포장해(浦長海)의 '雲邊路繞巴山色, 樹裏河
流漢水聲'구는 송(宋)을 뛰어넘어 당(唐)으로 들어갈 수 있는데, 그러나
또한 스스로 명조(明調)가 있다."

- 이동양의 『회록당시화』: "국초(國初)에 여러 시인들이 결사(結社)하여 시를 지었다. 포장원(浦長源)이 사(社)로 들어가기를 청했다. 무리들이 지은 작품을 청했다. 처음에 여러 수를 외웠는데 모두 반응하지 않았다. '雲邊路繞巴山色, 樹裏河流漢水聲'에 이르자, 모두가 상탄(賞歎)하고 마침내 받아들였다."

허계, 자는 사수(士修), 영해(寧海: 절강성) 사람. 홍무(洪武) 연간에 태주 유학훈도(台州儒學訓導)를 지냈다. 37세로 요절했다. 저서로『관락생집 (觀樂生集)』이 있다.

진전의『명시기사』에 "허계의 오언시는 도연명(陶淵明)과 사령운(謝靈運) 을 추구했는데, 흥차가 본래 높아서 모의(摹擬)했을 뿐만이 아니다"라고 했다.

밤에 앉아서 夜坐

雨歇宵影澄	비 그치고 밤 그림자 맑은데
天淸月華素[1]	하늘 맑고 달빛이 희네
空山秋欲來	빈산에 가을이 오려고
涼意先在戶	서늘한 기운이 먼저 문에 있네
蕭蕭林樾風[2]	쏴아쏴아 숲 바람이 불고
泫泫幽篁露[3]	촉촉이 깊은 대숲에 이슬이 젖네
草蟲亦何知	풀벌레도 또한 어찌 아는가?
含悽感遲暮[4]	처량함을 머금고 만년을 감개하네
深思無與言	깊은 그리움을 말할 수 없는데
美人隔江浦	미인은 강포구로 막혔네
迢迢銀漢章	아득한 은하수의 무늬가
無聲自西去	소리 없이 서쪽으로 흘러가네

주석 ᥱ

1) 月華(월화): 월광(月光).

2) 蕭蕭(소소): 바람이 부는 소리.

3) 泫泫(현현): 이슬이 내리는 모양.

4) 遲暮(지모): 만년(晩年). 『초사(楚辭) · 이소(離騷)』에 "惟草木之零落兮, 恐美
人之遲暮"라고 했음.

해 진(1369-1415), 자는 대신(大紳)·진신(縉紳), 호는 춘우(春雨). 길수(吉水: 강서성) 사람. 홍무(洪武) 26년(1393)에 진사(進士)가 되어 중서서길사(中書庶吉事)를 지냈다. 영락(永樂) 초에 한림학사(翰林學士)가 되어서『영락대전(永樂大典)』을 편수했다. 나중에 교지(交趾)로 유배되었다. 또 무고를 당하여 옥중에서 죽었다. 저서로『문의집(文毅集)』이 있다.

양사기(楊士奇)의『동리문집(東里文集)』에 "해공(解公)의 문은 웅경기고(雄勁奇古)하고 신의(新意)가 첩출(疊出)히는데, 서사(敍事)의 높은 곳은 사마자장(司馬子長: 司馬遷)·한퇴지(韓退之: 韓愈)에게 핍근한다. 시는 호탕풍섬(豪宕豊贍)하여 이백과 두보와 같다"고 했다.

교지에서 읊다 交趾卽事[1]

交趾名蕃百雉雄[2]	교지는 명번으로 백치가 웅장한데
高騈塔在古城東[3]	고병의 탑이 고성 동쪽에 있네
弓刀選士軍容肅[4]	활과 칼 든 병사들의 군용이 엄숙하고
鐃角迎風奏節同[5]	징과 피리소리 바람 맞으며 절주가 동일하네
蠻女艶粧爭粉黛[6]	만녀의 아름다운 화장은 분대를 다투고
夷人村鼓聚兒童[7]	이인의 마을 북소리는 아이들을 모으네
可憐新息猶遺廟[8]	가련하게 신식은 여전히 사당을 남겨놓고
銅樹荒涼草棘中[9]	동수가 황량하게 덤불 속에 있네

주석

1) 交趾(교지): 월남(越南) 북부 남월(南越) 지역.

2) 名蕃(명번): 유명한 국경지역의 요충지. 百雉(백치): 높고 큰 성의 담. 길이 3장(丈), 높이 1장(丈)이 1치(雉)이다.

3) 高騈(고병): 당나라 말에 안남도호(安南都護)를 지냈음.

4) 選士(선사): 선발된 병사.

5) 鐃角(요각): 징과 뿔피리.

6) 蠻女(만녀): 남방 이민족의 여인.

7) 夷人(이인): 남방 이민족을 비하하는 명칭.

8) 新息(신식): 동한(東漢) 때의 명장 마원(馬援). 신식후(新息侯)에 봉해졌음. 남방 정벌에 많은 공을 세웠음.

9) 銅樹(동수): 동주(銅柱). 마원이 국경의 표지로 세운 구리기둥.

광서로 부임하며 외조카 팽운로와 이별하다

赴廣西, 別甥彭路[1]

多情爲我謝彭郎	다정히 나를 위하는 팽랑에게 사례하니
采石江深似渭陽[2]	채석강의 깊이가 위양과 같네
相聚六年如夢過	서로 만난 육년이 꿈처럼 지나가니
不知昨夜一更長	어젯밤 일경의 길이만도 못하네

주석 ᥱᠵ

1) 영락(永樂) 5년(1407)에 해진은 정시(廷試)의 시험지를 공정하게 처리하지 못했다는 이유로 광서포정사참의(廣西布政司參議)로 좌천되었다. 이때 경사를 떠나면서 외조카와 이별한 시이다.

2) 采石江(채석강): 장강(長江)이 안휘성 마안산시(馬鞍山市)를 경유하는 일대를 말함. 渭陽(위양): 『시경·진풍(秦風)·위양(渭陽)』에 "我送舅氏, 日至渭陽"이라 했음. 진목공(秦穆公)의 태자 강공(康公)이 외숙 진공자(晉公子) 중이(重耳)가 고국으로 돌아감을 전송하는 시이다.

임홍 林鴻

임홍, 자는 자우(子羽), 복청(福淸: 복건성) 사람. 홍무(洪武) 초에 인재로 추천되어 장락현유학훈도(將樂縣儒學訓導)를 지내고, 홍무(洪武) 7년(1374)에 예부정선사원외랑(禮部精膳司員外郞)이 되었다. 40세가 되기 전에 스스로 벼슬을 버리고 고향으로 돌아갔다. 임홍은 민중시파(閩中詩派) 십재자(十才子) 중에서 영수였다. 저서로 『명성집(鳴盛集)』이 있다.

이동양의 『회록당시화』에 "임자우(林子羽)의 『명성집(鳴盛集)』은 오로지 당(唐)을 배웠다"고 했다. 주이존의 『정지거시화』에 "민중십자(閩中十子) 중에서 자우(子羽)를 거벽(巨擘)이라 칭한다. 그러나 구보(矩步)만 따라가고, 응양호시(鷹揚虎視)의 자태가 없다. 이는 오히려 비취난초(翡翠蘭苕)·방당곡저(方塘曲渚)처럼 미관(美觀)이 아님이 아니지만, 강해(江海)의 광대함과 더불어 헤아릴 수 없다. 호원서(胡元瑞: 胡應麟)가 말하기를 '임원외(林員外)의 여러 체는 모두 공교롭다. 오언율은 더욱 뛰어나다. 당나라 전기(錢起)·유장경(劉長卿) 사이에 놓아두면 다시 구별할 수 없다. 칠언의 「珠林霽雪明山殿, 玉澗飛流帶苑牆」은 기색(氣色)이 고화(高華)하고, 풍골(風骨)이 주상(遒爽)하다'고 했다"고 했다.

가을날 석벽정사에 오르다 秋日登石壁精舍[1]

攜琴向何處	금을 들고 어디로 향하는가?
因訪梵王宮[2]	범양궁을 방문하려는 것이네
潭影漾秋白	못 그림자는 가을 흰 물결에 출렁이고
楓林鳴晚紅	단풍 숲 저녁 붉은 잎이 울리네
磵空啼鳥寂	개울 비어서 우는 새 적막하고
地僻野泉通	땅 외진데 들 샘물이 통하네
欲辨來時路	왔던 길을 찾으려는데
蒼茫翠靄中	창망하게 푸른 놀 속에 있네

주석 ♋

1) 石壁精舍(석벽정사): 절강성 상우현(上虞縣) 경내에 있었음.

2) 梵王宮(경왕궁): 불교 사찰.

석양 夕陽

抹野銜山影欲收	들을 쓰다듬고 산을 머금고 그림자 거두려는데
光浮鴉背去悠悠	빛이 까마귀 등에 떠서 아득히 떠나가네
高城半落催鳴角	높은 성에 반쯤 떨어지니 호각 부는 것 재촉하고
遠浦初沈促繫舟	먼 포구에 처음 잠기니 배 매는 것 재촉하네
幾處閨中關綉户	몇 곳의 규중에서 문을 닫았는가?
何人江上倚朱樓	누가 강가에서 붉은 누대에 기대었나?

凄凉獨有咸陽陌[1]　　처량하게 홀로 함양 길에 있는데
芳草相連萬古愁　　방초는 만고의 시름에 이어졌네

주석

1) 咸陽(함양): 원나라 때 경성 대도(大都). 지금의 북경(北京).

홍교를 애도하다 挽紅橋[1]

柔腸百結淚懸河[2]　　부드러운 창자가 백번 꼬이고 눈물이 폭포 같은데
瘞玉埋香可奈何[3]　　옥을 묻고 향을 매장하니 어찌 할까나?
明月也知留珮玦　　밝은 달도 또한 남긴 패옥을 알고
曉峰長想畫靑蛾　　새벽 봉우리도 그린 푸른 눈썹을 오래 생각하네
仙魂已逐梨雲夢[4]　　선혼은 이미 백운의 꿈을 좇아갔는데
人世空傳薤露歌[5]　　인간 세상엔 공연히 <해로가>가 전하네
自是忘情非上知[6]　　스스로 정을 잊는 상지가 아니니
此生長抱怨情多　　이 생애는 오래 원정을 품음이 많으리라

주석

1) 紅橋(홍교): 명나라 민중(閩中)의 양가(良家) 여자. 시화에 능했음. 홍교(紅橋) 서쪽에 살아서 자호를 장홍교(張紅橋)라고 했음. 임홍의 애첩이었음.

2) 柔腸百結(유장백결): 정사(情思)가 맺혀서 풀길이 없음을 말함. 懸河(현하): 폭포(瀑布).

3) **瘞玉埋香**(예옥매향): 미인의 매장(埋葬)을 말함. 이상은(李商隱)의 〈與同年 李定言曲水閒話戲作〉시에 "莫驚五勝埋香骨, 地下傷春亦白頭"라 했음.

4) **梨雲夢**(이운몽): 꿈속의 아득한 백운(白雲)을 말함. 고계(高啓)의 〈題美人對 鏡圖〉시에 "曉院鹿盧鳴露井, 玉人夢斷梨雲冷"이라 했음.

5) **薤露歌**(해로가): 상가(喪歌).

6) **上知**(상지): 상지(上智). 성인(聖人). 『논어·양화(陽貨)』에 "惟上知與下愚不 移"라고 했음.

평설 ⚓

● 청나라 정방곤(鄭方坤)의 『전민시화(全閩詩話)』: "장홍교(張紅橋)는 민 현(閩縣) 양가(良家)의 딸이다. 항상 말하기를 '이청련(李靑蓮: 李白) 같 은 인재를 얻어서 섬기려 한다'고 했다. 복청(福淸) 임홍(林鴻)이 시를 주어서 그 뜻을 칭송했다. 마침내 건즐(巾櫛)을 모시게 되었다. …… 홍 교는 끝내 임홍을 생각하면서 죽었다. 유고(遺稿) 중에 〈접련화(蝶戀 花)〉 반규(半関)가 있었는데 '記得紅橋西畔路, 郎馬來時, 繫在垂楊樹. 漠 漠梨雲和夢度, 錦屏翠幕留春住.'라고 했다."

비파나무와 산새 枇杷山鳥

沈香烟暖碧窓紗	침향연기 따뜻한 푸른 비단 창인데
綠柳陰分夏日斜	초록 버들 녹음 속에 여름해가 기우네
夢覺只聞鈴索響	꿈 깨어 다만 방울소리를 듣는데
不知山鳥啄枇杷	산새가 비파열매를 쪼는 것인가?

1) 枇杷(비파): 상록교목의 남방식물. 11월에서 2월에 걸쳐 꽃이 피고, 5월에서 6월에 노란 열매가 열림.

고병 高棅

고병(1350-1423), 일명 정례(廷禮), 자는 언회(彦恢), 호는 만사(漫士), 민현
(閩縣: 복건성) 사람. 명나라 성조(成祖) 영락(永樂) 초년에 한림원대조(翰林
院待詔)를 거쳐 전적(典籍)을 지냈다. 임홍(林鴻)·왕공(王恭) 등과 함께 '민
중십자(閩中十子)'로 불린다. 저서로 『당시품휘(唐詩品彙)』·『초대집(哨臺
集)』 등이 있다.

고기륜의 『국아품』에 "고정례는 재식(才識)이 박달(博達)하여 일찍이 『당
시품휘(唐詩品彙)』를 편집했는데 세상에서 정감(精鑑)이라고 했다. 그 시
집을 열람해보니 문식이 많고 뜻은 적고, 또한 신흥(新興)이 없었다. 의
고(擬古)의 여러 작품에 있어서는 자못 조충(彫蟲)에 뛰어나서 종종 청출
어람(青出於藍)한다"라고 했다.

주이존의 『정지거시화』에 "정례(廷禮)는 당(唐)을 본받았는데, 설직(薛稷)
·종소경(鍾紹京)의 쌍구(雙鉤)처럼 끝내 진적(眞蹟) 일등(一等)을 밟지 못
했다"고 했다.

진전의 『명시기사』에 "만사(漫士)가 선발한 당시(唐詩)는 스스로 아재(雅
裁)이다. 명나라 때 양승암(楊升庵: 楊愼)·사재항(謝在杭: 謝肇淛) 등에게

이미 이론(異論)이 있었다. 요컨대 이는 작은 하자로서 그것이 좋은 선발이 되는 데에 방해되지 않는다. 시는 단연코 당나라 이상이 되어야 하는데 칠자들도 몹시 그것을 종(宗)으로 삼았다. 그 다른 바는 칠자들은 한위(漢魏)의 근원을 탐구했는데, 십자(十子)들은 당나라 한 시대만 주수(株守)했다는 것뿐이다"라고 했다.

교서의 봄 조수 嶠嶼春潮[1]

瀛洲見海色[2]	영주에서 해색을 보니
潮來如風雨	조수가 비바람처럼 몰려오네
初日照寒濤	아침 해가 찬 파도를 비추고
春聲在孤嶼	봄 소리가 외딴 섬에 있네
飛帆落鏡中[3]	나는 돛은 거울 속에 떨어지고
望入桃花去[4]	조망은 도화물결로 들어가 흘러가네

주석 ❧

1) 嶠嶼(교서): 섬의 높은 산을 말함.

2) 瀛洲(영주): 전설 속의 삼신산(三神山) 중의 하나. 海色(해색): 동틀 때의 하늘색.

3) 鏡中(경중): 잔잔한 수면을 말함.

4) 桃花(도화): 도화랑(桃花浪). 두보(杜甫)의 〈춘수(春水)〉시에 "三月桃花浪, 江流復舊痕"이라 했음.

정이선의 해남 편지를 받다 得鄭二宣海南手札[1]

番禺天外古交州[2]	번우는 하늘 밖의 옛 교주인데
念子南行戀舊遊	그대의 남행을 염려하며 옛 유람을 그리네
故國又經花落後	고국에서 또 꽃이 진 것을 겪은 뒤인데
遠書翻寄鴈來秋	먼 편지 도리어 부쳐오니 기러기 오는 가을이네

梅邊野飯逢人少　　매화 옆의 들밥은 사람 만남이 적고
海上靑山對客愁　　바다 위 푸른 산은 객의 수심을 대했네
爲報羅浮雲影道[3]　나부산의 구름 그림자를 알려주길 바라니
早隨明月引歸舟　　일찍 밝은 달을 따라서 돌아오는 배를 끌어오시오

주석

1) 鄭二宣(정이선): 정정(鄭定). 자는 맹선(孟宣), 민현(閩縣) 사람. 홍무(洪武) 말에 국자조교(國子助敎)를 지냈음. 海南(해남): 지금의 해남성(海南省). 手札(수찰): 친필 편지.

2) 番禺(번우): 광서성에 속하는 현 이름. 交州(교주): 동한(東漢) 때 설치했음. 치소는 번우. 당나라 이후 안남도호부(安南都護府)로 고쳤음.

3) 羅浮(나부): 산 이름. 광동성 동강(東江) 북안(北岸). 증성현(增城縣) 동쪽.

여름 골짜기의 운천 夏谷雲泉

雲影蕩山翠　　　구름 그림자는 산의 푸름에서 흔들리고
泉聲亂溪湍　　　샘물소리 개울여울에서 요란하네
長林無六月　　　긴 숲엔 유월의 열기가 없고
蘿薜生秋寒[1]　　여라 벽려엔 가을 서늘함이 생겨나네

주석

1) 蘿薜(나벽): 여라(女蘿)와 벽려(薜荔). 모두 덩굴식물임.

왕공, 자는 안중(安中), 호는 개산초자(皆山樵者), 민현(閩縣: 복건성 福州市) 사람. 젊은 시절에는 낙백하여 칠암산(七巖山)에 은거했다. 나이 60여 세에 『영락대전(永樂大典)』의 수찬에 참여하고, 한림원전적(翰林院典籍)에 임명되었다. '민중십재자(閩中十才子)' 중의 한 사람. 저서로 『백운초창집(白雲樵唱集)』·『초택광가(草澤狂歌)』 등이 있다.

『사고전서총목』에 "(왕공은) 토한 말이 청발(淸拔)하고 속진(俗塵)에 오염되지 않아서, 대력십자(大歷十子)의 유의(遺意)를 얻었다"고 했다.

벗의 고택을 지나가다 經友人故宅

策馬孤城下	외로운 성 아래를 말에 채찍질하며
經過淚盈襟	지나가노라니 가슴에 눈물이 가득하네
開門結蠨蛸[1]	열린 문엔 갈거미가 매달려 있고
井竈莓苔深	우물과 부엌엔 이끼가 뒤덮였네
念彼泉下人	저 황천 아래의 사람을 생각하니
悽然杳難尋	처연히 아득하여 찾을 길이 없네
蕭條故籬菊	쓸쓸한 옛 울타리의 국화가
識我平生心	나의 평생의 마음을 알리라
攬轡向前路	말고삐 잡고 앞길로 향하여
徘徊出寒林	배회하며 찬 숲을 나서네
誰知山陽笛[2]	누가 산양의 피리소리를 아는가?
惻愴猶至今	슬픔이 여전히 지금에 이르네

주석 ᠗ᠣ

1) 蠨蛸(소소): 갈거미. 거미의 일종.

2) 山陽笛(산양적): 진(晉)나라 향수(向秀)가 죽은 친구 혜강(嵇康)의 산양(山陽)의 고택을 지나가다가, 이웃에서 부는 피리소리를 듣고 더욱 슬퍼져서 돌아와서 〈사구부(思舊賦)〉를 지었음.

버림받은 여인의 노래 去婦詞

刺促何刺促[1]	급박하고 어찌 그리 급박한가?
東家迎鸞西家哭[2]	동가에서 수레를 맞으니 서가에선 통곡하네
哭聲休使東家聞	통곡소리 동가에 들리지 말게 하오
東家新婦嫁郎君	동가의 신부가 낭군에게 시집왔네
滿堂笑語看珠翠[3]	온 당에서는 웃고 떠들며 주취를 구경하고
夾道風傳蘭麝薰[4]	협도엔 바람이 난과 사향향기를 끼쳐오네
浮雲上天花落樹[5]	상천의 뜬 구름이고 꽃 떨어진 나무인데
君心一失無回悟	그대 마음 한 번 잃으니 돌이킬 길 없네
明知遣妾何所歸	쫓겨난 첩이 어디로 가야할지 분명히 아니
飮淚行尋出門路	눈물 삼키며 나가는 문의 길을 찾아가네
青銅鏡面無光采	청동거울 면엔 광채가 없고
苦心尚在容華改	괴로운 마음 여전히 고운 용모의 바뀜에 있네
東家新婦傾城姿[6]	동가의 신부는 경성의 자태인데
似妾從前初嫁時	첩이 이전에 처음 시집왔을 때와 같네

주석 ❧

1) 刺促(자촉): 급박하여 경황이 없는 모양.

2) 迎鸞(영란): 수레를 맞이함. 난(鸞)은 수레에 매단 방울.

3) 珠翠(주취): 신부를 치장한 주옥이나 비취 같은 장식물.

4) 夾道(협도): 길 양편.

5) 당나라 장적(張籍)의 〈각동서(各東西)〉시에 "浮雲上天雨墜地, 暫時會合終離異"라고 했음.

6) 傾城姿(경성자): 경국지색(傾國之色)과 같음.

봄 기러기 春雁

春風一夜到衡陽[1]　봄바람이 하룻밤에 형양에 이르니
楚水燕山萬里長[2]　초수와 연산이 만 리로 머네
莫怪春來便歸去　봄이 왔는데 곧 돌아감을 괴이 여기지 마오
江南雖好是他鄉　강남이 좋지만 타향일 뿐이네

주석

1) 衡陽(형양): 호남성 형양시(衡陽市). 형산(衡山) 72봉 중에 회안봉(回雁峰)이
   있는데, 가을에 기러기가 이곳에 와서 머물다가 봄에 돌아간다고 함.
2) 楚水(초수): 남방 초(楚) 지역의 물. 燕山(연산): 북방 북경(北京) 지역의 산.

방효유 方孝孺

방효유(1357-1402), 자는 희직(希直)·희고(希古), 사람들이 정학선생(正
學先生)이라 불렀다. 영해(寧海: 절강성 영해현) 사람. 송렴(宋濂)의 제자이
다. 홍무(洪武) 14년(1381)에 부름을 받고 경사로 가서 촉왕부교수(蜀王府
教授)에 임명되었다. 건문제(建文帝) 때 한림박사(翰林博士)·시강학사(侍
講學士)를 지냈다. 연병(燕兵)이 경사(南京)로 들어와서, 성조(成祖)의 등
극조서를 방효유에게 짓도록 했으나, 이를 거절하여 피살되었다. 또한
그의 10족이 멸족을 당했다. 저서로『손지재집(遜志齋集)』이 있다.
『사고전서제요』에 "방효유는 학술이 순정(純正)하고 문장은 종횡호매(縱
橫豪邁)한데, 자못 동파(東坡: 蘇軾)와 용천(龍川: 陳亮) 사이를 출입했다.
대개 그 뜻이 한(漢)·당(唐)을 수레로 매어 삼대(三代)를 용맹하게 회복
하려는 데 있었기 때문에 의연(毅然)히 자명(自命)한 기(氣)를 발양도려
(發揚蹈厲)하여 때때로 필묵 사이에 드러냈다"고 했다.

한가하게 지내며 우연히 적다 閑居偶題

雨歇階草淨	비 그치고 섬돌 풀이 정결한데
鳥鳴叢竹中	대숲 안에서 새가 우네
偶無輪鞅過[1]	우연히 수레가 지나감도 없으니
遂與山林同	마침내 산림과 함께 되었네
晞髮庭際日	마당가 햇볕에 머리 말리고
振衣松下風	소나무 아래 바람에 옷을 터네
自非捐世故	스스로 세상일을 버리지 않는다면
誰得此相從	누가 이를 얻어서 상종하겠는가?

주석 ❧

1) 輪鞅(윤앙): 수레.

양사기 楊士奇

양사기(1365-1444), 초명은 우(寓), 자(字)로써 행세했다. 태화(泰和: 강서성 吉安) 사람. 건문제(建文帝) 초에 한림원(翰林院)에 들어가서 『태조실록(太祖實錄)』의 수찬에 참여했다. 영락(永樂) 때 예부시랑(禮部侍郎)·화개전학사(華蓋殿學士)를 지냈다. 선덕(宣德)·정통(正統) 간에 양영(楊榮)·양부(楊溥)와 함께 국정을 전담하며 '삼양(三楊)'으로 불렸다. 저서로 『동리집(東里集)』이 있다.

양사기 등의 삼양의 시문은 평정섬세(平正纖細)하고, 태평을 노래한 것이 많은데 이를 '대각체(臺閣體)'라고 한다.

『사고전서제요』에 "명나라 초에 삼양(三楊)은 병칭되었는데, 사기(士奇)의 문장이 특히 우수하여 제고(制誥)와 비판(碑版)이 그의 손에서 나온 것이 많았다. 인종(仁宗)은 몹시 구양수(歐陽脩)의 문을 좋아했는데, 사기의 문 또한 평정우여(平正紆餘)하여 그 방불함을 얻었기 때문에 정원(鄭瑗)의 『정관쇄언(井觀瑣言)』에서 '그 문은 전칙(典則)하여 부범(浮泛)의 병이 없고, 잡록세사(雜錄細事)는 지극히 평온(平穩)하여 힘을 낭비하지 않았다'고 했다. 나중에 관각(館閣)의 저작들은 흘러가서 유파(流派)를 이루었는데 마침내 칠자(七子)의 구실(口實)이 되었다. 그러나 이동양(李東陽)은 '선덕(宣德) 연간의 문체는 혼륜(渾淪)함이 많은데, 위대하다! 동리(東里)는 낭묘(廊廟)의 진보(珍寶)였네'라고 했으니, 또한 그 잘한 바를 다 없애지 않았다. 대개 그 문이 비록 신재(新裁)는 없었지만 고격(古格)을 잃지 않았기 때문에 전배(前輩)들의 전형(典型)으로서 마침내 수십 년의 풍기(風氣)를 주지(主持)한 것은 우연이 아니다"라고 했다.

명나라 왕세정(王世貞)의 『예원치언(藝苑巵言)』에 "양문정(楊文貞: 양사기)의 문은 법을 숭상했는데, 근원이 구양씨(歐陽氏: 歐陽修)에게서 나왔고, 간섭화이(簡贍和易)를 위주로 했고, 충탁(充拓)한 공(功)은 없었다. 지금 그것을 귀하게 여겨서 '대각체(臺閣體)'라고 한다. 시는 평교(平橋)를 흐르는 물 같은데, 대략 소치(小致)를 이루었다"고 했다.

회안을 출발하다 發淮安[1]

岸蓼疎紅水荇青[2]　언덕 여뀌는 성글게 붉고 물의 행채 푸른데
茨菰花白小如萍[3]　자고꽃은 하얗고 부평초처럼 작네
雙鬟短袖慚人見[4]　쌍환의 짧은 소매는 남이 보는 것이 부끄러워
背立船頭自采菱[5]　등지고 서서 뱃머리에서 마름을 캐네

주석 ∽

1) 淮安(회안): 강소성에 있는 현 이름. 빈운하(瀕運河) 동안(東岸).

2) 蓼(요): 여뀌. 물가에 주로 서식하는 일년생 풀. 붉은 꽃이 핌. 荇(행): 행채
   (荇菜). 노랑어리연꽃.

3) 茨菰(자고): 자고(慈姑). 수생식물의 일종. 가을에 작은 흰 꽃이 핌. 萍(평):
   부평초(浮萍草). 개구리밥.

4) 雙鬟(쌍환): 머리를 양쪽에 둥글게 묶은 것.

5) 菱(능): 마름. 수생식물의 일종. 그 열매는 식용함.

유백천의 석상에서 짓다 劉伯川席上作[1]

飛雪初停酒未消　나는 눈발 처음 그치고 술기운은 남았는데
溪山深處踏瓊瑤[2]　계산의 깊은 곳의 경요를 밟네
不嫌寒氣淸人骨　찬 기운이 사람 뼈를 맑게 함을 꺼리지 않으니
貪看梅花過野橋　매화를 탐스럽게 보며 들 다리를 지나가네

주석 ⌒

1) 劉伯川(유백천): 양사기의 부친의 친구로서 동향사람임. 양사기가 십사오 세 때 유백천을 찾아가 배알한 자리에서 명을 받고 지은 시임.

2) 瓊瑤(경요): 땅에 결빙된 눈을 비유했음. 소식(蘇軾)의 〈서강월(西江月)〉에 "可惜一溪風月, 莫敎踏碎瓊瑤"라고 했는데, 여기서는 달빛을 비유했음.

평설 ⌒

● 양사기의 『동리집(東里集)·사촌강루시서(沙村江樓詩序)』: "사기(士奇)는 나이 십사오 세 때 진맹결(陳孟潔)과 함께 가서 유백천을 배알하였는데, 모두 친구의 아들들로서 사랑을 받았기 때문이다. 이날 눈이 개고 술이 거나하자, 우리 두 사람에게 개울을 따라 왔으므로 각자 소시(小詩)를 읊어서 뜻을 말해보라 했다. 맹결이 답하기를 '十年勤苦事鷄窓, 有志青雲白玉堂. 會待香風楊柳陌, 紅樓爭看綠衣郎'이라 했다. 나는 공 한때의 경취(景趣)로 짓기를 '飛雪初停酒未消溪……貪看梅花過野橋'라 했다. 백천(伯川)이 맹결을 돌아보고 웃으면서 '십년의 근고(勤苦)가 단지 널리 홍루(紅樓)를 한 번 보는 것이던가?'라고 하고, 또 말하기를 '한 풍류진사(風流進士)를 잃지 않았다'고 했다. 나를 돌아보며 웃으면서 '비록 한사(寒士)는 견딜 수 있지만 남들은 할 수 없는 것이 있다. 나중에 이룸이 있을 것이니 열심히 하라'고 했다."

이창기(1376-1453), 원명은 정(禎), 자는 창기(昌棋), 자로써 행세했음. 여릉(廬陵: 강서성 吉安市) 사람. 영락(永樂) 갑신년(1404)에 진사가 되고, 서길사(庶吉士)에 선발되어 『영락대전(永樂大典)』을 편수했다. 광서(廣西)·하남좌포정사(河南左布政司)를 지냈다. 저서로 전기소설집(傳奇小說集) 『전등여화(剪燈餘話)』와 『운벽만고(運甓漫稿)』 등이 있다. 시는 증계(曾棨)와 제명(齊名)했다.

『사고전서제요』에 "창기의 시는 기려심교(綺麗纖巧)한 습기(習氣)를 한 번 변화시켜서 유일(流逸)로써 내었기 때문에 특별히 선윤(鮮潤)함이 풍부하다"고 했다.

진전의 『명시기사』에 "방백(方伯: 이창기)의 시는 색(色)은 새롭고, 뜻은 예스럽고, 여러 체가 모두 뛰어나다. 영락(永樂) 시가(詩家) 중에 홀로 한 격을 표방했다"고 했다.

남양에서 돌아오다 歸自南陽[1]

去日猶秋暑	떠나던 날은 여전히 가을 더위가 있었는데
歸時已冷霜	돌아올 땐 이미 찬 서리가 내렸네
江山非故里	강산은 옛 마을이 아니고
人物是他鄉	인물들은 타향인들이네
老態隨年出	노태가 나이를 따라서 나오니
離愁共路長	이별의 수심이 길과 함께 기네
埃塵如見戀	먼지가 연모를 보이는 듯
到處撲衣裳	가는 곳마다 의상을 치네

주석 ◌

1) 南陽(남양): 명나라 때 하남승선포정사사(河南承宣布政使)의 할부(轄府)였
   음. 치소는 지금의 하남 남양시(南陽市). 이창기는 49세(1425) 때 하남좌포정
   사를 지냈음.

고향사람과 밤에 대화하다 鄉人至夜話

形容不識識鄉音	형용은 알지 못하나 고향사투리는 아니
挑盡寒燈到夜深	찬 등불 돋우며 깊은 밤에 이르렀네
故舊憑君休更說	옛 친구들에 대해서는 그대는 다시 말하지 마오
老懷容易便霑襟	노인의 회포는 쉽게 가슴을 적신다오

증계(1372-1432), 자는 자계(子啓), 영풍(永豊: 강서성) 사람. 영락(永樂)
2년(1404)에 진사 제일로 합격하여 한림수찬(翰林修撰)이 되었다. 선덕(宣
德) 초에 첨사부소첨사(詹事府少詹事)가 되었다. 저서로『서서집(西墅集)』
이 있다.

호응린의『시수』에 "선묘(宣廟)가 문을 좋아하여, 해내에서 화응하여 참
여했는데……증자계(曾子啓) 등은 모두 명풍(明風)에 침윤(浸潤)하고 원습
(元習)을 벗어버렸으나 재구(才具)가 그다지 굉거(宏鉅)하지 못해서 나라
의 초년에 비할 수 없다"고 했다.

주이존의『명시선』에 "진와자(陳臥子: 陳子龍)가 말하기를 '학사(學士: 증
계)의 시는 남금(南金)이 손아귀에 있지만 단정(丹鼎)에 들어가지 못했고,
금기옥륵(金羈玉勒)을 채우고 물리지 못한 한(恨)이 있다"고 했다.

유양회고 維陽懷古[1]

廣陵城裏昔繁華[2]　　광릉성 안은 옛날 번화했는데
煬帝行宮接紫霞[3]　　양제의 행궁이 붉은 놀에 접했네
玉樹歌殘猶有調[4]　　〈옥수가〉 끝났어도 아직 가락이 있는데
錦帆歸去已無家[5]　　비단 돛 돌아가니 이미 집이 없네
樓臺處處惟荒草　　누대 곳곳은 다만 황량한 풀들이고
風雨年年自落花　　비바람에 해마다 절로 꽃이 떨어지네
古往今來多少恨　　옛날이 가고 지금이 오니 한이 많은데
只將哀怨付啼鴉　　단지 슬픈 원망을 우는 까마귀에게 부치네

주석 ✑

1) 維陽(유양): 지금의 강소성 양주시(揚州市).

2) 廣陵(광릉): 양주(揚州)의 별칭.

3) 煬帝(양제): 수양제(隋煬帝). 성색(聲色)에 빠져서 나중에 금군장령(禁軍將
   領) 우문화급(于文化及)에게 액살(縊殺)을 당하고 뇌당(雷塘)에 장례되었음.
   行宮(행궁): 제왕이 출행할 때 머무는 궁전. 당나라 이상은(李商隱)의 〈수궁
   (隋宮)〉시에 "紫泉宮殿接煙霞, 欲取蕪城作帝家"라고 했음.

4) 玉樹歌(옥수가): 옥수후정화(玉樹後庭花). 진(陳)나라 후주(後主) 진숙보(陳
   叔寶)가 지은 악곡(樂曲). 후주는 성색(聲色)에 빠져서 비빈(妃嬪) 및 행신(倖
   臣)들과 환락을 즐기다가 망국에 이르렀음. 후세에 〈옥수후정화〉를 망국지
   음(亡國之音)이라고 했음.

5) 錦帆(금범): 수양제의 용주(龍舟)에 매단 비단 돛. 그 비단 돛이 지나가는 곳
   엔 향기가 십리까지 퍼졌다고 함.

- 진숙보(陳叔寶)의 〈옥수후정화(玉樹後庭花)〉: "麗宇芳林對高閣, 新粧豔質本傾城. 映戶凝嬌乍不進, 出帷含態咲相迎, 妖姬臉似花含露, 玉樹流光照後庭."

- 이상은(李商隱)의 〈隋宮〉: "紫泉宮殿鎖煙霞, 欲取蕪城作帝家. 玉璽不緣歸日角, 錦帆應是到天涯. 於今腐草無螢火, 終古垂楊有暮鴉. 地下若逢陳後主, 豈宜重問後庭花."

우겸 于謙

우겸(1398-1457), 자는 정익(廷益), 전당(錢塘: 강소성 杭州市) 사람. 영락(永樂) 19년(1421)에 진사가 되었다. 선덕(宣德) 초에 하남(河南)·산서순무(山西巡撫)를 지냈다. 병부좌시랑(兵部左侍郞)에 발탁되었다. 정통(正統) 14년(1449)에 북방 와자족(瓦剌族)이 침범하여 영종(英宗)을 포로로 잡아가자, 우겸은 경종(景宗)을 세워서 북경(北京)을 지켰다. 경태(景泰) 8년(1457)에 영종이 복벽(復辟)하자, 우겸은 모함을 받고 피살되었다. 『충숙집(忠肅集)』이 있다.

『사고전서제요』에 "우겸의 시는 풍격이 주상(遒上)하고, 흥상(興象)은 심원(深遠)하다. 비록 뜻이 개제(開濟)에 있어서 음영(吟詠)에서 공교함을 구한 적은 없지만 품격이 더욱 문사들의 위에서 나왔다"고 했다.

진전의 『명시기사』에 "충숙(忠肅)의 절구는 지극히 풍치(風致)가 있다"고 했다.

북풍이 불다 北風吹

北風吹	북풍이 불어와서
吹我庭前柏樹枝	내 뜰 앞 측백나무 가지를 부네
樹堅不怕風吹動	나무가 단단해 바람이 흔듦을 두려워 않고
節操稜稜還自持[1]	절조가 능릉하게 도리어 스스로 버티네
冰霜歷盡心不移	얼음과 서리가 다해도 마음이 바뀌지 않는데
況復陽和景漸宜	하물며 다시 햇볕이 점차 좋아짐에 있어서랴?
閑花野草尚葳蕤[2]	아름다운 꽃과 야초도 여전히 무성한데
風吹柏樹將何爲	바람이 측백나무를 불어도 장차 어찌할 건가?
北風吹	북풍이 부는 것이
能幾時	얼마나 갈 것인가?

주석

1) 稜稜(능릉): 위엄(威嚴)있고 방정(方正)한 모양.
2) 葳蕤(위유): 초목이 무성한 모양.

제야에 태원에 머무는데 추위가 심했다 除夜宿太原寒甚

寄語天涯客	천애의 객이여
輕寒底用愁	가벼운 추위에 어찌 근심하는가?
春風來不遠	봄바람 부는 것이 멀지 않으니
只在屋東頭	다만 지붕 동쪽머리에 있다오

산수도에 적다 題山水

溪山疏雨歇	개울과 산에 보슬비 그치고
水木散淸明	물과 나무에 맑은 밝음이 흩어지네
樵唱知何處	나무꾼 노래는 어느 곳에 있는가?
白雲深更深	흰 구름이 깊고 또 깊네

석회 노래 石灰吟

千錘萬擊出深山[1]	천만 번 치고 두들기니 깊은 산에서 나와서
烈火焚燒若等閑[2]	열화로 불태워도 등한한 듯하네
粉骨碎身全不怕	분골쇄신을 전혀 두려워하지 않고
要留淸白在人間	청백함을 인간 세상에 남기려고 하네

주석 ❦

1) 千錘萬擊(천추만격): 광산(鑛山)을 파는 것을 말함.

2) 烈火焚燒(열화분소): 석회(石灰)를 굽는 것.

태행산에 오르다 上太行[1]

西風落日草斑斑[2]	서풍 부는 석양에 풀이 반반하고
雲薄秋空鳥獨還	구름 엷은 가을 허공에 새가 홀로 돌아오네

兩鬢霜華千里客　　양 귀밑머리 하얀 천리의 객인데
馬蹄又上太行山　　말발굽이 또 태행산을 오르네

주석

1) 太行(태행): 산 이름. 산서성·하북성·하남성에 걸쳐있는 큰 산맥.

2) 斑斑(반반): 알록달록한 모양. 풀들이 석양빛으로 물든 것을 말함.

시골집의 복사꽃 村舍桃花

野水縈紆石徑斜　　들 물이 감도는 돌길이 비껴있고
篳門蓬戶兩三家[1]　　사립문 쑥대문의 두세 집이 있네
短牆不解遮春意　　낮은 담은 봄기운을 막을 줄 모르고
露出緋桃半樹花　　붉은 복사꽃 반 그루의 꽃을 드러냈네

주석

1) 篳門蓬戶(필문봉호): 가난한 집을 말함.

서유정(1407-1472), 초명은 정(珵), 자는 홍지(興至), 오현(吳縣: 강소성)
사람. 선덕(宣德) 8년(1433)에 진사가 되었다. 영종(英宗)이 복위한 후 병
부상서(兵部尚書)·화개전대학사(華蓋殿大學士)를 지냈다. 무공백(武功伯)
에 봉해졌다. 저서로 『무공집(武功集)』이 있다.

왕세정의 『엄주사부고(弇州四部稿)』에 "무공백(武功伯: 서유정)은 글씨에
서 살피니 못한 바가 적고, 시가(詩歌)에 능했고, 행초(行草)를 잘 썼다.
장사(長沙) 소사(素師)·미양양(米襄陽)의 풍을 얻었다"고 했다.

자고도 鷓鴣圖[1]

煙雨蕭蕭苦竹秋[2]　　안개비 소소하고 고죽의 가을인데
感人常是叫鉤輈[3]　　사람을 감개하게 항상 구주라고 우네
披圖無限江南思　　　그림을 펴고 강남 생각이 무한한데
不必聞聲也自愁　　　소리 듣고 스스로 근심할 필요가 없으리라

주석 ⌒

 1) 鷓鴣(자고): 중국 남방에 분포한 새로서 우는 소리가 처량함.

 2) 蕭蕭(소소): 비 내리는 소리. 苦竹(고죽): 대나무의 한 종류.

 3) 鉤輈(구주): 자고새가 우는 소리.

유적, 자는 맹희(孟熙), 산음(山陰: 절강성 紹興市) 사람. 은거하고 출사하지 않았음. '서강선생(西江先生)'이라 불렸음.

고기륜의 『국아품』에 "맹희(孟熙)는 회계(會稽)의 명가(名家)인데, 재사(才思)가 웅건(雄健)하고 장가(長歌)는 자못 방탄(放誕)하다"고 했다.

지아비의 노래 征夫詞[1]

征夫語征婦[2]	정부가 부인을 말하는데
死生不可知	생사를 알 수 없다네
欲慰泉下魂	황천 아래 혼을 위로하려는데
但視褓中兒	다만 강보의 아이를 보네

주석 ◌◌

 1) 征夫(정부): 복역(服役)에 징집당한 사람.

 2) 征婦(정부): 복역에 징집당한 사람의 부인.

지어미의 노래 征婦詞

征婦語征夫	부인이 정부를 말하는데
有身當徇國	몸이 마땅히 순국했을 거라네
君爲塞下土	그대는 변새 아래 흙이 되고
妾作山頭石[1]	첩은 산머리의 바위가 되리라

주석 ◌◌

 1) 山頭石(산두석): 망부석(望夫石)을 말함.

유구 劉球

유구(1392-1443), 자는 구락(求樂)·정진(廷振), 안복(安福: 강서성 안복현) 사람. 영락(永樂) 19년(1421)에 진사가 되어서 예부주사(禮部主事)·한림시강(翰林侍講)을 지냈다. 정통(正統) 8년(1443)에 태감(太監) 왕진(王振)의 무고를 받고 옥에서 죽었다. 『양계문집(兩溪文集)』이 있다.

산속의 거처 山居

水抱孤山遠　　　물은 외로운 산을 껴안고 먼데
山通一徑斜　　　산은 한 길로 통하여 비껴있네
不知深樹裏　　　깊은 숲속을 알 수 없는데
還住幾人家　　　도리어 인가가 몇이나 있는가?

전엽, 자는 윤휘(允輝), 호는 피암(避庵), 상숙(常熟: 강소성 상숙현) 사람.
절강도사경력(浙江都司經歷)을 지냈다. 『피암집(避庵集)』이 있다.

강을 건너다 過江[1]

江渚風高酒乍醒	강가의 바람 높아 술이 곧 깨고
川途渺渺正揚舲	냇물 길이 아득한데 배를 띄웠네
浪花作雨汀煙濕[2]	낭화가 비를 이루고 물안개 축축한데
沙鳥迎人水氣腥	물새가 사람을 맞이하고 물 기운 비릿하네
三國舊愁春草碧	삼국의 옛 근심 속 봄풀이 푸르고
六朝遺恨曉山靑	육조의 남긴 한에 새벽 산이 푸르네
不知別後東湖上	이별 후 동호 위에서
誰愛菱歌倚棹聽	누가 마름노래 사랑하여 노에 기대어 듣는가?

주석

1) 이 시는 장필(張弼)의 작품으로 잘못 전해왔는데, 전겸익(錢謙益)이 『열조시
집소전(列朝詩集小傳)』에서 전엽의 작품이라고 단언했다.
2) 浪花(낭화): 물결.

징강 주기봉에게 주다 贈澄江周岐鳳[1]

琴劍飄零西復東	금과 검을 들고 동서로 떠도니
舊遊淸興幾時同	옛날 놀던 맑은 흥과 언제 같을 건가?
一身作客如張儉[2]	일신이 객이 되니 장검과 같고
四海何人是孔融[3]	사해에서 누가 공융이던가?
野寺鶯花春對酒	절간 꾀꼬리 꽃 속에서 봄에 술을 대하고

河橋風雨夜推篷　　하교의 풍우 속에 밤에 배를 미네

機心盡付東流水[4]　기심을 동쪽으로 흐르는 물에 다 보냈는데

惟有家山在夢中　　다만 고향 산이 꿈속에 있네

주석 ⌒

1) 澄江(징강): 징강현(澄江縣). 운남성(雲南省) 중부, 곤명시(昆明市) 동남에 있음. 『명시종』의 주에 "이빈지(李賓之: 李東陽)가 '강음(江陰) 주지봉(周岐鳳)은 기능(技能)이 많은데, 사건에 연좌되어 도망쳤다. 편주(扁舟)를 밤에 정박했는데 전엽이 시를 주자, 기봉이 받아보고 크게 통곡했다. 강남 사람들이 지금도 그것을 전한다'고 했다"고 했다.

2) 張儉(장검): 한(漢)나라 말의 산양(山陽) 고평(高平: 산동성 鄒縣 서남쪽) 사람. 환제(桓帝) 때 환관을 탄핵하고 도망쳤음.

3) 孔融(공융): 한(漢)나라 말의 명사로서, 태중태부(太中太傅)를 지내며 현사(賢士)를 우대하고 추천하였음.

4) 機心(기심): 세상을 속이는 교묘한 마음.

곽등 郭登

곽등(?-1472), 자는 원등(元登), 정원(定遠: 안휘성 정원현) 사람. 정통(正統) 중에 도독첨사(都督僉事)에 오르고, 경태(景泰) 원년(1450)에 와자군(瓦剌軍)이 침범했을 때 참장수대동(參將守大同)으로서 전공을 세워서 정양백(定襄伯)에 봉해졌다. 영종(英宗)이 복벽(復辟)했을 때 감숙(甘肅)으로 유배되었다가, 성화(成化) 초에 작위를 회복했다. 『연주집(聯珠集)』이 있다.
이동양(李東陽)의 『회록당시화』에서 "국조(國朝)의 무신(武臣) 중에 시에 능한 자는 정양백(定襄伯) 곽원등(郭元登)을 넘지 못한다"고 했다.
청나라 주이준(朱彝尊)의 『정지거시화(靜志居詩話)』에 "곧장 장적(張籍)·왕건(王建)·한유(韓愈)·두보(杜甫)의 장점을 겸했는데 어찌 다만 무신(武臣)뿐이겠는가? 한때의 대각(臺閣) 제공(諸公)들 중에 누가 그보다 낫겠는가?"라고 했다.

악계방이 경사로 돌아감을 전송하다 送岳季方還京[1]

登高樓	높은 누대에 올라
望明月	밝은 달을 바라보니
明月秋來幾圓缺	밝은 달은 가을 되어 몇 번 둥글고 이지러졌던가?
多情只照綺羅筵[2]	다정히 단지 비단 자리를 비추고
莫照天涯遠行客	하늘 끝 먼 길 가는 객을 비추지 않네
天涯行客離家久	하늘 끝 행객은 집 떠난 지 오래인데
見月思鄕搔白首	달 보고 고향생각하며 흰 머리 긁적이네
年年長自送行人	해마다 오래 스스로 행인을 전송하니
折盡邊城路傍柳[3]	변성 길가의 버들가지를 다 꺾었네
東望秦川一雁飛[4]	동쪽으로 진천을 바라보니 한 기러기 날아가는데
可憐同住不同歸	가련하게 함께 머물다 함께 돌아가지 못하네
身留塞北空彈鋏[5]	몸은 새북에 머물며 공연히 칼날 튕기고
夢繞江南未拂衣	꿈은 강남을 도는데 옷을 떨치고 떠나가지 못하네
君歸復喜登臺閣	그대 돌아가면 다시 기쁘게 대각에 오르리니
風裁稜稜尙如昨[6]	기풍의 능릉함이 오히려 어제와 같네
但令四海歌升平	다만 사해에서 승평을 노래하게 하면
我在甘州貧亦樂	나는 감주에서 가난해도 또한 즐거우리라
甘州城西黑水流[7]	감주성 서쪽에 흑수가 흐르고
甘州城北胡雲愁[8]	감주성 북쪽에 호운이 참담하네
玉關人老貂裘敝[9]	옥관의 사람은 늙어가고 담비갖옷은 해어지니
苦憶平生馬少游[10]	몹시 평생의 마소유를 추억하네

1) 岳季方(악계방): 이름은 정(正), 자는 계방(季方), 정통(正統) 13년에 진사가 되어 편수(編修)가 되고, 천순(天順) 초에 수찬이 되었다. 권행(權幸) 석형(石亨)·조길상(趙吉祥)에게 죄를 얻어서 숙주(肅州: 감숙성 酒泉)로 유배되었다. 성화(成化) 초에 수찬을 회복했다. 이때 곽등도 감주(甘州: 감숙성 張掖縣)로 유배되어 있었는데, 유배가 풀려서 경사로 돌아가는 악계방에게 준 이별시이다.

2) 綺羅筵(기라연): 호화스러운 술자리. 당나라 섭이중(聶夷中)의 〈전가(田家)〉 시에 "我願君王心, 化作光明燭. 不照綺羅筵, 只照逃亡屋"이라 했음.

3) 이별하는 사람에게 버들가지를 꺾어주는 풍속이 있음. 당나라 옹도(雍陶)의 〈절류교(折柳橋)〉 시에 "從來只有情難盡, 何事呼爲情盡橋. 自此改名爲折柳, 任地離恨一條條"라 했음.

4) 秦川(진천): 섬서(陝西)와 감숙(甘肅)의 진령(秦嶺) 이북의 평원지대를 말함.

5) 彈鋏(탄협): 전국시대 제(齊)나라 맹상군(孟嘗君)의 문객 풍환(馮驩)이 예우를 받지 못함을 한탄하며 칼을 튕기면서 "長鋏歸來兮, 食無魚"라고 노래했음.

6) 風裁稜稜(풍재능릉): 풍재(風裁)는 풍기(風紀). 능릉(稜稜)은 강정(剛正)한 모양. 강정하여 아부하지 않는 성품을 말함.

7) 甘州(감주): 치소는 감숙성 장액현(張掖縣). 黑水(흑수): 흑하(黑河). 감주성(甘州城) 서쪽 13리에 있음.

8) 胡雲(호운): 호(胡) 지역의 구름. 수(愁): 구름이 참담한 모양.

9) 玉關(옥관): 옥문관(玉門關). 감숙성 돈황현(敦煌縣) 서쪽 소방반성(小方盤城).

10) 馬少游(마소유): 동한(東漢)의 명장 마원(馬援)의 종제. 일찍이 마원에게 권하기를 "사대부가 한 시대를 살면서, 다만 의식의 족함을 취하고, 하택거(下澤車)를 타고, 관단마(款段馬)를 타고, 군연리(郡掾吏)가 되어서 분묘(墳墓)를 지키고, 향리에서 선인(善人)이라 칭하면 옳을 것입니다. 넘치는 것을 구하려 하면 다만 스스로 고생할 뿐입니다"라고 했다. 나중에 마원이 교지(交趾)를 정벌할 때 몹시 감개함이 있어서 동료에게 말하기를 "소유의 평생의

말을 생각하면, 어찌 얻을 수 있겠는가!"라고 했다.

감주에서 눈앞의 사물을 읊다 甘州卽事[1]

黑河如帶向西來[2]	흑하는 띠처럼 서쪽으로 흘러오고
河上邊城自漢開	강가의 변성은 한나라 때 연 것이네
山近四時常見雪	산 가까이는 사시에 항상 눈이 보이고
地寒終歲不聞雷	땅 차가워 일 년 내내 천둥소리를 듣지 못하네
牦牛互市番氓出[3]	모우를 서로 팔려고 번맹들이 나오고
宛馬臨關漢使回[4]	완마는 관에 임하여 한사가 돌아오네
東望玉京將萬里[5]	동쪽으로 옥경을 바라보니 만 리 길인데
雲霄何處是蓬萊[6]	구름 낀 하늘 어느 곳이 봉래인가?

주석

1) 卽事(즉사): 눈앞의 사물을 재제(題材)로 하여 시를 읊는 것.

2) 黑河(흑하): 감주성(甘州城) 서쪽 13리에 있음.

3) 牦牛(모우): 중국 서북 이민족이 키우는 일종의 들소. 番氓(번맹): 서북 이민
  족을 폄하하는 칭호.

4) 宛馬(완마): 한(漢)나라 때 대완국(大宛國)에서 생산되는 양마.

5) 玉京(옥경): 제도(帝都). 여기서는 명나라 수도 북경(北京)을 말함.

6) 蓬萊(봉래): 전설 속의 삼신산(三神山) 중의 하나. 여기서는 황궁(皇宮)을 말함.

보정으로 가는 중에 우연히 짓다 保定途中偶成[1]

白璧何從摘舊瑕[2]	백벽의 어디서 옛 하자를 지적했던가?
纔開羅網向天涯[3]	겨우 그물을 열어 하늘 끝으로 향했네
寒窓兒女燈前淚	차가운 창가의 아녀자는 등불 앞에서 울고
客路風霜夢裏家	객로의 바람서리 속에선 집을 꿈꾸네
豈有酖人羊叔子[4]	어찌 남을 독살시킬 양숙자가 있었던가?
可憐憂國賈長沙[5]	나라 근심한 가장사가 가련하네
獨醒空和騷人詠[6]	홀로 깨어서 공연히 소인의 읊음에 화답하는데
滿耳斜陽噪晚鴉	귀에 가득한 석양의 시끄러운 까마귀소리이네

주석 ☞

1) 保定(보정): 하북성에 속하는 부(府) 이름. 영종(英宗)이 복벽(復辟)한 후 감숙(甘肅)으로 유배를 가던 중에 지은 시임.

2) 白璧(백벽): 하얀 옥의 일종.

3) 영종이 복벽한 후 곽등은 탄핵을 받고 참수될 처지였는데, 곧 죽음을 면하고 간숙으로 유배당한 것을 말한 것임.

4) 羊叔子(양숙자): 양호(羊祜), 자는 숙자(叔子), 서진(西晉)의 명신(名臣). 오(吳)나라 장군 육항(陸抗)과 강을 사이에 두고 대치하고 있을 때 육항이 병이 났다는 소식을 듣고 약을 보냈다. 육항의 부하가 복용하지 말 것을 권하자 육항은 "어찌 남을 독살시킬 양숙자가 있겠는가?"라고 하고 마침내 약을 복용했다고 함.

5) 賈長沙(가장사): 한(漢)나라 가의(賈誼). 젊은 나이로 태중대부(太中大夫)를 지내며 개혁을 주장했는데, 노신(老臣)들의 반발로 장사왕(長沙王) 태부(太傅)로 좌천되었다.

6) 騷人(소인): 〈이소(離騷)〉의 작가 굴원(屈原). 그의 〈어부사(漁父辭)〉에 "擧
   世皆濁我獨淸, 世人皆醉我獨醒"이라 했음. 장사로 귀양 가던 가의는 상수에
   이르러 굴원(屈原)을 애도하는 〈조굴원부(弔屈原賦)〉를 지었음.

봄날 산을 유람하며 우연히 짓다 春日遊山偶成

林下扶藤杖	숲 아래서 등나무지팡이를 짚고
溪邊整葛巾	개울가에서 갈건을 바로 쓰네
春風莫相妒	봄바람은 질투하지 말라
不是折花人	꽃 꺾는 사람이 아니라네

장필(1425-1487), 자는 여필(汝弼), 호는 동해(東海), 송강(松江) 화정(華亭: 上海市 松江縣) 사람. 성화(成化) 2년(1466) 진사가 되어 병부주사(兵部主事)를 거쳐 원외랑(員外郎)이 되었다. 남안지부(南安知府)를 지내다가 병으로 사임했다. 시와 글씨에 뛰어났다. 저서로 『동해집(東海集)』이 있다.

강을 건너다 渡江

揚子江頭幾問津[1]	양자강 앞에서 몇 번이나 나루를 물었던가?
風波如舊客愁新	풍파는 예전 같은데 객의 수심은 새롭네
西飛白日忙於我	서쪽으로 날아가는 해는 나보다 바쁘고
南去靑山冷笑人	남쪽으로 지나가는 푸른 산은 사람을 비웃네
孤枕不勝鄕國夢	외로운 침상에서 고향의 꿈을 이길 수 없는데
敝裘猶帶帝城塵[2]	낡은 갖옷은 여전히 제성의 먼지를 띠고 있네
交遊落落俱星散[3]	교유가 낙락하게 모두 별처럼 흩어지고
吟對沙鷗一愴神[4]	갈매기 대하고 읊조리니 마음이 슬프네

주석

1) 揚子江(양자강): 한수(漢水)가 한구(漢口)에 이르러 민강(岷江)과 합류하여 동쪽으로 양주(揚州)에 이르는데, 이를 양자강이라고 부름.

2) 육기(陸機)의 〈고언선증부(顧彦先贈婦)〉 시에 "京洛多風塵, 素衣化爲緇"라고 했음.

3) 落落(낙락): 영락(零落)한 모양.

4) 沙鷗(사구): 갈매기.

평설

● 명나라 동기창(董其昌)의 『선화실수필(禪畵室隨筆)』: "장필(張弼)이 금산(金山)에 적은 시에 '西飛白日忙于我, 南去靑山冷笑人'이라고 했는데 어떤 한 명공(名公)이 보고 구하려고 하면서 '이는 마땅히 해내(海內)의 명사(名士)일 것이다'라고 했다."

심주 沈周

심주(1427-1509), 자는 계남(啓南), 호는 석전(石田)·백석옹(白石翁), 장주(長洲: 강소성 蘇州市) 사람. 명나라 저명한 화가로서 당인(唐寅)·문징명(文徵明)·구영(仇英)과 함께 '명사가(明四家)'라고 한다. 평생 출사하지 않았다. 저서로 『석전집(石田集)』이 있다.

『사고전서제요』에 "심주는 그림으로써 한 시대에 유명했는데, 시는 그가 뜻을 둔 바가 아니다. 만년에 화경(畵境)이 더욱 높아졌는데……시 또한 휘쇄림리(揮灑淋漓)하게 스스로 천취(天趣)를 베껴냈다. 대개 자구로써 공교함을 구하지 않고, 다만 구학(丘壑)에 마음을 두고, 명리(名利)를 둘 다 잊었다.……그 시에 있어서도 또한 교외별전(敎外別傳)이라고 할 만하다"고 했다.

경운암에서 달빛 아래 살구꽃을 구경하다 慶雲庵月下觀杏花[1]

杏花初開紅滿城	살구꽃 처음 피어 붉은 꽃이 성에 가득한데
我眠僧房聞雨聲	나는 승방에서 자다가 빗소리를 들었네
侵朝急起看紅艷[2]	맑은 아침에 급히 일어나 붉은 꽃을 보니
對房兩株令眼明	방을 마주한 두 그루가 눈을 밝게 하네
還宜夜坐了餘興	다시 마땅히 밤에 앉아 여흥을 즐기는데
靜免蜂蝶來紛爭	조용하여 벌 나비가 와서 다투는 걸 면했네
嫣然紅粉本富貴	아리따운 홍분이 본래 부귀한데
更借月餘添姸清	더욱 달빛 빌려 맑은 아름다움을 더했네
青蘋流水未足擬[3]	청빈이 물에 흐르는 것은 견줄 수 없고
金蓮影度雙娉婷[4]	금련의 그림자 지나감이 쌍으로 아름답네
庭空月悄花不語	빈 뜰에 달빛 고요한데 꽃은 말이 없고
但覺風過微香生	다만 바람 지나자 미향이 끼쳐 옴을 깨닫네
老僧看慣不爲意	노승은 익히 보아서 관심이 없고
却愛小紙燕脂縈[5]	도리어 작은 종이에 연지로 그린 것을 사랑하네
高齋素壁可長有	고재의 흰 벽은 오래 지닐 수 있으니
不由零落愁人情	영락하여 사람 마음을 수심 짓게 하지 않으리라

주석 ✑

1) 경운암(慶雲庵): 남경(南京) 보은사(報恩寺) 서쪽에 있음. 송(宋)나라 원풍
   (元豐) 3년에 승지륜(僧智倫)이 세웠음. 홍(弘治) 연간에 승문옥(僧文玉)이
   중건했음.

2) 侵朝(침조): 청조(淸早).

3) 靑蘋(청빈): 푸른 부평초.

4) 金蓮(금련): 연꽃의 일종. 娉婷(빙정): 아름다운 모양.

5) 燕脂(연지): 연지(臙脂). 그림물감.

회포를 베껴 승려에게 부치다 寫懷寄僧

虛壁疏燈一穗紅[1]	빈 벽의 희미한 등불 한 불꽃이 붉은데
閑階隨處亂鳴蟲	한가한 섬돌엔 가는 곳마다 벌레소리 요란하네
明河有影微雲外[2]	작은 구름 밖에 밝은 은하수 그림자가 있고
淸露無聲萬木中	만 나무들 속에 맑은 이슬 소리도 없네
澤國蒼茫秋水滿[3]	택국이 창망하게 가을 물이 가득한데
居民流落野煙空	거민들은 유락하여 들 연기가 비었네
不知誰解抛憂患	누가 우환을 버릴 줄 아는지 모르겠는데
獨對靑山憶贊公[4]	홀로 청산을 대하고 찬공을 생각하네

주석 ❧

1) 穗(수): 등불의 불꽃을 말함.

2) 明河(명하): 은하(銀河).

3) 澤國(택국): 늪지 지역을 말함.

4) 贊公(찬공): 당나라 때의 명승(名僧).

* 주이존의 『정지거시화』: "'明河有影微雲外' 1연은 이른바 시중유화(詩中有畵)라는 것이 아니겠는가?"

담복 薝蔔[1]

雪魄氷花凉氣淸	눈의 혼백 얼음 꽃의 서늘한 기운 맑은데
曲欄深處艶精神	굽은 난간 깊은 곳에 아리따운 정신이네
一鉤新月風牽影	한 굽은 새 달의 그림자를 바람이 끌어오고
暗送嬌香入畵庭	남몰래 아름다운 향기를 고운 뜰로 보내네

1) 薝蔔(담복): 치자화(梔子花).

꽃 꺾는 미녀 折花仕女[1]

去年人別花正開	거년에 이별할 때 꽃이 막 피었는데
今日花開人未回	금일 꽃이 피었는데 사람은 돌아오지 않네
紫恨紅愁千萬種[2]	자한홍수를 천만으로 심었는데
春風吹入手中來	봄바람 불어오니 수중으로 오네

주석 ⁓

1) 仕女(사녀): 화가가 그린 미녀를 말함.

2) 紫恨紅愁(자한홍수): 모든 붉은 꽃들이 모두 자신의 근심이라는 것을 말함.

윤휘를 전송하다 送允暉

陸郎幾宿春山去[1]	육랑은 춘산에서 얼마나 묵고 떠나는가?
山鳥山花盡有情	산새와 산꽃이 모두 정이 있네
白李紅桃塞行路	흰 오얏꽃 붉은 복사꽃이 가는 길을 막고
黃鸝留客兩三聲	꾀꼬리가 객을 머물게 하려고 두세 번 우네

주석 ⁓

1) 陸郎(육랑): 윤휘(允暉)를 말함.

가박사 경중의 죽지에 적다 題柯博士敬仲竹枝[1]

楚烟吹濕碧琅玕[2]	초연이 푸른 낭간에 습기를 부니
認得奎章墨未殘	규장의 먹이 마르지 않았음을 아네
莫問先生歸去事	선생의 돌아간 일은 묻지 못하니
江南春雨杏花寒[3]	강남의 봄비에 살구꽃이 차갑네

1) 柯博士敬仲(가박사경중): 가구사(柯九思: 1312-1365), 자는 경중(敬仲), 호는 단구생(丹丘生). 원나라 저명한 화가. 규장각감서박사(奎章閣鑒書博士)를 지냈음. 가구사의 〈죽지도(竹枝圖)〉에 적은 시임.

2) 楚烟(초연): 초(楚)땅의 안개. 碧琅玕(벽랑간): 대나무를 말함. 낭간(琅玕)은 옥의 일종. 대나무의 별칭으로 쓰임.

3) 가구사의 친구 우집(虞集)이 가구사에게 준 〈풍입송(風入松)〉사(詞)에 "爲報 先生歸也, 杏花春雨江南"이라 했음.

〈도원도〉에 적다 題桃源圖[1]

啼饑兒女正連村　　굶주려 우는 아녀자들 진정 마을마다 이어졌는데
況有催租吏打門　　하물며 조세 재촉하는 관리가 문을 두들김에랴?
一夜老夫眠不得　　한 밤에 노부는 잠들 수 없어서
起來尋紙畫桃源　　일어나서 종이 찾아 도원을 그리네

주석 ꙮ

1) 桃源圖(도원도): 무릉도원(武陵桃源)의 그림.

진헌장 陳憲章

진헌장(1428-1500), 자는 공보(公甫), 신회(新會: 광동성 신회현) 사람. 정통(正統) 12년(1447)에 거인(擧人)이 되고, 추천으로 한림원검토(翰林院檢討)가 되었다. 백사(白沙)로 돌아가 은거하며 강학(講學)했다. 사람들이 백사선생(白沙先生)이라 불렀다. 저서로 『백사집(白沙集)』이 있다.

『사고전서총목』에 "왕세정(王世貞) 문집의 「서백사집후(書白沙集後)」에 '공보(公甫)의 시는 법(法)으로 들어가지 못했고, 문(文)은 체(體)로 들어가지 못했고, 또한 모두 제(題)로 들어가지 못했다. 그러나 그 묘처(妙處)는 법과 체를 초월하여 나와서 제의 밖에 있다. 이른바 그 단장(短長)을 겸하여 다했다고 하겠다'고 했다"고 했다.

애산 대충사 厓山大忠祠[1]

天王舟檝浮南海[2]	천왕의 배가 남해에 뜨고
大將旌旗仆北風	대장의 깃발이 북풍에 엎드렸네
世亂英雄終死國	세상 난리에 영웅들 끝내 나라 위해 죽으니
時來胡虜亦成功[3]	때마침 오랑캐도 또한 공을 이루네
身爲左衽皆劉豫[4]	스스로 좌임한 것은 모두 유예들인데
志復中原有謝公[5]	중원을 회복하려고 했던 사공이 있었네
人衆勝天非一日	사람들이 하늘 이긴 것이 하루가 아니니
西湖雲掩岳王宮[6]	서호의 구름이 악왕궁을 가렸네

주석 ∽

1) 厓山大忠祠(애산대충사): 남송(南宋)의 장령(將領) 장세걸(張世杰)과 육수부 (陸秀夫)의 순국을 기념하여 세운 사당. 광성성 신해현(新海縣)에서 80리의 해도(海島) 위에 있음.

2) 원나라 지원(至元) 13년(1276)에 원나라 군은 남송의 도성 임안(臨安)을 함락 시키고 송나라 공제(恭帝)를 포로로 잡아갔다. 송나라 장령 장세걸과 육수부 등은 9살의 조병(趙昺)을 황제로 세우고, 퇴각하여 애산(厓山)을 지키고 원병 과 대항했다. 원나라 장군 장홍범(張弘范)의 수군이 포위하여 공격하자, 장세 걸은 병사들을 거느리고 포위를 돌파하고, 육수부는 황제 조병을 등에 업고 바다로 투신하여 순국했다.

3) 胡虜(호로): 원나라 귀족들을 경멸하는 칭호.

4) 左衽(좌임): 이민족의 통치를 말함. 중국인의 풍속을 옷을 우측으로 여미는 데, 이민족의 풍속은 좌측으로 여밈. 劉豫(유예): 송나라의 반신(叛臣). 건담 (建淡) 2년에 금나라에 투항하여서 제황제(齊皇帝)로 책봉되어서, 여러 차례 금나라 군과 함께 송나라를 공격했다.

5) 謝公(사공): 동진(東晉)의 대신(大臣) 사안(謝安). 일찍이 그 아우 사석(謝石)
   과 조카 (謝玄)을 지휘하여 전진(前秦) 부견(符堅)의 침략을 비수(淝水)에서
   크게 격파시켰음.

6) 岳王宮(악왕궁): 금나라에 항전했던 남송의 장군 악비(岳飛)의 묘. 항주(杭
   州) 서호(西湖) 북안에 있음.

평설 ୧

● 이동양의 『회록당시화』: "진백사(陳白沙)의 시는 지극히 성운(聲韻)이
   있다. 〈애산대충사〉에 '天王舟檝浮南海……'라고 했다. 화자(和者)들은
   모두 미치지 못했다."

객을 방문한 배 안에서 訪客舟中

船頭酒多少	뱃머리에 술이 얼마나 있는가?
船尾擱春沙	배꼬리는 봄 모래에 놓여있네
恰到溪窮處	냇물 다한 곳에 이르니
山山枳殼花[1]	산마다 탱자꽃이네

주석 ୧

 1) 枳殼花(지각화): 탱자꽃.

낚시 벗에게 주다 贈釣伴

短短蔞蒿淺淺灣[1]	짧고 짧은 누호는 얕고 얕은 물굽이에 있고
夕陽倒影對南山	석양의 드리운 그림자는 남산을 대했네
大船鼓枻唱歌去	큰 배는 노를 두들기며 노래하며 가고
小艇得魚吹笛還	작은 배는 물고기 잡아 피리 불며 돌아오네

주석 ⌇

1) 蔞蒿(누호): 물쑥. 수생식물의 일종. 소식(蘇軾)의 〈혜숭춘강효경(惠崇春江曉
景)〉시에 "蔞蒿滿地蘆芽短, 正是河豚欲上時"라 했음.

오관 吳寬

오관(1435-1504), 자는 후박(厚博), 호는 포암(匏庵), 장주(長洲: 강소성 蘇州市) 사람. 성화(成化) 8년(1472)에 진사가 되어 한림(翰林)에 들어갔다. 예부상서(禮部尙書)를 지냈다. 저서로 『포암집(匏庵集)』이 있다.

주이존의 『명시종』에 "이빈지(李賓之: 李東陽)가 말하기를 '후박(厚博)의 시는 심후농욱(深厚穠郁)하여 범근(凡近)함을 없애버리고, 고의(古意)를 홀로 남겼다'고 했다. 왕제지(王濟之: 王汝梅)가 말하기를 '포암(匏菴)의 시는 용사(用事)가 혼연천성(渾然天成)하여 흔적을 볼 수 없다. 근세의 첨신(尖新)한 습속을 모두 없애버렸다'고 했다. 왕원미(王元美: 王世貞)가 말하기를 '오포암(吳匏菴)은 학구(學究) 출신의 사람처럼 비록 한아(閒雅)하지만 산습(酸習)을 벗어버리지 못했다'고 했다"고 했다.

새 달 新月

新月如少女	새 달이 소녀같이
靜娟凝晩粧	어여쁘게 저녁 단장을 했네
亭亭朱樓上	우뚝이 주루 위에 있고
隱隱銀漢旁	은은히 은하수 옆에 있네
桂樹未全長	계수나무는 완전히 자라지 못했는데
玉兎在何方	옥토끼는 어디에 있는가?
自然多思致	자연히 사념이 많은데
何必滿容光	얼굴 가득히 달빛이 필요하겠는가?
黃昏延我坐	황혼이 나를 끌어 앉히니
檐下施胡牀[1]	처마 아래 호상을 펴네
遂爾成良會	마침내 너와 좋은 만남을 이루니
淸風復吹裳	맑은 바람이 다시 의상을 날리네
願言常不負	항상 저버리지 말기를 바라니
莫學參與商[2]	삼성과 상성을 배우지 말라

주석 ∽

1) 胡牀(호상): 호지(胡地)에서 들어온 상.

2) 參與商(삼여상): 삼성(參星)과 상성(商星)은 서쪽과 동쪽에 있어서 출몰이 달라서 영원히 서로 볼 수 없음.

배가 갈대 못을 지나다가 바람에 막혀서, 왕억부의 전사에 묵다

舟經荻篇, 阻風, 留宿王抑夫田舍[1]

歲暮江村落日懸	세모의 강촌에 지는 해가 걸려있고
誰家漁網設平田	누구 집 어망을 밭에 깔아놓았는가?
岸頭行客訟風伯[2]	언덕머리 행객은 풍백에게 호소하는데
堂上主人疑水仙[3]	당상의 주인은 수선인가 싶네
斗酒急呼聊慰藉	말 술을 급히 시켜다가 위로의 술자리를 펴니
扁舟欲去重留連	편주가 가려다가 거듭 머무네
荒溪白屋炊煙少[4]	황량한 개울가 백옥들은 밥 짓는 연기 적은데
縣吏那堪橫索錢	현리가 멋대로 돈을 요구함을 어찌 견디겠는가?

주석 ❧

1) 荻篇(적편): 적편당(荻篇塘). 작편은 노위(蘆葦). 갈대. 원주에 "이때는 물이
   빠진 후이다"라고 했음.

2) 風伯(풍백): 풍신(風神).

3) 水仙(수선): 수신(水神).

4) 白屋(백옥): 흰 띠풀로 지붕을 맨 초가집. 가난한 집을 말함.

대나무와 새 그림 竹禽圖

江南煙雨竹枝低	강남의 안개비에 댓가지 나직한데
一箇子規枝上啼[1]	한 마리 두견새가 가지 위에서 우네

日暮不須啼更急　　해 저물면 울기를 급히 하지 말라

行人初到秣陵西[2]　　행인이 처음 말릉 서쪽에 이르렀네

주석 ⁀

1) 子規(자규): 두견새의 별칭.

2) 秣陵(말릉): 금릉(金陵: 지금의 南京市). 진시황(秦始皇)이 강동(江東)에 천
   지기(天子氣)가 있다는 말을 듣고 지맥을 끊고 금릉을 말릉이라고 이름을 고
   쳤음.

이동양 李東陽

이동양(1447-1516), 자는 빈지(賓之), 호는 서애(西涯), 다릉(茶陵: 호남성 다릉현) 사람. 천순(天順) 8년(1464)에 진사가 되어서 한림원서길사(翰林院庶吉士)에 발탁되었다. 이후 이부좌시랑(吏府左侍郎)·문연각대학사(文淵閣大學士)로서 기무(機務)에 참여하고, 태자소보(太子少保)·예부상서(禮部尚書)·화개전대학사(華蓋殿大學士) 등을 역임했다. 저서로『회록당시화(懷麓堂詩話)』·『회록당집(懷麓堂集)』등이 있다.

『사고전서제요』에 "동양(東陽)의 문장은 명나라 한 시대의 대종(大宗)이다. 이몽양(李夢陽)·하경명(何景明)이 홍치(弘治)·정덕(正德) 연간에 굴기(崛起)하여 고학(古學)을 앞장서서 회복했는데, 이에 '문필진한(文必秦漢), 시필성당(詩必盛唐)'이라고 했다. 그 재학(才學)은 한 시대를 덮을 만했다. 천하가 흡연히 그들을 좇았다. 다릉(茶陵)의 광염(光焰)이 거의 소진되었을 때 북지(北地: 이몽양)·신양(信陽: 하경명)의 파(派)가 더욱 서로 모의(摹擬)하여서 유폐(流弊)가 점차 깊어졌다. 논자(論者)들은 이에 점점 동양이 전한 것을 회복하여 서로 지탱했다. …… 평심(平心)으로 논한다면 하경명·이몽양은 제환공(齊桓公)·진문공(晉文公)과 같아서 공렬

(功烈)이 천하를 진동하고, 패기(霸氣)가 끝까지 남았다. 동양(東陽)은 쇠약한 주(周)나라·노(魯)나라 같아서 힘이 강횡(強橫)을 막기에 부족했으나 전장문물(典章文物)은 오히려 선왕(先王)의 유풍(遺風)을 지녔다. 후래에 웅위기걸(雄偉奇傑)한 재능을 다하여도, 끝내 밀쳐서 폐기할 수 없었던 것은 또한 까닭이 있는 것이다"라고 했다.

명나라 호응린(胡應麟)의 『시수(詩藪)』에 "성황(成化) 이후 시도(詩道)가 방락(旁落)했는데, 당인(唐人)의 풍치(風致)가 거의 모두 무너졌다. 다만 문정(文正: 이동양)만이 재구(才具)가 굉통(宏通)하고, 격률(格律)이 엄정한데, 한 시대를 고보(高步)하며 하경명·이몽양을 일으켜 내었으니, 그 공이 몹시 위대하다"고 했다.

전겸익의 『열조시집』에 "서애(西涯)의 시는 원래 소릉(少陵: 杜甫)·수주(隨州: 劉長卿)·향산(香山: 白居易)에게 근본을 두고, 송(宋)의 소식(蘇軾)과 원(元)의 도원(道園: 虞集)에 미쳐서, 겸하여 종합하여 서로 내었다. 금종옥형(金鍾玉衡)의 자질이고, 주현청묘(朱絃淸廟)의 음(音)인데, 궁상(宮商)을 머금어 맛보고, 화아(和雅)를 토납(吐納)했다"고 했다.

풍우탄 風雨嘆[1]

壬辰七月壬子日[2]	임진년 칠월 임자일
大風東來吹海溢	대풍이 동쪽에서 와서 해일을 부네
崢嶸巨浪高北山	우뚝한 큰 파도가 북산보다 높고
水底長鯨作人立	물 아래 큰 고래가 사람처럼 일어나네
愁雲壓地濕不翻	검은 구름이 땅을 누른 채 젖어서 날지 못하고
六合慘澹迷乾坤[3]	육합이 참담하고 건곤이 흐릿하네
陰陽九道錯白黑[4]	음양 구도에 흑백이 뒤섞이고
烏兎不敢東西奔[5]	오토도 감히 동서로 달리지 못하네
里人蒼黃神屢變[6]	마을사람들 창황하게 정신이 자주 나가고
三十年前未曾見[7]	삼십년 전 이후엔 보지 못했던 거라네
東村西舍喧呼遍	동서의 집들이 시끄럽게 부르짖고
牒書走報州與縣[8]	첩서가 내달려서 주와 현에 보고하네
山底谷洶豺虎嘷[9]	산곡에 물이 소용돌이 쳐서 시랑이 울부짖고
萬木盡拔乘波濤	온 나무들이 모두 뽑혀서 파도를 타네
洲沈島滅無所逃	물섬들은 침몰되어 도망갈 곳 없으니
頃刻性命輕鴻毛	경각의 생명이 기러기깃털처럼 가볍네
我方停舟在江皐	나는 방금 배를 멈추고 강 언덕에 있는데
披衣踞床夜復畫	옷 걸치고 상에 걸터앉아 밤낮을 보내네
忽掩青袍涕雙透	문득 청포에 눈물이 쌍으로 스미니
舉頭觀天恐天漏	머리 들어 하늘 보니 하늘이 터졌나 싶네
此時憂國況思家	이때 나라를 근심하고 또 집을 걱정하다가
不覺紅顏坐凋瘦[10]	나도 모르게 홍안이 수척해지네

潼關以西兵氣多[11]　동관 서쪽엔 병기가 많은데

胡笳吹塵塵滿河　호가가 먼지 부니 먼지가 은하에 가득하네

安得一洗空干戈[12]　어떻게 한 번 씻어내어 간과를 없앨 수 있는가?

不然獨破杜陵屋[13]　그렇지 못하면 다만 두릉의 집만 부수리라

猶能不廢嘯與歌　오히려 읊조림과 노래를 폐하진 못하지만

世間萬事不得意　세상만사가 뜻을 얻을 수 없네

天寒歲暮空蹉跎[14]　날 추운 세모에 공연히 넘어지니

嗚呼奈爾蒼生何　아! 이 창생들을 어찌 할 것인가?

주석 ～

1) 원주에 "오강현(吳江縣: 강소성 蘇州) 배 안에서 짓다"라고 했음. 성화(成化) 8년(1472) 7월에 강절(江浙) 연해에 발행한 큰 물난리를 보고 지은 시이다. 이때 이동양은 부친을 따라서 다릉(茶陵)에서 성묘하고 경사로 돌아가던 중이었다.

2) 壬辰七月壬子日(임진칠월임자일): 명나라 헌종(憲宗) 성화(成化) 8년 7월 17일.

3) 六合(육합): 천지 사방.

4) 陰陽九道(음양구도): 해와 달이 운행하는 궤도.

5) 烏兔(오토): 금오(金烏)와 옥토(玉兔). 해와 달.

6) 蒼黃(창황): 놀라서 정신이 없는 모양.

7) 원주에 "정통(正統) 갑자년(甲子年(1444)"이라 했음.

8) 牒書(첩서): 공문서.

9) 山隤谷洶(산회곡흉): 큰물이 들이쳐서 산과 골짜기가 울리는 것.

10) 坐(좌): 인(因).

11) 潼關(동관): 섬서성에 있는 현 이름. 고대로부터 군사요충지였음. 兵氣(병기): 전쟁의 기운.

12) 두보(杜甫)의 〈세병마(洗兵馬)〉시에 "安得壯士挽天河, 淨洗甲兵長不用"이라 했음.

13) 杜陵屋(두릉옥): 두보(杜甫)의 집. 두보는 두릉포의(杜陵布衣)라고 자칭했음. 두보의 〈茅屋爲秋風所破歌〉시에 "安得廣廈千萬間, 大庇天下寒士俱歡顔, 風雨不動安如山. 嗚呼何時眼前突兀見此屋, 吾廬獨破受凍死亦足"이라 했음.

14) 蹉跎(차타): 일이 어긋나는 것을 말함.

영수장가 靈壽杖歌[1]

吾聞武當之山四萬一千丈[2]

　　　　　내 듣자니 무당산이 만 일천 길인데

半在雲根半在上　　반은 운근에 있고 반은 위에 있어서

不知三十六宮何處稱絶奇[3]

　　　　　삼십육궁 어디가 빼어난지 모르지만

産出靈株非一狀　　산출하는 영주가 한 모양이 아니라네

蛟螭蟠挐露頭角　　교룡이 서리어 머리 뿔을 드러내고

熊經樹顚虎山脚　　곰이 나무 끝을 지나고 범이 산기슭에 출몰하고

根盤節錯相糾纏　　뿌리 서리고 마디 섞여 서로 얽혀서

含風飽雪經炎寒　　바람과 눈을 머금고 더위와 추위를 겪네

九年洪水之水浸不殺[4]

　　　　　구년 홍수의 물도 담가서 죽이지 못하니

十日之日暴烈何時乾[5]　　열 개 해의 폭열이 언제 말렸던가?

梯懸磴接跬步不可上　　사다리와 돌길로 반보도 오를 수 없는데

誰采青壁紅琅玕[6]　　누가 푸른 절벽의 붉은 낭간을 채취하랴?

見之羨者不容口　　보고 선망함을 입에 담을 수 없는데

錫以嘉名曰靈壽　　아름다운 이름을 내려서 영수라고 했네

爪之不入行有聲　　손톱도 들어가지 않고 걸어가면 소리가 나고

金可同堅石同久　　쇠와 함께 견고하고 돌과 함께 영구하네

吾家此物舊所有　　내 집에 이 물건을 예전에 지녔는데

神與相扶鬼爲守　　신이 돕고 귀신이 수호했네

自從病足跛曳不得前　　병든 발 절뚝이며 앞으로 이끌 수 없으니

已覺山林落吾手　　이미 산림에 내 수족을 떨어뜨렸음을 깨닫네

一病經旬不出門　　한 질병이 열흘을 가니 문을 나가지 못하지만

手中此杖嗟猶存　　수중에 이 지팡이는 여전히 남아있네

下牀攲側立不定　　침상 아래 옆으로 기울며 서는 것 불안하니

此時託子以爲命　　이때에 너에게 의탁하여 생명으로 삼네

不願四體無微疴　　사체에 작은 병이 없기를 바라지 않으니

但願謝病歸山阿　　다만 병으로 사직하고 산으로 돌아가고 싶네

左扶右策夾以二童子　　두 동자가 좌우에서 부축하고 지팡이 짚으면

下可涉園徑　　아래로는 원림의 길을 갈 수 있고

上可凌坡陁　　위로는 언덕을 넘을 수 있으리라

願載萬木截萬杖　　만 나무를 심어서 만 지팡이를 만들기를 원하니

窮崔陰谷生森羅[7]　　높은 산 깊은 골짜기에 무성하게 자라나면

靈兮壽兮此物倘可致　　신령하고 장수하는 이 물건을 가져와서

宜遣四海赤子頭俱皤 사해의 적자들 머리 허연 자들에게 보내리라

주석

1) **靈壽杖**(영수장): 나무 이름. 대나무처럼 마디가 있고, 길이는 팔구 척이고, 잘라서 가공하지 않고 지팡이를 만들 수 있음.

2) **武當**(무당): 산 이름. 호북성 서북부 한강(漢江) 남안. 산세가 험악함. 당시 도교도(道敎徒)가 모여든 곳으로 유명했음.

3) **三十六宮**(삼십육궁): 무당산의 삼십육암(三十六巖)을 말함.

4) **九年洪水**(구년홍수): 『사기(史記)·하본기(夏本紀)』에 "제요(帝堯)의 때에 당하여 홍수가 하늘까지 넘쳤는데……요(堯)가 사악(四嶽)의 말을 듣고 곤(鯀)에게 치수를 하라고 했으나, 9년 동안 물이 그치지 않고 공을 이루지 못했다"고 했음.

5) **十日**(십일): 열 개의 해. 『회남자(淮南子)』에 "요(堯)의 시대에 열 개의 해가 한꺼번에 나와서 벼를 태우고, 초목을 죽여서 백성들이 먹을 것이 없었다"고 했음.

6) **琅玕**(낭간): 주수(珠樹). 『회남자』에 "증성(曾城)이 구중(九重)인데, 그 서쪽에 주수(珠樹)가 있다. 주수는 곧 낭간(琅玕)이다"라고 했음.

7) **森羅**(삼라): 수목이 무성한 모양.

평설

● 심덕잠의 『명시별재』: "종횡질탕(縱橫跌宕)하게 경어(硬語)를 능히 폈다. 목재(牧齋: 錢謙益)가 공동(空同: 李夢陽)을 배척한 것은 그가 항상 두보(杜甫)의 구법을 사용했기 때문이다. 다릉(茶陵)의 이 시는 소릉(少陵: 두보)을 지극히 법으로 삼았는데, 목재가 성대하게 추대했다. 저의 흉중에 어찌 참으로 시비를 지녔던가?"

밤에 소백호를 지나다 夜過邵伯湖[1]

蒼蒼霧連空[2]	창창한 안개는 허공에 이어지고
冉冉月墮水[3]	염염한 달빛은 물로 떨어지네
飄飄雙鬢風[4]	표표히 두 귀밑머리를 날리는 바람은
恍惚無定止	황홀히 정지함이 없네
輕帆不用楫	경쾌한 돛은 노질이 필요 없고
驚浪長在耳	세찬 물결소리 귀에 오래 있네
江湖日浩蕩	강호의 날이 호탕한데
行役方未已	행역은 바야흐로 그치지 않네
羈棲正愁絶[5]	타향에 머묾이 진정 걱정인데
況乃中夜起	하물며 한밤중에 일어나 있음에랴!

주석 ⌇

1) 邵伯湖(소백호): 강소성 양주시(揚州市) 북부의 대운하(大運河) 서쪽. 북쪽은
   고우호(高郵湖)와 접해 있음.

2) 蒼蒼(창창): 아득하게 끝이 없는 모양.

3) 冉冉(염염): 달빛이 빛나는 모양.

4) 飄飄(표표): 바람이 날리는 모양.

5) 羈棲(기서): 타향에 체류하는 것.

중구절에 강을 건너다 九日渡江[1]

秋風江口聽鳴榔[2]	가을바람 부는 강 입구에서 명랑소리를 듣고
遠客歸心正渺茫	원객의 돌아가고 싶은 마음 진정 아득하네
萬古乾坤此江水	만고의 건곤이 이 강물과 같은데
百年風日幾重陽[3]	백년의 풍일에 몇 번의 중양절인가?
煙中樹色浮瓜步[4]	안개 속 숲의 색은 과보에 떠 있고
城上山形繞建康[5]	성 위의 산 형세는 건강을 둘렀네
直過眞州更東下[6]	곧장 진주를 지나 다시 동쪽으로 내려가서
夜深燈火宿維揚[7]	밤 깊은 등불의 유양에서 숙박하네

주석 ❧

1) 九日(구일): 중구절(重九節). 음력 9월 9일. 이동양이 성화(成化) 16년(1480) 응천(應天: 南京) 향시의 고관(考官)으로 향시를 주관하고, 남경에서 강을 건너서 양주(揚州)를 경유하여 북상할 때 중구절을 맞아 지은 시임.

2) 鳴榔(명랑): 고기를 잡으러 갈 때 뱃전을 쳐서 출발하게 하는 소리.

3) 風日(풍일): 풍광(風光).

4) 瓜步(과보): 진(鎭)의 이름. 강소성 육합현(六合縣) 동남쪽 과보산(瓜步山) 아래 장강(長江)에 임해 있음.

5) 建康(건강): 지금의 남경시(南京市). 옆에 종산(鍾山)에 의지하고 있어서 산세가 험함.

6) 眞州(진주): 지금의 강소성 의정현(儀征縣). 장강(長江)의 북안.

7) 維揚(유양): 강소성 양주(揚州)의 별칭.

악록사를 유람하다 游岳麓寺[1]

危峰高瞰楚江干[2]　높은 봉우리 높은 데서 초강 가를 내려다보니
路在羊腸第幾盤[3]　길이 양장의 몇 번째 서림에 있는가?
萬樹松杉雙徑合　만 그루 솔과 삼나무의 두 길이 합치고
四山風雨一僧寒　사방 산의 비바람에 한 승려가 춥네
平沙淺草連天在　너른 모래밭 얕은 풀들은 하늘에 이어져 있고
落日孤城隔水看[4]　해 떨어지는 외딴 성은 물에 격하여 보이네
薊北湘南俱在眼[5]　계북과 상남이 모두 시야에 있는데
鷓鴣聲裏獨凭欄[6]　자고새 울음 속에 홀로 난간에 기댔네

주석 ⊙

1) **岳麓寺**(악록사): 호남성 장사시(長沙市) 상강(湘江) 서안 악록산(岳麓山) 위에 있음. 이 시는 본래 〈與錢大守諸公, 遊岳麓寺四首席上作〉 중의 1수임.

2) **危峰**(위봉): 고봉(高峰). 楚江(초강): 상강(湘江). 옛날의 초(楚)나라 지역에 있음.

3) **羊腸**(양장): 양장구절(羊腸九折). 굽은 작은 길을 말함.

4) **孤城**(고성): 옛날의 장사성(長沙城)을 말함.

5) **薊**(계): 북경시(北京市) 서남에 있는 지명. 계북은 널리 하북성 북부를 말함.

6) **鷓鴣聲裏**(자고성리): 자고새 울음은 주로 고향을 그리는 정을 상징함.

팽민망에게 부치다 寄彭民望[1]

斫地哀歌興未闌[2]	땅을 치는 슬픈 노래 흥이 다하지 않고
歸來長鋏尙須彈[3]	돌아가서 긴 칼을 오히려 다시 튕기네
秋風布褐衣猶短	가을바람 속 무명과 갈옷이 여전히 짧고
夜雨江湖夢亦寒	밤비 내리는 강호에서 꿈 또한 차갑네
木葉下時驚歲晩	낙엽이 떨어질 때 세월 저묾에 놀라고
人情閱盡見交難	인정을 다 겪고 교제가 어려움을 보네
長安旅食淹留地[4]	장안의 나그네 생활 머무는 곳에
慚愧先生苜蓿盤[5]	선생의 나물밥상이 부끄럽네

주석 ᥴᨠ

1) 彭民望(팽민망): 이름은 택(澤), 호남성 유연(攸然縣) 사람. 경태(景泰) 7년에 거인(擧人)이 되어 응천통판(應天通判)을 지냈다. 시에 능했고, 『노규집(老葵集)』이 있다.

2) 斫地(작지): 검무(劍舞)의 일종의 동작. 비분(悲憤)의 정서를 표현함. 두보(杜甫)의 〈短歌行贈王郎司直〉시에 "王郎酒酣拔劍斫地歌莫哀"라고 했음.

3) 전국시대 제(齊)나라 맹상군(孟嘗君)의 문객 풍환(馮驩)이 예우를 받지 못함을 한탄하며 칼을 튕기면서 "長鋏歸來兮, 食無魚"라고 노래했음.

4) 長安(장안): 명나라의 도성 북경(北京)을 말한 것임. 旅食(여식): 객거(客居). 淹留(엄류): 체류(滯留).

5) 苜蓿(목숙): 개자리. 콩과의 두해살이식물로서 일종의 나물. 빈곤한 생활을 말함. 당나라 설령지(薛令之)가 동궁시독(東宮侍讀)으로 있을 때 생활의 곤궁함을 자조(自嘲)하여, 시를 짓기를 "朝旭上團團, 照見先生盤. 盤中何所有, 苜蓿長闌干"이라고 했음.

● 이동양의 『회록당시화』: "팽민망(彭民望)이 처음 나의 시를 보았을 때, 비록 때때로 상탄(賞歎)이 있었으나, 서연(犁然)히 그 뜻에 맞지 않는 듯 했다. 뜻을 잃고 상(湘)으로 돌아가서, 내가 부친 시 '斫地哀歌興未闌, ……慚愧先生苜蓿盤'을 받아보고서, 곧 산연(潸然)히 눈물을 흘렸다. 그 때문에 비가(悲歌) 수십 편 짓기를 그치지 않았다. 그 아들에게 말하기를 '서애(西涯)가 지은 바가 이에 이르렀던가? 술자리에서 다시 문을 논할 수 없음이 한스럽구나!'라고 했다. 대개 이로부터 한 해를 넘기지 못하고 죽었으니, 슬프도다!"

조몽린 등 여러 사람들과 감로사를 유람하다
與趙夢麟諸人, 甘露寺[1]

澗篠巖杉處處通	개울가 조릿대 바위의 삼나무 곳곳에 통하고
野寒吹雨墮空濛[2]	들의 추위가 비를 불어 흐릿하게 떨어지네
垂藤路繞千年石	드리운 등나무 길은 천년의 바위를 두르고
老鶴巢傾半夜風	늙은 학의 둥지는 한밤중의 바람에 기울었네
淮浦樹來江口斷[3]	회포의 숲이 와서 강구가 끊기고
金陵潮落海門空[4]	금릉의 조수가 줄어서 해문이 비었네
關書未報三邊捷[5]	관서는 삼변의 승첩을 전하지 못하는데
萬里中原一望中	만 리 중원이 한 조망 중에 있네

1) 甘露寺(감로사): 강소성 진강시(鎭江市) 동북 물가의 북고산(北固山) 후봉에 있음. 삼국 오(吳)나라 손호(孫晧) 감로(甘露) 원년에 세웠음.

2) 空濛(공몽): 혼몽미망(混蒙迷茫)한 모양.

3) 淮浦(회포): 회수(淮水)의 양안(兩岸)을 말함. 또한 옛 현의 이름. 『수경(水經)』에 "회수(淮水)가 동쪽으로 회음현(淮陰縣) 북쪽을 지나가고, 또 동쪽으로 광릉(廣陵) 회포현(淮浦縣)에 이르러 바다로 들어간다"고 했음.

4) 金陵(금릉): 여기서의 금릉은 남경(南京)이 아닌 강소성 진강(鎭江)을 말함. 海門(해문): 진강시 동북에 작은 섬이 두 개 있는데 마치 문과 같다고 하여서 해문이라고 함.

5) 關書(관서): 변관문서(邊關文書). 三邊(삼변): 한(漢)나라 때 유주(幽州)·병주(幷州)·양주(涼州) 등 변방요충지. 명나라 때는 유림(楡林)·영하(寧夏)·감숙(甘肅)을 삼변이라 했음.

가경중의 묵죽 柯敬仲墨竹[1]

莫將畫竹論難易	화죽을 가지고 난이를 논하지 마오
剛道繁難簡更難	번다함이 어렵다지만 간략함은 더욱 어렵다네
君看蕭蕭只數葉	그대 소소한 단지 몇 잎을 보구려
滿堂風雨不勝寒	온 당의 비바람에 추위를 이길 수 없네

주석 ౿

1) 柯敬仲(가경중): 가구사(柯九思: 1312-1365), 자는 경중(敬仲), 호는 단구생(丹丘生). 원나라 저명한 화가. 규장각감서박사(奎章閣鑒書博士)를 지냈음.

산수·인물·화훼에 뛰어났고, 더욱 화죽(畫竹)에 뛰어났음. 저서로 『죽보(竹譜』가 있음.

평설 ☙

● 이동양의 『회록당시화』: "옛 가사(歌辭)는 간원(簡遠)함을 귀하게 여겼다. 〈대풍가(大風歌)〉는 단지 3구(句)이고, 〈역수가(易水歌)〉는 단지 2구이지만, 그 감격비장(感激悲壯)함은 말은 짧지만 뜻은 더욱 길다. 〈탄협가(彈鋏歌)〉는 단지 1구지만 또한 스스로 함비음한(含悲飮恨)의 뜻이 있다. 후세에서 기예를 다하고 힘을 다함이 더욱 많았지만 더욱 미칠 수 없었다. 나는 일찍이 〈제경중묵죽(題敬仲墨竹)〉에서 '莫將畫竹論難易, ……滿堂風雨不勝寒'이라고 했는데, 화법(畫法)과 시법(詩法)이 통하는 것이 대개 이와 같다."

마중석 馬中錫

마중석(?-1512?), 자는 천록(天祿), 별호는 동전(東田), 고성(故城: 하북성)
사람. 성화(成化) 을미년(1475) 진사가 되어서 형과급사중(刑科給事中)을
지내다가, 운남안찰첨사(雲南按察僉事)로 나갔다. 정덕(正德) 초에 요동순
무(遼東巡撫)를 지내고, 병부시랑(兵部侍郎)이 되었다. 유근(劉瑾)에게 죄
를 얻어서 파직되었다. 유근이 주살된 후 우도어사(右都御史)로 발탁되
었다. 저서로 『동전만고(東田漫稿)』가 있다.

청나라 진전(陳田)의 『명시기사(明詩記事)』에 "(마중석의 시는) 구슬이 쟁
반에 굴러가고, 탄환처럼 재빠른 솜씨의 묘가 있다"고 했다.

저녁에 함양으로 건너가다 晩渡咸陽[1]

野色蒼茫接渭川[2]　　들의 색은 창망하게 위천에 접하고
白鷗飛盡水連天　　갈매기들 모두 날며 물이 하늘에 이어졌네
僧歸紅葉林間寺　　승려는 붉은 잎의 숲 속 절간으로 돌아가고
人喚斜陽渡口船　　사람들은 석양 나루의 배를 부르네
表裏山河猶往日[3]　　표리한 산하는 지난날과 같은데
變遷朝市已多年[4]　　변천한 조시는 이미 여러 세월이네
漁翁看破興亡事　　어옹이 흥망사를 간파하고
獨坐秋風釣石邊　　가을바람 속 낚시하는 바위에 홀로 앉았네

주석 ⌒

1) 咸陽(함양): 섬서성 장안현(長安縣) 서북. 진효공(秦孝公)이 이곳에 도읍을
세웠음.

2) 渭川(위천): 위하(渭河). 황하(黃河)의 중요한 지류 중의 하나. 감숙성 위원현
(渭源縣) 서북 오서산(烏鼠山)에서 발원하여, 동남으로 흘러 청수현(淸水縣)
에 이르고, 섬서성 경내로 들어가서, 위하평원(渭河平原)을 횡으로 관통하여,
동쪽 동관(潼關)으로 흘러 황하로 들어감.

3) 表裏山河(표리산하): 산하가 병장(屛障)이 되고, 지세가 험함을 말함.

4) 變遷朝市(변천조시): 진(秦)·한(漢)·북조(北朝)·수(隋)·당(唐) 등 이곳을
도성으로 삼았던 나라들을 말함.

원세조 묘를 알현하다 謁元世祖廟[1]

世祖祠堂帶夕曛　　세조사당이 석양빛을 띠었는데
碧苔年久暗碑文　　푸른 이끼 오랜 세월에 비문이 어둡네
薊門此日瞻遺像[2]　계문에서 오늘 남은 초상을 보는데
起輦何人識故墳[3]　기련의 누가 옛 무덤을 아는가?
棹楔半存蒙古字　　탁자와 문지방에 몽고글자가 반쯤 남아있고
陰廊尚繪伯顔軍[4]　음랑엔 여전히 백안의 군대가 그려져 있네
可憐老樹無花發　　가련한 늙은 나무는 꽃을 피우지 못하고
白晝鴉鳴到夜分　　대낮의 부엉이 울음소리가 밤중까지 이르네

주석 ↺

1) 元世祖(원세조): 이름은 홀필렬(忽必烈). 원예종(元睿宗)의 넷째 아들. 송나라 경정(景定) 초년에 개평(開平)에서 즉위했음. 이후 송나라를 멸망시켜 중국을 통일하고, 동쪽으로 일본을 정벌하고, 남쪽으로 면전(緬甸)을 정벌했음.

2) 薊門(계문): 계구(薊丘). 하북성 완평(宛平) 북쪽.

3) 起輦(기련): 기련곡(起輦谷). 내몽고 경내에 있음. 원태조(元太祖) 철목진(鐵木眞)과 그 자손들의 장지(葬地)임.

4) 伯顔(백안): 세조 때 중서좌승상(中書左丞相)을 지냈는데, 군대를 끌고 남하하여 남송을 멸망시켰음.

평설 ↺

● 『명시종』: "조결궁(曹潔躬)이 말하기를 '용사(用事)가 전실(典實)하고, 말을 지은 것이 처완(悽惋)한데 절창(絶唱)이라 할 만하다'고 했다."

정민정(1445?-1500), 자는 극근(克勤), 휴녕(休寧: 안휘성 휴녕현) 사람. 성화(成化) 2년(1466)에 진사가 되어서 편수관(編修官)을 지냈다. 홍치(弘治) 연간에 예부시랑(禮部侍郎)을 지냈다. 홍치 12년(1466)에 이동양(李東陽)과 함께 회시(會試)를 주재했는데, 사건에 연루되어 하옥되었다. 출옥한 후 울분으로 병이 나서 죽었다. 저서로 『황돈집(篁墩集)』·『명문형(明文衡)』·『송유민록(宋遺民錄)』 등이 있다.

주지존의 『명시종』에 "이시원(李時遠)이 말하기를 '황돈(篁墩)의 저술은 매우 풍부한데, 체격(體格)은 높지 않다'고 했다"고 했다.

양주 揚州[1]

江日輝輝下廣陵[2]	강의 해가 빛나는데 광주로 내려가니
客邊吟興偶然增[3]	객의 옆에 시흥이 우연히 증가하네
宋軍水砦多編戶[4]	송나라 군의 수채는 거의 민가가 되었고
隋帝離宮半屬僧[5]	수나라 황제의 이궁은 반은 승려가 차지했네
鵞鴨似便春雨數	거위와 오리들은 봄비를 편히 여겨서 많고
樓臺爭出暮雲層	누대들은 저녁구름에서 다퉈 나와 층을 이루네
徃來總戴承平福	왕래하며 모두 승평의 복을 받드니
莫問從前幾廢興	옛날 흥폐의 일이 몇 번이었는지 묻지 않네

주석

1) 揚州(양주): 강소성 양주시.

2) 廣陵(광릉): 진(秦)나라 때 설치했던 현의 이름. 지금의 양주(揚州).

3) 吟興(음흥): 시흥(詩興).

4) 宋軍水砦(송군수채): 남송(南宋)이 금(金)나라에 대항하기 위해 만든 강가의 군사보루. 編戶(편호): 일반백성의 집.

5) 隋帝離宮(수제리궁): 수양제(隋煬帝)가 강도(江都: 양주)로 순유(巡遊)할 때 머물던 궁전. 이궁은 황제가 지방을 순유할 때 머무는 궁전.

매완릉을 조문하다 弔梅宛陵[1]

| 詩壘猶傳草木馨 | 시루엔 여전히 초목소리를 전하고 |
| 煙雲長鎖舊池亭 | 안개구름이 옛 지정을 오래 봉해놓았네 |

魂遊宛下空秋月[2]　　혼이 노니는 완하엔 가을 달이 비었고

客散河陽幾曙星[3]　　객들 흩어진 하양엔 새벽별이 몇인가?

崑體戰降孤幟赤[4]　　서곤체를 무찔러 항복시킨 외로운 깃발이 붉고

都官名重一衫靑[5]　　도관의 명성이 무거운데 한 적삼이 푸르네

晚生欲附宣州派[6]　　만년에 나서 선주파가 되려는데

慚愧牛轅逐鳳軒　　　소 수레로 봉황수레소리를 좇는 것이 부끄럽네

주석 ⨀

1) 梅宛陵(매완릉): 매요신(梅堯臣: 1002-1060), 자는 성유(聖兪). 송나라 선주
   (宣州) 선성(宣城: 안휘성 선성현) 사람. 선성은 한(漢)나라 때 단양군(丹陽
   郡) 완릉현(宛陵縣)이었기 때문에 세상에서 매요신을 완릉선생(宛陵先生)이
   라 불렀음. 구양수(歐陽脩)와 시우(詩友)였고, 시풍은 현실을 중시하고, 질박
   하고 평담했음.

2) 宛下(완하): 완릉(宛陵), 선성(宣城).

3) 河陽(하양): 매요신은 음보(蔭補)로 상성(相城)·하남(河南)·하양(河陽) 등
   의 주부(主簿)를 지냈는데, 서경유수(西京留守)였던 전유연(錢惟演) 등과 수
   창했음.

4) 崑體(곤체): 서곤체(西崑體). 북송(北宋) 초에 양억(楊億)·유균(劉筠)·전유
   연(錢惟演) 등이 지은 시편을 묶어서 『서곤수창집(西崑酬唱集)』이라 했다.
   그들의 시는 당나라 이상은(李商隱)과 온정균(溫庭筠)의 시풍을 추구하여,
   형식을 중시하고 사조(詞藻)를 추구했는데, 많은 이들이 이를 본받으며 서곤
   체라고 했다. 매요신은 서곤체를 반대하고 평담(平淡)을 주장했음.

5) 都官(도관): 매요신은 만년에 상서도관원외랑(尙書都官員外郞)을 지냈음. 一
   衫靑(일삼청): 청삼(靑衫)은 낮은 관직을 말함.

6) 宣州派(선주파): 매요신의 선주시파.

축윤명 祝允明

축윤명(1460-1526), 자는 희철(希哲), 호는 지산(枝山)·지지생(枝指生)·지지산인(枝指山人), 장주(長洲: 강소성 蘇州市) 사람. 홍치(弘治) 5년(1492)에 거인(擧人)이 되고, 광동흥녕지현(廣東興寧知縣)·응천부통판(應天府通判)을 지냈다. 서법에 뛰어나고, 시에 뛰어났는데, 당인(唐寅)·문징명(文徵明)·서정경(徐禎卿) 등과 함께 '오중사재자(吳中四才子)'로 불렸다. 저서로 『회성당집(懷星堂集)』이 있다.

왕세정의 『예원치언』에 "축희철(祝希哲)은 마치 눈먼 상인이 장을 벌려 놓은 것처럼 자못 진완(珍玩)이 있지만 위치가 총잡(總雜)하여 감당할 수 없다"고 했다.

진전의 『명시기사』에 "지지생(枝指生)의 정(情)을 말한 작품은 자못 여조(麗藻)가 있지만, 합철(合轍)을 다하지 않았다"고 했다.

늦봄에 산행하다 暮春山行

小艇出橫塘[1]	작은 배가 횡당에서 나오고
西山曉氣蒼	서산엔 새벽기운 푸르네
水車辛苦婦[2]	수차엔 고생하는 부녀가 있는데
山轎冶遊郎	산 다리엔 노니는 낭군이 있네
麥響家家碓	보리방아소리는 집집마다 울리고
茶提處處筐[3]	차광주리를 곳곳에서 들었네
吳中好風景[4]	오중의 좋은 풍경은
最好是農桑	가장 좋은 것이 뽕나무 농사이네

주석 ᪆

1) 橫塘(횡당): 강소성 오현(吳縣)에 있는 큰 못의 이름.

2) 水車(수차): 밭에 물을 대는 바퀴모양의 농기구.

3) 두보(杜甫)의 〈추흥(秋興)〉시 "香稻啄餘鸚鵡粒, 碧梧棲老鳳皇枝"의 구법
  을 이용했음.

4) 吳中(오중): 강소성 오현(吳縣)과 소주(蘇州) 일대.

산창에서 낮잠을 자다 山窓晝睡

身在雲房夢亦閑[1]	몸이 운방에 있으니 꿈 또한 한가롭고
松頭鶴影枕屛間	소나무 끝의 학 그림자가 침실병풍 사이에 있네
一聲隔谷鳴華雉[2]	한 소리 골짜기 너머서 꿩이 울고

信手推窓滿眼山　　손 따라 창을 밀치니 온 시야에 산들이네

1) 雲房(운방): 은자가 거처하는 방.

2) 華雉(화치): 꿩.

첫여름에 산중을 가며 읊다 首夏, 山中行吟

梅子青梅子黃　　매실이 푸르고 매실이 누렇고

菜肥麥熟養蠶忙　　채소 비육하고 보리 익고 양잠이 바쁘네

山僧過嶺看茶老　　산승이 고개를 찾아가 찻잎 늙은 것을 보고

村女當爐煗酒香　　촌 여자가 화로 앞에서 데우는 술이 향기롭네

새 봄날 新春日

拂旦梅花發一枝　　아침에 매화 한 가지가 피니

融融春氣到茅茨[1]　　융융한 봄기운이 띠집에 이르렀네

有花有酒有吟詠　　꽃이 있고 술이 있고 시가 있으니

便是書生富貴時　　곧 서생이 부귀한 때이네

주석 ❧

1) 融融(융융): 화락한 모양.

당인(1470-1523), 자는 백호(伯虎)·자외(子畏), 호는 육여거사(六如居士)·도화암주(桃花庵主), 오현(吳縣: 강소성 蘇州市) 사람. 홍치(弘治) 11년(1498)에 거인(擧人)이 되었다. 출사하지 않고 은거했다. 축윤명(祝允明)·문징명(文徵明)·서정경(徐禎卿) 등과 함께 '오중사재자(吳中四才子)'로 불렸다. 저서로 『육여거사집(六如居士集)』이 있다.

왕세정의 『예원치언』에 "당백호(唐伯虎)의 시는 걸아(乞兒)가 〈연화락(蓮花落)〉을 부르는 듯하다"고 했다.

진정의 『명시기사』에 "자외(子畏)는 시재(詩才)가 난만(爛漫)하여 즐겨 이구(俚句)를 지어서, 선자(選者)들이 도태(淘汰)함이 태반이고, 또한 재정(才情)이 있는 것도 선록하지 않았다. 이 때문에 자외의 진면목을 볼 수 없다"고 했다.

술잔 들고 달을 대하고 노래하다 把酒對月歌

李白前時原有月　　　이백 이전에도 원래 달이 있었는데
惟有李白詩能說　　　오직 이백의 시에서 능히 말했네
李白如今已仙去　　　이백은 지금 이미 신선되어 떠났는데
月在靑天幾圓缺　　　달은 푸른 하늘에서 몇 번이나 둥글고 기울었나?
今人猶歌李白詩　　　지금 사람들 여전히 이백시를 노래하니
明月還如李白時　　　밝은 달이 도리어 이백시와 같네
我學李白對明月[1]　　나는 이백을 배워 밝은 달을 대했는데
月與李白安能知　　　달과 이백이 어찌 알 것인가?
李白能詩復能酒　　　이백은 시에 능했고 또 술에 능했는데
我今百盃復千首　　　나는 지금 백 잔을 마시고 천 수를 짓네
我媿雖無李白才　　　나는 이백의 재능이 없어서 부끄럽지만
料應月不嫌我醜　　　달은 마땅히 나의 추함을 꺼리지 않으리라
我也不登天子船　　　나는 천자의 배에 올라갈 수 없고
我也不上長安眠[2]　　나는 장안으로 가서 잠잘 수 없네
姑蘇城外一茅屋[3]　　고소성 밖 한 띠집에
萬樹桃花月滿天　　　만 그루 복사꽃과 달빛 가득한 하늘이네

주석 ☙

1) 이백의 〈파주문월(把酒問月)〉시에 "靑天有月來幾時, 我今停盃一問之"라
　고 하고, 〈월야독작(月夜獨酌)〉시에 "擧杯邀明月, 對影成三人"이라 했음.

2) 두보(杜甫)의 〈음중팔선가(飮中八仙歌)〉시에 "李白一斗詩百篇, 長安市上酒
　家眠. 天子呼來不上船, 自稱臣是酒中仙"이라 했음.

3) 姑蘇城(고소성): 강소성 소주시(蘇州市).

참고 ❧

● 이백의 〈파주문월(把酒問月)〉시: "靑天有月來幾時, 我今停盃一問之. 人
  攀明月不可得, 月行却與人相隨. 皎如飛鏡臨丹闕, 綠烟滅盡淸輝發. 但見
  宵從海上來, 寧知曉向雲間沒. 白兔搗藥秋復春, 姮娥孤棲與誰鄰. 今人不
  見古時月, 今月曾經照古人. 古人今人若流水, 共看明月皆如此. 唯願當歌
  對酒時, 月光長照金罇裏."

무제 無題

紅粉啼妝對鏡臺[1]	홍분 제장이 경대를 대했는데
春心一片轉悠哉[2]	춘심 한 조각이 더욱 애끊네
若爲坐看花枝盡	앉아서 꽃가지 다 지는 것을 본다면
便是傷多酒莫推	곧 상심이 많아서 술잔을 밀치지 않으리라
無藥可醫鶯舌老	꾀꼬리의 혀가 늙어 감을 치료할 약이 없고
有香難返夢魂來[3]	향이 있어도 몽혼을 되돌려오기가 어렵네
江南多少閑庭館	강남의 다소의 한가한 관각의 정원들
依舊朱門鎖綠苔	의구한 붉은 문엔 초록 이끼만 뒤덮였네

주석 ❧

1) 啼妝(제장): 한(漢)나라 때 여인의 화장법의 하나. 눈 아래 옅은 분을 칠하여

마치 눈물자국 같이 보이는 것.

2) 悠哉(유재): 우사(憂思).『시경 · 주남(周南) · 관저(關雎)』에 "悠哉悠哉, 輾
   轉反側"이라 했음.

3) 香(향): 반혼향(返魂香). 전설 속의 한무제(漢武帝) 때 월지국(月支國)에서 반
   혼향 3매를 바쳤는데, 병자가 냄새를 맡고 일어나고, 죽은 지 3일 된 자가
   냄새를 맡고 살아났다고 함.

감회 感懷

不煉金丹不坐禪	금단을 단련하지 않고 좌선도 않고
飢來乞飯倦來眠	배고프면 밥 얻어먹고 피곤하면 잠자네
生涯畫筆兼試筆	생애가 화필과 시필을 가지고
踪迹花邊與柳邊[1]	종적은 꽃 옆과 버들 옆이네
鏡裏形骸春共老[2]	거울 속 형해는 봄과 함께 늙어가고
燈前夫婦月同團	등불 앞 부부는 달과 함께 단란하네
萬場快樂千場醉	만장에서 유쾌히 즐기고 천장에서 취하니
世上閑人地上仙	세상의 한가한 사람 지상선이네

주석

1) 花邊與柳邊(화변여류변): 기생과 가까이 하는 생활을 말함.

2) 形骸(형해): 사람의 형체(形體).

● 명나라 서발(徐燉) 『서씨필정(徐氏筆精)』: "당백호(唐伯虎)는 소광완세 (疎狂玩世)함이 혜강(嵇康)과 완적(阮籍)의 부류이다. 시는 비록 그다지 아순(雅馴)하지 못하지만, 그러나 일단(一段)의 천연스러운 아취는 스스 로 미칠 수 없다. '去日苦多休檢歷, 知音諒少莫修琴'·'生涯畵筆兼詩筆, 踪跡花船與酒船'·'秋榜才名標第一, 春風絃管醉千場'·'苦拈險韻邀僧和, 煖簇薰籠與妓烘' 등은 모두 스스로 흉차(胸次)를 베껴낸 것으로서 투어 (套語)를 조직한 것이 아니다."

춘강화월야 春江花月夜[1] 2수

1

嘉樹鬱婆娑	좋은 나무가 울창하게 아리땁고
燈花月色和	등불과 달빛이 뒤섞이네
春江流粉氣	봄 강은 지분향기를 흘러 보내고
夜水濕裙羅	밤의 물은 비단치마를 적시네

1) 春江花月夜(춘강화월야): 악부 제목. 남조 진후주(陳後主)가 처음 지었음. 진후주의 가사는 없어지고, 수양제(隋煬帝)가 본뜬 가사 2수가 전해옴.

2

夜霧沈花樹	밤안개는 꽃나무에 잠기고
春江溢月輪	봄 강엔 달빛이 넘치네
歡來意不持[1]	기쁜 사람이 오니 뜻을 감당할 수 없고
樂極詞難陳	즐거움 지극함을 말로 하기 어렵네

주석 ⚞

1) 歡(환): 낭군(郎君)의 대칭.

참고 ⚞

● 수양제(隋煬帝)의 〈춘강화월야〉 2수: "暮江平不動, 春花滿正開. 流波將月去, 潮水帶星來." · "夜露含花氣, 春潭瀁月暉. 漢水逢遊女, 湘川値兩妃."

문징명(1475~1559), 초명은 벽(璧), 자는 징명(徵明)·징중(徵仲), 호는
형산(衡山), 장주(長洲: 강소성 蘇州) 사람. 시·서·화에 능했다. 정덕(正
德) 말에 세공생(歲貢生)으로서 이부(吏部)에 추천되어, 한림원대조(翰林
院待詔)가 되었다. 3년 후 벼슬을 버리고 은거했다. 시는 소식(蘇軾)과 육
유(陸游)를 배우고 당시(唐詩)는 가까이 하지 않았다. 저서로『보전집(甫
田集)』이 있다.

『사고전서제요』에 "징명(徵明)과 심주(沈周)는 모두 서화(書畫)로써 유명
한데 또한 모두 시에 능했다. 심주의 시는 휘쇄림리(揮灑淋漓)하게 단지
그 천취(天趣)을 베껴냈는데 운용수태(雲容水態)와 같다. 징명의 시는 아
칙(雅飭)한 중에 때때로 일운(逸韻)이 풍부하다"고 했다.

왕세정의『예원치언』에 "문징중(文徵仲)의 시는 사녀(仕女)의 담장(淡粧)
과 유마(維摩)의 좌어(坐語)와 같다. 또한 소각(小閣)의 성근 창문처럼 위
치가 모두 고아하지만 안경(眼境)이 쉽게 궁해진다"고 했다.

진전의『명시기사』에 "형산(衡山)의 시를 엄주(弇州: 왕세정)의 무리가 걸
핏하면 오투(吳歈)로써 소홀히 여긴다. 내 생각으로는 화평온자(和平溫

藉)하여 풍아(風雅)에 가까운데, 어찌 반드시 송(宋)을 모범으로 삼고 당
(唐)을 법으로 삼는 것으로써 논하겠는가? 스스로 우맹(優孟)의 의관(衣
冠)을 자랑하는 것이 아니겠는가!"라고 했다.

늦봄 서재에서 짓다 暮春齋居卽事[1]

經旬寡人事	열흘이 지나도록 인사가 적고
蹤跡小窓前	종적이 작은 창 앞에 있네
暝色連殘雨	어두운 색은 남은 비에 이어지고
春寒宿野煙	봄추위는 들안개에 머물렀네
茗杯眠起味	찻잔은 잠을 깨우는 맛이 있고
書卷靜中緣	서권은 고요한 중에 인연이 있네
零落梅花瘦	영락한 매화가 수척한데
風吹更可憐	바람 부니 더욱 가련하네

주석

1) 원래 3수임.

감회 感懷

三十年來麋鹿踪[1]	삼십 년 동안 미록의 자취였는데
若爲老去入樊籠[2]	늙어가면서 번롱에 들어가게 되었네
五湖春夢扁舟雨[3]	오호의 봄꿈 속 편주에 비 내리고
萬里秋風兩髩蓬	만 리 추풍에 양 구레나룻 더부룩하네
遠志出山成小草[4]	원지가 산을 나가면 작은 풀이 되고
神魚失水困沙蟲	신어도 물을 잃으면 모래벌레에게 곤욕당하네
白頭博得公車召[5]	백발로 널리 공거의 부름을 받으니

不滿東方一笑中[6]　동방삭의 한 웃음에도 만족하지 못하네

1) 三十年(삼십년): 오십년(五十年)으로 된 판본도 있음. **麋鹿踪**(미록종): 산림
에 은거함을 말함. 『맹자 · 진심(盡心)』에 "與木石居, 與鹿豕遊"라고 했음.

2) **樊籠**(번롱): 새장이나 우리. 속박을 말함. 도연명(陶淵明)의 〈귀전원거(歸田
園居)〉시에 "久在樊籠裏, 復得返自然"이라고 했음. 문징명이 한림대조(翰林
待詔)를 지낼 때 지은 시인데 그때 그의 나이가 이미 50여 세였음.

3) **五湖**(오호): 태호(太湖). 일찍이 범려(范蠡)가 월왕(越王) 구천(句踐)을 보좌
하여 오(吳)나라를 멸망시킨 후 서시(西施)를 편주에 태우고 오호로 떠나갔
다고 함.

4) **遠志**(원지): 약초의 일종.

5) **公車**(공거): 한(漢)나라 때 관서(官署)의 이름. 공거령(公車令)을 두고, 신민
(臣民)의 상서(上書)와 징소(徵召)를 도맡았음.

6) **東方**(동방): 한(漢)나라 동방삭(東方朔). 동방삭이 일찍이 장안(長安)으로 와
서 공거(公車)에 가서 상서(上書)를 3천 주독(奏牘)으로 하여서 공거령 두 사
람이 겨우 들 수 있었다고 함.

제화 題畫[1]

1

過雨空林萬壑奔　　내린 비는 빈숲 만 골짜기로 달려가고
夕陽野色小橋分　　석양의 들 색이 작은 다리로 나뉘었네
春山何似秋山好　　봄 산이 어찌 가을 산처럼 좋겠는가?

紅葉靑山銷白雲　　붉은 잎 푸른 산이 흰 구름에 잠겼네

주석 ஒ

 1) 원래 3수임.

2

近山千丈抵淸漪　　가까운 산 천 길이 물결에 닿고
遠樹連雲入望迷　　먼 수풀은 구름에 이어져 시야 속에 흐릿하네
有約去登江上閣　　약속이 있어 강가 누대로 가서 올라가니
風雨多在曲樓西　　풍우가 곡루 서편에 많네

이몽양 李夢陽

이몽양(1473-1530), 자는 천사(天賜)·헌길(獻吉), 호는 공동자(空同子), 경양(庚陽: 감숙성) 사람. 홍치(弘治) 6년(1493)에 진사가 되어서 호부원외랑(戶部員外郞)을 지냈다. 수녕후(壽寧侯) 장학령(張鶴齡)을 탄핵한 것으로 인하여 하옥되었으나 얼마 후 석방되었다. 정덕(正德) 원년(1516)에 호부랑중(戶部郞中)으로 승진했다. 유근(劉瑾)을 탄핵하고서 삭관(削官)을 당하고 거의 죽을 뻔했다. 유근이 주살된 후 강서제학부사(江西提學副使)를 지냈다. 저서로 『공동집(空同集)』이 있다.

이몽양은 명나라에서 처음으로 시문의 복고운동(復古運動)을 주창한 맹주였다. 그는 하경명(何景明)·서정경(徐禎卿)·변공(邊貢)·강해(康海)·왕구사(王九思)·왕정상(王廷相)과 함께 '전칠자(前七子)'로 불린다.

『명사(明史)·문원전(文苑傳)』에 "(이몽양은) 재사(才思)가 웅지(雄鷙)한데 탁연(卓然)히 복고(復古)로써 자명(自命)했다. 홍치(弘治) 때 재상 이동양(李東陽)이 문병(文柄)을 주지(主持)했는데 천하가 흡연(翕然)히 그를 종(宗)으로 삼았다. 이몽양이 홀로 그 위약(萎弱)함을 비판하고 앞장서서 '문은 반드시 진한(秦漢)을 추구해야 하고, 시는 반드시 성당(盛唐)을 추구해야 한다. 이것이 아니면 말하지 않겠다'고 말했다"고 했다.

조선 김창협(金昌協)의 「농암잡지(農巖雜識)」에 "엄주(弇州: 王世貞)의 무리는 비록 공동(空同: 이몽양)을 종(宗)으로 숭상했으나, 그 논의는 항상 불만스러운 바가 있는 듯했다. 대개 그 도세각삭(淘洗刻削)의 공(功)이 미진하다고 여겼기 때문이다. 그러나 지금 공동의 장점을 보면, 망창(莽蒼)·경혼(勁渾)·굴강(倔强)·소로(疏鹵)함에 있다. 바로 그 도세각삭의 공이 미진하기 때문에 진기(眞氣)가 손상되지 않았다. 엄주의 무리는 췌마(揣摩)를 더욱 공교롭게 하고, 단련(鍛鍊)을 더욱 정밀하게 했으나 진기는 이미 손상되었다. 이것이 공동에게 도리어 양보해야 하는 이유이다"라고 했다.

명나라 양신(楊愼)의 『승암집(升菴集)』에 "당자진(唐子眞) 천(薦)이 나와 편지로 본조(本朝)의 시를 논했는데, '이몽양·하경명이 한 번 나와서 변화하여 두보를 배웠는데, 장하고 위대했다!'고 했다. 그러나 정변(正變)이 운요(雲擾)하고, 표습(剽襲)이 뇌동(雷同)했다. 비흥(比興)이 점차 미약해지고, 풍소(風騷)가 점차 멀어졌다"고 했다.

심덕잠의 『명시별재』에 "공동의 오언고시는 진사(陳思: 曹植)·강락(康樂: 謝靈運)을 종법(宗法)으로 삼았는데, 그러나 조각(彫刻)이 지나쳐서 자연스러움을 이루지 못했다. 칠언고시는 웅혼비장(雄渾悲壯)하고, 종횡으로 변화했다. 칠언근체는 개합(開合)이 동탕(動蕩)하고 구속되지 않았기 때문에, 두릉(杜陵: 두보)을 본받은 것은 거의 체(體)를 갖추었다. 그래서 마땅히 한 시대를 웅시(雄視)함이 아득하여 짝할 무리가 드물었다. 그런데 전수지(錢受之: 錢謙益)는 그 모의표적(模擬剽賊)을 비방하며, 어린애가 말을 배우는 것과 같다고 했다. 심지어 독서하는 종지(種子)가 이로부터 단절되었다고 했다. 나는 그가 무슨 마음으로 그랬는지 모르겠다"고 했다.

석장군의 전장 노래 石將軍戰場歌[1]

淸風店南逢父老[2]　　청풍점 남쪽에서 부로를 만나니

告我己巳年間事[3]　　나에게 기사년 간의 일을 말해주네

店北猶存古戰塲　　청풍점 북쪽에 여전히 옛 전장이 남았는데

遺鏃尙帶勤王字　　남은 화살촉은 아직도 '근왕' 글자를 띠고 있다네

憶昔蒙塵實慘怛[4]　　지난날 몽진이 실로 참담했음을 생각하니

反覆勢如風雨至　　반복된 형세가 풍우처럼 이르렀네

紫荊關頭晝吹角[5]　　자형관 앞에 대낮에 호각소리 울리고

殺氣軍聲滿幽朔[6]　　살기어린 군사들 외침이 유삭에 가득했네

健兒飮馬彰義門[7]　　건아들은 창의문에서 말에 물 먹이고

烽火夜照燕山雲[8]　　봉화불은 밤에 연산의 구름을 비췄네

內有于尙書[9]　　안에는 우상서가 있고

外有石將軍　　밖에는 석장군이 있었네

石家官軍若雷電　　석가의 관군은 천둥번개와 같았는데

天淸野曠來酣戰　　날 맑고 들 넓은데 치열한 전투에 달려왔네

朝廷旣失紫荊關　　조정에서 이미 자형관을 잃었는데

吾民豈保淸風店　　우리 백성이 어찌 청풍관을 보존하겠는가?

牽爺負子無處逃　　아비를 끌고 자식을 업고 도망갈 곳이 없으니

哭聲震天風怒號　　곡성이 하늘 진동하고 바람이 노하여 울부짖네

兒女牀頭伏鼓角　　아녀자들은 침상머리에서 고각소리에 엎드리고

野人屋上看旌旄　　시골사람들은 옥상에서 깃발을 보았네

將軍此時挺戈出　　장군이 이때에 창을 들고 나와서

殺敵不異草與蒿　　적을 죽이기를 풀과 쑥대와 같이 하였네

追北歸來血洗刀　　패배한 적을 추적하다 돌아오니 피가 칼을 씻고

白日不動蒼天高　　해는 움직이지 않고 푸른 하늘이 높았네

萬里風塵一劒掃　　만 리 풍진을 한 검으로 쓸어내니

父子英雄古來少[10]　　부자 영웅은 예로부터 적었네

單于痛哭倒馬關[11]　　선우는 도마관에서 통곡하고

羯奴半死飛狐道[12]　　갈노는 비호도에서 반은 전사했네

處處驪聲噪鼓旗　　곳곳마다 즐거운 소리에 북과 깃발이 소란하고

家家牛酒犒王師　　집집마다 소고기와 술로 관군을 위로하네

休誇漢室嫖姚將[13]　　한나라 표요장군을 자랑 마오

豈說唐朝郭子儀[14]　　어찌 당나라 곽자의를 말하겠는가?

沈吟此事六十春　　이 일을 읊는 것이 육십 년 후인데

此地經過淚滿巾　　이 땅을 지나가니 눈물이 수건에 가득하네

黃雲落日枯骨白　　누런 구름 석양에 백골이 말라있고

沙礫慘淡愁行人　　모래자갈 참담하여 행인을 수심 짓게 하네

行人來折戰塲柳　　행인이 와서 전장의 버들을 꺾으니

下馬坐望居庸口[15]　　말에서 내려앉아서 거용구를 바라보네

却憶千官迎駕初[16]　　다시 천관들이 수레 맞이했던 처음을 생각하니

千乘萬騎下皇都[17]　　천 수레 만 기마가 황도로 내려갔네

乾坤得見中興主　　건곤이 중흥의 임금을 바라보고

殺伐重開載造圖[18]　　살벌함이 거듭 국가재건의 도모를 열었네

姓名應列雲臺上[19]　　성명이 마땅히 운대 위에 나열되니

如此戰功天下無　　이와 같은 전공은 천하에 없었네

嗚呼戰功今已無　　아! 전공이 지금은 없으니

安得再生此輩西備胡 어떻게 이 무리를 다시 살려서 서쪽 오랑캐를
막을 건가?

주석 ᎒

 1) 石將軍(석장군): 석형(石亨). 정통(正統) 14년(1449)의 토목보(土木保)의 변란
    (명나라 英宗이 瓦剌軍에게 포로가 되어 잡혀갔던 사건) 때 석형은 병부상서
    우겸(于謙)을 따라서 경사를 방어하며, 와자군(瓦剌軍: 북방 유목민의 한 부
    족)을 격퇴시켰다. 그 전공으로 무천후(武淸侯)에 봉해졌다. 경태(景泰) 8년
    (1457)에 태감(太監) 조길상(曹吉祥)·부도어사(副都御史) 서유정(徐有貞) 등
    과 함께 영종(英宗)의 복벽(復辟)을 맞이하고, 아울러 우겸(于謙)을 모함하여
    죽이고, 충국공(忠國公)에 봉해졌다. 이후 교만하고 방자해져서 반역을 꾀하
    다가, 천순(天順) 4년(1460)에 옥에 갇혀서 죽었다.

 2) 淸風店(청풍점): 하북성 정현(定縣) 북쪽 30리에 있음. 석형이 이곳에서 북경
    (北京)에서 패하여 퇴각하는 와자군을 격파했음.

 3) 己巳年(기사년): 정통(正統) 14년(1449).

 4) 蒙塵(몽진): 군왕이 도성 밖으로 피난하는 것.

 5) 紫荊關(자형관): 하북성 역현(易縣) 서쪽 자형령(紫荊嶺) 위에 있는 관(關)
    이름.

 6) 幽朔(유삭): 유주(幽州). 지금의 북경시(北京市)와 산서성과의 합칭.

 7) 彰義門(창의문): 북경성 서남 방향의 광안문(廣安門).

 8) 燕山(연산): 하북성 계현(薊縣)에서 해빈(海濱)까지 이어지는 수백 리의 산맥.

 9) 于尙書(우상서): 당시 병부상서(兵部尙書)였던 우겸(于謙).

10) 父子英雄(부자영웅): 석형과 그의 조카 석표(石彪). 석표는 북경성을 지킨
    전공으로 정원후(定遠侯)에 봉해졌는데, 나중에 석형과 모반을 꾀했다가 참
    형을 당했음.

11) 單于(선우): 이민족의 군왕을 말함. 倒馬關(도마관): 하북성 내원현(淶源縣)

남쪽에 있는 관 이름.

12) 羯奴(갈노): 패퇴한 와자군을 말함. 飛狐道(비호도): 비호구(飛狐口). 하북성 내원현 북쪽에 있는 험요한 군사요충지.

13) 嫖姚將(표요장): 한(漢)나라 곽거병(霍去病). 표요도위(嫖姚都尉)를 지냈음. 흉노(匈奴)를 6차례나 격파한 맹장이었음.

14) 郭子儀(곽자의): 안사(安史)의 난을 평정한 공신이었음.

15) 居庸口(거용구): 거용관(居庸關). 북경시 창평현(昌平縣) 서북에 있는 관.

16) 석형이 경태(景泰) 8년(1457)에 태감(太監) 조길상(曹吉祥)·부도어사(副都御史) 서유정(徐有貞) 등과 함께 영종(英宗)의 복벽(復辟)을 맞이했던 일을 말함.

17) 皇都(황도): 경성. 북경을 말함.

18) 載造圖(재조도): 다시 나라를 재건하는 계획. 재(載)는 재(再).

19) 雲臺(운대): 낙양(洛陽) 남궁(南宮)에 있었던 대(臺) 이름. 한(漢)나라 명제(明帝) 때 등우(鄧禹) 등 중흥공신의 초상을 모셨던 대였음.

평설

● 심덕잠의 『명시별재』: "'追北歸來' 2어(語)는 그 글자들을 어루만지면 모두 와룽(窪稜)을 일으킨다."

임랑이 그린 양각매의 노래 林良畵兩角鷹歌[1]

百餘年來畵禽鳥　　백여 년 이래 새 그림은
後有呂紀前邊昭[2]　뒤에는 여기가 있고 앞에는 변소가 있었네
二子工似不工意　　두 사람은 형사는 잘했으나 뜻은 못 그리고

吮筆決眥分毫毛	붓을 빨고 눈 부릅뜨고 가는 깃털을 분별했네
林良寫鳥祇用墨	임량의 새 그림은 다만 먹만 사용하는데
開縑半掃風雲黑	비단 펼치고 반쯤 붓을 쓸면 풍운이 검네
水禽陸禽各臻妙	물새와 뭍의 새가 각자 묘함을 모아서
挂出滿堂皆動色	내다 걸면 온 당이 모두 안색을 변하네
空山古林江怒濤	빈산 고목 숲에 강물이 노하여 물결치고
兩鷹突出霜崖高	두 마리 매가 돌출하여 서리 절벽에서 높네
整骨刷羽意勢動	단정한 뼈대 씻은 깃털 의세가 움직이려 하니
四壁六月生秋飇	사벽의 유월에 가을바람 일어나네
一鷹下視睛不轉	한 매가 아래를 응시하며 눈동자 굴리지 않는데
已知兩眼無秋毫	두 눈동자가 추호도 남김이 없음을 이미 아네
一鷹掉頸復欲下	또 한 매는 목을 세우고 다시 하강하려 하는데
漸覺颯颯開風毛[3]	삽삽히 풍모를 여는 것을 점차 깨닫네
匹綃雖慘澹[4]	한 필 비단그림이 비록 참담히 빛바랬지만
殺氣不可滅	살기는 줄어들 수 없네
戴角森森爪拳鐵[5]	머리 뿔이 삼삼하고 조권이 철과 같은데
迥如愁胡眥欲裂[6]	수호처럼 빛나며 눈초리가 찢기려 하네
朔雲吹沙秋草黃	북쪽 구름이 모래 불어 가을 풀 누런데
安得臂爾騎駬驪[7]	어떻게 너를 어깨에 앉히고 사철을 타고
草間妖鳥盡擊死	풀 속 요망한 까마귀를 다 쳐서 죽이고
萬里晴空灑毛血[8]	만 리 맑은 허공에 깃과 피를 뿌릴 것인가?
我聞宋徽宗[9]	내 듣자니 송나라 휘종이
亦善貌此鷹	또한 이 매를 잘 그렸다는데

後來失天子	나중에 천자자리를 잃고
餓死五國城	오국성에서 굶주려 죽었다네
乃知圖寫小人藝	이에 그림은 소인의 기예임을 알겠으니
工意工似皆虛名	뜻을 잘 그리고 모습을 잘 그림이 모두 허명이네
校獵馳騁亦末事	사냥하며 말달림이 또한 말사이니
外作禽荒古有經[10]	밖으로는 금황이 된다고 옛날 경서에 있네
今皇恭黙罷游燕[11]	지금 황제는 공묵하여 유연을 파하고
講經日御文華殿	경서를 강독하러 매일 문화전에 납시네
南海西湖馳道荒[12]	남해 서호의 치도가 황폐하고
獵師虞長俱貧賤[13]	엽사와 우장이 모두 빈천해졌네
呂紀白首金爐邊[14]	여기는 백발로 주막 옆에 있다가
日暮還家無酒錢	날 저물면 집에 돌아오나 술 살 돈이 없네
從來上智不貴物[15]	종래에 상지는 물건을 귀히 여기지 않으니
淫巧豈敢陳王前[16]	음교를 어찌 왕 앞에 진술하랴?
良乎良乎	임량이여 임량이여
寧使爾畵不直錢	차라리 네 그림을 값이 없게 하여서
無令後世好畵兼好畋	후세에 그림과 사냥을 좋아하지 말게 하라

주석 ❧

1) **林良(임량)**: 명나라 화가. 자는 이선(以善), 남해(南海: 광동성 廣州市) 사람.
   성화(成化)·홍치(弘治) 중에 내정(內庭)에서 공봉(供奉)하며 관직은 금의지
   휘(錦衣指揮)를 지냈다. 화조(花鳥)를 잘 그렸는데, 특히 수묵비조(水墨飛鳥)
   가 정밀했다. **兩角鷹(양각응)**: 매의 일종. 머리 깃털이 양쪽으로 서서 마치

뿔같이 보이는 매.

2) 呂紀(여기): 명나라 화가. 자는 정진(廷振), 호는 낙우(樂愚), 사명(四明: 절강성 寧波市) 사람. 화조와 산수·인물을 잘 그렸다. 邊昭(변소): 명나라 화가. 자는 경소(景昭), 사현(沙縣: 복건성 사현) 사람. 박학하고 시에 능했고, 궁중 화가로서 화조를 잘 그렸다.

3) 颯颯(삽삽): 바람이 부는 소리. 風毛(풍모): 바람에 나부끼는 깃털.

4) 匹綃(필초): 화권(畵卷)을 말함. 慘澹(참담): 그림이 오래되어 빛이 바랜 것을 말함.

5) 森森(삼삼): 위엄이 있는 모양. 爪拳(조권): 움킨 발톱.

6) 愁胡(수호): 호인(胡人)의 심목(深目). 모습이 비수(悲愁)가 어린 듯함.

7) 駟驖(사철): 적흑색의 준마.

8) 두보(杜甫)의 〈화응(畵鷹)〉 시에 "何當擊凡鳥, 毛血洒平蕪"라고 했음.

9) 宋徽宗(송휘종): 북송(北宋)의 황제 조길(趙佶). 화조를 잘 그렸음. 사치하고 정사에 소홀했는데, 정강(靖康) 2년(1127)에 그 아들 흠종(欽宗)과 함께 금(金)나라의 포로가 되어 잡혀가서 오국성(五國城: 黑龍江省 依蘭縣)에서 죽었음.

10) 外作禽荒(외작금황): 『서경·오자지가(五子之歌)』에 "內作色荒, 外作禽荒"이라고 했음. 금황은 사냥에 빠지는 것.

11) 恭默(공묵): 공손하고 침묵하며 말이 적음. 『서경·설명(說命)』에 "恭默思道"라고 했음.

12) 馳道(치도): 왕의 수레가 다니는 대도(大道).

13) 虞長(우장): 산림·수택(水澤)·원림(園林)·전렵(田獵) 등을 관장하는 관리.

14) 金爐(금로): 노(爐)는 노(壚). 주막을 말함.

15) 上智(상지): 성인(聖人).

16) 淫巧(음교): 바르지 못한 기예.

• 심덕잠의 『명시별재』: "그림으로 설명함이 수렵에 이르렀고, 수렵을 좇아서 논의를 열었다. 뒤에 그림과 수렵을 둘 다 거두었다. 참으로 장법(章法)과 필력이 또한 신룡(神龍)이 꿈틀대는 것과 같아서 붙잡아 둘 수가 없다."

주선진묘 朱仙鎭廟[1]

宋墓莽岑寂[2]	송나라 묘들은 풀 속에 적막하네
岳宮今在玆[3]	악궁은 지금 이곳에 있네
風霜留檜栢[4]	풍상 속 노송나무 측백나무 남아있고
陰雨見旌旗	어두운 빗속에 깃발들이 보이네
百戰回戈地[5]	백전을 치르고 창을 돌렸던 곳은
中原左衽時[6]	중원이 좌임을 했던 때였네
土人嚴伏臘[7]	주민들은 복랍 제사를 엄숙히 하고
偏護向南枝[8]	남쪽 향한 가지를 두루 보호하네

주석 ᘓ

1) **朱仙鎭**(주선진): 하남시 개봉시(開封市) 서남. 남송(南宋) 소흥(紹興) 10년(1140)에 악비(岳飛)가 금병(金兵)을 대파시키고 이곳에까지 진군했음. 후인이 여기에 그것을 기념하여 악비의 사당을 세우고 제사를 올려왔음.

2) **宋墓**(송묘): 송나라 왕들의 묘. **岑寂**(잠적): 적막(寂寞).

3) **岳宮**(악궁): 악왕(岳王) 악비(岳飛)의 사당. 주선진묘.

4) 檜栢(회백): 노송나무와 측백나무. 묘지에 심은 나무를 말함.

5) 악비는 금군을 대파한 기세를 타고, 변경(卞京)을 수복하려고 했는데, 고종(高宗)과 진회(秦檜)가 화의를 주장하고, 연달아 12번의 금패(金牌)를 보내어 악비에게 군대를 돌려오도록 했음.

6) 左衽(좌임): 옷깃을 좌측으로 여미는 것. 한족(漢族)이 아닌 이민족의 풍속임.

7) 伏臘(복랍): 복일(伏日)과 납일(臘日)의 제사.

8) 向南枝(향남지): 『서호지(西湖志)』에 "악비의 묘 위 고목(古木)들의 가지가 모두 남향했다"고 했음.

정생이 태산에서 오다 鄭生至自泰山[1]

昨汝登東嶽	어제 그대는 동악에 올랐는데
何峯是絶峯	어떤 봉우리가 가장 높은 봉우리던가?
有無丈人石[2]	장인석은 어떻던가?
幾許大夫松[3]	대부송은 얼마나 높던가?
海日低波鳥	바다 해는 파도의 새 아래에 나직하고
巖雷起窟龍	바위의 천둥은 굴속의 용을 일으키네
誰言天下小[4]	누가 천하가 작다고 했는가?
化外亦王封	왕의 교화 밖이 또한 왕봉이라네

주석

1) 鄭生(정생): 정작(鄭作). 자는 의술(宜述), 호는 방산자(方山子), 흡(歙: 안휘성 흡현) 사람. 나중에 문(文)을 버리고 상인이 되었음. 泰山(태산): 산동성

중부에 있음. 오악(五嶽) 중의 하나로서 동악(東嶽)이라고 함.

2) 丈人石(장인석): 장인봉(丈人峰). 태산의 최고봉 서쪽에 있음.

3) 大夫松(대부송): 오대부송(五大夫松). 진시황(秦始皇)이 태산에서 봉선(封禪)을 올리고 하산할 때 풍우를 만나, 소나무 아래에서 풍우를 피했는데 그로 인하여 그 소나무를 오대부(五大夫)에 봉했음.

4) 『맹자·진심장(盡心章)』에 "(孔子가) 태산에 올라가서 천하를 작다고 여겼다"고 했다.

평설 ⌒

* 심덕잠의 『명시별재』: "진부한 말은 이와 같이 번용법(翻用法)을 사용해야 한다."

가을날 조망하다 秋望[1]

黃河水繞漢宮墻	황하의 물은 한나라 궁중 담을 두르고
河上秋風鴈幾行	황하 위 가을바람에 기러기가 몇 행렬인가?
客子過壕追野馬[2]	병사는 해자를 지나서 야생말을 추적하고
將軍韜箭射天狼[3]	장군은 활집의 화살로 천랑을 쏘네
黃塵古渡迷飛輓	누런 먼지 옛 나루엔 나는 수레가 헤매고
白月橫空冷戰場	흰 달빛 허공에 비껴서 전장에서 차갑네
聞道朔方多勇畧[4]	삭방엔 용략이 많다고 들었는데
只今誰是郭汾陽[5]	지금 누가 곽분양인가?

주석 ☙

1) 제목이 〈出使雲中〉·〈出塞〉 등으로 된 판본도 있음. 홍치(弘治) 13년(1500)에 이몽양이 호부주사(戶部主事)로 있을 때 명을 받고 섬서(陝西) 변방의 유림군(楡林軍)을 위로하러 가서 지은 시임.

2) 客子(객자): 변방을 지키는 병사.

3) 天狼(천랑): 별 이름. 천랑성이 보이면 적군의 침략이 있다고 함.

4) 勇畧(용략): 용맹하고 지략이 있는 장군.

5) 郭汾陽(곽분양): 당나라 때 안사(安史)의 난을 진압한 전공으로 분양군왕(汾陽郡王)에 봉해졌던 곽자의(郭子儀).

평설 ☙

● 심덕잠의 『명시별재』: "왕원미(王元美: 王世貞)가 '웅혼유려(雄渾流麗)하다'고 했다."

성택천 聖澤泉[1]

嘈嘈鳴山泉[2]	요란한 소리 산 폭포에서 울리고
日日噴悲壑[3]	날마다 비학에서 품어내네
日照一匹練	햇살이 한 필 비단을 비추니
空中萬珠落	공중에서 만 구슬이 떨어지네

주석 ☙

1) 聖澤泉(성택천): 강서성 성자현(星子縣) 북쪽 여산(廬山) 오로봉(五老峰) 아

래 있는 백록서원(白鹿書院) 부근에 있음. 이몽양은 명나라 무종(武宗) 정덕
(正德) 6년(1511)과 7년(1512) 사이에 강서제학부사(江西提學副使)로서 남강
부(南康府)의 학정(學政)을 순찰하고 여산(廬山)에 올랐는데, 이때에 지은 작
품임.

2) 嘈嘈(조조): 요란한 소리.

3) 悲壑(비학):『회남자(淮南子)·천문훈(天文訓)』에 "해가 비곡(悲谷)에 이르면
포시(飽時)라고 한다"고 했는데, 그 주(注)에 "비곡(悲谷)은 서남방의 대학
(大壑)이다. 그것이 심준(深峻)하여 그 위에 임하면 사람을 슬픈 생각을 들게
하므로 비곡이라 한다"고 했음.

강행잡시 江行雜詩[1]

錫洲潭古怪[2]	석주담은 고괴하고
攸鎭驛幽絶[3]	유진역은 유절하네
四圍靑山映	사방을 두른 청산이 밝고
鷺棲滿林雪	해오라기들 머문 온 숲이 하얗네

주석 ⌒

1) 모두 7수임.

2) 錫洲潭(석주담): 강서성 만안현(萬安縣)과 공현(贛縣) 사이의 공강(贛江) 가
에 있음.

3) 攸鎭驛(유진역): 석주담 근처에 있음.

변경의 대보름 汴京元夕[1]

中山孺子倚新妝[2]	중산 유자들은 새 단장의 여인들에게 의지하니
鄭女燕姬獨擅場[3]	정녀와 연희들이 홀로 무대를 장악하네
齊唱憲王春樂府[4]	일제히 헌왕의 춘악부를 노래하니
金梁橋外月如霜[5]	금량교 밖 달빛이 서리 같네

주석 ⌒

1) 汴京(변경): 하남시 개봉시(開封市). 오대(五代)의 양(梁) · 진(陳) · 한(漢) · 주(周)와 북송(北宋)의 도성(都城)이었음. 元夕(원석): 음력 정월 15일.

2) 中山孺子(중산유자): 중원(中原) 지역의 청년들을 말함. 중산은 옛 나라의 이름. 하북성 정현(定縣)과 당산(唐山) 일대였는데 조(趙)나라 무령왕(武靈王)에게 멸망당했음.

3) 鄭女燕姬(정녀연희): 북방지역의 여인들을 말함. 연(燕)은 하북성 북부지역, 정(鄭)은 하북성 정주(鄭州) 지역에 있었던 옛 나라였음.

4) 憲王(헌왕): 주유돈(朱有燉). 주정왕(周定王) 주숙(朱橚)의 장자, 주원장(朱元璋)의 손자. 호는 성재(誠齋), 자칭 전양자(全陽子) · 노광생(老狂生)이라 했음.

5) 金梁橋(금량교): 변경(汴京)에 있는 귀족들의 유람지.

왕수인 王守仁

왕수인(1472-1528), 자는 백안(伯安), 호는 양명(陽明), 여요(餘姚: 절강성 여요현) 사람. 홍치(弘治) 12년(1499)에 진사가 되어, 병부주사(兵部主事)를 지냈다. 정덕(正德) 원년(1506)에 유근(劉瑾)을 탄핵하였다가 용장(龍場: 귀주성 修文縣) 역승(驛丞)으로 쫓겨났다. 유근이 패망한 후 좌첨도어사(左僉都御史)로서 남공(南贛)을 순무(巡撫)하고, 양광(兩廣) 총독(總督)을 지냈다. 영왕(寧王) 신호(宸濠)의 반란을 평정하고, 남경병부상서(南京兵部尙書)가 되었고, 신건백(新建伯)에 봉해졌다. 저서로『왕문성공전집(王文成公全集)』이 있다.

『사고전서제요』에 "문은 박대창달(博大昌達)하고 시 또한 수일(秀逸)하여 아취가 있다"고 했다.

왕세정의 『예원치언』에 "왕신건(王新建)의 시는 장조(長爪)·범지(梵志)와 같은데, 저러한 법(法) 중에 쟁쟁(錚錚)히 사람을 감동시킨다"고 했다.

나구역 羅舊驛[1]

客行日日萬峰頭	나그네 길이 날마다 만 봉우리 머리에 있고
山水南來亦勝遊	산수가 남으로 오니 또한 빼어난 유람이네
布穀鳥啼村雨暗[2]	뻐꾸기 우는 마을 빗줄기 어둡고
刺桐花暝石溪幽[3]	자동화 어두운 바위 개울이 깊네
蠻烟喜過靑楊瘴[4]	만연 속 청양장을 기쁘게 지나가고
鄕思愁經芳杜洲[5]	고향생각에 방두주를 근심하며 지나네
身在夜郞家萬里[6]	몸이 야랑에 있으니 집이 만 리인데
五雲天北是神州[7]	오색구름의 하늘 북쪽이 신주이네

주석 ᑤ

1) 羅舊驛(나구역): 귀주성 경내에 있는 작은 역.

2) 布穀鳥(포곡조): 뻐꾸기.

3) 刺桐花(자동화): 일명 해동(海桐)·산부용(山芙蓉)·공동수(空桐樹). 낙엽교목. 3월에 고추모양의 긴 꽃이 붉게 핀다.

4) 蠻烟(만연): 남방의 안개. 靑楊瘴(청양장): 일명 청초장(靑草瘴). 서남 지역의 봄의 장기(瘴氣). 왕유(王維)의 〈送楊少府貶郴州〉 시에 "靑草瘴時過夏口, 白頭浪裏出潯城"이라고 했음.

5) 芳杜洲(방두주): 향기로운 두약(杜若)이 있는 강섬. 〈구가(九歌)·상군(湘君)〉에 "采芳洲兮杜若, 將以遺兮下女"라고 했음.

6) 夜郞(야랑): 옛 나라의 이름. 귀주성에 속함.

7) 神州(신주): 경성(京城).

바다를 건너다 泛海[1]

險易原不滯胸中	험이함을 원래 흉중에 머물러두지 않았으니
何異浮雲過太空	뜬 구름이 하늘을 지나감과 무엇이 다르랴?
夜靜海濤三萬里	밤 고요하고 바다 물결이 삼만 리인데
月明飛錫下天風[2]	달 밝고 비석에 천풍이 내려오네

주석

1) 왕수인이 유근(劉瑾)을 탄핵하고 쫓겨난 후 바다에서 풍랑을 만나서 지은 시임.

2) **飛錫**(비석): 승려가 석장(錫杖)을 들고 사방을 여행함을 말함.

평설

● 조선 장유(張維)의 『계곡만필(谿谷漫筆)』에 "양명(陽明)의 〈범해(泛海)〉 시에 '險易原不滯胸中……'라고 했는데, 준상(俊爽)하여 즐길 만하다."

왕정상(1475-1544), 자는 자형(子衡), 호는 준천(浚川), 의봉(儀封: 하남성蘭考縣) 사람. 홍치(弘治) 15년(1052)에 진사가 되고, 병과급사중(兵科給事中)·감찰어사(監察御史)·섬서순무(陝西巡撫)·부도어사(副都御史)·병부상서(兵部尚書) 등을 지냈다. '전칠자(前七子)' 중의 한 사람. 저서로『왕씨가장집(王氏家藏集)』이 있다.

왕세정의『예원치언』에 "왕자형(王子衡)의 시는 외국인이 당(唐)에 투항한 듯하고, 무장(武將)이 좌선(坐禪)이 좌선을 하듯 위의해오(威儀解悟) 중에 항랑본색(抗浪本色)을 노출함을 면하지 못한다"고 했다.

주이준의『명시선』에 "진와자(陳臥子: 陳子龍)가 말하기를 '자형(子衡)의 오고(五古)는 침울한 생각이 있고, 장려한 색이 있다'고 했다. 이서장(李舒章)이 말하기를 '하경명과 이몽양의 때에 장편오고에서 뛰어난 자로는 자형·군채(君采: 薛蕙)가 있는데, 자형은 준려(峻麗)하여 그 웅분(雄分)함을 얻었고, 군채는 준결(雋潔)하여 그 영분(英分)을 얻었다'고 했다"고 했다.

주이존의『정지거시화』에 "준천(浚川)의 시격은 여러 체가 약간 거친데, 다만 오언절구는 자못 마힐(摩詰: 王維)의 풍치(風致)가 있고, 아래로 또

한 배십수재(裵十秀才: 裵廸)·최오원외(崔五員外: 崔顥)를 잃지 않았다"고
했다.
진전의 『명시기사』에 "자형은 뜻을 다하여 시를 배웠는데, 추만(麤漫)한
편(篇)은 참으로 옛 사람들이 비판한 곳과 같다. 우연히 합당한 작품이
있는데 오도(五都)의 시중(市中)을 유람하다가 곧 기보(奇寶)를 얻었다"
고 했다.

자포장군 노래 赭袍將軍謠[1]

萬壽山前擂大鼓[2]	만수산 앞에서 큰 북을 치고
赭袍將軍號威武	자포장군이 위무를 외치네
三邊健兒猛如虎[3]	삼변의 건아들은 호랑이처럼 용맹하고
左提戈右跨弩	왼쪽에 창을 들고 우측엔 쇠노를 끼었네
外庭言之赭袍怒[4]	외정에서 언급하니 자포가 노하고
牙旗閃閃軍門開[5]	아기가 번쩍이고 군문이 열려있네
紫茸罩甲如雲排[6]	자용조갑이 구름 밀치듯이
大同來宣府來	대동에서 오고 선부에서 오네

주석 ⌒

1) 赭袍將軍(자포장군): 용봉(龍鳳) 문양의 붉은 도포를 입은 장군. 황제의 총애가 지극함을 말함. 여기서는 강빈(江彬)을 가리킴. 강빈은 선부(宣府: 하북성 宣化縣) 사람인데, 교활하고 용력이 뛰어나고, 기사(騎射)를 잘했다. 무종(武宗)의 총애를 받았다. 일찍이 황제의 미행(微行)을 인도하여 밤에 민가에 들어가서 부녀자를 색출하고, 여악(女樂)을 소집했다. 기밀군무(機密軍務)를 찬획(贊劃)하고, 권력이 막대하고, 악행이 많았다. 세종(世宗)이 등극하자, 시장에서 책형(磔刑)을 당했다. 적몰한 그의 재산은 황금 70거(柜), 백금 2천 2백 거 등 나머지 보화는 헤아릴 수도 없었다.

2) 萬壽山(만수산): 지금의 북경시(北京市) 북해공원(北海公園) 내의 경화도(瓊華島). 황제의 금원(禁苑)이었음. 무종(武宗)이 강빈에게 요동(遼東)·선부(宣府)·대동(大同)·연수(延綏) 등 사진(四鎭)의 변방군을 통솔하여 이곳에서 조련하게 했음.

3) 三邊(삼변): 널리 변방지역을 말함.

4) 外庭(외정): 조정의 의사(議事)에 참여하는 관원. 당시 형부주사(刑部主事)

왕금(汪金)이 상소하여 황제에게 비행을 고칠 것을 간했다. 정신(廷臣) 백여 인도 함께 궁궐에 엎드려 간했다. 이에 강빈은 황제를 일부로 격분시켜서 이들을 모두 하옥시키게 했는데, 매를 맞아 죽은 자가 많았다.

5) 牙旗(아기): 상아로 장식한 장군 깃발.

6) 紫茸罩甲(자용조갑): 자용은 가늘고 부드러운 조수(鳥獸)의 털로 만든 가죽옷. 조갑은 갑옷 위에 걸치는 투괘(套褂). 강빈이 통솔하는 사진의 변방군은 황조갑(黃罩甲)을 입고, 모자에 천아령(天鵝翎)을 꽂았음.

평설

● 심덕잠의 『명시별재』: "공동(空同: 李夢陽)의 〈내교장가(內敎場歌)〉의 뜻이다."

파인죽지가 巴人竹枝歌[1]

1

郎在荆門妾在家[2]	낭군은 형문에 있는데 첩은 집에 있고
年年江上望歸查	해마다 강가에서 돌아오는 뗏목을 바라보네
茶蘼種得高如妾[3]	도미를 심어 높이가 첩과 같은데
縱有春風枉却花	봄바람이 있지만 도리어 꽃을 떨구네

주석

1) 원래 4수임.

2) 荆門(형문): 산 이름. 호북성 의도현(宜都縣) 서북 장강(長江) 남안.

3) 荼蘼(도미): 도미(酴釄). 찔레꽃.

2

蒲子花開蓮葉齊	부들꽃 피고 연잎 가지런한데
聞郞船已過巴西[1]	낭군은 이미 파서를 지났다고 들었네
郞看明月似儂意	낭군은 밝은 달이 제 마음과 같음을 보구려
到處隨郞郞不知	가는 곳마다 낭군을 따르는데 낭군은 모르네

주석

1) 巴西(파서): 옛날 군(郡) 이름. 치소는 사천성 북부 가릉강(嘉陵江) 중류의
낭중현(閬中縣).

진천잡흥 秦川雜興[1]

古陵在蒿下	고릉이 쑥대 아래 있는데
啼鳥在蒿上	우는 새는 쑥대 위에 있네
陵中人不聞	능 안의 사람은 듣지 못하는데
行客自惆悵	행객이 스스로 슬퍼하네

주석

1) 秦川(진천): 섬서성·감숙성의 진령(秦嶺) 이북 평원지역을 말함.

평설 ॢ

* 심덕장의 『명시별재』: "〈고리곡(高里曲)〉에 상당하다. 일부러 광달어(曠
達語)를 지었는데, 배나 처완(悽惋)하다."

왕구사(1468-1551), 자는 경부(敬父), 호는 미피(渼陂), 호현(鄠縣: 섬서성) 사람. 홍치(弘治) 9년(1496)에 진사가 되고, 이부랑중(吏府郎中)을 지냈다. 전칠자(前七子) 중의 한 사람. 유근(劉瑾)의 당(黨)에 연좌되어 수주(壽州) 동지(同知)로 좌천되었다가 곧 벼슬에서 물러났다. 저서로『미피집(渼陂集)』·『벽산악부(碧山樂府)』 등이 있다.

왕세정의 『예원치언』에 "왕경부(王敬父)의 시는 한무제(漢武帝)가 신선을 구하는 것처럼 욕근(欲根)이 바로 물들어버리고, 때때로 다시 만나지만 끝내 실경(實境)이 아니다. 경부의 명위(名位)는 대산(對山: 唐海)보다 약간 못하지만, 재정(才情)은 더 낫다. 창화한 장사(章詞)가 세상에 유포되어 마침내 관서(關西) 풍류의 영수가 되었다"고 했다.

아이를 파는 노래 賣兒行

村媼提携六歳兒　　촌 할미가 여섯 살 아이를 이끌고 와서

賣向吾廬得穀四斛半　내 집에 팔아서 곡식 사곡 반을 얻으려 하네

我前問媼賣兒何所爲　내가 앞에 나가 할미에게 애를 팔아 무얼 하려
　　　　　　　　　　는지 물으니

媼方致詞再三嘆　　할미가 말하며 두세 번 탄식하네

夫老病臥盲雙目　　할아범은 병들어 누웠는데 두 눈이 멀었고

朝暮死生未可卜[1]　아침저녁의 생사를 알 수 없구려

近村五畝止薄田[2]　마을 근처 오 무 땅은 박전이고

環堵兩間惟破屋　　두른 담은 두 칸 부서진 집이구려

大兒十四能把犁　　큰애는 열넷인데 쟁기질을 할 수 있지만

田少利微飯不足　　밭이 작아 이익이 없어 밥도 부족하다오

去冬蹉跎負官稅[3]　지난겨울 농사 때 놓치고 관세를 못냈는데

官卒打門相逼促　　관졸이 문 두들기며 서로 재촉한다오

豪門稱貸始能了[4]　부잣집에서 빚돈을 비로소 빌렸는데

回頭生理轉局縮　　생리를 돌아보면 더욱 국촉된다오

中男九歳識牛羊　　중남은 아홉 살인데 소와 양을 칠 줄 알아서

雇與東鄰爲蒭牧[5]　동쪽 이웃으로 고용살이 가서 목동이 되고

豪門索錢如索命　　부잣집의 빚 독촉이 목숨 독촉과 같은데

病夫呻吟苦楛腹　　병부는 신음하며 주린 뱃속이 고통스럽다오

以此相顧無奈何　　이를 살펴보면 어찌 할 수가 없어서

提携幼子來換穀　　애를 데려와서 곡식과 바꾸려 한다오

此穀半准豪門錢　　이 곡식은 반은 부잣집의 빚을 갚고

半與病夫作饘粥⁶⁾   반은 병부에게 죽을 끓여줄 것이오

村媼詞終便欲去   촌 할미가 말 끝내고 곧 가려고 하는데

兒就牽衣呼母哭   아이가 옷을 끌어당기며 어미 부르며 통곡하네

媼心戚戚復爲留⁷⁾   할미 마음 슬퍼서 다시 머물고

夜假空床共兒宿   밤에 빈 침상을 빌려서 아이와 함께 자네

曙鼓冬冬鷄亂叫   새벽 북소리 둥둥 울리고 닭이 소란하게 우니

媼起彷徨視兒兒睡熟   할미가 일어나서 방황하며 아이를 보니 아이는 깊은 잠에 빠졌네

吞聲飮泣出城走   탄식 삼키고 눈물 들이키며 성을 나서 달려가니

得穀且爲贍窮鞠⁸⁾   얻은 곡식은 장차 곤궁한 사람을 구하리라

兒醒呼母不得見   아이 깨어나 어미 불러도 볼 수가 없는데

繞屋長號更踟躕   지붕 두르는 긴 울부짖음에 다시 서성이네

觀者爲洒淚   보는 자는 눈물 뿌리고

聞者爲顰蹙   듣는 자는 얼굴 찡그리네

吁嗟猛虎不食兒   아! 사나운 호랑이도 아이는 먹지 않고

更見老牛能舐犢   늙은 소도 송아지를 핥아줌을 보는데

胡爲棄擲掌上珠⁹⁾   어찌하여 손바닥 위의 구슬을 내던지고

等閑割此心頭肉¹⁰⁾   등한히 이 심두육을 베어내는가?

君不見   그대 보지 못했는가?

富人田多氣益橫   부자는 밭이 많아서 기세가 더욱 종횡인데

不惜貨財買童仆   재물을 아끼지 않고 동복을 사들이네

一朝叱咤嗔怒生   하루아침에 질타하며 성을 내어

鞭血淋漓寧有情   채찍의 피가 흥건하니 어찌 정이 있는가?

豈知骨肉本同胞　　골육이 본래 동포임을 어찌 알겠는가?

人兒吾兒何異形　　남의 아이와 내 아이가 어찌 다른 모습이던가?

嗚呼安得四海九州同一春

　　　　　　　　　아! 어떻게 사해 구주의 동일한 봄을 얻어서

無復鬻女賣兒人　　다시 딸을 팔고 애를 파는 사람을 없게 할 수

　　　　　　　　　있을까?

주석 ☙

1) 未可卜(미가복): 미가지(未可知).

2) 畝(무): 당의 면적 단위. 대략 1무는 30평 정도.

3) 蹉跎(차타): 농사시기를 놓친 것.

4) 豪門(호문): 부호의 집. 稱貸(칭대): 빚을 주는 것.

5) 芻牧(추목): 꼴을 베어 소나 양을 먹이는 것.

6) 饘粥(전죽): 죽.

7) 戚戚(척척): 슬퍼하는 모양.

8) 瞻窮鞠(섬궁국): 곤궁한 사람을 부양하는 것.

9) 掌上珠(장상주): 사랑하는 자식을 말함. 강엄(江淹)의 〈상애자부(傷愛子賦)〉
　　에 "痛掌珠之愛子"라고 했음.

10) 心頭肉(심두육): 심장의 살덩이. 당나라 섭이중(聶夷中)의 〈상전가(傷田家)〉
　　시에 "二月賣新絲, 五月糶新穀. 醫得眼前瘡, 剜却心頭肉"이라 했음.

당해(1475-1540), 자는 덕함(德涵), 호는 대산(對山), 무공(武功: 섬서성 무공) 사람. 홍치(弘治) 15년(1502) 진사가 되어 한림원수찬(翰林院修撰)을 지냈다. 이몽양(李夢陽)이 유근(劉瑾)을 탄핵하고 하옥되었을 때, 당해가 이몽양을 구해냈다. 유근이 패망한 후 당해는 같은 당으로 몰려서 삭직되고 일반인이 되었다. 당해는 전칠자(前七子) 중의 한 사람이다. 저서로 『대산집(對山集)』이 있다.

쟁 소리를 듣다 聞箏[1]

寶靨西鄰女[2]	예쁜 보조개의 서쪽 이웃 여자
鳴箏傍玉臺	쟁 소리가 옥대 옆에 있네
秋風孤鶴唳	가을바람에 외로운 학이 울고
落日百泉洄	석양에 온 샘물이 소용돌이치네
座客皆驚引	좌객들 모두 놀라고
行雲欲下來	지나는 구름도 내려오려 하네
不知弦上曲	현 위의 곡이
淸切爲誰哀	누구를 위해 청절하게 애달픈가?

주석 ༼ꈊ༽

1) 箏(쟁): 모양은 슬(瑟)과 같고, 13현의 악기.

2) 寶靨(보엽): 고운 보조개.

4월 19일 동시어의 원정에서 연회 하며 취중에 바삐 짓다
四十九日宴東侍御園亭, 醉中走筆[1]

燕家小妓石榴裙[2]	연가의 어린 기녀 석류색 치마
笑酌酴酥把示君[3]	웃으며 도수주를 따라서 그대에게 올리네
玉面未能花底出	옥의 얼굴이 꽃 아래에서 나오지 않는데
瑤箏先向月中聞	쟁소리가 먼저 달빛 향해 들려오네

주석

1) 侍御(시어): 시종관(侍從官).

2) 石榴裙(석류군): 하사징(何思澂)의 〈南苑逢美人〉에 "風卷葡萄帶, 日照石榴
裙"이라 했음.

3) 酴酥(도소): 도소주(屠蘇酒).

변공(1476-1532), 자는 정실(庭實), 호는 화천(華泉), 역성(歷城: 산동성 濟南) 사람. 홍치(弘治) 9년(1496)에 진사가 되고, 태상박사(太常博士)·병과급사중(兵科給事中)·제학부사(提學副使)·호부상서(戶部尚書) 등을 지냈다. 저서로 『화천집(華泉集)』이 있다.

변공은 이몽양(李夢陽)·하경명(何景明)·서정경(徐禎卿)과 함께 '사걸(四傑)'이라 불렸다.

고기륜(顧起綸)의 『국아품(國雅品)』에 "이몽양은 웅건(雄建)하고, 하경명은 수일(秀逸)하고, 서정경은 정융(精融)하고, 변공은 박질(朴質)하다"고 했다.

심덕잠의 『명시별재』에 "화천(華泉)의 변폭(邊幅)은 비교적 협소하지만 풍인(風人)의 유음(遺音)을 스스로 결핍하지 않았다. 그래서 이몽양·하경명·변공·서정경이 이름을 나란히 하는 것은 까닭이 있는 것이다"라고 했다.

장서반 대참에게 이별시로 남기다 留別張西盤大參[1]

滿酌豈辭醉	가득한 술잔으로 어찌 취함을 사양하랴?
未行先憶君	떠나기도 전에 먼저 그대를 추억하네
山城稀見菊	산성엔 국화를 보는 것 드물고
關樹不開雲	관새의 숲엔 구름이 열리지 않네
地入河源渺	땅은 하수의 근원으로 들어가 멀고
天連塞日曛	하늘은 변새의 해에 이어져 어둡네
那堪北來鴈	어찌 북에서 온 기러기소리를 감당하랴?
偏向別時聞	두루 이별할 때에 듣네

주석

1) 원래 2수임. 張西盤(장서반): 장약(張綸). 호는 서반(西盤). 호부주사(戶部主事)·산동좌참정(山東左參政) 등을 지냈다. 大參(대참): 참정(參政)의 별칭.

서원 西園

1

朝看長白山[1]	아침에 장백산을 보고
暮看長白山	저녁에도 장백산을 보네
山色有朝暮	산색이 아침저녁을 지니니
吾心常自閑	내 마음도 항상 절로 한가롭네

1) 長白山(장백산): 산동성 추평현(鄒平縣)에 있는 산. 항상 구름이 끼어있어서
   얻은 이름임.

2

庭際何所有	마당에 무엇이 있는가?
有萱復有芋	원추리와 토란이 있네
自聞秋雨聲	스스로 가을비소리를 들으니
不種芭蕉樹	파초나무는 심지 않네

• 주이존의 『명시종』: "왕원미(王元美: 王世貞)이 '파초(芭蕉)를 어찌 수
(樹)라고 말할 수 있겠는가? 토란이 어찌 마당 안의 가물(佳物)이겠는
가? 또한 유독 빗소리가 없겠는가? 모두 온당하지 않다. 만약 「自憐秋雨
滴, 不復種芭蕉」라 하고, 혹은 「自聞秋雨聲, 不愛芭蕉色」이라 한다면,
뜻이 디욱 심완(深婉)함을 깨닫는다'라고 했다." 『시화(詩話)』에 "두목지
(杜牧之: 杜牧)의 시는 「一夜不眠孤客耳, 主人窗外有芭蕉」라고 하고, 여
거인(呂居仁: 呂本中)의 시는 「如何今夜雨, 只是滴芭蕉」라고 하고, 장안
국(張安國: 張孝祥)의 사(詞)는 「點點不離楊柳外, 聲聲只在芭蕉裏」라고
하고, 무명자(無名子)의 시는 「窗外芭蕉窗裏人, 分明葉上心頭滴」이라고
했다. 옛날 밤비를 근심하는 자는 파초로써 말을 짓는 것이 많다. 높은
연잎과 큰 토란잎도 증오할 바가 아니다. 원미(元美)가 정실(廷實)을 비
난하기를 '파초는 수(樹)라고 말할 수 없다'고 했는데, 그러나 『유마힐경
(維摩詰經)』에 '이 몸은 파초수(芭蕉樹)와 같아서 견고하지 못하다'라고

했다. 처음에는 수(樹)라고 이름 부를 수 없는 것이 아니었다. 원미의
말은 지나치다”라고 했다.”

항아 嫦娥[1]

月宮秋冷桂團團	월궁의 가을 서늘하니 계수가 우거지고
歲歲花開只自攀	해마다 꽃 피면 다만 스스로 올라가네
共在人間說天上	모두가 인간 세상에서 천상을 얘기하는데
不知天上憶人間	천상에서도 인간 세상을 생각하는지 모르겠네

주석

1) 자주에 “이때 외구(外舅) 호관찰(胡觀察) 사정(謝政)이 집에 머물고 있었는
   데, 이를 주어서 위로했다”고 했음.

고린 顧璘

고린(1476-1547), 자는 화옥(華玉), 호는 동교거사(東橋居士), 오현(吳縣: 강소성 蘇州市) 사람. 홍치(弘治) 9년(1496)에 진사가 되고, 이부주사(吏部 主事)·낭중(郎中)을 지내고, 나가서 개봉(開封)·전주(全州)·태주(台州) 등의 지부(知府)를 지냈다. 나중에 공부(工部)·형부상서(刑部尙書)를 지 냈다. 저서로 『부상(浮湘』·『산중(山中)』·『빙궤(凭几)』·『식원존고(息園 存稿)』 등이 있다.

『사고전서제요』에 "고린의 시집은 멀리는 진안(晉安)의 물결을 뜨고, 기까이는 신양(信陽: 하경명)의 수레의 곁말이 되었다. 정덕(正德)·가정(嘉靖) 간의 제이류(第二流)의 영수가 됨을 잃지 않았다"고 했다.

문징명(文徵明)의 『보전집(甫田集)』에 "동교거사(東橋居士)의 시는 당인(唐人)을 법으로 삼았는데, 진란(陳爛)함을 깎아냈지만 때때로 기초(奇峭)함을 드러냈다"고 했다.

왕세정의 『예원치언』에 "고화옥(顧華玉)의 시는 봄 들판에 꽃이 다 진 것처럼 잡초가 적지 않다"고 했다.

풍목령을 넘다 度楓木嶺[1]

初謂山拂天	처음엔 산이 하늘에 닿아서
飛鳥不可度	나는 새도 넘을 수 없다고 여겼는데
逡巡躡危磴	길 따라 높은 돌계단에 올라가니
乃卽我行路	곧 내가 가야 할 길이네
百折頻攀援	백 번 꺾이고 자주 기어오르는데
十步九迴顧	열 걸음에 아홉 번 돌아보네
峻嶒忽在下[2]	높은 산이 갑자기 아래 있으니
衣襟有雲霧	옷깃에 구름 안개가 있네
倒景猶照人	거꾸로 비친 그림자가 사람을 비추고
平地黯將暮	평지는 어둡게 저물려 하네
東北望故鄕	동북으로 고향을 바라보니
江流莽傾注	강 물결이 분주하게 쏟아지네
長風動萬里	긴 바람이 만 리에 부는데
獨立難久竚	홀로 서서 오래 있기가 어렵네

주석 ♋

1) 楓木嶺(풍목령): 광서성 의산현(宜山縣) 회원진(懷遠鎭) 서북.

2) 峻嶒(능증): 높은 산.

<오뇌곡>을 제량체로 본받다 懊惱曲效齊梁體[1]

1

小時聞長沙[2]	어린 시절 장사에 대해 들었는데
說在天盡處	하늘 끝난 곳에 있다고 하네
人言見郎船	남들이 낭군의 배를 보았는데
已過長沙去	이미 장사를 지나갔다네

주석

1) 懊惱曲(오뇌곡): 오농가(懊儂歌). 악부 제목. 남조 제(齊)나라 양(梁)나라 때의 오(吳) 지역의 민가(民歌). 주로 애정의 좌절된 고통을 노래한 내용임. 齊梁體(제량체): 주희(朱熹)의 『주자어류(朱子語類)』에 "제나라 양나라 때의 시를 읽어보면, 사람의 사지(四肢)를 모두 나만(懶慢)하게 하여 수습할 수 없게 한다"고 했다. 원래 모두 4수임.

2) 長沙(장사): 호남성 성회(省會). 상강(湘江)에 임하고, 녹산(麓山) 옆에 있는데, 번화한 성시(城市)였음.

2

春風上燕京	봄바람에 연경으로 올라오고
秋風下湘渚[1]	가을바람에 상저로 내려가는데
黃鵠有六翮[2]	황곡은 육핵을 지녔으니
定自不及汝	진정 스스로 너에게 미치지 못하네

주석 ⌒

1) 湘渚(상저): 상수(湘水).

2) 黃鵠(황곡): 큰 기러기. 六翮(육핵): 6개의 깃털. 『한시외전(韓詩外傳)』에
   "鴻鵠一擧千里, 所持者六翮耳"라고 했음.

서정경 徐禎卿

서정경(1479-1511), 자는 창곡(昌穀)·창국(昌國), 오현(吳縣: 강소성 蘇州) 사람. 홍치(弘治) 18년(1505)에 진사가 되고, 대리시좌시부(大理寺左寺副)를 지냈다. 나중에 죄수를 놓친 실수로 인하여 국자감박사(國子監博士)로 강등되었다. 전칠자(前七子) 중의 한 사람. 이몽양(李夢陽)·하경명(何景明)과 이름을 나란히 했다. 저서로 『적공집(迪功集)』·『담예록(談藝錄)』이 있다.

조선 김창협(金昌協)의 「농안잡지(農巖雜識)」에 "서창곡(徐昌穀)과 고자업(高子業: 高叔嗣)은 비록 이몽양(李夢陽)과 하경명(何景明)과 서로 화응(和應)했지만 그 천재(天才)가 스스로 당인(唐人)에 가까웠기 때문에 더욱 한 시대에서 출중했다. 서창곡은 신수(神秀)로써 뛰어났고, 고자업은 유담(幽澹)으로써 뛰어났는데, 자업이 성정(性情)에 더욱 가까웠다"고 했다.

고기륜의 『국아품』에 "서창곡은 호종영재(豪縱英裁), 격이 높고 조(調)가 고아한데, 한(漢)·당(唐) 사이를 내달려서 완려(婉麗)하게 맛이 있고, 혼융하여 흔적이 없다. 여러 체가 고묘(高妙)하여 깎아낼 만한 누구(累句)가 없다"고 했다.

심덕잠의 『명시별재』에 "적공(迪功: 서정경)의 시는 크게 이몽양에게 미치지 못하고, 몹시 하경명에게 미치지 못한다. 그러나 봉골(丰骨)이 초연(超然)하기 때문에 마땅히 정족(鼎足)했다"고 했다.

진전의 『명시기사』에 "창공의 재력은 이몽양·하경명의 부건(富健)함에 미치지 못하지만 청사일격(淸詞逸格)이 교교(矯矯)히 출중했다. 후인들의 지적을 받지 않은 것은 참으로 시를 남겨놓은 것이 많게 하지 않았기 때문이다. 『담예록(談藝錄)』은 청언미지(淸言微旨)가 엄창랑(嚴滄浪: 嚴羽)과 나란할 만하다"고 했다.

사선 시어를 전송하다 送士選侍御[1]

壯士樂長征	장사가 장정을 즐거워하니
門前邊馬鳴	문전에 변방 말이 우네
春風三月柳	봄바람이 삼월의 버들꽃을
吹暗大同城[2]	대동성에 어둡게 부네
盧溝橋下東流水[3]	노구교 아래 물은 동으로 흘러가는데
故人一樽情未己	친구는 한 잔 술의 정을 그치지 못하네
遙天飛盡隴頭雲[4]	먼 하늘엔 농두의 구름이 다 날아가 버렸고
唯見居庸暮山紫[5]	단지 거용산의 저녁 붉은 놀을 보네
羨君鞍馬速流星	그대의 말이 유성처럼 빠름이 부러운데
予亦孤帆下洞庭[6]	나 또한 외로운 돛으로 동정호로 내려가네
塞北荆南心萬里	새북과 형남은 마음이 천 리인데
佩刀長揖向都亭[7]	칼 차고 길게 읍하고 도정을 향하네

주석 ∽

1) 士選(사선): 웅탁(熊卓). 자는 사선(士選). 감찰어사(監察御使)를 지냈다. 侍御(시어): 감찰어사.

2) 大同城(대동성): 산서성 대동시(大同市). 명나라 때 군사요충지였음.

3) 盧溝橋(노구교): 북경(北京) 서남쪽 교외, 영정하(永定河)에 있는 다리.

4) 隴頭(농두): 농산(隴山). 섬서성 농현(隴縣)에서 감숙성 평량(平凉)에 이르는 지역.

5) 居庸(거용): 산 이름. 지금의 군도산(軍都山). 북경(北京) 창평현(昌平縣) 서북. 산 위에 거용관(居庸關)이 있음.

6) 洞庭(동정): 동정호(洞庭湖). 호남성 북부에 있는 호수.

7) 都亭(도정): 장정(長亭). 행인이 휴식하고 전별하는 장소.

무창에서 짓다 在武昌作[1]

洞庭木葉下[2]	동정호에 낙엽 지고
瀟湘秋思生[3]	소상에 가을 생각 일어나네
高齋今夜雨	높은 서재엔 지금 밤비 내리고
獨臥武昌城	무창성에 홀로 누웠네
重以桑梓念[4]	거듭 고향생각 때문에
凄其江漢情[5]	쓸쓸한 강한의 정이네
不知天外雁	하늘 밖의 기러기가
何事樂南征	무슨 일로 남정을 즐기는지 모르겠네

주석

1) 武昌(무창): 호북성 무창시(武昌市).

2) 『구가(九歌)·상부인(湘夫人)』에 "洞庭波兮木葉下"라고 했음.

3) 瀟湘(소상): 소수(瀟水)와 상수(湘水). 호남지역을 말함.

4) 桑梓念(상재념): 뽕나무와 가래나무가 심어진 고향에 대한 생각.

5) 凄其(처기): 처처(凄凄). 江漢情(강한정): 정처 없이 떠도는 심회. 두보(杜甫) 의 〈강한(江漢)〉에 "江漢思歸客, 乾坤一腐儒"라고 했음.

- 심덕잠의 『명시별재』: "이서장(李舒章)이 말하기를 '팔구(八句)를 끝내 절단할 수 없다'고 했다. 오언율은 모두 맹양양(孟襄陽: 孟浩然)의 유법(遺法)인데, 순전히 기격(氣格)으로서 남보다 뛰어나다."

- 청나라 왕사정(王士禎)의 『지북우담(池北偶談)』: "서정경(徐禎卿)의 '洞庭葉未下, 瀟湘秋欲生'1편은 태백(太白: 李白)이 아니면 지을 수 없다. 천고절조(千古絶調)이다."

소약우를 전송하다 送蕭若愚

送君南下巴渝深[1] 그대의 남하를 전송하니 파투가 깊고
予亦迢迢湘水心[2] 나 또한 아득한 상수의 마음이네
前路不知何地別 앞길 어디서 이별할지 모르겠는데
千山萬壑暮猿吟 천 산과 만 골짜기에 저녁 원숭이 신음하네

주석 ∽

1) 巴渝(파투): 파는 사천성 파현(巴縣). 투는 호북성의 투수(渝水).
2) 迢迢(초초): 아득히 먼 모양.

평설 ∽

- 심덕잠의 『명시별재』: "하대복(何大復: 하경명)의 〈태화(太華)〉·〈종남(鍾南)〉편과 함께 쌍미(雙美)라고 할 만하다."

우연히 보다 偶見

深山曲路見桃花	깊은 산 굽은 길에서 복사꽃을 보고
馬上忽忽日欲斜	말 위에서 서두르는데 해가 기우려고 하네
可奈玉鞭留不住	어찌하랴 옥 채찍을 머물러 둘 수 없으니
又銜春恨到天涯	또 봄 시름을 머금고 하늘 끝에 이르네

부채에 적다 題扇

渺渺太湖秋水闊[1]	아득한 태호의 가을 물이 넓고
扁舟搖動碧琉璃	편주가 푸른 유리 빛을 요동시키네
松陵不隔東南望[2]	송릉은 동남의 조망과 격하지 않고
楓落寒塘露酒旗	단풍 떨어진 추운 못에 술집깃발 드러났네

주석

1) 渺渺(묘묘): 물이 끝없이 넓은 모양.

2) 松陵(송릉): 강소성 소주(蘇州) 오강(吳江).

평설

● 청나라 왕사정(王士禎)의 『어양시화(漁洋詩話)』: "왕순옹(汪鈍翁: 汪琬)
의 〈吳江絶句〉에 '江上西風滿棘枝, 夕陽遙映去帆遲. 不須便作思歸計, 且
爲鱸魚住少時'라고 했고, 서창곡(徐昌穀)의 시는 '淼太湖秋水濶, …… 楓落
寒塘露酒旗'라고 했는데, 두 시의 풍미(風味)가 어찌 그리 서로 같은가?"

의고궁사 擬古宮詞[1]

興慶池頭漏未闌[2]	흥경지 앞 물시계 다하지 않았는데
梨園弟子曲將殘[3]	이원제자의 곡이 끝나가려 하네
花前更奏涼州伎[4]	꽃 앞에서 다시 양주기를 올리니
無那西宮月色寒[5]	서궁의 월색이 차가움을 어찌 하리오?

주석 ೬೨

1) 원래 7수임.

2) 興慶池(흥경지): 섬서성 서안시(西安市) 동남 흥경궁(興慶宮) 안에 있는 못. 당나라 현종(玄宗)이 이곳에 침향정(沈香亭) 등 여러 누대를 세웠음.

3) 梨園弟子(이원제자): 당나라 현종이 악공 3백 인과 궁녀 수백 인을 선발하여 이원(梨園)에서 교습하도록 하고, 친히 감독하면서 '황제이원제자'라고 했음.

4) 涼州伎(양주기): 양주(涼州)의 가무(歌舞). 진(晉)나라 말에 서량(西涼)에서 중원에 전해온 악곡임. 천보(天寶) 연간에 서량부도독(西涼府都督) 곽지원(郭知遠)이 조정에 바쳤다고 함.

5) 西宮(서궁): 별궁(別宮). 비빈(妃嬪)들이 거주하는 곳. 당나라 현종은 만년에 서내(西內) 감로전(甘露殿)에서 기거했음.

봉명정 鳳鳴亭

鳳鳥期不來	봉황은 기약해도 오지 않고
瑤華幾銷歇	요화는 몇 번이나 시들었던가?
唯有山中人	다만 산중 사람이 있어서
吹簫弄明月	소를 불며 밝은 달을 완상하네

하경명 何景明

하경명(1483-1521), 자는 중묵(仲默), 호는 대복(大復), 신양(信陽: 하남성 신양시) 사람. 홍치(弘治) 15년(1502)에 진사가 되고, 중서사인(中書舍人)을 지냈다. 유근(劉瑾)을 거슬려서 죄에 연루되어 벼슬에서 물러났다. 유근이 주살된 후 복직되어 이부원외랑(吏部員外郎)·섬서제학부사(陝西提學副使)를 지냈다. 하경명은 전칠자의 한 사람으로서, 이몽양(李夢陽)과 병칭되어 '이하(李何)'라고 불렸다. 저서로 『대복집(大復集)』이 있다. 조선 김창협(金昌協)의 「농암잡지(農巖雜識)」에 "하대복(何大復)은 천재(天才)가 온아(溫雅)했기 때문에 비록 학고(學古)로 자명(自命)하였지만 후래의 여러 사람들의 교격(矯激)함에는 이르지 않았다. 그 시는 진지경절(眞至警絶)함이 적지만 관평화아(寬平和雅)하여서 오히려 시인의 도(度)를 지녔다"라고 했다.

호응린의 『시수』에 "이몽양은 기골(氣骨)로서 뛰어났고, 하경명은 봉신(丰神)으로써 뛰어났다. 하경명을 배워서 이르지 못하면 조룡(雕龍)을 잃지 않지만, 이몽양을 배워서 이루지 못하면 끝내 화호(畵虎)와 같다"고 했다.

심덕잠의『명시별재』에 "북지(北地: 李夢陽)의 시는 웅혼(雄渾)으로써 뛰어나고, 신양(信陽: 하경명)의 시는 수랑(秀朗)으로써 뛰어나다. 함께 소릉(少陵: 두보)을 헌장(憲章)으로 삼았는데 다다른 바는 각기 다르다"고 했다.

진전의『명시기사』에 "대복(大復)은 골청신수(骨淸神秀)하여 용봉(龍鳳)의 자태이다. 구염공(虯髯公)이 태원공자(太原公子)를 보는 것처럼 사람의 기(氣)를 빼앗는다. 참으로 공동(空同: 이몽양)과 경적(勁敵)이다"라고 했다.

역수 노래 易水行[1]

寒風夕吹易水波　　찬바람 저녁에 역수 물결에 불고
漸離擊筑荊卿歌[2]　고점리는 축을 치고 형경은 노래하네
白衣灑淚當祖路[3]　흰 의관의 빈객들은 눈물 뿌리며 조로에 있고
日落登車去不顧　　해 지자 수레에 올라 떠나며 돌아보지 않았네
秦王殿上開地圖[4]　진왕의 전상에서 지도를 펴니
舞陽色沮那敢呼[5]　진무양의 안색이 변하니 어찌 감히 호령하랴!
手持匕首擲銅柱　　손에 든 비수를 구리기둥에 던지고
事已不成空罵倨　　일을 이루지 못하고 공연히 욕하며 걸터앉았네
吁嗟乎　　　　　　아!
燕丹寡謀當滅身[6]　연단은 계책이 없어서 죽음이 마땅한데
光也自刎何足云[7]　전광이 자기 목을 찌른 것을 어찌 말하랴?
惜哉枉殺樊將軍[8]　애석하구나 번장군을 잘못 죽였네

주석 ✑

1) 易水(역수): 하북성 정흥현(定興縣) 경내에 있던 물 이름. 지금은 이미 고갈
　되어 없어졌음. 전국시대 형가(荊軻)가 연(燕)나라 태자 단(丹)의 원한을 갚
　아주기 위해 진왕(秦王)을 암살하려고 떠났던 출발지임. 『전국책(戰國策)·
　연삼(燕三)』에 "태자와 그 일을 알고 있는 빈객들은 모두 흰 의관 차림으로
　형가를 전송하여 역수(易水) 가에 이르렀다. 이미 제사를 마친 형가는 고점
　리(高漸離)가 치는 축(筑)에 맞추어 노래하고 있었는데, 변치(變徵)소리로 불
　렀다. 인사들 모두가 눈물을 흘리면서 울었다. 또 앞으로 나아가서 노래하기
　를 '바람 소소히 부는데 역수는 차갑고, 장사가 한 번 떠나가면 다시 돌아오
　지 못하리라(風蕭蕭兮易水寒, 壯士一去兮不復還)'라고 했다. 다시 우성(羽聲)

으로 부르니, 그 소리가 강개하여 인사들은 모두 눈을 부릅뜨고 머리털이 곧추서서 모자를 찔렀다. 이에 형가는 수레를 타고 떠나갔는데 끝내 뒤를 돌아보지 않았다"고 했다.

2) 漸離(점리): 고점리(高漸離). 연(燕)나라 사람. 형가의 친구. 축(筑)을 잘 연주했음. 형가가 진왕의 암살에 실패했다는 소식을 듣고, 변성명하고 악공이 되어서 진왕에게 고용되었다. 진왕은 그의 눈을 파버리고 축을 연주하게 했는데, 고점리는 틈을 타서 진왕을 축으로 쳐서 죽이려고 했으나 실패하고 피살되었음. 荊卿(형경): 형가(荊軻). 전국시대 위(衛)나라 사람. 연나라 사람들이 그를 형경이라고 불렀음.

3) 白衣(백의): 형가를 전송했던 빈객들. 모두 흰 의관 차림이었음. 祖路(조로): 전별할 때 노신(路神)에게 제사지내는 것.

4) 형가가 진시황에게 접근하기 위해 연나라 독항(督亢) 지도와 진(秦)나라를 배신한 장군 번어기(樊於期)의 수급(首級)을 가지고 가서 바쳤는데, 지도 안에 진왕을 암살하기 위한 비수를 감쳐두었음.

5) 舞陽(무양): 진무양(秦舞陽). 연나라 사람. 13살에 살인을 했을 정도로 무용이 뛰어나서 형가를 수행하게 했으나, 진나라 궁전 계단에 이르자 안색이 변하고 전율하며 두려워했음.

6) 燕丹(연단): 연왕(燕王) 희(喜)의 태자 단(丹). 진(秦)나라에 인질로 가서 있다가 진왕(秦王)에게 원한을 품고 도망 와서 장사를 양성하여 진왕을 암살하려고 했음. 형가의 일이 실패한 후 진나라가 연나라를 공격하자, 연왕 희는 태자 단을 참수하여 진나라에 바쳤음.

7) 光(광): 전광(田光). 연나라 사람. 태자 단과 진왕의 암살을 모의했는데, 단에게 형가를 추천했음. 단이 기밀을 누설하지 말라고 당부하자, 단 앞에서 스스로 자신의 목을 찔러 자결했음.

8) 樊將軍(번장군): 진나라 장군 번어기(樊於期). 진왕에게 죄를 당하여 연나라로 도망 왔음. 형가의 암살계획을 듣고 스스로 목을 찔러 자결하여 자신의 수급을 가지고 가게 했음.

● 심덕잠의 『명시별재』: "'燕丹寡謀當滅身' 이하 3구는 천고의 단안(斷案)
　 이다."

세안행　歲晏行

舊歲已晏新歲逼	구세가 이미 저물고 새해가 닥쳤는데
山城雪飛北風烈	산성에 눈 날리고 북풍이 맹렬하네
徭夫河邊行且哭[1]	요부가 하수가를 가면서 통곡하는데
沙寒水氷凍傷骨	모래 차고 물 얼어서 얼음이 뼈를 상하네
長官呌號吏馳突	장관이 소리치고 관리가 들이닥치며
府帖連催築河卒[2]	부첩이 연이어 축하졸을 재촉하네
一年徵求不少蠲	일 년의 세금을 조금도 갚지 못하니
貧家賣男富賣田	가난한 집은 남아를 팔고 부자는 밭을 파네
白金縱有非地産	백금이 있다한들 땅에서 나오지 않으니
一兩已值千銅錢	한 량이 이미 천 동전에 해당하네
徃時人家有儲粟[3]	지난날엔 인가에 저장된 양식이 있었지만
今歲人家飯不足	올해는 인가에 밥도 부족하네
饑鶴翻飛不畏人	굶주린 학이 날며 사람도 두려워하지 않고
老雅鳴噪日近屋	늙은 까마귀는 울며 매일 지붕 근처에 있네
生男長成聚比鄰	아들 낳아 장성하면 이웃에 모이고
生女落地思嫁人[4]	딸 낳아 땅에 떨구면 시집갈 사람을 생각하네

官家私家各有務　　관가와 사가가 각각 임무가 있는데
百歲豈止療一身[5]　백년 세월에 어찌 일신만 요기하겠는가?
近聞狐兎亦徵及　　근래 듣자니 여우와 토끼도 또한 징수한다니
列網持矰徧山域　　그물 치고 주살 들고 온 산을 돌아다니네
野人知田不知獵　　시골사람들 농사는 알아도 사냥은 모르니
蓬矢桑弓射不得　　쑥대 화살 뽕나무 활을 쏠 수도 없네
嗟吁今昔豈異情　　아! 지금과 옛날이 어찌 정이 다를 건가?
昔時新年歌滿城　　지난날엔 신년에 노래가 성에 가득했었네
明朝亦是新年到　　내일 아침 또 신년이 되는데
北舍東鄰聞哭聲　　북쪽 집 서쪽 이웃엔 통곡소리만 들려오네

주석 ∽

1) 傜夫(요부): 노역에 복무하는 사람.

2) 府帖(부첩): 관부(官府)의 문서. 築河卒(축하졸): 하수(河水)의 둑을 쌓는 사졸.

3) 儲粟(저속): 축적한 양식.

4) 落地(낙지): 애를 낳는 것.

5) 療(요): 요기(療飢).

협객 노래 俠客行

朝入主人門　　　　아침에 주인집 문으로 들어가고

暮入主人門	저녁에도 주인집 문으로 들어가네
思殺主仇謝主恩	주인의 원수를 죽여서 주인의 은혜를 갚고자 하니
主人張燈夜開宴	주인이 등불을 늘어놓고 밤에 연회를 베푸네
千金爲壽百金餞	천금으로 축수를 하고 백금으로 전별을 하니
秋堂露下月出高	가을 당에 이슬 내리고 달이 높이 떴네
起視廐中有駿馬	일어나서 마구간 안에 준마가 있음을 보고
匣中有寶刀	갑 속에는 보도가 있네
拔刀躍馬門前路	칼을 뽑아들고 말에 뛰어올라 문 앞길에서
投主黃金去不顧	주인에게 황금 던져주고 떠나가며 돌아보지 않네

평설 ⌇

- 심덕잠의 『명시별재』: "생기(生氣)가 분용(坌湧)하고, 음절(音節) 또한 건경(健勁)하다."

가을 강 노래 秋江詞

煙渺渺	안개 아득하고
碧波遠	푸른 물결은 머네
白露晞	흰 이슬 마르고
翠莎晚[1]	푸른 사초 늙어가네
泛綠漪	초록 물결이 뜨고
蒹葭淺[2]	갈대들은 얕네

浦風吹帽寒髮短	물가 바람이 모자 날리니 짧은 머리가 차갑네
美人立	미인이 서서
江中流	강 안에서 흘러가네
暮雨帆檣江上舟	저녁 비 속 돛대는 강 위의 배이고
夕陽簾櫳江上樓	석양의 발과 창은 강가의 누대이네
舟中採蓮紅藕香	배 안에서 연밥 따니 붉은 연꽃 향기 나고
樓前踏翠芳草愁	누대 앞에서 푸른 사초 밟으니 방초가 수심 짓네
芳草愁	방초가 수심 지으니
西風起	서풍이 일어나고
芙蓉花	부용화는
落秋水	가을 물에 떨어지네
魚初肥	물고기 처음 살찌고
酒正美	술은 진정 맛이 좋네
江白如練月如洗	강물은 비단처럼 희고 달은 씻긴 듯한데
醉下煙波千萬里	취하여 연파 십만 리를 내려가네

주석 ◌

1) 莎(사): 사초(莎草). 향부자.

2) 蒹葭(겸가): 갈대.

밤비소리가 맑은 개울소리 같았다 雨夜似淸溪[1]

院靜聞疏雨	담장이 고요하니 성근 빗소리 들리고
林高納遠風	숲이 높으니 먼 바람을 들이네
秋聲連蟋蟀	가을소리는 귀뚜라미소리에 이어지고
寒色上梧桐	추운 색이 오동나무에 올랐네
短榻孤燈裏	짧은 평상은 외로운 등불 속에 있고
淸笛萬井中[2]	맑은 갈피리 소리 온 마을 안에 있네
天涯未歸客	하늘 끝에서 돌아가지 못한 객은
此夜憶江東	이 밤에 강동을 생각하네

주석 ◌◌

1) 원래 2수임.

2) 萬井(만정): 천가만호(千家萬戶).

헌길의 강서 편지를 받다 得獻吉江西書[1]

近得潯陽江上書[2]	근래 심양강 가의 편지를 받고
遙思李白更愁予[3]	멀리 이백을 생각하니 더욱 나를 수심 짓게 하네
天邊魑魅窺人過[4]	하늘가 도깨비가 사람의 지남을 엿보며
日暮黿鼉傍客居	해 저물면 자라와 악어가 객의 거처 옆에 있네
鼓枻襄江應未得[5]	양강에 배의 키를 놀림에 응할 수 없고
買田陽羨定何如[6]	양이에 밭을 사는 것을 진정 어찌 하랴?

他年淮水能相訪　　훗날 회수에서 서로 방문할 수 있다면

桐柏山中共結廬[7]　동백산 중에 함께 여막을 지으리라

주석

1) 獻吉(헌길): 이몽양(李夢陽). 이몽양은 이때(1514년) 강서제학부사(江西提學
   副使)로 있었음.

2) 潯陽江(심양강): 정강(長江)이 강서 구강시(九江市) 서북지대를 흐르는 곳을
   말함.

3) 李白(이백): 이몽양을 말함.

4) 두보(杜甫)의 〈天末懷李白〉시에 "文章憎命達, 魑魅喜人過"라고 했음.

5) 襄江(양강): 한수(漢水)가 양양(襄陽) 아래로 흘러가는 곳을 양강이라 부름.

6) 陽羨(양이): 강소성 의흥(宜興) 남쪽. 풍광이 수려하고 물산이 풍부한 곳임.
   소식(蘇軾)의 〈보살만(菩薩蠻)〉사(詞)에 "買田陽羨吾將老, 從初只爲溪山好"
   라고 했음.

7) 桐柏山(동백산): 하남성 동백현(桐柏縣) 서남. 회수(淮水)의 발원지임.

평설

* 심덕잠의 『명시별재』: "신(神)이 온 필(筆)로서 공졸(工拙)로써 논할 수
  없다. 이른바 장법(章法)의 묘가 구법(句法)을 보이지 않은 것이라 하
  겠다."

시어 鰣魚[1]

五月鰣魚已至燕[2]	오월에 준치가 이미 연땅에 이르렀는데
荔枝盧橘未應先[3]	여지와 노귤은 먼저 응하지 못하네
賜鮮徧及中璫第[4]	생선을 하사함이 두루 중당의 집에 미치고
薦熟誰開寢廟筵[5]	제물 올리려고 누가 침묘의 자리를 펴는가?
白日風塵馳驛騎	대낮의 풍진 속에 역마가 달리고
炎天氷雪護江船	염천의 빙설이 강의 배를 보호하네
銀鱗細骨堪憐汝	은빛 비늘 작은 가시의 너를 사랑할 만한데
玉筯金盤敢望傳	옥 젓가락 금반으로 감히 전해주길 바라겠는가?

주석

1) 鰣魚(시어): 준치. 은빛의 납작하고, 잔가시가 많은 생선.

2) 燕(연): 북경(北京)을 말함. 준치를 황제에게 진상품으로 바친 것을 말함.

3) 荔枝盧橘(여지노귤): 여지와 노귤은 모두 남방의 과일로서 대표적인 진상품이었음.

4) 中璫(중당): 환관(宦官). 초당(貂璫)으로써 관식(冠飾)을 하기 때문에 부르는 이름.

5) 薦熟(천숙): 여러 가지 제물(祭物)을 올리는 것. 寢廟(침묘): 종묘(宗廟).

평설

● 심덕잠의 『명시별재』: "하사(下賜)가 중당(中璫)에 이르렀는데, 침묘(寢廟)에 올리지 않았다면, 신하의 집에 파급되는 것은 더욱 바랄 수가 없다. 중간에 풍유(諷諭)를 머금고 있으니, 보통의 사물을 읊은 시가 아니

다. 소릉(少陵: 두보)의 〈서촉앵도(西蜀櫻桃)〉와 같은 작법이다."

장안 長安[1]

白雲望不盡	흰 구름을 끝없이 바라보며
高樓空倚欄	높은 누대에서 공연히 난간에 기대네
中宵鴻鴈過	한밤중에 기러기가 지나가는데
來處是長安	떠나온 곳이 장안이리라

주석 ﹏

 1) 長安(장안): 경성(京城) 북경(北京)을 말함.

평설 ﹏

● 심덕잠의 『명시별재』: "충애(忠愛)이다."

작은 풍경 小景[1]

草閣散晴煙	초가 누각에 맑은 안개 흩어지고
柴門竹樹邊	사립문은 대숲 옆에 있네
門前有江水	문 앞에 강물이 있어서
常過打魚船	항상 물고기 잡는 배가 지나가네

주석 ᷍

1) 원래 4수임.

전별하는 여러 벗들에게 이별시로 주다 別相餞諸友

雙井山邊送客時[1]　쌍정산 가에서 객을 전송할 때
滿林風雪倍相思　숲에 가득한 눈보라에 그리움이 배가 되네
西行萬里遙回首　서쪽으로 만 리를 가며 멀리 머리를 돌리니
太華終南落日遲[2]　태화산과 종남산에 지는 해가 더디네

주석 ᷍

1) 雙井山(쌍정산): 북경성(北京城) 밖에 있는 산.
2) 太華(태화): 서악(西嶽) 화산(華山). 섬서성 동부 화음현(華陰縣) 남쪽에 있는
　　산. 終南(종남): 종남산(終南山). 장안성(長安城) 동남에 있는 산.

죽지사 竹枝詞

十二峰頭秋草荒[1]　열두 봉우리 위에 가을 풀 황폐하고
冷煙寒月過瞿塘[2]　서늘한 안개 찬 달빛이 구당을 지나가네
靑楓江上孤舟客[3]　청풍강 위 외로운 배의 객은
不聽猿聲亦斷腸[4]　원숭이소리를 듣지 않아도 또한 애가 끊기네

1) 十二峰(십이봉): 무산(巫山) 십이봉. 사천성 무산현(巫山縣) 동쪽 무협(巫峽) 양안.

2) 瞿塘(구당): 구당협(瞿塘峽). 장강(長江) 삼협(三峽) 중의 하나.

3) 靑楓江(청풍강): 푸른 단풍이 양안에 있는 장강(長江)을 말함.

4) 『수경주(水經注)·강수(江水)』에서 인용한 〈어가(漁歌)〉에 "巴東三峽巫峽長, 猿啼三聲淚沾裳"이라 했음.

한여경이 관중으로 돌아감을 전송하다 送韓汝慶還關中[1]

華岳雲臺萬里情[2]	화악산 운대봉은 만 리의 정이고
高秋落日眺秦城[3]	가을 하늘 지는 해가 진성을 비추네
黃河一線通滄海	황하는 한 선으로 푸른 바다에 통하고
身在仙人掌上行[4]	몸은 선인장 위의 길에 있네

1) 韓汝慶(한여경): 한여도(韓汝度). 이름은 방정(邦靖), 호는 오천(五泉). 섬서성 조읍(朝邑: 大荔縣) 사람. 공부주사(工部主事)를 지냈는데, 시정을 비판하다가 관직에서 쫓겨나서 일반인이 되었다. 關中(관중): 섬서성 관중지역.

2) 華岳雲臺(화악운대): 화악산(華岳山) 운대봉(雲臺峰). 섬서성 화음현(華陰縣) 남쪽.

3) 秦城(진성): 화현(華縣)과 위남(渭南) 지역의 성곽을 말함.

4) 仙人掌(선인장): 화산(華山) 동쪽 봉우리 조양봉(朝陽峰) 동북에 있는 봉우리 이름.

양신 楊愼

양신(1488-1559), 자는 용수(用修), 호는 승암(升庵), 신도(新都: 사천성)
사람. 정덕(正德) 6년(1511)에 진사 제일이 되고, 한림원수찬(翰林院修
撰)·경연진강(經筵進講)을 지냈다. 가정(嘉靖) 3년(1524)에 세종(世宗)이
자신의 생부(生父)를 황제로 추존하려고 하자, 양신은 조신(朝臣) 2백여
명과 함께 반대했다. 세종이 노하여 정장(廷杖)을 가하고 하옥시켰다가,
수운남영창위(守雲南永昌衛)로 유배시켰다. 35년 간 그곳에 있었다. 평생
1백여 종의 책을 저술했는데, 『승암전집(升庵全集)』이 있다.

『사고전서제요』에 "양신은 박흡(博洽)으로써 한 시대에 으뜸이었다. 그
의 시는 육조(六朝)를 머금어 토했는데, 명나라 시대에 문호를 홀로 세
웠다"고 했다.

호응린의 『시수』에 "양요수(楊用修)의 시격은 높지 않지만 청신기욕(清
新綺縟)한데, 육조(六朝)의 수려함을 홀로 묶어서 합쳐서 지어낸 것이 스
스로 비연(斐然)하다"고 했다.

심덕잠의 『명시별재』에 "승암(升庵)은 고명항상(高明伉爽)한 재능과 굉박
염려(宏博艶麗)한 학식으로써 제목에 따라 모습을 읊어냈는데, 이몽양과

하경명에게 의지하는 여러 사람들을 한 번 쓸어버리고, 밖에서 창을 빼
들고 스스로 한 대열을 이루었다. 오언은 그가 잘하는 바가 아닌데, 농
려(濃麗)함에 지나쳐서 목여청풍(穆如淸風)한 맛을 잃었다"고 했다.

여학관이 나강으로 돌아감을 전송하다 送余學官歸羅江[1]

豆子山[2]	"두자산에서
打瓦鼓	와고를 두들기고
陽坪關[3]	양평관에
撒白雨	흰 빗발 뿌리네
白雨下	흰 빗발 아래
娶龍女	용녀를 시집보내네
織得絹	베를 짜서 비단을 얻으니
二丈五	삼 장 오 필이네
一半屬羅江	한 필 반은 나강현에 보내고
一半屬玄武[4]	한 필 반은 현무현에 보내네"
我誦綿州歌[5]	나는 <면주가>을 외우며
思鄕心獨苦	고향생각에 마음이 유독 괴로운데
送君歸羅江浦	그대가 나강 포구로 돌아감을 전송하네

주석 ⟨⟩

1) 羅江(나강): 사천성 덕양현(德陽縣) 경내. 수(隋)나라 때는 면주(綿州)에 속했고, 명나라 때는 성도부(成都府)에 속했음.

2) 豆子山(두자산): 사천성 나강현(羅江縣)과 중강현(中江縣) 경계에 있음.

3) 陽坪關(양평관): 양평산(陽坪山). 중강현(中江縣) 경내에 있음.

4) 玄武(현무): 현 이름. 지금의 사천성 중강현(中江縣).

5) 綿州歌(면주가): 면주파가(綿州巴歌).

● 심덕잠의 『명시별재』: "완전히 〈금주가(錦州歌)〉를 이용했다. 뒤에는 다만 4구를 엮어서 전송을 했다. 별도의 한 격(格)이다."

금사강에서 숙박하다 宿金沙江[1]

往年曾向嘉陵宿[2]	지난해 일찍이 가릉강에서 머물었는데
驛樓東畔闌干曲	역루 동쪽 가에 난간이 굽었네
江聲徹夜動離愁	강물소리 밤새 이별의 수심을 자아내고
月色中天照幽獨	달빛은 하늘에서 외로운 사람을 비췄네
豈意飄零瘴海頭[3]	어찌 장해 앞을 떠돌지 생각했으랴?
嘉陵回首轉悠悠	가릉강으로 머리 돌리니 더욱 아득하고
江聲月色何堪說	강물소리와 달빛을 어찌 설명할 수 있으랴?
腸斷金沙萬里流	애끊는 금사강이 만 리로 흘러가네

주석 ⌒

1) 金沙江(금사강): 장강(長江) 상류 청해(靑海) 옥수현(玉樹縣)에서 사천(四川) 의빈시(宜賓市)에 이르는 강.

2) 嘉陵(가릉): 강 이름. 장강(長江)의 지류. 사천성 동부. 근원은 섬서성 봉현(鳳縣) 가릉곡(嘉陵谷)에서 나와서 중경(重慶)에 이르러 장강으로 들어감.

3) 瘴海(장해): 영남(嶺南)의 장무(瘴霧)가 낀 해역.

삼차역 三岔驛[1]

三岔驛, 十字路	삼차역 십자로에
北去南來幾朝暮	북으로 가고 남으로 옴이 몇 밤낮이던가?
朝見揚揚擁蓋來[2]	아침엔 양양하게 수레 타고 옴을 보고
暮看寂寂回車去	저녁엔 적적하게 수레 돌려 감을 보네
今古銷沈名利中	고금의 쇄침이 명리 중에 있는데
短亭流水長亭樹[3]	단정의 흐르는 물이고 장정의 숲이네

주석 ᐁ

1) 三岔驛(삼차역): 일명 백수역(白水驛). 운남성 첨익현(沾益縣) 경내.

2) 擁蓋(옹개): 승거(乘車). 수레를 타는 것. 『사시(史記)·관안열전(管晏列傳』
   에 " 그 남편이 상(相)의 마부가 되어서 대개(大蓋)를 껴안고 사마(駟馬)에
   채찍질하며, 의기양양하게 몹시 자득(自得)했다"고 했음.

3) 短亭(단정): 5리마다 설치하는 역정(驛亭). 長亭(장정): 10리마다 설치하는
   역정.

무제 無題[1]

石頭城畔莫愁家[2]	석두성 가 막수의 집
十五纖腰學浣沙[3]	열다섯 살 가는 허리로 완사를 배우네
堂下石榴堪繫馬	당 아래 성류나무엔 말을 맬 수 있고
門前楊柳可藏鴉	문 앞의 버들은 까마귀를 깃들게 할 만하네

景陽粧罷金星出[4]　경양루에서 화장 마치니 금성이 나오고

子夜歌殘璧月斜[5]　〈자야가〉 끝나니 벽월이 기울었네

肯信紫臺玄朔夜[6]　참으로 믿겠으니 자대의 현삭의 밤에

玉顔珠淚泣琵琶[7]　옥안의 구슬 눈물이 비파에서 우네

주석

1) 원주에 "정축세(丁丑歲: 1517년)에 하중묵(何仲默: 何景明)·장유광(張愈光: 張含)·도량백(陶良伯)과 함께 지은 작품을 여기에 추가로 수록한다"고 했음.

2) 石頭城(석두성): 남경시(南京市: 金陵) 강녕현(江寧縣) 서쪽에 있음. 금릉의 별칭임. 莫愁(막수): 고대 악부시 중에 노래를 잘하는 여자의 이름. 막수의 집은 기루(妓樓)를 말하는 것임.

3) 浣沙(완사): 비단을 빠는 것. 서시(西施)의 완사를 빌려온 것임.

4) 景陽(경양): 누대의 이름. 남조 제(齊)나라 무제(武帝)가 세웠음. 경양루에 종을 설치하고, 오고(五鼓)와 삼고(三鼓)에 응하게 했는데, 궁인들이 종소리를 들으면 일찍 일어나서 단장을 했다고 함.

5) 子夜歌(자야가): 육조시대 민간의 염곡(艷曲). 주로 가무하는 누대에서 불렸음. 璧月(벽월): 옥빛 달.

6) 紫臺(자대): 임금이 거주하는 곳. 玄朔(현삭): 최북단을 말함.

7) 『고금악록(古今樂錄)』에 "한무제(漢武帝)가 강도왕(江都王) 건(建)의 딸 세군(細君)을 공주로 삼아서 오손왕(烏孫王) 곤막(昆莫)에게 시집을 보냈다. 비파로 마상에서 악을 작곡하게 하여 도로에서의 상심을 위로하게 했다. 명군(明君: 王昭君)을 보낼 때도 그러하였다"고 했음.

버드나무 柳

垂楊垂柳縮芳年	드리운 버드나무는 방년을 묶고
飛絮飛花媚遠天	날리는 버들솜과 꽃은 먼 하늘에서 뽐내네
金踞鬪鷄寒食後[1]	금거투계는 한식 후인데
玉蛾翻雪暖風前[2]	옥아번설은 따뜻한 바람 이전이네
別離河上還江上	하수가와 강가에서 이별하며
抛擲橋邊與路邊	다리 옆과 길가에 꺾어서 버리네
遊子魂消靑塞月[3]	나그네의 애달픈 혼은 청새의 달빛에 있고
美人腸斷翠樓煙[4]	미인의 애끊는 마음은 푸른 누대의 안개에 있네

주석 ✑

1) 金踞鬪鷄(금거투계): 금속으로 만든 닭의 발톱. 닭의 발에다 묶어서 닭싸움
   할 때 상대 닭을 해치게 하는 것. 버드나무의 황록색의 어린 싹의 모양을 말
   한 것임.

2) 玉蛾翻雪(옥아번설): 버들솜이 눈발처럼 날리는 것. 옥아는 미녀의 눈썹.

3) 靑塞(청새): 남방의 변새. 북방의 변새는 자새(紫塞)라고 함.

4) 翠樓(취루): 화려한 누대.

평설 ✑

● 호응린의 『시수』: "풍류가 온자(蘊藉)하고, 글자마다 천성(天成)이고, 마
   치 처음 핀 부용(芙蓉)처럼 선명한 꽃이 비할 바가 없다."

● 명나라 왕부지(王夫之)의 『명시평선(明詩評選)』: "이는 한 그루 활류(活

柳)이다.”

* 청나라 왕사정(王士禎)의 『향조필기(香祖筆記)』: “명나라 시는 양승암 (楊升菴)이 별도로 일경(一境)을 열었는데, 참으로 육조(六朝)의 재능과 육조의 학(學)을 겸한 자이다. 그의 시 중 〈영류(詠柳)〉 ‘垂楊垂柳綰芳 年’1편은 세상에서 모두가 안다.”

* 심덕잠의 『명시별재』: “육조(六朝)의 격(格)을 띠었는데, 8구가 모두 대 (對)이고, 또 체(體) 중에서 변화한 것이다. 두로(杜老: 杜甫)의 ‘風急天 高’1장(章)이 그 선두를 열었다.”

교외로 나가다 出郊

高田如樓梯	높은 밭은 누대 사다리 같고
平田如棋局	평야의 밭은 바둑판 같네
白鷺忽飛來	백로가 갑자기 날아와서
點破秧針綠	못자리의 초록을 점으로 깨뜨리네

죽지사 竹枝詞[1]

神女峰前江水深[2]	신녀봉 앞에 강물이 깊은데
襄王此地幾沈吟[3]	양왕이 이곳에서 몇 번이나 침음했던가?
蕚花温玉朝朝態	예쁜 꽃 따뜻한 옥이 아침마다의 자태이고
翠壁丹楓夜夜心	푸른 절벽 단풍이 밤마다의 마음이네

주석 ⁂

1) 원래 9수임.

2) **神女峰**(신녀봉): 무산(巫山) 12봉의 하나. 무산은 사천성 무산현에 있음.

3) **襄王**(양왕): 전국시대 초(楚)나라 왕. 전설에 양왕이 꿈속에서 무산신녀(巫山神女)를 만났다고 함. 『수경주(水經注)』에 "단산(丹山) 서쪽은 곧 무산인데, 천제(天帝)의 딸이 그곳에서 산다. 송옥(宋玉)이 말한 바에 '천제의 막내딸은 이름이 요희(瑤姬)이다. 시집가지 못하고 죽어서 무산의 대(臺)에 봉(封)하였다. 정혼(精魂)은 풀이 되었는데, 실로 영지(靈芝)이다. 이른바 무산녀(巫山女)는 고당(高唐)의 희(姬)이다. 아침에는 구름이 되고 저녁에는 비가 되는데, 아침마다 저녁마다 끊임이 없다'고 했다. 양봉(陽峰) 아래에서 아침 일찍 그것을 살펴보면 과연 그 말과 같았기 때문에 사당을 세우고 조운(朝雲)이라고 이름 붙였다"고 했다.

강마을에서 복역하고 돌아가며 판교를 지나다

于役江鄕歸經橋[1]

千里長征不憚遙　　천리 장정에 먼 것도 꺼리지 않고
解鞍明日問歸橈　　안장 풀고 이튿날 돌아가는 배를 물어보네
眞如謝眺宣城路[2]　참으로 사조의 선성로와 같으니
南浦新林過板橋　　남포의 새 숲에서 판교를 지나가네

주석 ⁂

1) 于役(우역): 군역이나 노역에 복무하는 것. 江鄕(강향): 강촌(江村). 강가의 마을. 板橋(판교): 운남성 숭명현(嵩明縣) 경내. 양신이 운남(雲南) 영명(永

明)의 수졸(戍卒)로 유배되었을 때 강마을에서 복역하고 돌아가면서 지은
시임.

2) 謝朓(사조): 남조 제(齊)나라 시인. 선성군(宣城郡) 태수를 지낸 적이 있음.
   사조의 〈之宣城郡出新林浦向板橋〉시에 "江路西南永, 歸流東北鶩. 天際識歸
   舟, 雲中辨江樹. 旅思倦搖搖, 孤遊昔已屢. 旣歡懷祿情, 復協滄洲趣. 囂塵自茲
   隔, 賞心於此遇. 雖無玄豹姿, 終隱南山霧."라고 했음.

설혜 薛蕙

설혜(1489-1541), 자는 군채(君采), 호는 서원(西原), 박주(亳州: 안휘성 亳縣) 사람. 정덕(正德) 9년(1514)에 진사가 되고, 형부주사(刑部主事)·이부고공사랑중(吏部考功司郎中)을 지냈다. 저서로 『고공집(考功集)』이 있다. 『사고전서제요』에 "정덕(正德)·가정(嘉靖) 때에 문체가 처음 새로워졌다. 북지(北地: 이몽양)와 신양(信陽: 하경명)의 성화(聲華)가 바야흐로 성대했는데 설혜의 시는 홀로 청삭완약(淸削婉約)함으로써 그 사이에 끼어 있었다. 고체는 위로 진(晉)·송(宋)을 본뜨고, 근체는 전기(錢起)·낭사원(郎士元)을 추구했다. 비록 의의(擬議)가 많고 변화는 적었지만 마땅히 자득(自得)했다. 필묵 밖에 특별히 은미한 정이 있어서 한위(漢魏)를 날로 삼키고, 성당(盛唐)을 생으로 벗겨낸 것과는 비할 바가 아니다"고 했다. 왕세정의 『예원치언』에 "설군채((薛君采)의 시는 송인(宋人)의 엽옥(葉玉)과 같아서 거의 천교(天巧)를 빼앗았다. 또 천녀(倩女)가 물가에 임한 것처럼 성근 꽃이 홀로 미소짓는다"고 했다. 호응린의 『시수』에 "홍치(弘治)·정덕(正德) 연간의 오언율은 이몽양·하경명 외에 설군채(薛君采)의 소쇄온순(瀟洒溫諄)함과 고자업(高子業: 高

叔嗣)의 정심화묘(精深華妙)함은 당인(唐人) 중에 두더라도 추호도 부끄럽지 않다"고 했다.

전겸익의 『열조시집소전』에 "군채(君采)의 시는 온아려밀(溫雅麗密)한데, 왕유(王維)와 맹호연(孟浩然)의 풍(風)이 있다"고 했다.

심덕잠의 『명시별재』에 "서원(西原)의 시는 힘써 아음(雅音)을 추구했기 때문에 범근어(凡近語)로 떨어지지 않았다. 열람자는 재정(才情)으로써 구해서는 안 된다"고 했다.

배를 띄우다 泛舟[1]

水口移舟入	수구에서 배를 저어 들어가니
煙中載酒行	안개 속에 술을 싣고 가네
渚花藏笑語	물가의 꽃은 웃음소리를 감췄고
沙鳥亂歌聲	모래밭 새들은 노랫소리 요란하네
晚棹沿流急	저녁의 노는 물결 거스르며 급하고
春衣逐吹輕	봄옷은 바람 따라가며 가볍네
江南采菱曲[2]	강남의 〈채릉곡〉에
回首重含情	머리 돌리며 다시 정을 머금네

주석

1) 원래 2수임.

2) 采菱曲(채릉곡): 남조 양무제(梁武帝)가 작곡한 악부 〈강남롱(江南弄)〉 7곡
   중의 한 곡.

초당 草堂

蕭蕭寒雨對高秋	소소한 찬 빗소리가 깊은 가을을 대하니
寂寂空床擁敝裘	적적한 빈 침상에서 헤진 갖옷을 껴안고 있네
歸去鈞天頻有夢[1]	균천으로 돌아가려 빈번히 꿈을 꾸고
挽回滄海獨無謀[2]	창해를 만회하려는데 유독 계책이 없네
平生頗詑任公子[3]	평생 임공자를 자못 자랑했는데

末路方思馬少游[4]　　말로에 바야흐로 마소유를 생각하네
珍重故人招隱意　　진중한 벗의 은자를 부르는 뜻이니
草堂南郭可淹留[5]　초당 남곽에 체류할 수 있네

주석

1) 鈞天(균천): 하늘의 중앙으로 상제(上帝)가 거주하는 곳. 조정을 말한 것임.

2) 滄海(창해): 『진서(晉書)·왕니전(王尼傳)』에 "왕니가 항상 탄식하기를 '창해가 횡류하니, 곳곳이 불안하다"고 했음.

3) 任公子(임공자): 『장자(莊子)·외물(外物)』에서, 임공자가 50마리 소의 고기를 미끼로 사용하여 회계산(會稽山)에서 동해로 낚시를 던져서, 대어(大魚) 한 마리를 낚아서 하수(河水)의 동쪽과 창오(蒼梧) 북쪽 일대의 사람들을 모두 먹였다고 했음.

4) 馬少游(마소유): 동한(東漢)의 명장 마원(馬援)의 종제. 일찍이 마원에게 권하기를 "사대부가 한 시대를 살면서, 다만 의식의 족함을 취하고, 하택거(下澤車)를 타고, 관단마(款段馬)를 타고, 군연리(郡掾吏)가 되어서 분묘(墳墓)를 지키고, 향리에서 선인(善人)이라 칭하면 옳을 것입니다. 넘치는 것을 구하려 하면 다만 스스로 고생할 뿐입니다"라고 했다. 나중에 마원이 교지(交趾)를 정벌할 때 몹시 감개함이 있어서 동료에게 말하기를 "소유의 평생의 말을 생각하면, 어찌 얻을 수 있겠는가!"라고 했다.

5) 南郭(남곽): 남교(南郊).

황제가 남경에 행차하는 노래 皇帝行幸南京歌[1]

燕姬玉袖抱箜篌[2]　연희의 옥빛 소매 공후를 껴안고

馬上常隨翠輦游[3]　　말위에서 항상 취련의 유람을 수행하네

春來照影秦淮水[4]　　봄이 오니 밝은 그림자 진회의 물에 있고

愛殺江南雲母舟[5]　　사랑스러운 강남의 운모주이네

주석 ᓂ

1) 명나라 무종(武宗) 주후희(朱厚熙)의 황음(荒淫)을 풍자한 시임.

2) 燕姬(연희): 연(燕)지역의 북방 미인. 무종은 일찍이 태원(太原)을 순행할 때
   진왕부(晉王府) 악공(樂工)의 처 유씨(劉氏)를 대동하고 다녔음.

3) 翠輦(취련): 황제의 수레.

4) 秦淮水(진회수): 남경을 흘러가는 물 이름.

5) 雲母舟(운모주): 운모 장식의 병풍을 설치한 화려한 배.

궁사 宮詞[1]

白雪霏霏拂玉闌[2]　　흰 눈발 흩날려 옥난간을 치는데

銀釭耿耿夜漫漫[3]　　은 등잔 가물대고 밤은 더디네

熏籠火冷靑綾薄[4]　　훈롱의 불은 차갑고 푸른 능라 옷 얇은데

不管娉婷不耐寒[5]　　미인을 관리하지 않으니 추위를 견딜 수 없네

주석 ᓂ

1) 모두 12수임.

2) 霏霏(비비): 눈이 펄펄 내리는 모양.

3) 銀釭(은강): 은으로 장식한 등잔. 耿耿(경경): 등불이 빛나는 모양. 漫漫(만
   만): 끝이 없이 모양.

4) 熏籠(훈롱): 향을 피우는 도구.

5) 娉婷(빙정): 아름다운 모양. 궁녀를 말함.

손일원 孫一元

손일원(1484-1520), 자는 태초(太初), 호는 태백산인(太白山人). 자칭 진(秦) 사람이라 했음. 태화(太華)·형악(衡岳)·태대(泰岱) 사이에서 유린(劉麟)·용예(龍霓)·육곤(陸崐)·오류(吳琉) 등과 결사(結社)하여 수창했는데, '초계오은(茗溪五隱)'이라 했다. 저서로 『태백산인만고(太白山人漫稿)』가 있다.

이몽양의 『공동집(空同集)』에 "태백산인(太白山人)은 시를 잘 짓는데, 초일(超逸)한 재능이 있고, 또한 분격비장(忿激悲壯)한 음(音)을 많이 지었다"고 했다.

진전의 『명시기사』에 "산인(山人)의 시 중 격탕처(激宕處)는 또한 두보(杜甫)를 모방했고, 자구(字句)를 단련한 곳은 왕마힐(王摩詰: 王維)·맹양양(孟襄陽: 孟浩然)·잠가주(岑嘉州: 岑參) 제공 사이를 출입했다. 장가(長歌)는 기백이 약간 약하고, 율시와 절구는 참으로 한때의 수작(秀作)이다"라고 했다.

나무꾼을 방문하다 訪樵者[1]

遠尋山中樵	멀리 산중의 나무꾼을 찾아가는데
不識山中路	산중의 길을 알지 못하네
隔林伐木聲	숲을 격해 벌목소리 들리는데
遙憶林深處	숲 깊은 곳을 멀리서 생각하네
不晤竟空歸	만나지 못하고 끝내 쓸쓸히 돌아가니
日墮西陵樹	해가 서릉의 나무에 떨어지네

주석

1) 樵者(초자): 은거자를 말함.

석양에 날이 개다 晩霽

晩來雨初霽	석양에 비가 비로소 개니
煙火隔林微	밥 짓는 연기 숲 너머로 희미하네
一徑牛羊入	한 길엔 소와 양떼들 들어오고
孤村桑柘稀	외딴 마을엔 뽕나무가 드무네
長天下遠水	긴 하늘은 먼 물에 나직하고
積霧帶巖扉[1]	쌓인 안개는 바위 문에 걸쳐있네
月黑聞人語	달빛 어두운데 사람말소리 들리고
溪南種樹歸	개울 남쪽에 나무 심고 돌아오네

1) 巖扉(암비): 바위 골짜기의 문.

취해서 읊다 醉吟

瓦甁倒盡醉難醒	술병 기울여 다 마시니 취기를 깨기 어려워서
獨抱漁竿臥晚汀	홀로 낚싯대 껴안고 저녁 물가에 누웠네
風露滿身呼不起	몸에 바람이슬 가득한데 불러도 일어나지 않고
一江流水夢中聽	한 강의 흐르는 물소리를 꿈속에서 듣네

김란, 자는 재형(在衡), 호는 백서(白嶼), 농서(隴西: 감숙성) 사람. 남경(南京)에서 살았다. 저서로 『사의헌집(徙倚軒集)』·『소상재사집(蕭爽齋詞集)』이 있다.

전겸익의 『열조시집』에 "김산인(金山人) 재형(在衡)은 풍류가 완전(宛轉)한데 강좌(江左)의 청화(淸華)한 아치(雅致)를 얻었다"고 했다.

주이존의 『명시종』에 "유여성(兪汝成)이 말하기를 '산인(山人: 김란)의 시는 원사(遠思)가 많아서 상조(常調)와는 다르다'고 했다"고 했다.

진전의 『명시기사』에 "산인(山人: 김란)의 시는 청원유량(淸圓溜亮)하여 당시의 규효(叫囂)한 습기(習氣)가 없다"고 했다.

제석 除夕

還憶去年辭白下[1]   지난해 백하를 떠나던 일 다시 생각하니
却憐今夕在黃州[2]   도리어 오늘저녁에 황주에 있는 것이 사랑스럽네
空江積雪添雙鬢   빈 강에 쌓인 눈은 양 귀밑머리에 더하고
細雨疎燈共一樓   보슬비와 성근 등불이 한 누대에 함께 있네
世難久拼魚鴈絶[3]   세상 난리에 오래 편지가 끊기고
家貧常爲稻粱謀   집이 가난해 항상 식량 구함을 계책하네
歸來故舊多凋喪   돌아오니 벗들이 세상 떠남이 많고
愁對東風感壯遊[4]   동풍을 근심스레 대하며 장유에 감개하네

주석 ୍ଚ

1) 白下(백하): 남경(南京)의 별칭.

2) 黃州(황주): 호북성 황강현(黃岡縣).

3) 魚鴈(어안): 서신(書信). 편지.

4) 壯遊(장유): 장한 뜻을 품고 멀리 유람하는 것.

사진 謝榛

사진(1495-1575), 자는 무진(茂秦), 호는 사명산인(四溟山人)·탈사산인
(脫屣山人), 임청(臨淸: 산동성 임청현) 사람. 벼슬에 나가지 않고, 시에 전
념했다. 이반룡(李攀龍)과 왕세정(王世貞)이 문학복고운동을 창도하며, 시
사(詩社)를 결성하고 사진을 맹주로 추대했다. '후칠자(後七子)'의 대표 시
인이다. 나중에 이반룡·왕세정 등과 사이가 벌어져서 절교를 당하고 칠
자에서 제명당했다. 저서로 『사명산인집(四溟山人集)』·『사명시화(四溟詩
話)』가 있다.

호응린의 『시수』에 "무진(茂秦)은 융화(融和)한데, 뛰어난 바는 근체이
다"라고 했다.

전겸익의 『열조시집소전』에 "무진(茂秦)의 금체(今體)는 공력(工力)이 심
후(深厚)한데, 구(句)는 음향이 있고, 자(字)는 온당하다"고 했다.

심덕잠의 『설시수어(說詩晬語)』에 "사진의 오언율(五言律)은 구(句)를 삶
고 사(字)를 단련하여서, 기일조고(氣逸調高)하다"고 했다.

반덕여(潘德輿)의 『양일재시화(養一齋詩話)』에 "사무진(謝茂秦)의 오율은
견정(堅整)함이 성(城)과 같고, 완연(宛然)히 당조(唐調)이다"라고 했다.

유하에서 새벽에 출발하다 榆河曉發[1]

朝暉開衆山	아침햇살이 여러 산을 여니
遙見居庸關[2]	거용관을 멀리서 보네
雲出三邊外[3]	구름은 삼변의 밖에서 나오고
風生萬馬間	바람은 만 마리 말의 사이에서 일어나네
征塵何日靜	전쟁의 먼지는 언제나 진정되려나?
古戍幾人還	옛 수루에서 몇 사람이나 돌아왔던가?
忽憶棄繻客[4]	문득 기수객을 생각하니
空慙旅鬢斑	공연히 귀밑머리 얼룩이 부끄럽네

주석 ༄

1) 榆河(유하): 북경(北京) 북쪽 경계에 있음. 거용관(居庸關)에서 남쪽으로 흘러서 창평(昌平)·순의(順儀)를 경유하여 통현(通縣)에 이르러서 북쪽으로 백하(白河)로 흘러들어감.

2) 居庸關(거용관): 일명 계문관(薊門關)·군도관(軍都關). 북경시 창평현(昌平縣) 서북.

3) 三邊(삼변): 삼관(三關). 거용관(居庸關)·도마관(倒馬關)·자형관(紫荊關). 모두 북경과 하북성 경내에 있음.

4) 棄繻客(기수객): 한(漢)나라 종군(從軍)이 군국(郡國)으로 사행(使行)을 갈 때 관문의 관리가 수(繻: 통행증)를 주자, "대장부가 서쪽으로 여행을 가는데, 끝내 다시 되돌려주지 못할 것이다"라고 하고는 수를 버리고 갔음. 이후 기수(棄繻)는 원대한 뜻을 의미하게 되었음.

- 왕세정의 『예원치언』: "음영(吟咏)에 각의(刻意)했는데, 마침내 일가(一家)를 이루었다. 시구 중 '風生萬馬間'과 '馬渡黃河春草生'은 모두 가경(佳境)이다."

- 심덕잠의 『명시별재』: "'風生萬馬間'을 읽어보면, 종이 위에 소리가 있다. 만약 2글자를 부연하여 이룬다면, 기미(氣味)가 곧 박(薄)해질 것이다."

대량의 겨울밤 大梁冬夜[1]

坐嘯南樓夜[2]	남루의 밤을 앉아서 읊조리는데
孤燈客思長	외로운 등불에 객의 사념이 기네
人吹五更笛[3]	사람은 오경의 피리를 불고
月照萬家霜	달은 만 가옥의 서리를 비추네
歸計身多病	귀향할 계책인데 몸엔 병이 많고
生涯鬂易蒼	생애는 머리가 쉽게 세었네
征鴻向何許	길가는 기러기는 어디를 향하는가?
春意徧湖湘	봄기운이 호상에 두루 있네

1) 大梁(대량): 전국시대 위(魏)나라 도성. 하남성 개봉시(開封市) 경내. 개봉의 별칭이었음.

2) 南樓(남루): 일명 완월루(玩月樓). 호북성 악성현(鄂城縣) 남쪽. 조하(趙蝦)의

〈한당(寒塘)〉시에 "鄕心正無限, 一雁度南樓"라고 했음. 여기서는 남쪽에 있는 누대를 말한 것.

3) 진(晉)나라 향수(向秀)가 죽은 친구 혜강(嵇康)의 산양(山陽)의 고택을 지나가다가, 이웃에서 부는 피리소리를 듣고 더욱 슬퍼져서 돌아와서 〈사구부(思舊賦)〉를 지었음.

추흥 秋興[1]

1

山昏雲到地	산 어둡게 구름이 땅이 드리우고
江白雨連天	강 하얗게 비가 하늘에 이어졌네
鴻雁寒無賴	기러기는 추우니 의지할 곳 없고
芙蓉秋可憐	부용은 가을에 가련하네
旅懷聊獨酌	여행의 회포는 애로라지 홀로 술을 들고
世事且高眠	세상일에 또한 깊이 잠드네
悽惻登樓賦	슬프게 〈등루부〉를 읊으니
誰知王仲宣[2]	누가 왕중선을 아는가?

주석

1) 원래 4수임.

2) 王仲宣(왕중선): 왕찬(王粲). 자는 중선(仲宣). 동한 말에 북방에 대란이 일어나자, 17세의 나이로 남쪽으로 와서 형주자사(荊州刺史) 유표(劉表)에게 의지했음. 일찍이 봄날에 호북(湖北) 당양성루(當陽城樓)에 올라 〈등루부(登樓賦)〉를 지어 고향생각을 붙였음.

2

地曠蘼蕪老[1]	땅 광활한데 미무는 늙어가고
庭空蟋蟀寒	마당이 비니 귀뚜라미가 춥네
山河秋瑟瑟[2]	산하는 가을바람 슬슬 불고
風露夜漫漫[3]	바람 이슬은 밤에 많네
白首誰同醉	흰 머리로 누구와 함께 취할 것인가?
黃花祇自看[4]	황화를 다만 스스로 보네
吾生眞浪迹	내 생애가 진정 떠도는 자취이니
滄海一漁竿	푸른 바다에서 낚시하는 한 어부와 같네

주석

1) 蘼蕪(미무): 미무(蘪蕪). 궁궁이의 싹. 일종의 향초.

2) 瑟瑟(슬슬): 바람 부는 소리.

3) 漫漫(만만): 많은 모양.

4) 黃花(황화): 국화.

거용관 居庸關[1]

控海幽燕地[2]	바다를 당기는 유연의 땅
彎弓豪俠兒	활을 당기는 호협아들
秋山牧馬處	가을 산 말을 먹이는 곳은
朔塞用兵時	북방 변새에서 용병을 할 때이네

嶺斷雲飛逈　　　고개 끊겨서 구름 날림이 멀고

關長鳥度遲　　　관문이 길어서 새의 지나감도 더디네

當朝有魏尙[3]　　지금 조정에 위상이 있다면

復此駐旌旗　　　다시 이곳에 깃발을 주둔하리라

주석

1) 모두 2수임. 거용관은 진한(秦漢) 때부터 북방의 중요한 군사요충지로서, 명나라 때는 가정(嘉靖) 40년(1561)에 달단(韃靼)이 거용관을 침범했음.

2) 발해(渤海)에 가까운 유주(幽州)와 연주(燕州) 지역을 말함. 유연지역은 예로부터 용사들이 많이 배출된 곳으로 유명함.

3) 魏尙(위상): 한(漢)나라 문제(文帝) 때 운중(雲中) 태수를 지냈음. 군사적 지략이 있어서 흉노(匈奴)가 감히 침범하지 못했음.

고의 古意[1]

南國動幽思　　　남국에 깊은 사념이 일어나서

春洲搴綠芳[2]　　봄 강섬에서 초록 방초를 따네

九嶷雲物夕[3]　　구의산은 구름 낀 석양인데

帝女怨瀟湘[4]　　제녀는 소상에서 원망하네

華月照瑤瑟[5]　　화사한 달빛은 요슬을 비추고

靈風吹綺裳　　　신령한 바람은 비단 의상을 부네

那知苦調罷　　　괴로운 곡조가 끝나면

楚客立蒼茫[6]　　초객이 창망히 서있음을 어찌 알겠는가?

1) 古意(고의): 의고(擬古)와 같음. 옛 시의 테마를 본받아 지은 시임. 이 시는 굴원(屈原)의 〈상군(湘君)〉·〈상부인(湘夫人)〉, 이백(李白)의 〈원별리〈遠別離)〉, 전기(錢起)의 〈성시상령고슬(省試湘靈鼓瑟)〉, 유우석(劉禹錫)의 〈소상신(瀟湘神)〉 등의 전통을 이은 것임.

2) 굴원의 〈상군〉에 "采芳洲兮杜若"이라 했음.

3) 九嶷(구의): 산 이름. 호남성 남산현(藍山縣) 구의산(九嶷山). 순(舜)이 남순(南巡)하다가 죽은 곳. 雲物(운물): 구름.

4) 帝女(제녀): 전설 속의 요(堯) 임금의 두 딸인 아황(娥皇)과 여영(女英). 함께 순(舜) 임금에게 시집을 갔는데, 순이 죽자 두 여자 또한 상수(湘水)에 투신하여 죽었음. 瀟湘(소상): 소수(瀟水)와 상강(湘江). 소수는 호남성 남산현(藍山縣) 구의산(九嶷山)에서 발원하고, 상강은 광서성 영천현(靈川縣) 동쪽 해양산(海洋山)에서 발원하는데, 소수가 호남성 영릉현(永陵縣) 경내 회(淮)에서 상강으로 들어가기 때문에 소상이라고 부름.

5) 왕일(王逸)의 〈원유(遠遊)〉에 "使湘靈鼓瑟兮, 令海若舞馮夷"라고 했음.

6) 유우석의 〈소상신〉에 "楚客欲聽瑤瑟怨, 瀟湘夜深月明時"라고 하고, 전기의 〈성시상령고슬〉에 "曲終人不見, 江上數峰靑"이라 했음.

가을날 아우를 생각하다 秋日懷弟

生涯憐汝自樵蘇[1]　생애에서 네가 스스로 나무함이 가련한데
時序驚心尙道塗[2]　시서가 마음 놀라게 하는데 여전히 노상에 있네
別後幾年兒女大　이별 후 몇 년인지 아이들은 장성했으리라
望中千里弟兄孤　천리를 바라보며 형제들이 외롭네
秋天落木愁多少　가을에 낙엽 지니 수심이 얼마인가?

夜雨殘燈夢有無　밤비 오는 등불 아래 꿈이 있겠는가?
遙想故園揮涕淚　고향을 멀리서 생각하며 눈물 뿌리는데
況聞寒鴈下江湖　추운 기러기가 강호로 내려가는 소리를 들음에랴!

주석

1) 樵蘇(초소): 나무 하고 풀을 베는 것. 일반백성의 생활을 말함.
2) 時序(시서): 계절의 순서.

사무선 소안이 군대를 위로하러 고원에 감을 전송했는데, 그
로 인하여 촉으로 돌아가서 그의 형의 장례를 만났다
送謝武選少安犒師固原, 因還蜀會兄葬[1]

天書早下促星軺[2]　천서가 일찍 내려와 성초를 재촉하니
二月關河凍欲消[3]　이월 관하에 얼음이 녹으려 하네
白首應憐班定遠[4]　백수의 반원정을 마땅히 동정하고
黃金先賜霍嫖姚[5]　황금을 먼저 곽표요에게 하사하네
秦雲曉度三川水[6]　진땅 구름 속의 세 강물을 새벽에 건너고
蜀道春通萬里橋[7]　촉도의 만리교를 봄에 통과하네
一對郵筒腸欲斷[8]　비통을 한 번 대하고 애가 끊기려 하고
鶺鴒原上草蕭蕭[9]　척령의 들 위에 풀이 소소하네

주석 ♨

1) 謝武選(사무선): 사동산(謝東山). 자는 소안(少安), 자호는 고천자(高泉子).
   무선(武選)은 병부(兵部)에 속하는 관직. 固原(고원): 영하(寧夏) 회족자치구
   (回族自治區) 고원현(固原縣).

2) 天書(천서): 조정의 조서(詔書). 星軺(성초): 조정에서 파견한 사신이 타는
   수레.

3) 關河(관하): 산하(山河).

4) 班定遠(반정원): 한(漢)나라 반초(班超). 서역도호(西域都護)를 지내고, 정원
   후(定遠侯)에 봉해졌음. 서역에서 31년간 재직하였는데, 연로하여 상소하여
   고향으로 돌아가기를 원했음.

5) 霍嫖姚(곽표요): 곽거병(郭去病). 한무제(漢武帝) 때 표요교위(嫖姚校尉)를
   지내고 관군후(冠軍侯)에 봉해졌음.

6) 秦雲(진운): 진(秦: 섬서성)지역의 구름. 三川水(삼천수): 섬서성에 있는 경
   수(涇水)·위수(渭水)·예수(汭水).

7) 萬里橋(만리교): 사천성 성도(成都) 남쪽 금강(錦江)에 걸쳐있는 다리 이름.

8) 郫筒(비통): 술 이름. 일명 비양(郫釀). 진(晉)나라 산도(山濤)가 비령(郫令)
   을 지낼 때 대나무 통에 빚은 술이라고 함.

9) 鶺鴒原(척령원): 형제의 정을 비유함.『시경·소아(小雅)·당체(棠棣)』에 "鶺
   鴒在原, 兄弟急難"이라고 했음.

가을 규방의 노래 秋閨曲

目極江天遠　　　　시야 아득히 강 하늘 멀고

秋霜下白蘋[1]　　　가을서리가 네가래에 내리네

可憐南去鴈　　　　남으로 가는 기러기가 가련한데

不爲倚樓人　　　　누대에 기댄 사람이 되지 못하네

1) 白蘋(백빈): 네가래. 수생식물의 일종. 〈초사(楚辭)·구가(九歌)·상부인(湘
夫人)〉에 "登白蘋兮騁望, 與佳期兮夕張"이라 했음.

원별곡 遠別曲

郎君幾載客三秦[1]　　낭군은 몇 년이나 삼진에서 객으로 계시나요?
好憶儂家漢水濱[2]　　나의 집 한수 가를 잘 기억해주세요
門外兩株烏柏樹[3]　　문 밖 두 그루 오구나무를
叮嚀說向寄書人[4]　　편지 보내는 사람에게 재삼 설명해주셔요

1) 三秦(삼진): 섬서성 지역. 항우(項羽)가 진(秦)나라 지역을 세 지역으로 나누
어 다스렸음.

2) 漢水(한수): 섬서성 영강현(寧强縣) 반총산(蟠冢山)에서 발원하여, 섬서성 남
부와 호북성 북부와 중부를 경유하여 무한시(武漢市) 한양(漢陽)에 이르러
장강(長江)으로 흘러들어감.

3) 烏柏樹(오구수): 오구수(烏臼樹). 낙엽교목.

4) 叮嚀(정녕): 재삼 부탁하는 것.

막북사 漠北詞[1]

1

大漠蕭蕭黑水流	대막은 소소하고 흑수가 흐르는데
健兒七月換羊裘	건아들이 칠월에 양털 옷으로 바꿔 입네
駱駝背上吹蘆管	낙타 등위에서 갈피리를 불고
日暮長風動地秋	날 저물고 긴 바람이 땅을 진동하는 가을이네

주석

1) 모두 6수임. 漠北(막북): 몽고고원(蒙古高原) 대과벽(大戈壁) 이북 지역. 지
   금의 외몽고 지역.

2

石頭敲火炙黃羊[1]	바위 머리에서 불 피워 황양을 굽고
胡女低歌勸酪漿[2]	호녀는 나직한 노래로 낙장을 권하네
醉殺群胡不知夜	술 취한 여러 호인들은 밤을 모르고
鷂兒嶺下月如霜[3]	요아령 아래 달빛이 서리 같네

주석

1) 石頭敲火(석두고화): 돌을 쳐서 불씨를 얻는 것. 黃羊(황양): 양의 일종.

2) 酪漿(낙장): 유즙(乳汁).

3) 鷂兒嶺(요아령): 하북성 탁록현(涿鹿縣) 경내에 있는 산맥. 명나라 영종(英
   宗) 정통(正統) 14년(1449)에 몽고족 와자부(瓦剌部)의 수령이 군대를 이끌고

쳐들어와서 요아령에서 명나라 대군을 격파했음. 영종은 토목보(土木保)에서
포로가 되었음.

왕문(1497-1576), 자는 자유(子裕), 무석(無錫: 강소성 무석시) 사람. 가정
(嘉靖) 11년(1532)에 진사가 되고, 호부주사(戶部主事) · 광동안찰첨사(廣
東按察僉事) 등을 지냈다. 저서로 『중산시선(仲山詩選)』 · 『숭문관고(崇文
館稿)』가 있다.

주이존의 『명시종』에 "왕경미(王敬美)가 말하기를 '자유(子裕)의 시는 숙
연청원(儵然淸遠)하다'고 했다. 목경보(穆敬甫)가 말하기를 '중산(仲山)은
고야선인(姑射仙人)처럼 이슬을 마시고 놀을 먹어서 모두 진애(塵埃)의
기(氣)가 없다'고 했다"고 했다.

피왜행 彼倭行[1]

去年倭奴劫上海[2]	지난해 왜노가 상해를 침탈하고
今年繹騷臨姑蘇[3]	금년엔 소동이 고소에 임했네
橫飛雙刀亂使箭	쌍도를 마구 날리고 어지럽게 화살을 쏘니
城邊野草人血涂	성변의 들풀은 사람들 피로 칠해졌네
五郡陳紅王外廩[4]	다섯 군의 관청 밖 곡창의 곡식이 붉게 썩는데
洪武以來無一警	홍무 이래 한 번도 방위함이 없었네
自從妖嘯失農耕	스스로 요망한 소리를 좇아 농사를 그만두고
伐鼓敲金窮旦暝	북소리 징소리가 밤낮으로 이어지네
四月五月圩水平	사월 오월에 제방의 물이 차오르니
盯丁悉索驅上城	농민들을 모두 찾아 성으로 올려 보내네
官軍豈無一寸鐵	관군이 어찌 한 조각 쇠붙이도 없어서
坐勸彼倭來橫行	앉아서 저 왜노들이 와서 횡행하게 하는가?

주석 ♋

1) 『명사(明史)·일본전(日本傳)』에 "가정(嘉靖) 32년(1553)에 여러 외노(倭奴) 들이 대거 침략해왔다. 4월에 태창(太倉)을 범하고, 상해(上海)를 격파시켰 다. …… 33년 정월에 태창에서 소주(蘇州)를 약탈하고, 송강(松江)을 공격했 다"고 했음.

2) 倭奴(왜노): 왜구(倭寇).

3) 繹騷(역소): 분주하게 서로 고하여 일으키는 소동. 姑蘇(고소): 강소성 소주 (蘇州).

4) 陳紅(진홍): 부패하여 붉게 변한 곡식. 王外廩(왕외름): 관청 밖의 곡창.

오지산에게 주다 贈吳之山[1]

城柝聲聲夜未央[2]	성의 딱따기소리에 밤이 다하지 않았는데
江雲初散水風凉	강 구름 처음 흩어지고 강바람이 서늘하네
看君已是無家客	그대에게 이미 집안의 객이 없음을 보는데
猶是逢人說故鄉	여전히 사람을 만나면 고향소식 물어보네

주석

1) 吳之山(오지산): 이름은 확(擴), 자는 자충(子充), 곤산(昆山: 강소성) 사람. 포의(布衣)로서 시명(詩名)이 있었다. 원주에 "지산(之山)의 집은 태창주(太倉州)인데, 동원에 대나무를 심고 노래하고 읊으면서 스스로 즐겼다. 해구(海寇)가 쳐들어오자, 금릉(金陵)으로 피난하여 살았다. 나와 함께 달밤에 유제(柳隄)를 걸으면서 옛날을 생각하며 처량하게 상심해했다"고 했다.
2) 未央(미앙): 미진(未盡).

황보방 皇甫汸

황보방(1498-1583), 자는 자순(子循), 장주(長洲: 강소성 蘇州市) 사람. 가정(嘉靖) 기축년(1529)에 진사가 되고, 공부주사(工部主事)·이부랑중(吏部郎中)·운남순안첨사(雲南巡按僉事) 등을 지냈다. 형 황보충(皇甫沖)·황보효(皇甫涍), 아우 황보렴(皇甫濂)과 함께 시명(詩名)으로써 '사황보(四皇甫)'로 불렸다. 저서로 『사훈집(司勳集)』·『경력집(慶歷集)』이 있다.

주이존의 『정지거시화』에 "황보방의 오언(五言)은 소사(小謝: 謝朓)보다 정돈(整頓)되고, 오율(五律)은 중당(中唐)보다 준영(雋英)하다"고 했다.

심덕잠의 『명시별재』에 "자순(子循)의 고체는 이사(二謝: 謝靈運과 謝朓)에 출입했고, 오율은 또한 전기(錢起)와 유장경(劉長卿) 사이에 있다. 형 자안(子安)과 적수라고 할 만하다"고 했다.

배 안에서 달을 대하고 정을 적다 舟中對月書情

不識別家久	집 떠난 지 오래임을 모르고
但看明月暉	다만 밝은 달빛만 보네
關山一以鑒	관산을 한 길로 비추는데
驛路遠相違	역로가 멀어서 서로 어긋나네
影落吳雲盡[1]	그림자는 오운에 떨어져 다하고
凉生楚樹微[2]	서늘함은 초수에서 생겨나 미약하네
天邊有烏鵲[3]	하늘가에 오작이 있어서
思與共南飛	그리움이 함께 남쪽으로 날아가네

주석 ᑯ

1) 吳雲(오운): 오(吳)지역의 구름. 오는 장강(長江)의 하류지역. 시인의 고향이 있는 곳임.

2) 楚樹(초수): 초(楚)지역의 나무. 초는 장강의 중류지역. 시인이 여행가는 곳임.

3) 조조(曹操)의 〈단가행(短歌行)〉에 "月明星稀, 烏鵲南飛. 繞樹三匝, 何枝可依" 라고 했음.

중구일에 자약에게 부치다 九日寄子約[1]

漫有登高興	마구 등고의 흥치가 있는데
兼當望遠何	마땅히 어디를 멀리 바라보는가?
對花驚白髮	꽃을 대하고 백발에 놀라고

見鴈憶黃河　　　기러기를 보고 황하를 추억하네

亂後書來少　　　난리 후 편지 오는 것이 드문데

霜前木落多　　　서리 이전에 낙엽이 많네

不堪羈宦日[2]　　기환의 날을 감당할 수 없는데

同是阻干戈　　　함께 전쟁으로 막혔네

주석 ⟡

1) 九日(구일): 음력 9월 9일 중구절(重九節). 산수유주머니를 차고 높은 곳에 올라 국화주를 마시면서, 액운을 물리치고 장수를 기원하는 풍속이 있음. 『속제해기(續齊諧記)』에 "여남(汝南) 환경(桓景)이 비장방(費長房)을 좇아 유학한 지 여러 해였다. 장방이 말하기를 '9월 9일에 네 집이 재액(災厄)을 당할 것이니 급히 가서 집안사람들에게 각자 붉은 주머니에다 수유(茱萸)를 가득 넣어서 팔에 매달고 높은 곳에 올라가서 국화주를 마시게 하면, 이 화(禍)가 없어질 것이다'라고 했다. 환경이 그 말대로 집안사람들을 거느리고 산에 올랐다가 저녁에 집으로 돌아와서 보니, 닭과 개와 소와 양들이 일시에 갑자기 죽어있었다. 장방이 그 말을 듣고서 '그것들이 대신 죽은 것이다'라고 했다. 지금 세상 사람들이 9월 9일이 되면 산에 올라 국화주를 마시고, 부인들이 수유주머니를 차는 것은 이것 때문이다"라고 했다. 子約(자약): 황보렴(皇甫濂). 시인의 아우. 공부주사(工部主事) 등을 지냈다.

2) 羈宦(기환): 고향을 떠나 타향에서 관리로 재직하는 것.

고숙사 高叔嗣

고숙사(1501-1537), 자는 자업(子業), 호는 소문산인(蘇門山人), 상부(祥符: 하남성 開封市) 사람. 가정(嘉靖) 2년(1523)에 진사가 되고, 공부주사(工部主事)·산서좌참정(山西左參政)·호광안찰사(湖廣按察使)를 지냈다. 저서로『소문집(蘇門集)』이 있다.

『사고전서제요』에 "숙사의 시는 처음에 이몽양(李夢陽)에게 지우를 받았는데, 그러나 과구(窠臼)를 벗어버리고 스스로 성정(性情)을 펴서 몽양과는 몹시 다른 조(調)이다"라고 했다.

명나라 왕세무(王世懋)의『예포힐여(藝圃擷餘)』에 "서창곡(徐昌穀)과 고자업(高子業)은 모두 단편을 사용함에서 공교하다. 서는 고운(高韻)으로써 뛰어나서 선태헌거(蟬蛻軒擧)의 풍(風)이 있고, 고는 심정(深情)으로써 뛰어나서 추규수부(秋閨愁婦)의 태(態)가 있다. 천백 년이 지나면 이몽양(李夢陽)과 하경명(何景明)은 오히려 폐흥(廢興)이 있을 것이지만, 두 사람은 반드시 절향(絶響)이 없을 것이다"라고 했다.

호응린의『시수』에 "고자업은 이몽양·하경명보다 뒤에 나왔는데, 그 오언고율(五言古律)은 공교로웠고, 지금 사람의 한 글자도 사용하려 하지 않았다. 당나라의 장곡강(張曲江: 張九齡)·위소주(韋蘇州: 韋應物)보다 못하지 않다"고 했다.

심덕잠의 『명시별재』에 "소문(蘇門)의 오언은 충담(沖澹)한데 위소주(韋蘇州: 韋應物)의 체(體)를 얻었다"고 했다.

조선 김창협(金昌協)의 「농암잡지(農巖雜識)」에 "고자업(高子業)의 시는 은약유고(隱約幽古)하고 충심온아(沖深溫雅)한데, 비록 어기(語氣)는 간단(簡短)한 듯하지만 지미(旨味)는 실로 준영(雋永)하다. 그 빛은 암연(黯然)하고, 그 소리는 유연(漻然)하여 독자에게 반복하여 읊어서 맛보게 함을 그치지 않게 한다. 당(唐)나라 시대에 있게 한다면 또한 마땅히 명가(名家)가 될 것이다"라고 했다.

원영지를 송별하다 送別袁永之[1]

憐君方遷戍	그대가 지금 수자리를 옮김을 동정하는데
況我嬰愁疾[2]	하물며 나는 근심병에 걸려있음에랴!
一別若流雲	한 번의 이별이 흐르는 구름 같은데
相從竟何日	상종함이 끝내 어느 날일까?
平生託交遊	평생 교유를 의탁하고
弱冠弄篇帙	약관에 편질을 놀렸었네
書願藏名山	글은 명산에 간직하고 싶었고
功期銘石室	공은 석실에 새기기를 기약하였네
安知事不就	어찌 일이 성취되지 못함을 알았겠는가?
跌宕情如一	질탕한 정은 한결같네
已矣復誰陳	이미 끝났으니 다시 누가 진술하리오?
今亦返蓬蓽[3]	지금 또한 봉필로 돌아가네

주석

1) 袁永之(원영지): 이름은 질(袠), 가정(嘉靖) 5년(1526)에 진사가 되고, 서길사(庶吉士)를 지냈다. 권신(權臣) 장총(張璁)에게 죄를 얻어 형부주사(刑部主事)로 나갔는데 병부(兵部)로 옮겼다. 병부가 화재가 나서 옥에 갇혀서 문초를 받고, 호주수(湖州戍)로 유배당했다.

2) 고숙사는 평소 병이 많아서 37세에 병사했다.

3) 蓬蓽(봉필): 가난한 자의 집을 말함.

귀유광 歸有光

귀유광(1506-1571), 자는 희보(熙甫), 호는 진천(震川), 곤산(昆山: 강소성) 사람. 가정(嘉靖) 19년(1540)에 거인(擧人)이 되고, 이후 20년 후에 진사가 되었다. 장흥지현(長興知縣)·남경태복시승(南京太僕寺丞)을 지냈다. 산문의 대가로서 당순지(唐順之)·왕신중(王愼中)·모곤(茅坤)과 함께 '당송파(唐宋派)'로 불렸다. 저서로 『귀진천집(歸震川集)』이 있다.

갑신년 시월 기사 甲寅十月記事[1]

經過兵燹後	전쟁의 불길을 겪은 후
焦土遍江村	불탄 땅이 강마을에 두루 있네
滿道豺狼跡	길 가득히 시랑의 종적이 있으니
誰家鷄犬存	누구 집의 닭과 개가 온전할 것인가?
寒風吹白日	찬바람이 대낮에 불고
鬼火亂黃昏	귀신불이 황혼에 어지럽네
何自征科吏[2]	어찌 세금 걷는 관리가
猶然復到門	여전히 다시 문에 이르는가?

주석

1) 甲寅(갑인): 명나라 가정(嘉靖) 23년(1554). 왜구(倭寇)가 소주(蘇州)와 송강 (松江) 지역을 침략하여 약탈한 참상을 그린 시임. 모두 2수임.

2) 征科吏(정과리): 세금을 징수하는 관리.

해상기사 海上記事[1]

1

二百年來只養兵	이백 년 이래 병사를 양성했는데
不敎一騎出圍城	한 기병도 포위된 성을 나가지 못하네
民兵殺盡州官走[2]	백성과 군사들 모두 죽고 주관은 도주했는데
又下民間點壯丁	또 민간에서 장정들을 뽑아가네

1) 모두 14수임. 왜구의 침략과 내정의 부패상을 그린 것임.

2) 州官(주관): 지방장관.

2

海潮新染血流霞　　바다 조수는 유혈의 놀빛으로 새로 물들고
白日啾啾萬鬼嗟[1]　　대낮에도 시끄럽게 만 귀신들 을부짖네
官司却恐君王怒　　관사는 도리어 군왕의 노함이 두려워서
勘報瘡痍四十家[2]　　파괴당한 것이 사십 가구뿐이라고 보고하네

1) 啾啾(추추): 귀신들이 절규하는 소리.

2) 瘡痍(창이): 백성들의 질고(疾苦).

황성증, 자는 면지(勉之), 오현(吳縣: 강소성 蘇州市) 사람. 가정(嘉靖) 10년(1531)에 거인(擧人)이 되었으나 출사하지 않았다. 왕수인(王守仁)·담약수(湛若水)의 문하에서 배우고, 시는 이몽양(李夢陽)에게서 배웠다. 저서로 『오악산이집(五嶽山人集)』이 있다.

황보방(皇甫汸)의 『사훈집(司勳集)』에 "면지(勉之)는 생각은 지극히 침유(沈幽)하고, 말은 잉습(仍襲)이 드물다"고 했다.

명나라 서태(徐泰)의 『시담(詩談)』에 "면지의 시는 육조(六朝)를 종(宗)으로 삼았는데, 빈 달에 달빛이 밝아서 외로운 학이 밤에 놀라는 듯하다"고 했다.

왕세정의 『예원치언』에 "황면지(黃勉之)는 가산지(假山池)와 같이 비록 화정(華整)하지만 인력(人力)을 크게 들였다"고 했다.

호구산에서 읊다 虎丘詠[1]

芙蓉近倚闔閭城　　부용은 합려성에 가까이 의지하고
眺閣觴樓逐勢成[2]　조각과 상루가 지세에 따라 이루어졌네
珠寺翻爲歌舞地　　화려한 절들은 가무하는 장소로 바뀌고
青山盡是綺羅情　　청산은 모두 비단 옷들의 정이네
巖花吐學紅粧麗　　바위 꽃 피어나서 홍장의 화려함을 배우고
谷鳥啼兼鳳管聲　　골짜기 새 울음은 봉황 피리소리를 겸했네
十里垂楊芳草岸　　십리의 수양버들이 방초 언덕에 있어서
四時常暎綵舟行　　사철 내내 비단 배들의 행렬을 비추네

주석 ∽

1) 虎丘(호구): 산 이름. 강소성 소주(蘇州) 서북 창문(閶門) 밖에 있음. 오(吳) 나라 합려(闔閭)의 묘라고 전해옴.

2) 眺閣(조각): 조망하는 누각. 觴樓(상루): 주루(酒樓).

강남곡 江南曲

旖旎綠楊樓[1]　　펄럭이는 깃발 초록 버들의 누대들
儂傍秦淮住[2]　　나는 진회 옆에 산다네
朝朝見潮生　　　아침마다 조수가 생겨남을 보고
暮暮見潮去　　　저녁마다 조수가 물러감을 보네

주석 ❧

1) **旖旎**(의니): 깃발이 펄럭이는 모양.

2) **秦淮**(진회): 남경(南京)을 흘러가는 강 이름.

당순지(1507-1560), 자는 응덕(應德)·의수(義修), 호는 형천(荊川), 무진(武進: 강소성) 사람. 가정(嘉靖) 기축년(1529)에 진사 제일이 되고, 병부주사(兵部主事)·한림편수(翰林編修)·병부랑중(兵部郎中)·첨도어사(僉都御史)·순무회양(巡撫淮陽)을 지냈다. 산문에 뛰어났는데, 왕신중(王愼中)·귀유광(歸有光) 등과 함께 모고(摹古)를 반대한 '당송파(唐宋派)'의 한 사람이다. 저서로 『형천선생집(荊川先生集)』이 있다.

호응린의 『시수』에 "가정(嘉靖) 초에 초당(初唐)을 지은 자로는 당응덕(唐應德) 등이 있다. …… 율체(律體)의 정엄(精嚴)함은 반드시 당응덕을 추대해야 한다"고 했다.

복관 소식을 듣고 경사 우인에게 주다 聞復官, 報寄京師友人[1]

姓名不復卦朝參[2]	성명을 다시 조참에 걸지 못하니
魚鳥由來性所耽[3]	어조의 유래가 성품이 좋아하는 바이네
篋裏符經都已廢[4]	상자 속 부경은 모두 이미 폐하고
山中藥草漸能諳	산중의 약초를 점차 알게 되었네
疏狂自分三宜黜[5]	소광한 스스로의 분수가 세 번 쫓겨났고
懶病其如七不堪[6]	게으른 병은 칠불감과 같네
深謝故人推轂意[7]	친구의 추곡의 뜻을 몹시 사양하니
莫將陽羨比終南[8]	양이를 종남산에 비하지 마오

주석

1) 당순지는 일찍이 상소로 인하여 직책에서 쫓겨났었음. 나중에 왜구가 강남을 유린할 때 병부직방낭중(兵部職方郎中)으로 다시 기용되었음.

2) 朝參(조참): 조정에서 황제를 참알하는 것.

3) 魚鳥(어조): 은거를 말함. 삼국 위(魏)나라 혜강(嵇康)의 「여산조서(與山濤書)」에 "산택을 유람하며, 물고기와 새들을 보니 마음이 몹시 즐거웠다"고 했음.

4) 符經(부경): 음부경(陰符經). 황제(黃帝)가 지었다고 전해오는 도가(道家)의 책으로서 곧 병가(兵家)의 서책임.

5) 疏狂(소광): 호방하여 구속되지 않는 성품. 三宜黜(삼의출): 『논어·미자(微子)』에 "유하혜(柳下惠)가 사사(師士)가 되어서 세 번 축출되었다"고 했음.

6) 七不堪(칠불감): 혜강(嵇康)이 산도(山濤)의 추천을 거절하며 편지를 부쳐서, 감당할 수 없는 것이 일곱 가지이고, 옳지 못한 것이 두 가지라고 했음. 출사를 원하지 않음을 말함.

7) 推轂(추곡): 추천(推薦).

8) 陽羨(양이): 지명. 강소성 의흥현(宜興縣) 남쪽. 소식(蘇軾)이 이곳의 산수가
   좋음을 보고 땅을 사서 만년을 보내려고 했음. 은거지를 말함. 終南(종남):
   종남산(終南山). 섬서성 서안시(西安市) 서남.

새하곡 塞下曲[1]

青袍白馬紫茸鞦[2]	푸른 도포 입고 백마의 자용추를 끌고
不向沙場便酒樓[3]	전장을 향하지 않고 술집으로 가네
夜來一賭靑錢盡	밤에 한 판 도박으로 푸른 동전을 다 잃었는데
尙有囊中血髑髏	오히려 자루 안엔 피에 젖은 해골이 남아있네

주석

1) 모두 10수임.

2) 紫茸鞦(자용추): 붉은 융모(絨毛)로 짠 말의 고삐.

3) 沙場(사장): 전장(戰場)을 말함.

오승은 吳承恩

오승은(1510?-1582?), 자는 여충(汝忠), 호는 사양산인(射陽山人), 회안부(淮安府) 산양(山陽: 강소성 淮安縣) 사람. 가정(嘉靖) 23년(1544)에 세공생(歲貢生)이 되어서 잠시 장흥현승(長興縣丞)을 지냈다. 나중에 남경(南京)에 살면서 글을 팔아서 생계를 유지했다. 저서로『서유기(西遊記)』·『사양선생존고(射陽先生存稿)』가 있다.

달을 대하고 가을을 감개하다 對月感秋

人云天上月	사람들이 천상의 달 안에
中有嫦娥居¹⁾	항아가 산다고 말하는데
孤棲與誰共	외로운 거처를 누구와 함께 하는가?
顧兔幷蟾蜍²⁾	토끼와 두꺼비를 돌아보네
氷輪不載土	빙륜에 흙을 싣지 않았으니
桂樹無根株	계수는 뿌리 없는 나무이네
紛紛黃金粟³⁾	분분한 황금속이
歲歲何由敍	해마다 어디서 피어나는가?
一廢千萬年	한 번 폐함이 일천 년인데
玉顏近何如	옥안은 근래 어떠한가?
相違不咫尺	서로 어긋남이 지척도 아니니
照我闌干隅	나의 난간 모퉁이를 비추네
一杯勸爾酒	한 잔으로 그대에게 술을 권하니
爲我留須臾	나를 위해 잠시 머물게 주게

주석 ◿

1) **嫦娥**(항아): 『회남자(淮南子)·남명(覽冥)』에 "예(羿)가 서왕모(西王母)에게 불사약(不死藥)을 청했는데, 항아가 훔쳐서 달로 달아났다"고 했다.

2) **兔幷蟾蜍**(토병섬서): 전설에 달에 옥토(玉兔)와 두꺼비가 있다고 함.

3) **黃金粟**(황금속): 금속(金粟). 계수나무의 별칭.

가정 병인년에 나는 항주 현묘관에 머물고 있었다. 꿈에서 한 사가 장신이고, 수염이 아름다웠는데, 그때 이미 술에 취하여 내 옷자락을 당기면서 말하기를 "나를 위해 〈취선사〉를 지어 주구려"라고 했다. 그래서 입 따라 10장을 읊었는데 꿈에서 깨어나서 그 4수를 적었다 嘉靖丙寅, 余寓杭之玄妙觀. 夢一道士, 長身美髥, 時已被酒, 牽余衣曰: "爲我作〈醉仙詞〉, 因信口十章. 覺而記其四."

1

一片紅雲帖水飛　　한 조각 붉은 구름이 물에 붙어서 나는데
醉橫鐵笛駕雲歸　　취하여 철적을 비껴들고 구름 타고 돌아가네
龍宮獻出珊瑚樹　　용궁에서 산호수를 바쳐 올려서
系向先生破衲衣　　선생의 헤진 납의에 매달았네

2

有客焚香拜我前　　객이 분향하고 내 앞에 절하며
問師何道致神仙　　스승은 어떤 도로 신선이 되었냐고 묻네
神仙可學無他術　　신선은 배울 수 있으니 다른 술법이 없고
店裏提壺陌上眠　　주점에서 술병 들고 거리에서 자는 것이라네

3

一日村中買百壺　　하루에 마을에서 술 백 병을 사는데
黃金點化酒錢龕　　황금을 점화한 술사는 돈이 거치네

兒童拍手攔街笑　　아이들은 박수 치며 길을 막고 웃으며
覓我腰間岳王圖[1]　내 허리춤에서 악왕의 그림을 찾네

주석 ⌒

  1) 岳王圖(악왕도): 악왕은 송나라 악비(岳飛). 악왕에 봉해졌음.

4

怪墨涂墙亂烏鴉　　괴묵을 담에 칠하니 까마귀들 어지럽고
醉中一任字橫斜　　취중에 글자를 마구 비뚤게 쓰네
新詩未寄西王母　　새 시를 서왕모에게 부치지 않고
先落宜城賣酒家[1]　먼저 의성의 술파는 집에 떨구네

주석 ⌒

  1) 宜城(의성): 호북성 의성현. 금사천(金沙泉)이 있는데, 술을 빚으면 빼어난
     맛을 낸다고 함. 예로부터 명주(名酒) 산지로 유명함. 그 술을 의성춘(宜城
     春)이라고 함.

풍유민 馮惟敏

풍유민(1511-1580), 자는 여행(汝行), 호는 해부(海浮), 임구(臨朐: 산동성) 사람. 가정(嘉靖) 정유년(1537)에 거인(擧人)이 되고, 내수지현(淶水知縣)·진강교수(鎭江教授)·보정통판(保定通判) 등을 지냈다. 산곡(散曲)에 대가였으며, 시 또한 명성이 있었다. 저서로 『해부산당사고(海浮山堂詞稿)』가 있다.

금언 禽言[1]

1

鳳凰不如我	봉황은 나만 못하니
竹實醴泉眞瑣瑣[2]	죽실과 예천은 참으로 사소한 것이네
何不委形濁世中	어찌 탁한 세상 안에 몸을 맡기지 못하는가?
飛鳴飮啄無不可	날고 울고 마시고 먹음이 옳지 않음이 없는데
鳳凰不如我	봉황은 나만 못하네

주석

1) 禽言(금언): 일종의 시의 체재(體裁). 새소리로써 뜻을 취하는 것. 송나라 매요신(梅堯臣)의 〈금언〉시 4수가 있는데, 소식(蘇軾)이 이를 본받아서 〈금언〉 5수를 짓자, 후인들이 이를 모방한 작품들이 많음. 주로 사회적 풍자의 내용이 많음. 모두 6수임.

2) 竹實醴泉(죽실예천): 봉황은 죽실만 먹고, 감미로운 샘물만 마신다고 함.

2

報穀報穀[1]	뻐꾹 뻐꾹
透犁好雨夜來足	쟁기에 통하는 좋은 비가 밤에 충분하니
不愁田中惡草多	밭 안에 잡초가 많음을 근심하지 않고
但願年年風雨和	다만 해마다 좋은 비가 조화롭기를 바라네
夜來雨急風聲惡	밤에 비가 급하고 바람소리 나쁘더니
聞道村南一尺雹	마을 남쪽에 한 척의 우박이 내렸다네
老翁歸來語老妻	노옹이 돌아와서 노처에게 말하기를

村中報賽烹鳴鷄[2]　　마을 안에서 제사 올리려고 닭을 삶는다네

주석 ◠

1) **報穀**(보곡): 포곡조(布穀鳥). 뻐꾸기. 그 우는 소리가 곡식을 뿌리라고 하는
  것 같다고 하여 지어진 이름.

2) **報賽**(보새): 농사를 시작하기 전에 전조(田祖)와 선농(先農)에게 제사를 올리
  는 것.

서중행 徐中行

서중행(1517~1578), 자는 자여(子與), 호는 용만(龍灣)·천목산인(天目山
人), 장흥(長興: 절강성 장흥현) 사람. 가정(嘉靖) 29년(1550)에 진사가 되
고, 형부주사(刑部主事)·낭중(郎中)·복건안찰사(福建按察使) 등을 거쳐
강서포정사(江西布政司)를 지냈다. 후칠자 중의 한 사람이다. 저서로『천
목당집(天目堂集)』이 있다.

호응린의 『시수』에 "자여(子與)의 칠율은 굉대웅정(閎大雄整)하여 탁연
(卓然)히 명가(名家)인데 애석히도 침심(沈深)한 아치가 적다. 품격은 명
경(明卿: 吳國倫)의 좌측에 있고, 자상(子相: 宗臣)의 우측에 있다"고 했다.

저녁에 저양을 출발하다 暮發滁陽[1]

蕪城一騎出[2]	무성을 한 필 말로 출발하니
落日萬峰西	지는 해가 만 봉우리 서쪽에 있네
澗水流人影	개울물에 사람 그림자가 흘러가고
松陰散馬蹄	소나무 그늘에 말 발자국 흩어지네
懸崖靑欲滴	높은 절벽에 푸름이 방울지려 하고
芳草綠堪迷	방초의 녹음은 우거지려 하네
洵美非吾土	참으로 아름답지만 내 고향이 아니니
翻然憶故溪	문득 고향 개울을 생각하네

주석 〰

1) 滁陽(저양): 저하(滁河)의 북쪽. 저하는 안휘성 비동현(肥東縣) 동쪽에서 발
   원하여 강소성 육합현(六合縣)을 경유하여 장강(長江)으로 들어감.

2) 蕪城(무성): 광릉성(廣陵城). 강소성 양주시(揚州市).

전관으로 처음 들어서다 初入滇關[1]

蒼然平楚望[2]	창연한 너른 숲을 바라보니
云是古滇疆[3]	옛 전강이라고 하네
白日開南徼[4]	밝은 해가 남쪽 끝을 열고
靑天豁大荒[5]	푸른 하늘이 대황으로 통하네
河山猶內地	산하는 오히려 내지인데

花木自殊方[6]　　　화목은 스스로 이역이네

吹盡浮雲色　　　뜬 구름의 색을 다 불며

雄風萬里長　　　웅장한 바람이 만 리로 기네

주석

1) 滇關(전관): 운남성의 관산(關山)을 말함.

2) 平楚(평초): 조망 속에 숲의 나무 끝이 가지런한 것.

3) 古滇疆(고전강): 전국시대 전국(滇國)의 강역.

4) 南徼(남요): 남쪽 끝의 변경.

5) 大荒(대황): 광활한 들이나 먼 변경지역을 말함.

6) 殊方(수방): 이역(異域). 타향(他鄕).

구대임 歐大任

구대임, 자는 정백(楨伯), 광주(廣州) 순덕(順德: 광동성 순덕현) 사람. 가정(嘉靖) 41년(1562)에 세공생(歲貢生)으로 강도훈도(江都訓導)·광주학정(廣州學正)을 지내고, 내직으로 들어가서 국자감박사(國子監博士)·대리시평사(大理寺評事)와 남경호부랑중(南京戶部郎中)을 지냈다. 저서로 『우부집(虞部集)』이 있다.

이반룡(李攀龍)의 『창명집(滄溟集)』에 "정백(楨伯)의 여러 시는 격(格)이 있고, 은미한 말이 아울러 이르렀다"고 했다.

제석에 구강 관사에 머물다 除夕寓九江官舍[1]

餞歲潯陽館[2]	한 해를 보내는 심양관에서
羈愁强笑歡	나그네 수심 속에 억지로 웃어보네
燭銷深夜酒	촛불 다 탄 깊은 밤에 술을 마시는데
菜簇異鄕盤	채소 가득한 이향의 소반이네
淚每思親墮	눈물이 부모를 생각할 때마다 떨어지고
書頻寄弟看	편지를 자주 아우에게 부치며 들여다보네
家人計程遠	집사람은 여정이 먼 것을 헤아리며
應已夢長安	이미 장안에 있음을 꿈꾸고 있으리라

주석 ⤳

1) 九江(구강): 강서성 구강시(九江市).

2) 餞歲(전세): 송세(送歲). 潯陽(심양): 구강시.

평설 ⤳

● 심덕잠의 『명시별재』: "일결(一結)의 생각이 가인(家人)에 미치고, 또 가
인의 의중(意中)에서 이미 장안(長安)을 꿈꾸고 있다고 했다. 곡절(曲折)
의 왕복함이 소릉(少陵: 杜甫)을 잘 배웠다."

시월 오랑캐의 침략을 적다 十月虜警書事[1]

朔氣初飛萬樹霜[2]	삭기가 처음 만 나무에 서리 날리고
驚傳胡馬過漁陽[3]	호마가 어양을 넘었다고 급히 전하네
從軍已乏三河少[4]	종군에 이미 삼하의 젊은이들 없어지고
度漠曾招六郡良[5]	사막을 넘으려 여섯 고을 자제들을 소집했네
鳴鏑月寒窺雁塞[6]	달빛 찬데 명적이 안새산을 엿보고
射雕雲暗散龍荒[7]	구름 암담한데 사조가 용황에 흩어지네
皇威赤羽勞諸將[8]	황위의 적우가 제장들을 위로하니
不似周王擁白狼[9]	주왕이 백랑을 옹호한 것과 같지 않네

주석 ◎

1) 十月虜警(시월로경): 가정(嘉靖) 29년(1550) 가을 8월에서 10월까지 몽고족(蒙古族) 달단부(韃靼部) 수령 엄답(俺答)이 선주(宣州)를 침입하여, 계주(薊州)를 거쳐 고북구(古北口)로 들어오고, 회유(懷柔)·순의(順義)를 약탈하고, 통주(通州)에 몰려와서 경사를 압박했던 사건.

2) 朔氣(삭기): 흰기(寒氣).

3) 胡馬(호마): 호인(胡人)의 말. 몽고 달단족(韃靼族)을 말함. 漁陽(어양): 지금의 북경시(北京市) 경내에 있는 옛 지명.

4) 三河少(삼하소): 삼하 일대의 젊은이들. 삼하는 하내(河內)·하남(河南)·하동(河東).

5) 六郡良(육군량): 여섯 군의 양가의 자제들. 육군은 농서(隴西)·천수(天水)·안정(安定)·북지(北地)·상군(上郡)·서하(西河). 심서성과 감숙성 일대임.

6) 鳴鏑(명적): 소리가 나는 화살. 雁塞(안새): 북방 변새에 있는 산.

7) 射雕(사조): 활을 잘 쏘는 흉노(匈奴)를 말함. 龍荒(용황): 중국 북부지역의

황량한 사막지역.

8) 皇威(황위): 황제의 위엄. 赤羽(적우): 붉은 깃으로 장식한 깃발.

9) 周王擁白狼(주왕옹백랑): 주목왕(周穆王)이 견융(犬戎)을 정벌하러 갔다가
네 마리 백랑(白狼)과 네 마리 백록(四白鹿)만을 얻어서 돌아왔는데, 이로부
터 황복자(荒服者)가 오지 않았다고 함. 많은 군대를 일으켜서 수고만 하고
공이 없음을 말함.

양계성 楊繼盛

양계성(1516-1555), 자는 중방(仲芳), 호는 초산(椒山), 용성(容城: 하북성 徐水) 사람. 가정(嘉靖) 26년(1547)에 진사가 되고, 남경이부주사(南京吏部 主事)·병부원외랑(兵部員外郞)을 지냈다. 엄숭(嚴嵩)의 십대악(十大惡)을 탄핵하고, 옥에 갇혀서 혹형을 받았다. 3년 후 형부로 이송되어 사형을 받았다. 엄숭이 패망한 후 태상소부(太常少卿)에 추증되었다. 저서로 『양충민집(楊忠愍集)』이 있다.

주이존의 『명시종』에 "황보자순(皇甫子循)이 '양충민(楊忠愍)의 사(辭)는 굉려(宏麗)함을 숭상했고, 어(語)는 원배(怨誹)함이 드물다. 강하(江河)를 한 번 쏟아서 그 재능을 구했는데, 광염(光燄) 만장(萬丈)이 모두 기(氣) 로부터 나왔다'고 했다. 장중서(蔣仲舒)가 '양공(楊公)은 강개하게 죽음에 임했는데, 그 시를 읽어보면 그 사람을 상상해 볼 수 있다. 세상을 떠난 후에도 여전히 생기가 있다'고 했다"고 했다.

서자여가 강남으로 옥을 다스리러 감을 전송하다

送徐子與讞獄江南[1]

寥落白雲司半虛[2]	요락한 백운이 반 허공을 관리하는데
看君此去更何如	그대가 여기를 떠남을 보니 다시 어찌하는가?
西曹月滿幽人榻[3]	서조의 달빛이 유인의 걸상에 가득한데
南國星隨使者車	남국의 별들이 사자의 수레를 수행하네
塞雁不堪行斷夕	변새의 기러기 행렬 끊긴 밤을 감당할 수 없는데
秋風況是葉飛初	가을바람이 하물며 낙엽을 날리는 처음임에랴?
秣陵故舊如相問[4]	말릉의 친구들이 서로 묻거든
爲道疎狂病未除[5]	소광병이 없어지지 않았다고 말해주오

주석 ᏹ

1) 徐子與(서자여): 서중행(徐中行). 자여(子與)는 그의 자. 강서좌포정사(江西
   左布政使)를 지냈다.

2) 寥落(요락): 영락(零落).

3) 西曹(서조): 병부(兵部)의 별칭.

4) 秣陵(말릉): 남경(南京)의 별칭.

5) 疎狂(소광): 호방(豪放)하여 구속되지 않음.

태산에 오르다 登泰山[1]

志欲小天下[2]	뜻이 천하를 작게 여기고자

特來登泰山   특별히 와서 태산에 올랐네
仰觀絶頂上   절정의 위를 우러러 보니
猶見白雲還   오히려 흰 구름 돌아옴을 보네

주석

1) 泰山(태산): 일명 대악(岱岳)·대종(岱宗). 오악(五嶽) 중의 하나. 양계성의
  『자저년보(自著年譜)』에 "나는 맹자(孟子)의 글을 읽고, 천하에서 오직 태산
  이 높다고 여겼다. 지금 그 정상에 올라서 보니, 이른바 높다는 것은 다만
  땅보다 높을 뿐이다. 산의 위에는 그보다 높은 것이 본래 무궁하다. 나는 이
  에 지법(止法)이 없음을 깨달아 배웠다"고 했다.

2) 『맹자·진심(盡心)』에 "孔子登東山而小魯, 登泰山而小天下"라고 했음.

형장에 임하여 지은 시 臨刑詩[1]

浩氣還太虛   호기는 태허로 돌아가고
丹心照萬古   단심이 만고를 비추네
生前未了事   생전에 마치지 못한 일은
留與後人補   남겨서 후인에게 보완하라 하려네

주석

1) 원래 2수임.

이반룡 李攀龍

이반룡(1514-1570), 자는 우린(于鱗), 호는 창명(滄溟), 역성(歷城: 산동성 濟南) 사람. 가정(嘉靖) 23년(1544)에 진사가 되고, 형부주사(刑部主事)·형부랑중(刑部郎中)·순덕지부(順德知府)·섬서제학부사(陝西提學副使)를 지냈다. 병으로 사직하고 고향으로 돌아가서 백설루(白雪樓)를 짓고 기거했다. 나중에 다시 하남안찰사(河南按察使)를 지냈다. 저서로 『창명집(滄溟集)』과 당시(唐詩) 선집인 『당시선(唐詩選)』이 있다.

이반룡은 일찍이 사진(謝榛)·왕세정(王世貞)·종신(宗臣)·양유예(楊有譽)·서중행(徐中行)·오국륜(吳國倫)과 함께 시사(詩社)를 이끌었는데, 이른바 '후칠자(後七子)'의 영수(領袖)였다. 이반룡은 시문에 대한 자신의 견해를 "문은 서경(西京) 이하와 시는 천보(天寶) 이하는 모두 볼만하지 않다. 본조(本朝: 명나라)에서는 다만 이몽양(李夢陽)을 추대한다"라고 했다.

조선 김창협(金昌協)의 「농암잡지(農巖雜識)」에 "헌길(獻吉: 李夢陽)이 남들에게 당나라 이후의 글은 읽지 말라고 권했는데, 참으로 몹시 협루(狹陋)하다. 그러나 이는 오히려 사법(師法)으로써 말할 만하다. 이우린(李于鱗)의 무리가 작시(作詩)의 사사(使事)에서 당나라 이후의 말을 금해야 한다고 했는데, 이는 몹시 가소롭다. 대저 시의 창작에 있어서 귀중함은 성정(性情)을 서사(敍寫)함에 있으니, 사물을 뇌롱(牢籠)하고, 감촉한 바를 따르면 불가함이 없을 것이다. 사사의 정조(精粗)와 언어의 아속(雅俗)함은 오히려 마땅하게 간택할 수 없는데, 하물며 고금을 구별함에 있어서겠는가? 우린의 무리는 처음부터 신해묘오(神解妙悟)함이 없이 다만 언어로써 모의(模擬)했다. 그래서 당시(唐詩)를 배우려고 하면서 반드시 당나라 사람의 말을 사용했고, 한문(漢文)을 배우려고 하면서 반드시 한나라 사람의 문자를 사용했다. 만약 당나라 이후의 일을 사용하면 그 말이 당나라와 같아지지 않을까 의심했기 때문에 서로 이와 같이 경계하여 금한 것이다. 이런 까닭에 어찌 다시 참된 문장이 있겠는가? 원미(元美: 王世貞)도 또한 처음에는 이 경계를 지켰는데,『속고(續稿)』에 이르러서는 전부 그렇지는 않았다. 대개 만년에 견식이 진전되고, 또한 형세가 행할 수 없었기 때문이었다"고 했다.

『사고전서제요』에 "명나라 시대 문장은 전후칠자로부터 크게 변했다. 전칠자는 이몽양(李夢陽)을 우두머리로 삼고 하경명(何景明)이 나란히 날았고. 후칠자는 이반룡을 우두머리로 삼고 왕세정(王世貞)이 화응(和應)했다. 나중에 반룡이 먼저 세상을 떠나자, 세정의 명위(名位)가 날로 창성해지고, 성기(聲氣)가 날로 넓어지고, 저술이 날로 풍부해지고, 단점(壇坫)이 마침내 반룡의 위로 넘어섰다. 그러나 북지(北地: 李夢陽)를 존숭하고, 장사(長沙: 何景明)를 배척하고, 전칠자의 광염을 이은 것은 실로 반룡이 수창(首倡)한 것이다. 만력(萬曆) 간에 공안(公安) 원굉도(袁宏道) 형제가 처음으로 안고(贋古)로써 비난했고, 천계(天啓) 중에 임천(臨川) 애남영(艾南英)이 비방함에 더욱 힘을 썼다. 지금 그 문집을 보면 고악부(古樂府)는 자구(字句)를 할각(割刻)하여서 참으로 표절(剽竊)했다는 비난을 면할 수 없다. 여러 시체(詩體) 또한 양절(亮節)은 비교적 많지만, 은

미한 정은 약간 적다. 그러나 반룡은 자질이 본래 높고, 기송(記誦)이 또한 넓고, 그 재력(才力)이 부건(富健)하여 한 시대를 능가하여서 실로 마멸할 수 없는 것이 있다. 그 부곽(膚廓)을 걸러내고, 그 영화(英華)를 뽑아낸다면 참으로 또한 호걸지사(豪傑之士)이다"라고 했다.

왕세정의 『예원치언』에 "우린의 의고악부(擬古樂府)는 정미(精美)하지 않는 일자일구(一字一句)가 없는데, 고악부와 함께 볼 수 없는 것은 임모첩(臨摹帖)과 같기 때문이다. 오언고 중에서 서경(西京)·건안(建安)에서 나온 것은 풍신(風神)을 똑같이 얻었다. 대저 그 체는 다작이 마땅하지 않는데, 다작하면 변화를 다 할 수 없으니, 인습을 꺼려야 한다. 삼사(三謝: 謝靈運·謝惠連·謝眺) 이후에 나온 것은 초준(峭峻)함이 지나쳐서 그다지 합당하지 않다. 칠언가행은 초년에는 사(辭)에서 몹시 공교로웠는데 그 기(氣)를 손상하지 않았다. 만절(晚節)에는 웅려정미(雄麗精美)하고 종횡자여(縱橫自如)하여서 엽연(燁然)히 춘공(春工)의 묘(妙)였다. 오칠언율은 스스로 신경(神境)이어서 의의(擬議)를 용납하지 않았다. 절구 또한 태백(太白: 이백)·소백(少伯: 왕창령)의 안항(雁行)이었다. 배율은 심전기(沈佺期)·송지문(宋之問)을 비의(比擬)했는데, 소릉(少陵: 두보)의 변화를 다하지 못했다"고 했다.

호응린의 『시수』에 "우린의 칠언율과 절구는 고화걸기(高華傑起)하여서 한 시대의 종풍(宗風)이었다"고 했다.

왕세무(王世懋)의 『예포힐여(藝圃擷餘)』에 "이우린의 칠언율은 준결향량(俊潔響亮)한데, 해내에서 시를 짓는 자들이 표절을 일삼고, 분분하게 각무(刻鶩)하여 사람들을 싫증나게 했다"고 했다.

종신(宗臣)의 『자상집(子相集)』에 "우린의 칠언율은 혼함웅심(渾涵雄深)하다. 칠언절구는 다만 이백·왕창령과 비슷할 수 있었는데, 편편고거(翩翩高擧)함이 마치 〈예상우의(霓裳羽衣)〉곡을 듣는 것 같다"고 했다.

심덕잠의 『명시별재』에 "역하(歷下: 이반룡)의 시는 원미(元美: 王世貞) 제가들이 추장(推奬)함이 지나치게 성대했는데, 그러니 수지(受之: 錢謙益)의 배격함은 환호규노(讙呼叫呶)하여, 거의 몸에 완전한 피부를 남겨놓지 않았다. 모두가 당동벌사(黨同伐私)의 견해이다. 분별하여 살펴보면 고악부와 오언고체는 임모(臨模)가 너무 지나쳐서 흔적이 완연(宛然)하다. 칠언율과 칠언절구는 고화(高華)함을 귀하게 여겼고, 범용(凡庸)함을 벗어 버렸고, 단점을 없애고 장점을 취하여 의견을 남겨놓지 않아서 역하의 진면목이 나왔다. 칠언율은 고격(高格)을 몹시 모아서 변태를 이루지 않았다. 칠언절구는 정신이 있고 흔적은 없으며, 말은 천근하고 정은 깊기 때문에 마땅히 다른 사람들을 뛰어넘을 수 있었다"고 했다.

세말에 크게 노래하다 歲杪放歌[1]

終年著書一字無	종년에 저서가 한 글자도 없고
中歲學道仍狂夫[2]	중세에 도를 배워 광부가 되었네
勸君高枕且自愛	그대는 편한 잠을 스스로 사랑하고
勸君濁醪且自沽	그대는 탁주를 또한 스스로 사구려
何人不說宦遊樂	누가 벼슬살이의 즐거움을 말하지 않겠는가?
如君棄官復不惡[3]	그대처럼 벼슬을 버림도 다시 나쁘지 않으리라
何處不說有炎凉	어디서인들 염량세태를 있음을 말하지 않겠는가?
如君杜門復不妨	그대처럼 두문불출함도 다시 방해되지 않으리라
縱然疏拙非時調[4]	설령 소졸함이 유행하는 가락이 아니더라도
便是悠悠亦所長[5]	곧 유유함이 또한 뛰어난 바이네

주석 ◌

1) **歲杪**(세초): 세말(世末). 이반룡은 가정(嘉靖) 38년 이후, 46세 때 포산(鮑山)
   에 백설루(白雪樓)를 지어놓고 은거했음. 이때에 지은 시임.

2) **中歲**(중세): 중년(中年). **狂夫**(광부): 호방한 사람을 말함.

3) **不惡**(불악): 불착(不錯).

4) **時調**(시조): 당시에 유행하는 곡조.

5) **悠悠**(유유): 우사(憂思).

허전경의 〈춘일양원즉사〉시에 화답하다

和許殿卿〈春日梁園事〉[1]

梁園高會花開起	양원의 좋은 모임이 꽃 필 때 시작되어
直至落花猶未已	곧장 꽃 질 때까지 이르러도 그치지 않네
春花着酒酒自美	봄꽃이 술에 붙으니 술이 절로 맛난데
丈人但飮醉卽休	장인은 다만 술 취하면 곧 멈추네
纔到花前無白頭	겨우 꽃 앞에 이르니 백발은 없고
紅顏相勸若爲留	홍안이 서로 권하며 머물라고 하네
春風何處不花開	봄바람 부는 어느 곳인들 꽃이 피지 않았으랴?
何處花開不看來	어느 곳의 꽃 핀 것을 보러오지 않겠는가?
看花何處好空回	꽃을 보는 어디서 공연히 돌아가겠는가?

주석 ⌒

1) 許殿卿(허전경): 이름은 방재(邦才), 자는 전경(殿卿). 이반룡의 고향 역하(歷下)의 친구. 이반룡의 차남 순(馴)의 장인. 梁園(양원): 한(漢) 양효왕(梁孝王) 유무(劉武)가 세운 원유(園囿). 하남성 개봉(開封)에 있었음.

평설 ⌒

● 심덕잠의 『명시별재』: "3구가 1운(韻)이고, 끝 3구는 연을 이어서 내려갔는데 격조(格調)가 몹시 새롭다."

초춘에 원미의 석상에서 무진에게 주다. 관자 운을 얻었다

初元美席上贈茂秦,[1] 得關字

鳳城楊柳又堪攀[2]　　봉성의 버들은 또 오를 만한데
謝朓西園未擬還[3]　　사조는 서원에서 돌아오지 않았네
客久高吟生白髮　　　객으로 오랫동안 고음하니 백발이 돋고
春來歸夢滿青山　　　봄이 오니 귀향의 꿈이 청산에 가득하네
明時抱病風塵下　　　밝은 시절에 풍진 아래에서 병을 품고
短褐論交天地間[4]　　짧은 갈옷 차림으로 천지간에서 친교를 논하네
聞道鹿門妻子在[5]　　녹문산에 처자가 있다고 들었는데
祇今詞賦且燕關[6]　　지금 사부가 연관에 있네

주석 ⌒

1) 元美(원미): 왕세정(王世貞)의 자. 茂秦(무진): 사진(謝榛)의 자.

2) 鳳城(봉성): 경성(京城)을 말함.

3) 謝朓(사조): 자는 현휘(玄暉). 소사(小謝)라고 불림. 남조 제(齊)나라 시인. 일찍이 안휘성 당도현(當涂縣)의 청산(青山)에 집을 짓고 살았음. 西園(서원): 하남성 임창현(臨彰縣) 서쪽에 있음. 위(魏)나라 조조(曹操)가 건립했는데 고금의 제영(題詠)이 많음.

4) 短褐(단갈): 거친 마포(麻布)로 지은 짧은 옷. 평민의 옷을 말함.

5) 鹿門(녹문): 녹문산(鹿門山). 호북성 양양현(襄陽縣) 경내에 있음. 한(漢)나라 말에 방덕공(龐德公)이 처자를 데리고 이 산에 은거했다고 함.

6) 燕關(연관): 연(燕) 지역의 산하를 말함.

평설 ⋍

* 심덕잠의 『명시별재』: "5·6구를 암송해보면, 무진(茂秦)의 의기(意氣)
  의 높음을 보는 것 같은데, 그 넓음을 마땅히 구했다."

황보 별가가 개주로 가는 것을 전송하다 送皇甫別駕往開州[1]

銜杯昨日夏雲過[2]	술 마시던 어제 여름 구름 지나갔는데
愁向燕山送玉珂[3]	수심 띠고 연산 향해 옥가를 전송하네
吳下詩名諸弟少[4]	오하의 시명은 여러 형제들보다 적고
天涯宦迹左遷多[5]	하늘 끝 벼슬자취는 좌천이 많네
人家夜雨黎陽樹[6]	인가의 밤비는 여양의 나무에 있고
客渡秋風瓠子河[7]	객은 가을바람 부는 호자하를 건너네
自有呂虔刀可贈[8]	스스로 여건의 칼이 있어서 기증할 만한데
開州別駕豈蹉跎	개주 별가는 어찌 세상일이 어긋나는가?

주석 ⋍

1) 皇甫(황보): 황보방(皇甫汸). 황보방은 당시 이부(吏部)에서 대명통판(大明通
   判)으로 좌천되었음. 別駕(별가): 통판(通判)의 별칭. 開州(개주): 하남성 북
   부 복양현(濮陽縣).

2) 銜杯(함배): 음주(飮酒).

3) 燕山(연산): 부(府) 이름. 송나라 휘종(徽宗) 선화(宣和) 4년에 연경(燕京)을
   연산부(燕山府)로 바꾸었음. 하북성의 북부와 동북부 지역. 玉珂(옥가): 말
   재갈에 장식하는 백색의 옥. 진동하면 소리가 남.

4) 吳下(오하): 강소성 소주(蘇州). 황보방은 형 충(沖)·효(澤)와 아우 염(濂)은
   모두 시명(詩名)이 있어서 '사황보(四皇甫)'로 불리었음.

5) 황보방은 세 번이나 좌천을 당했음.

6) 黎陽(여양): 하남성 준현(浚縣) 서넘쪽에 있는 현(縣).

7) 瓠子河(호자하): 하남성 복양현(濮陽縣) 남쪽에 있음.

8) 呂虔刀(여건도): 여건(呂虔)은 삼국시대 위(魏)나라 자사(刺史)를 지냈음. 패
   도(佩刀)가 있었는데, 감정가가 삼공(三公)이 패용할 만하다고 했음. 여건이
   그 칼을 왕상(王祥)에게 주었는데, 왕상이 임종 때 그것을 다시 왕람(王覽)에
   게 주었음. 여건도는 보상(輔相)을 칭찬하는 말이 되었음.

평설 ᠃

● 심덕잠의 『명시별재』: "제남(濟南: 이반룡)이 칠율을 논하기를 '왕유(王
  維)와 이기(李頎)가 자못 그 묘를 모았다'고 했는데, 이 여러 편을 읽어
  보면 그 유래된 바를 알 수 있다."

● 주이존의 『정지거시화』: "(이반룡의) 칠율은 사람들이 모두 추대하는데,
  마음으로 본받고 손으로 따른 것은 왕유와 이기이다."

자상을 생각하다 懷子相[1]

薊門秋杪送仙槎[2]	계문의 늦가을에 선사를 전송하며
此日開樽轉歲華[3]	이 날 술동이 여니 세월이 바뀌네
臥病山中生桂樹	병으로 누운 산중에 계수나무 자라고
懷人江上落梅花[4]	벗을 생각하는 강가엔 〈낙매화〉곡이 울리네

春來鴻鴈書千里　　봄이 되니 기러기의 편지가 천 리이고
夜色樓臺雪萬家　　밤이 된 누대엔 온 집마다 눈 내리네
南粤東吳還獨往[5]　　남월과 동오로 홀로 오가니
應憐薄宦滯天涯[6]　　낮은 관직으로 하늘 끝에 체류함이 가련하네

주석

1) 子相(자상): 종신(宗臣). 후칠자 중의 한 사람.

2) 薊門(계문): 일명 계구(薊丘). 북경(北京) 덕승문(德勝門) 밖. 秋杪(추초): 추말(秋末). 仙槎(선사): 아름다운 배. 상대방의 배에 대한 미칭.

3) 歲華(세화): 세시(歲時).

4) 落梅花(낙매화): 〈매화락(梅花落)〉. 한(漢)나라 횡취곡(橫吹曲)의 이름. 본래 강족(羌族)의 악곡이었음.

5) 南粤(남월): 남월(南越). 광동성과 광서성 지역. 東吳(동오): 강소성 경내.

6) 薄宦(박환): 비천한 관직.

평설

• 조선 남용익(南龍翼)의 『호곡시평(壺谷詩評)』: "공동(空同)과 엄주(弇州)는 두보(杜甫)와 같고, 대복(大復)과 창명(滄溟)은 이백(李白)과 같다. 그 집대성(集大成)을 논한다면 왕세정에게 귀속되지 않을 수 없다. 그러나 그 재간의 탁월함은 창명이 최고이다. 예를 들면 '臥病山中生桂樹, 懷人江上落梅花'·'樽前病起逢寒食, 客裏花開別故人' 등의 구는 왕세정이 또한 미칠 수 없다. 이것이 엄주가 창명을 경모하는 이유이다."

백설루 白雪樓[1]

伏枕空林積雨開	빈숲 속에 베개에 엎드려 있다가 장맛비 개니
旋因起色一登臺[2]	곧 기쁨이 일어나서 한 번 누대에 올랐네
大淸河抱孤城轉	대하와 청하는 외로운 성을 껴안고 돌고
長白山邀返照迴[3]	장백산은 석양빛을 맞아 되돌리네
無那嵇生成懶慢[4]	혜생이 게으름을 피운 것이 애석한데
可知陶令賦歸來[5]	도령이 〈귀거래〉를 읊은 것을 알겠네
何人定解浮雲意	누가 진정 뜬구름의 뜻을 알겠는가?
片影漂搖落酒杯	작은 그림자 휘날려 술잔에 떨어지네

주석 ⌒

1) 白雪樓(백설루): 이반룡이 가정(嘉靖) 38(1559)년에 은거했던 별업(別業). 이
   반룡의 〈酬李東昌寫寄白雪樓圖〉시의 서문에 "누대는 제남군(濟南郡) 동쪽
   30리 포성(鮑城)에 있는데, 앞에는 태록(太麓)을 조망하고, 서북쪽으로는 화
   부주(華不注) 여러 산을 바라보고, 대하(大河)와 청하(淸河)가 그 아래에 교
   차하며 이어지고, 좌측으로는 장백(長白)과 평릉(平陵)의 들을 보고, 해기(海
   氣)가 섞이는 곳이다. 매번 한 번 올라가 임하면, 울창하게 승관(勝觀)을 이
   룬다"고 했음.

2) 起色(기색): 기쁨이 일어나는 것.

3) 長白山(장백산): 산동성 추평(鄒平) 남쪽, 장구(章丘)와 치박시(淄博市) 사이
   에 있음.

4) 嵇生(혜생): 혜강(嵇康). 죽림칠현(竹林七賢) 중의 한 사람. 토목(土木) 같은
   모습으로 전혀 치장하지 않고, 노장(老莊) 사상을 실천했음.

5) 陶令(도령): 도연명(陶淵明). 팽택령(彭澤令)을 지내다가 〈귀거래사(歸去來

辭))를 읊고 고향으로 돌아와서 은거했음.

군성에서 명경이 강서로 가는 것을 전송하다
于郡城, 送明卿江西[1]

青楓颯颯雨凄凄[2]	푸른 단풍에 바람 불고 비가 처량한데
秋色遙看入楚迷	가을색이 초땅으로 들어가서 몽롱함을 멀리 보네
誰向孤舟憐逐客	누가 외로운 배를 향해 쫓겨난 객을 동정하는가?
白雲相送大江西	흰 구름이 서로 대강 서쪽으로 전송하네

주석 ◌◌

1) 明卿(명경): 오국륜(吳國倫)의 자. 후칠자의 한 사람. 가정(嘉靖) 24년(1555)
   에 병부급사중(兵部給事中) 오국륜은 엄숭(嚴嵩)을 탄핵했다가 도리어 죽임
   을 당한 양계성(楊繼盛)의 장례를 주관하고, 자신도 또한 엄숭에게 죄를 얻어
   서 강서안찰사지사(江西按察使知事)로 쫓겨났음. 모두 4수임.

2) 颯颯(십십): 바람이 부는 소리.

섭의부의 〈명비곡〉에 화답하다 和聶儀部明妃曲[1]

天山雪後北風寒[2]	천산에 눈 내린 후 북풍이 찬데
抱得琵琶馬上彈	비파를 껴안고 말 위에서 탄주하네
曲罷不知青海月[3]	곡을 마치고 청해의 달을 알지 못하고

徘徊猶作漢宮看　　배회하며 여전히 한나라 궁녀가 되어서 보네

1) **聶儀部**(섭의부): 섭정(聶靜). 가정(嘉靖) 연간에 진사가 되어서 의부랑중(儀部郎中)을 지냈음. **明妃曲**(명비곡): 악부 〈음탄곡(吟嘆曲)〉의 이름. 명비는 왕소군(王昭君). 이름은 왕장(王嬙). 한(漢)나라 원제(元帝) 때의 궁녀. 흉노(匈奴)의 선우(單于)에게 시집을 갔음. 모두 4수임.

2) **天山**(천산): 기련산(祁連山). 흉노의 경내에 있는 고산(高山).

3) **靑海**(청해): 성(省) 이름. 본래 서강(西羌)의 지역이었으나, 동진(東晉) 이후 토곡혼(土谷渾)의 소유가 되었고, 명나라에 이르러 몽고(蒙古)의 소유가 되었음.

● 심덕잠의 『명시별재』: "의론(議論)을 붙이지 않았는데, 일체의 의론이 모두 그 아래에 있다. 이것이 시품(詩品)이다."

〈새상곡〉으로 원미를 전송하다 〈塞上曲〉送元美[1]

白羽如霜出塞寒[2]　　백우가 서리처럼 변새에서 나와 차가운데
胡烽不斷接長安[3]　　호봉이 끊이지 않고 장안에 이어지네
城頭一片西山月　　성 머리의 한 조각 서산의 달을
多少征人馬上看　　다소의 군인들이 말 위에서 보네

1) 塞上曲(새상곡): 고악부(古樂府)의 제목. 元美(원미): 왕세정(王世貞)의 자. 모두 4수임.

2) 白羽(백우): 흰 새의 깃을 꽂은 긴급한 군사문서.

3) 胡烽(호봉): 호땅의 봉화(烽火).

● 심덕잠의 『명시별재』: "악인(樂人)에게 노래하게 할 만하다."

왕세정 王世貞

왕세정(1529-1593), 자는 원미(元美), 호는 봉주(鳳洲)·엄주산인(弇州山人), 태창(太倉: 강소성) 사람. 가정(嘉靖) 정미년(1547)에 진사가 되고, 산서(山西)·호광안찰사(湖廣按察使)와 광서포정사(廣西布政司)를 지냈다. 내직으로 들어와서 태복경(太僕卿)·형부상서(刑部尙書)를 지냈다. 저서로 『엄주산인사부고(弇州山人四部稿)』와 『속고(續稿)』가 있다.

왕세정은 후칠자의 영수로서 이반룡과 함께 문단을 주도하며 '왕리(王李)'라고 병칭되었다.

조선 신흠(申欽)의 『청창연담(晴窓軟談)』에 "가정(嘉靖) 연간에 왕세정을 한 시대의 웅재(雄才)라고 불렀다. 그가 스스로 본 것은 대개 양웅(楊雄)·사마천(司馬遷)·반고(班固)였다. 만경(晩境)에는 소시(蘇詩: 蘇軾의 詩)를 위주로 했는데, 때때로 완전히 서로 같은 것이 있었다. 만약 엄주의 『속고(續稿)』를 본다면 알 수 있을 것이다"라고 했다.

『사고전서제요』에 "예로부터 문집의 풍부함에 있어서 세정(世貞)을 넘는 사람이 없었다. 그가 진한(秦漢)을 모방한 것은 칠자의 문경(門徑)과 서로 같다. 그러나 전적을 널리 종합하고, 장고(掌故)를 외워서 익힌 것

은 후칠자가 미치지 못하고, 전칠자도 또한 미치지 못하고, 광(廣)·속
(續) 제자(諸子)들은 말할 것도 없다. 다만 그 조년(早年)의 자명(自命)이
지나치게 높았고, 명성을 구함이 너무 조급하여서, 허황된 교만과 시기
로 인하여 지론(持論)이 끝내 한 곳으로 편중되게 되었다. 또한 그 연박
(淵博)함을 자부하고 간혹 점검하지 못하여, 논자들에게 구실거리를 주
었다. 그래서 그가 성대했을 때는 추존자(推尊者)들이 천하에 가득했는
데, 그가 쇠약해졌을 때는 공격하는 자들이 또한 세상에 가득했다. 평심
(平心)으로 논한다면 이몽양(李夢陽)의 설(說)이 나온 뒤로 학자들이 반고
(班固)·사마천(司馬遷)·이백(李白)·두보(杜甫)를 표절했는데, 세정의 문
집이 나온 뒤로 학자들은 마침내 세정을 표절했다. 그래서 애남영(艾南
英)의 『천용자집(天傭子集)』에서 '후생(後生) 소자(小子)들은 독서할 필요
가 없고, 반드시 문을 지을 필요가 없다. 다만 서가 위에 전후 『사부고
(四部稿)』만 있으면, 매번 응수(應酬)를 할 때 금방 재할(裁割)하여서 곧
바로 편(篇)을 이룰 수 있다. 성급히 읽어보면 농려선화(濃麗鮮華)하여
현란하게 시선을 빼앗지 않음이 없는데, 세밀하게 살펴보면 일개 썩은
상투어일 뿐이다'라고 했다. 그 유폐(流弊)를 지적하여 말한 것이 적절하
다고 하겠다. 그러나 세정의 재학(才學)은 부섬(富贍)하고, 규모(規模)는
끝내 컸다. 비유하자면 여러 오도(五都)의 늘어진 시장에 백화(百貨)가
모두 진열되었는데, 진짜와 가짜가 함께 벌려져 있고, 양고(良楛)가 뒤섞
여 있다. 그러나 명재(名材)와 괴보(瓌寶)가 또한 그 중에 섞여있지 않음
이 없다. 말류의 실패를 아는 것은 옳지만, 말류의 실패로써 세정의 문
집을 모두 폐기한다면 통론(通論)이 아닐 것이다"라고 했다.
이반룡(李攀龍)의 『창명집(滄溟集)』에 "원미의 악부는 한인(漢人)의 말로
써 시사(時事)를 엮었는데, 마치 옛날에 있었던 것처럼 특히 국풍(國風)
을 보게 되니, 반룡(攀龍)이 미칠 수 있는 바가 아니다"라고 했다.

호응린의 『시수』에 "엄주의 고시는 가행(歌行)이 지니지 않은 바가 아닌데, 또한 합당하지 않음이 없다. 악부는 시대에 따라 말을 짓고, 제목에 따라 의미를 지었는데, 말과 시대가 변하여서 마침내 제목을 새롭게 했다. 오율은 굉려(宏麗)함 속에 변화를 뒤섞어서 헤아릴 수가 없다. 배율 중 백운(百韻) 이상은 도도망망(滔滔莽莽)하여 아득히 끝이 없다. 오칠절구는 청련(靑蓮: 李白)·우승(右丞: 王維)·소백(少伯: 王昌齡)을 근본으로 했는데, 스스로의 결구(結構)에서 나온 것이 많고, 기일소쇄(奇逸瀟灑)하여 종종 속진(俗塵)이 없다. 칠율은 고화정율(高華整栗)하고, 침착웅심(沈著雄深)하고, 신축배탕(伸縮排蕩)하여서 마치 황하(黃河)와 명발(溟渤)처럼 우주의 위관(偉觀)이고, 또한 용궁(龍宮)의 해장(海藏)처럼 만괴(萬怪)가 황혹(惶惑)하다"고 했다.

주이존의 『정지거시화』에 "가정(嘉靖) 칠자(七子) 중 원미(元美)의 재기(才氣)가 우린(于鱗: 이반룡)보다 10배이다. 다만 병이 박식을 사랑함에 있어서 천 자루 토끼털 붓이 닳도록 두 마리 소의 허리까지 찰 정도로 시를 짓고, 스스로 지니지 못한 바가 없다고 여겼는데, 바야흐로 대가(大家)를 이루었다. 한때의 시류(詩流)들이 그 품제(品題)를 소망하며 추숭함이 실상보다 지나쳤다. 아부의 말이 날로 이르렀으나 잠규(箴規)는 들리지 않았다. 궁구함이 천편일률인데 어찌 소유하지 못한 바가 없겠는가? 악부(樂府)의 변화는 기기정정(奇奇正正)하게 진부한 것을 새롭게 바꾸어서, 우린의 생탄활박(生呑活剝)한 것과 몹시 비교할 바가 아니다. 칠율은 고화(高華)하고, 칠절은 전려(典麗)하여서 또한 우린의 아래에서 나오지 않았다. 당일의 이름이 비록 칠자라고 했지만, 실상은 일웅(一雄)인 것이다"라고 했다.

심덕잠의 『명시별재』에 "엄주(弇州)는 천분(天分)이 본래 높고, 학식도 또한 풍부하여 산호목난(珊瑚木難)에서 우수마발(牛溲馬勃)에 이르기까지

지니지 않은 것이 없다. 악부와 고체는 역하(歷下: 이반룡)보다 몹시 뛰어남이 몇 배일 뿐만이 아니다. 근체 또한 대가(大家)를 법으로 삼았지만 단련(鍛鍊)이 순수하지 못하여 화섬(華贍)한 나머지에 때때로 천솔(賤率)함을 드러냈다"고 했다.

흠비행 欽鴟行[1]

飛來五色鳥[2]	날아온 오색조가
自名爲鳳皇	스스로 이름이 봉황이라고 하네
千秋不一見	천추에 한 번도 보지 못했는데
見者國祚昌[3]	보면 나라의 기운이 창성한다네
饗以鐘鼓坐明堂[4]	종과 북으로 잔치하며 명당에 앉혔는데
明堂饒梧竹[5]	명당엔 오동나무와 죽실이 풍요하네
三日不鳴意何長	삼일 동안 울지 않으니 뜻이 어찌 오래인가?
晨不見鳳皇	새벽에 봉황을 볼 수 없는데
鳳皇乃在東門之陰啄腐鼠[6]	
	봉황은 동문 그늘에서 썩은 쥐를 쪼며
啾啾唧唧不得哺	시끄럽게 재잘대며 먹을 수도 없네
夕不見鳳皇	석양에 봉황을 볼 수 없는데
鳳皇乃在西門之陰媚蒼鷹	
	봉황은 서문 그늘에서 푸른 매에 아첨하며
願爾肉攫分遺腥	너의 고깃덩이를 찢어 나눠서 비린내를 남겨 달라하네
梧桐長苦寒	오동나무로 심한 추위가 오래였고
竹實長苦饑	죽실로 심한 굶주림이 오래였다고 하니
衆鳥驚相顧	모든 새들이 놀라서 서로 돌아보며
不知鳳皇是欽鴟	봉황이 곧 흠비임을 알지 못하네

1) **欽鴀**(흠비): 절설 속의 악조(惡鳥). 『산해경(山海經)·서산경(西山經)』에 "(천제에게 죽임을 당한 후) 변하여 대악(大鸚)이 되었는데, 그 모습이 수리 같고, 검은 문양에 흰 머리, 붉은 부리와 호랑이 발톱 같고, 그 소리는 새벽의 고니 같아서, 보면 대병(大兵)이 있는 듯하다"고 했음. 이 시는 봉황을 빌려서 당시의 간신 엄숭(嚴嵩)을 풍자한 우언시임. 엄숭은 검산(鈐山)에서 10년간 독서를 했는데, 자못 명성이 있어서 사람들이 요숭(姚崇)·송경(宋璟)과 같은 재상감으로 기대를 했다. 그러나 입각하여 정권을 잡자, 조문화(趙文華)의 무리를 심복으로 삼고서 충량(忠良)을 잔혹하게 해치고, 재물을 탐하는 등 온갖 사악한 일을 저질렀다. 천하에서 원수로 대하자 마침내 물러나서 병사했다.

2) **五色鳥**(오색조): 봉황은 그 모습이 닭의 머리, 뱀의 목, 제비 턱, 거북의 등, 물고기 꼬리 모양인데 오색이라고 함.

3) **國祚**(국조): 나라의 기운(氣運).

4) **明堂**(명당): 조정(朝廷).

5) **梧竹**(오죽): 봉황은 오동나무에만 머물고 죽실(竹實)만 먹는다고 함.

6) **腐鼠**(부서): 썩은 쥐 고기. 『장자(莊子)·추수(秋水)』에 "혜자(惠子)가 양(梁)나라의 상(相)을 지낼 때, 장자(莊子)가 가서 보려고 했다. 어떤 이가 혜자에게 말하기를 '장자가 온 것은 그대를 대신하여 상이 되려는 것이다'라고 했다. 이에 혜자는 두려워서, 나라 안을 3일 밤낮 동안 수색했다. 장자가 가서 그를 보고 말하기를 '남방(南方)에 새가 있어서 그 이름을 원추(鵷鶵)라고 하는데, 그대는 알고 있는가? 대저 원추는 남해에서 날아올라서 북해로 날아가는데, 오동(梧桐)이 아니면 머물지 않고, 연실(練實)이 아니면 먹지 않고, 예천(醴泉)이 아니면 마시지 않는다. 이 때 올빼미[鴟]가 썩은 쥐 고기를 얻었는데, 원추가 지나가자 우러러 보며 화내어 소리쳤다. 지금 그대는 그대의 양나라 때문에 나에게 화내어 소리치는 것인가?'"라고 했다.

장평을 방문하여 〈장평행〉을 짓다 過長平, 作長平行[1]

世間怪事那有此　　세간의 괴이한 일에 어찌 이런 일이 있는가?
四十萬人同日死　　사십만 사람들이 같은 날에 죽었네
白骨高於太行雪[2]　백골이 태행산의 눈보다 더 높고
血飛迸作汾流紫[3]　피는 날아서 분수와 함께 흐르며 붉었네
銳頭豎子何足云[4]　예두 수자를 어찌 말할 수 있으랴?
汝曹自死平原君[5]　너희들은 스스로 평원군을 위해 죽었네
烏鳶飽宿鬼車痛[6]　까마귀 떼들 배불리 먹고 머무니 귀거가 통곡하고
至今此地多愁雲　　지금 이곳엔 암담한 구름이 많네
耕農往往夸遺跡　　밭가는 농부들 종종 유적을 자랑하고
戰鏃千年土花碧　　전쟁의 화살촉이 천년되어 녹이 퍼렇네
卽令方朔澆豈散[7]　지금 동방삭이 술을 뿌려도 어찌 흩어지게 하랴?
總有巫咸招不得[8]　설령 무함이 있다 해도 불러올 수 없네
君不見　　　　　　그대 보지 못했는가?
新安一夜秦人愁[9]　신안의 하룻밤에 진나라 사람들 근심하며
二十萬鬼聲啾啾　　이십만 귀신들이 소란하게 통곡하네
郭開賣趙趙高出[10]　곽개가 조나라를 파니 조고가 나왔는데
秦璽也送東諸侯[11]　진나라 옥새를 동쪽 제후에게 보냈네

주석 ⌘

1) 長平(장평): 산서성 고평현(高平縣) 서북. 진(秦)나라 장군 백기(白起)가 조
　(趙)나라 병졸 40만 명을 이곳에 파묻었음.

2) 太行(태행): 태행산(太行山). 일명 오행산(五行山)·왕모산(王母山). 산서성·하북성·하남성에 걸쳐있는 산맥.

3) 汾流(분류): 분수(汾水). 산서성 분양현(汾陽縣)에서 근원하여 산서성을 경유하여 흘러감.

4) 銳頭豎子(예두수자): 머리가 뾰쪽한 소자(小子). 백기(白起)를 말함. 두보(杜甫)의 〈久雨期王將軍不至〉시에 "銳頭將軍來何遲"라고 했음.

5) 平原君(평원군): 조(趙)나라 혜문왕(惠文王)의 아우인 조승(趙勝). 조나라 재상이었음. 『사기·조세가(趙世家)』에 "한(韓)나라 상당수(上堂守) 풍정(馮定)의 사자가 와서 말하기를 '한나라는 상당(上堂)을 지킬 수가 없어서 진(秦)나라로 그곳을 넘기려고 했습니다. 그 이민(吏民)들이 모두 조나라가 되는 것을 편히 여기고, 진나라가 되려고 하지 않습니다. 성시(成市)와 읍(邑)이 17곳인데, 바라건대 삼가 조나라로 들어가려고 합니다'라고 했다. 조왕이 평원군을 불러서 물으니, 대답하기를 '백만 군을 출동시켜 공격하여도, 해를 넘기고도 성 하나를 얻지 못하는데, 지금 앉아서 성시와 읍을 17곳이나 받는다면, 이는 큰 이익이니 놓칠 수 없습니다'라고 했다. 왕이 '좋소'라고 하고, 조승에게 땅을 받도록 했다"고 했다. 또 "7월에 염파(廉頗)가 면직되고 조괄(趙括)이 대신 장군이 되었다. 진인(秦人)들이 조괄을 포위하니, 조괄이 항복했다. 군졸 40여만 명을 모두 파묻어버렸다"고 했다.

6) 鬼車(귀거): 전설 속의 구두조(九頭鳥). 『유양잡조(酉陽雜俎)·우(羽)』에 "귀거조(鬼車鳥)는 원래 머리가 10개였는데, 사람의 혼을 수습한다고 한다. 머리 하나는 개에게 물려서 뜯겨버렸다. 진중(秦中)에 날이 어두우면 때때로 소리가 나는데, 소리가 역거성(力車聲)과 같다고 한다"고 했다.

7) 『수신기(搜神記)』에 "한무제(漢武帝)가 동쪽으로 유람했을 때 함곡관(函谷關)을 나가기 전에 어떤 괴물이 길을 막고 있었는데, 신장이 수 장(丈)이고, 그 모양은 소 같았다. 푸른 눈에 빛이 나는 눈동자이고, 네 다리를 땅에 넣고 있어서 움직이려고 해도 옮길 수가 없었다. 백관들이 모두 놀랐다. 동방삭(東方朔)이 곧 술을 뿌리라고 했다. 술 수십 곡(斛)을 뿌리니 괴물이 사라졌다. 황제가 그 까닭을 물으니, 대답하기를 '이는 이름이 환(患)인데, 우기(憂氣)가

생기게 한 것입니다. 이곳은 반드시 진(秦)나라 옥(獄)의 터일 것입니다. 그
렇지 않다면 죄인들을 옮겨서 모아둔 장소일 것입니다. 대저 술이란 근심을
잊게 하는 것이기 때문에 그것을 소멸시킬 수 있었습니다'라고 했다"고 했다.

8) 總(총): 종(縱). 巫咸(무함): 전설 속의 신무(神巫). 굴원(屈原)의 〈이소(離
騷)〉에 "巫咸將夕降兮, 懷椒糈而要之"라고 했음.

9) 新安(신안): 하남성 민지현(澠池縣) 동쪽. 항우(項羽)의 초(楚)나라 군대가 진
(秦)나라 병졸 20여 만 명을 죽여서 파묻은 곳임.

10) 郭開(곽개): 조(趙)나라의 총신(寵臣). 진(秦)나라에게서 중금(重金)을 받고
매수되어 양장(良將) 이목(李牧)을 죽게 만들고, 염파(廉頗)의 원수에게 돈을
받고 염파를 기용하지 못하게 하고, 결국 조나라를 망하게 했음. 趙高(고
조): 진(秦)나라 환관. 진시황(秦始皇)이 죽자, 유조(遺詔)를 위조하여 태자
부소(扶蘇)를 죽게 하고, 호해(胡亥)를 이세(二世)로 세워서 권력을 장악했
음. 나중에 또 호해를 죽게 하고, 자영(子嬰)을 세웠는데, 결국 자영에게 살
해당했음.

11) 東諸侯(동제후): 산동(山東)에서 기의(起義)한 대군(大軍)을 말함.

태백루에 오르다 登太白樓[1]

昔聞李供奉	옛날 듣자니 이공봉이
長嘯獨登樓	길게 휘파람 불며 홀로 누대에 올랐다네
此地一垂顧	이곳을 한 번 둘러보고
高名百代留	고명을 백대에 남겼네
白雲海色曙[2]	흰 구름 뜬 해색이 밝아오고
明月天門秋[3]	밝은 달의 천문이 가을이네
欲覓重來者	다시 온 사람을 찾고자

潺湲濟水流[4]　　　　잔잔한 제수가 흘러오네

주석 ❧

1) 太白樓(태백루): 산동성 제녕시(濟寧市)에 있는 태백주루(太白酒樓). 이백(李
   白)이 천보(天寶) 원년에 경사로 가서 대조한림공봉(待詔翰林供奉)을 지내다
   가, 천보 3년에 파직한 후 산동·하남·하북 일대를 유람했는데, 제녕주(濟寧
   州) 남성(南城)에 올라가서 술을 마시며 시를 읊어서 태백주루라는 이름을
   얻었음.

2) 海色(해색): 장차 날이 새려고 하는 천색(天色). 이백의 〈魯郡東石門送杜二
   甫〉시에 "秋波落泗水, 海色明徂徠"라고 했음.

3) 天門(천문): 태산(泰山)의 남천문(南天門)·중천문(中天門)·서천문(西天門).
   이백의 〈游泰山〉시에 "天門一長嘯, 萬里淸風來"라고 했음.

4) 濟水(제수): 하남성 제원현(濟源縣) 왕옥산(王屋山)에서 발원하여 산동을 거
   쳐 황하로 흘러들어감.

난리 후 처음 오로 들어가서 사제와 작은 술자리를 베풀다
後初入吳, 舍弟小酌[1]

與爾同兹難	너와 이곳에서 함께 하기 어려운데
重逢恐未眞	다시 만나니 진짜인가 싶네
一身初屬我	일신은 처음부터 나에 속했는데
萬事欲輸人	만사는 남에게 옮겨가려 하네
天意寧羣盜	하늘의 뜻이 도적떼를 편안히 하겠는가?
時艱更老親[2]	당시의 난리를 노친이 바꾸었네

| 不堪追往昔 | 지난날을 좇아갈 수 없는데 |
| 醉語亦傷神 | 취한 말이 또한 마음을 상하게 하네 |

주석 ↺

1) 가정(嘉靖) 31년(1552)에 왜구(倭寇)가 침범하여 상해(上海) · 남회(南匯) · 오
   송(吳淞) · 사포(乍浦) · 진서(蓁嶼) 등지를 함락시키고, 소주(蘇州) · 송주(松
   州) · 영주(寧州) · 소주(紹州) 등 20여 곳을 유린했음. 舍弟(사제): 왕세정의
   아우 왕세무(王世懋: 1536-1588). 자는 경미(敬美). 가정 38년(1559)에 진사가
   되고, 태상소경(太常少卿)을 지냈음.

2) 왕세정의 부친 왕여(王忬)는 산동순무제독군무(山東巡撫提督軍務)를 지내며
   가정 32년(1553)에 유대유(兪大猷) 등을 지휘하여 왜구를 막은 공적이 있었음.

평설 ↺

- 심덕잠의 『명시별재』: "기(氣)가 웅장하고, 맛이 두터워서 두릉(杜陵: 杜
  甫)에게 부끄럽지 않다."

손태초의 묘에 제사 술을 뿌리다 酹孫太初墓[1]

死不必孫與子	죽어서는 반드시 손자와 자식이 필요가 없고
生不必父與祖	살아서는 반드시 부친과 조부가 필요가 없네
突作憑陵千古人[2]	돌연 천고의 사람에 핍근하니
依然寂寞一抔土[3]	의연하게 적막한 한 무덤이네

道場山陰五十秋[4]　도장산 음지에 오십 세월인데

那能華表鶴來游[5]　어찌 화표학이 와서 노닐 수 있겠는가?

君看太華蓮花掌[6]　그대 태화산 연화장을 보구려

應有笙歌在上頭[7]　반드시 생가가 위 꼭대기에 있으리라

주석

1) 孫太初(손태초): 손일원(孫一元: 1484-1520). 철적(鐵笛)과 학표(鶴瓢)를 지니고 천하를 유람하다가, 명나라 무종(武宗) 무덕(武德) 연간(1484-1521)에 오정(烏程)에 은거하여 유린(劉麟) 등과 수창했는데, '초계오은(苕溪五隱)'의 한 사람이었음. 『명사(明史)·은일전(隱逸傳)』에 "어느 곳 사람인지 알 수 없고, 그 향리(鄕里)를 물어보면, '나는 진인(秦人)이다'라고 했다. 일찍이 태백산(太白山) 꼭대기에서 살았기 때문에 호를 태백산인(太白山人)이라고 했다"고 했다.

2) 憑陵(빙릉): 핍근(逼近). 침범.

3) 一抔土(일부토): 일봉토(一捧土). 분묘를 말함.

4) 道場山(도장산): 절강성 장흥(長興)에 있는 산. 손일원이 죽은 곳임.

5) 華表鶴(화표학): 요동(遼東) 사람 정령위(丁令威)가 영허산(靈虛山)에서 도를 배운 후에 학이 되어서 요동으로 돌아와서, 성문 화표주(華表柱)에 머물렀다고 함.

6) 太華蓮花掌(태화련화장): 화산(華山)의 연화봉(蓮花峰).

7) 전설 속의 왕자교(王子喬)가 백학(白鶴)을 타고 와서 구씨산(緱氏山) 꼭대기에 머물렀다가 떠나갔다는 고사를 인용했음. 왕자교는 생가(笙歌)를 잘 불러서 봉황의 소리를 냈다고 함.

● 심덕잠의 『명시별재』: "이기(離奇)가 돌올(突兀)하게 태백산인(太白山人)을 조문했는데, 스스로를 웅했을 뿐이다."

척장군이 준 보검에 대한 노래 戚將軍贈寶劍歌[1]

1

毋嫌身價抵千金	몸값이 천금에 해당함을 꺼리지 않으니
一寸純鈞一寸心[2]	일촌 순구가 일촌의 마음이네
欲識命輕恩重處	목숨 가볍고 은혜 중한 곳을 알려는데
灞陵風雨夜來深[3]	파릉의 풍우 속 밤이 깊은 곳이네

주석 ⟨⟩

1) **戚將軍**(척장군): 척계광(戚繼光). 왜구를 막은 당대 유명한 장군이었음. 왕세정의 부친 왕여(王忬)가 제독절강군무(提督浙江軍務)로서 왜구를 막을 때 척계광은 참장(參將)이었음. 척계광이 왕세정에게 보검을 기증하자, 그 답례로 지은 시임. 모두 10수임. 원주에 "척장군(戚將軍)이 적을 쫓아서 민해(閩海) 중에 이르렀을 때 한밤중에 붉은 빛이 파도 사이에서 올라오는 것을 보았다. 잠수를 잘하는 자를 시켜서 찾아보게 했는데, 한 개 고철묘(古鐵猫)였다. 무게가 2백 근이었다.……이것으로 검 3자루를 만들었는데 모두 청색이 찬란하게 눈동자를 쏘았다. 그 중 한 자루를 나에게 주었다. 나는 절구 10수로써 사례했다"고 했음.

2) **純鈞**(순구): 옛 보검의 이름.

3) 한(漢)나라 명장 이광(李廣)이 파직당하여 서인(庶人)이 되었을 때 밤에 사냥

을 나갔다가 파릉정(灞陵亭)으로 돌아왔는데 파릉위(灞陵尉)가 모욕을 하면
서 문을 열어주지 않았다. 그래서 밖에서 밤을 새었다. 오래지 않아서 이릉
이 다시 우북평태수(右北平太守)가 되었는데 파릉위와 함께 가기를 청하여,
파릉위가 군에 오자 참수를 했다.

2

曾向滄流劐怒鯨　　일찍이 푸른 물결 향해 노한 고래를 베고
酒闌分手贈書生　　술 거나해 이별할 때 서생에게 주었네
芙蓉澁盡魚鱗老[1]　부용검 녹슬고 어린 칼집 낡은 것은
總爲人間事漸平　　모두 세상의 일이 점차 평온해지기 때문이네

주석 ☙

 1) 芙蓉(부용): 옛 보검의 이름. 澁盡(삽진): 녹이 슨 것. 魚鱗老(어린로): 물고
   기껍질로 만든 칼집이 낡은 것.

서성궁사 西城宮詞[1]

新傳牌子賜昭容[2]　새로 패자를 전해 소용을 하사하니
第一仙班雨露濃[3]　제일 선반에 우로가 짙네
袋裏相公書疏在[4]　자루 안에 상공의 서소가 있는데
莫敎香汗濕泥封　　향기로운 땀이 니봉을 젖게 하지 말라

1) 西城(서성): 명나라 때 북경(北京)의 서원(西苑). 명나라 세종(世宗)은 가정 (嘉靖) 연간 20여 년 동안에 일락(逸樂)에 탐닉하고, 도교를 신봉하는 등, 정사를 피폐하게 만들었음. 이 시는 이를 풍자하여 지은 것임. 일종의 신악부 (新樂府)시임. 모두 12수임.

2) 牌子(패자): 기패(旗牌). 昭容(소용): 황궁의 여관(女官)의 하나. 총비(寵妃) 를 말함.

3) 仙班(선반): 원래 한림학사(翰林學士)의 무리를 지칭하는 미칭인데, 여기서 는 비빈(妃嬪)의 무리를 말함.

4) 相公(상공): 재상(宰相). 당시 재상은 간신 엄숭(嚴嵩)이었는데 그 아들과 함 께 20여 년 동안 정권을 농단했음.

늦가을 시골에서 즉경을 짓다 暮秋村居卽事[1]

紫蟹黃鷄饞殺儂　　붉은 게 누런 닭을 나에게 실컷 먹이니
醉來頭腦任冬烘[2]　취하여 정신을 우활함에 맡기네
農家別有農家語　　농가엔 별로의 농가의 말이 있으니
不在詩書禮樂中　　시서와 예악 중에 있지 않네

1) 모두 6수임.

2) 冬烘(동홍): 우부(迂腐), 천루(淺陋).

종군행 從軍行[1]

蹋臂歸來六博場[2]　답비하고 육박장으로 돌아오니
城中白羽募征羌[3]　성안에 백우가 정강을 모집하네
相逢試解吳鉤看[4]　서로 만나 시험 삼아 오구를 풀어서 보는데
已是金河萬里霜[5]　이미 금하엔 만 리의 서리이네

주석 ⌒

1) 從軍行(종군행): 악부(樂府) 〈평조곡(平調曲)〉의 이름. 내용은 주로 군대생활의 고단함을 노래한 것임. 모두 8수임.

2) 蹋臂(답비): 어깨를 나란히 하고 노래하며 발로 땅을 밟으며 박자를 맞추는 것. 六博(육박): 박희(博戱)의 일종.

3) 白羽(백우): 흰 새의 깃을 꽂은 긴급한 군사문서. 征羌(정강): 강족(羌族)을 정벌하는 군인을 말함. 강족은 서융(西戎)에 속하는 유목민.

4) 吳鉤(오구): 예리한 검(劍)의 일종.

5) 金河(금하): 내몽고(內蒙古) 자치구 중부의 대흑하(大黑河).

양유예 梁有譽

양유예, 자는 공실(公實), 순덕(順德: 광동성 番禺縣) 사람. 가정(嘉靖) 29
년(1550)에 진사가 되고, 형부주사(刑部主事)를 지냈다. 3년 후 병으로 귀
향하여 독서로 소일하다가 36세에 죽었다. 후칠자 중의 한 사람. 저서로
『난정존고(蘭汀存稿)』가 있다.

왕세정의 『예원치언』에 "양공실(梁公實)의 시는 녹야(綠野)의 산지(山池)
와 같아서 번아(繁雅)함이 균등하게 적합하다. 또한 한(漢)나라 사예(司
隷)의 의관과 같아서 사람들에게 놀라게 하여 아름답다고 여기게 하나,
단지 전성기의 의물(儀物)이 아니다"라고 했다.

호응린의 『시수』에 "공실은 여러 사람들 가운데 가장 빨리 성취했다.
율(律)은 더욱 온후진밀(溫厚縝密)한데, 단지 기격(氣格)이 미약하다"고
했다.

주이존의 『정지거시화』에 "난정(蘭汀)의 고시는 『문선(文選)』의 체(體)를
따랐고, 오칠율은 규효(叫囂)의 습기(習氣)가 없다. 사명(四溟: 謝榛) 이하
에서는 거의 이 사람뿐이다. 서중행(徐中行)·오국륜(吳國倫)을 뛰어넘음
이 어찌 열 배일 뿐이겠는가?"라고 했다.

늦봄 병중에 회포를 말하다 暮春病中述懷[1]

花落長安春事過[2]　꽃 떨어진 장안에 춘사가 지나가고

側身天地甲兵多　몸을 기댄 천지엔 갑병이 많네

馬卿消渴空成賦[3]　마경은 소갈병으로 공연히 부를 짓고

阮籍佯狂獨放歌[4]　완적은 거짓 미친 체하며 홀로 노래 불렀네

病起春風吹鬢髮　병에서 일어나니 봄바람이 머리털을 부는데

酒醒寒月上關河[5]　술 깨니 찬 달이 관하에 떠오르네

凭欄却憶十年事　난간에 기대 다시 십년의 일을 추억하는데

長嘯誰持返日戈[6]　긴 휘파람 불며 누가 해를 돌리는 창을 들었는가?

주석 ᥫᥬ

1) 모두 2수임.

2) 春事(춘사): 봄날의 화사(花事).

3) 馬卿(마경): 서한(西漢)의 사마상여(司馬相如). 유명한 사부가(辭賦家)였음.
   자는 장경(長卿). 消渴(소갈): 당뇨병(糖尿病).

4) 阮籍(완적): 진(晉)나라 죽림칠현(竹林七賢) 중의 한 사람. 예절에 구속되지
   않고 광인처럼 지냈음.

5) 關河(관하): 널리 중관요진(重關要津)을 말함.

6) 返日戈(반일과): 해를 되돌리는 창. 초(楚)나라 노양공(魯陽公)이 전쟁을 할
   때 해가 지려고하자 창으로 해를 불렀더니, 해가 3사(舍) 정도 되돌려졌다
   고 함.

오국륜 吳國倫

오국륜, 자는 명경(明卿), 흥국(興國: 강서성 흥국현) 사람. 가정(嘉靖) 29
년(1550)에 진사가 되고, 병부급사중(兵部給事中)을 지냈다. 엄숭(嚴嵩)에
게 죄를 얻어서 파직되었다. 엄숭이 패한 후 건녕지부(建寧知府) 등을 거
쳐 하남참정(河南參政)을 지냈다. 후칠자 중의 한 사람으로서 가장 연장
자였다. 저서로 『담추동고(甔甀洞稿)』가 있다.

호응린의 『시수』에 "명경(明卿)의 오칠언율은 정밀침웅(整密沈雄)하여 충
분히 우린(于鱗: 이반룡)과 나란히 달릴 수 있다. 그런데 우린은 용자(用
字)가 동일한 것이 많고, 명경은 용구(用句)가 동일한 것이 많기 때문에
수십 편 외에는 많이 읽을 수 없다. 모두 약간의 단점을 지녔다"고 했다.
주이존의 『명시선』에 "진와자(陳臥子: 陳子龍)가 말하기를 '명경(明卿)은
아련유일(雅練流逸)하고, 정경(情景)이 서로 부합(副合)하고, 조(調)는 본
래 요량(嘹亮)하고, 사(詞) 또한 균적(勻適)하여 참으로 당(堂)에 오른 선
비이다"라고 했다.

고주에서의 잡영 高州雜詠[1]

粤南天欲盡[2]	월남의 하늘이 끝나려 하는데
風氣迥難持[3]	풍기는 아득하여 유지하기 어렵네
一日更裘葛[4]	하루에 갖옷과 갈옷을 갈아입고
三家雜漢夷	세 가옥에 한족과 이족이 섞여있네
鬼符書辟瘴[5]	귀부서로 장기를 피하고
蠻鼓奏登陴[6]	만고를 연주하며 성가퀴로 오르네
遙夜西歸夢	긴 밤에 서쪽으로 돌아갈 꿈을 꾸는데
誰應海月知	누가 바다 달에 응함을 아는가?

주석

1) 高州(고주): 치소는 광동성 무명현(茂名縣).

2) 粤南(월남): 광동성 남부.

3) 風氣(풍기): 풍속.

4) 裘葛(구갈): 갖옷과 갈옷. 동복(冬服)과 하복(夏服)을 말함. 하루에도 기후변
화가 심하다는 것.

5) 鬼符書(귀부서): 일종의 부적. 瘴(장): 장기(瘴氣). 남방의 전염병을 일으키
는 습한 기운.

6) 蠻鼓(만고): 남방 이민족의 북. 陴(비): 성 위의 여장(女墻). 성가퀴.

평설

● 심덕잠의 『명시별재』: "풍토시(風土詩)는 반드시 이와 같은 기경(奇警)
한 필(筆)이어야 비로소 생동감을 베껴낼 수 있다."

칠반령을 넘다 過七盤嶺[1]

驅馬度層嶺	말을 몰아 높은 고개를 넘는데
馬鳴知轗軻[2]	말이 울며 길이 험함을 아네
欲舒千里足[3]	천리족을 펴려고 하지만
其奈七盤何	칠반령을 어찌 하겠는가?

주석 ◠

1) 七盤嶺(칠반령): 섬서성 영강현(寧强縣)과 사천성 광원현(廣元縣)을 잇는 험한 고개.

2) 轗軻(감가): 길이 평탄하지 못한 것.

3) 千里足(천리족): 천리를 내달리는 천리마의 준족(俊足).

규방의 원망 閨怨

一片秋空月	한 조각 가을하늘의 달
閨中夜擣衣	규방 안엔 밤에 다듬질을 하네
如何南雁去	남쪽 기러기 떠나감을 어찌하랴?
不見北書歸	북쪽의 편지가 옴을 볼 수 없네

서위 徐渭

서위(1521-1593), 자는 문청(文清)·문장(文長), 호는 천지산인(天池山人)·천등도인(天藤道人) 등이고, 산음(山陰: 절강성 紹興) 사람. 제생(諸生)으로서 절민총독(浙閩總督) 호종헌(胡宗憲)의 막부로 들어가서 왜구를 평정하는 전쟁에 참여했다. 나중에 남북을 유람하며 그림을 팔아서 생계를 유지했다. 저서로 『서문장집(徐文長集)』·『앵도관집(櫻桃館集)』·『남사서록(南詞敍錄)』·『사성원(四聲猿)』이 있다.

『사고전서제요』에 "그 시는 이백(李白)과 이하(李賀)의 사이를 출입했는데, 재간은 높으나 식견은 편벽하여 흘러가서 마취(魔趣)를 이루었다. 택한 말은 고아함을 잃었고, 섬조(纖佻)가 많다. 비유하자면 급관요현(急管幺絃)이 처청유묘(淒淸幽渺)하여 심령(心靈)을 감탕(感蕩)시킬 수 있지만 중성(中聲)으로써 헤아리면 끝내 별조(別調)가 된다"고 했다.

주이존의 『정지거시화』에 "문장(文長)의 시는 장길(長吉: 李賀)에게 근본을 두었는데, 간혹 송(宋)·원(元)의 유파(流派)가 섞이었다. 이른바 '비연(翡然)히 문장을 이루었는데, 그것을 지은 바를 알지 못한다'는 자이다. 스스로 평하기를 '나는 글씨가 첫째고, 시가 둘째이고, 문이 셋째이고,

그림이 넷째이다'라고 했다. 그러나 시문이 번무(繁蕪)함을 면하지 못하여, 화품(畵品)보다 못하지만, 소도대말(小塗大抹)이 모두 고고(高古)하다"고 하고, 부록에 "원중랑(袁中郎: 袁宏道)이 '문장의 시는 마멸할 수 없는 일단의 기(氣)가 있다. 화내는 듯 웃는 듯, 과부가 밤에 통곡하는 듯, 나그네가 추운 밤에 깨는 듯하다. 그 뜻을 펼 때에는 너른 밭이 천리인데, 우연히 유초(幽峭)하여 곧 귀어황분(鬼語荒墳)을 이룬다'고 했다"고 했다.

또 화훼를 그려서 사생의 요구에 응하다 又圖卉應史甥之索[1]

陳家豆酒名天下　진가의 두주는 천하에서 유명한데

朱家之酒亦其幷　주가의 술도 또한 그와 나란하네

史甥親挈八升來　사생이 몸소 여덟 되를 들고 와서

如椽大卷令吾畵　서까래 같은 큰 종이에 나에게 그려달라고 하네

小白連浮三十杯　작은 흰 거품 연달아 뜬 삼십 잔인데

指尖浩氣響成雷　손가락 뾰쪽하고 호기가 천둥소리를 이루네

驚花蟄草開愁晚　놀란 꽃 움츠린 풀이 저녁 근심을 여니

何用三郎羯鼓催[2]　어찌 삼랑의 갈고로써 재촉하랴?

羯鼓催　갈고로 재촉하니

筆兎瘦　붓의 토끼털이 수척하네

蟹螯百雙　게 집게발 안주가 백 쌍이고

羊肉一肘　양고기 안주가 일 주이고

陳家之酒更二斗　진가의 술이 다시 두 말인데

吟伊吾[3]　중얼중얼 읊조리는

進厥口　그 입으로 올리니

爲儂更作狮子吼　나를 위해 다시 사자후를 토하네!

주석

1) **史甥**(사생): 사반(史槃). 서위의 친척임. 사반은 희곡(戲曲) 창작과 회화로 일
　가를 이루었음.

2) **三郎羯鼓**(삼랑갈고): 삼랑은 당나라 현종(玄宗). 배항(排行)이 3번째임. **羯
　鼓**(갈고): 갈족(羯族)의 북. 현종이 갈고를 좋아하여 궁중에서 몸소 치면 꽃

과 버들이 그 소리를 따라 분분하게 피어났다고 함.

3) 伊吾(이오): 책을 읽는 소리.

양비춘수도 楊妃春睡圖[1]

守宮夜落臙脂臂[2]	도마뱀이 밤에 연지 어깨에 떨어지고
玉階草色蜻蜓醉	옥 계단 풀색에 잠자리가 취했네
花氣隨風出御牆	꽃향기 바람 따라 궁중 담으로 나가는데
無人知道楊妃睡	양비가 잠듦을 알 사람이 없네
皁紗帳底絳羅委	검은 비단 휘장 아래 바느질 하던 비단 놓여있고
一團紅玉沈秋水	일단의 홍옥이 가을 물에 잠겨있네
畫裏猶能動世人	그림 속에서 오히려 세인을 감동시키니
何怪當年走天子	당년에 천자를 달려오게 함이 어찌 괴이하랴?
欲呼與語不得起	불러서 대화하려 해도 일으킬 수 없으니
走向屛西打鸚鵡	병풍 서쪽으로 달려가 앵무새를 쫓아내네
爲問華淸日影斜[3]	물어보자 화청궁의 해 그림자 기우는데
夢裏曾飛何處雨[4]	꿈속에서 어느 곳의 비를 날렸던가?

주석

1) 貴妃(귀비): 양귀비(楊貴妃). 이름은 옥환(玉環), 처음에는 수왕(壽王: 현종의
   아들 李瑁)의 비(妃)였는데, 나중에 여도사(女道士)로 나갔다가 현종의 총애
   를 받아 귀비(貴妃)가 되었음. 그로 인해 집안 모두가 부귀를 누렸는데, 안사
   의 난 때 현종을 따라 촉(蜀)으로 피난 가던 도중 마외역(馬嵬驛: 섬서성 興

平縣)에서 군사들의 강요에 의해 스스로 목매달아 죽었음.

2) 守宮(수궁): 도마뱀. 일명 벽궁(壁宮)·벽호(壁虎)·갈호(蝎虎)·전(蜓)이라 고 함.

3) 華淸(화청): 화청궁(華淸宮). 장안(長安) 임동현(臨潼縣) 남쪽 여산(驪山) 서 북에 있는 현종(玄宗)의 온천 궁전. 처음에는 온천궁(溫泉宮)이라 하였다가 천보(天寶) 6년에 화청궁으로 개명했음. 현종이 양귀비와 함께 유락하던 곳.

4) 무산신녀(巫山神女)의 조운(朝雲)의 고사를 말한 것임.

평설 ⟨⟩

* 왕부지(王夫之)의 『명시평선(明詩評選)』: "그림을 곧장 설명하여 낸 것 이 묘한데, 한퇴지(韓退之: 韓愈)의 〈화기(畵記)〉의 과중(窠中)으로 떨어 지지 않았다. 도리어 그림을 곧장 말한 곳에서 뜻을 전하니, 또한 두자 미(杜子美: 杜甫)의 〈왕재(王宰)〉·〈조패(曹覇)〉 등의 편이 흔적을 남긴 것과 같지 않다. 장문창(張文昌)과 비슷한데, 소상(韶爽)함은 더 낫다. '천자(天子)' 두 글자가 아래를 묶고 있음이 묘하다."

순창 가던 중에 새로 날이 개다 順昌道中新晴[1]

解轡投山屋	고삐 풀면 산 집에 던져놓고
束鞍聞曙鷄	안장 묶으며 새벽 닭소리를 듣네
風雲留宿雨	바람과 구름이 장맛비 머물러 두니
花草踏晴泥	화초들이 맑은 진흙을 밟네
曉峽喧谿路	새벽 협곡의 개울 길이 소란한데

春沙泛馬蹄　　　봄 모래밭에 말 발굽자국이 떠있네
遙知武夷曲[2]　　무이산 굽이를 멀리서 아니
只在亂峰西　　　다만 어지러운 봉우리 서쪽에 있네

주석

1) 順昌(순창): 복건성 순창현.

2) 武夷曲(무이곡): 무이산(武夷山)의 구곡계(九曲溪). 복건성 순창현 서북부에 있음.

진장군 동보를 생각하다 懷陳將軍同甫

飛將遠提戎[1]　　비장군이 멀리 군대를 거느리니
翩翩氣自雄　　　날렵한 기세가 절로 웅장하네
椎牛千嶂外[2]　　천 봉우리 밖에서 소를 잡고
騎象百蠻中[3]　　백만 중에서 코끼리를 타네
銅柱華封盡[4]　　구리기둥으로 중국의 봉역을 다하고
昆池漢鑿空[5]　　곤지는 한나라 때 파내어 비어있네
雁飛眞不到[6]　　기러기 날아옴이 참으로 이르지 못하니
何處寄秋風　　　어디서 가을바람을 부칠 건가?

주석

1) 飛將(비장): 한(漢)나라 이광(李廣)을 흉노(匈奴)가 비장군(飛將軍)이라 부르

며, 이광이 지키는 지역을 감히 침범하지 못했음.

2) 椎牛(추우): 살우(殺牛).

3) 百蠻(백만): 여러 만족(蠻族)이 사는 중국 남방지역.

4) 銅柱華封(동주화봉): 한(漢)나라 장군 마원(馬援)이 남방 지역을 정벌한 후
   구리기둥을 세워서 중국의 봉역(封域)을 표시했음.

5) 昆池漢鑿(곤지한착): 양(梁)나라 혜교(惠皎)의 『고승전(高僧傳)·축법란(竺
   法蘭)』에 "한무제(漢武帝)가 곤명지(昆明池) 바닥을 파서 검은 재를 얻었는
   데, 동방삭(東方朔)에게 물어보니, 동방삭이 말하기를 '잘 알지 못합니다. 서
   역인(西域人)에게 물어볼 수 있습니다'라고 했다. 나중에 법란(法蘭)이 오자,
   사람들이 추급하여 그것을 물어보았다. 법란이 '세계가 끝났을 때 겁회(劫灰)
   가 다 탔는데, 이것이 그 재입니다'라고 했다"고 했음.

6) 북방에서 오는 기러기는 형양(衡陽) 회안봉(回雁峰)까지만 날아오고, 그 남쪽
   으로는 가지 않는다고 함.

밤에 구원에 묵다 夜宿丘園

老樹拏空雲	늙은 나무는 허공의 구름에 닿고
長藤网溪翠	긴 등나무는 개울의 푸름을 그물질 했네
碧火冷枯根[1]	파란 귀신불이 마른 뿌리에서 차갑고
前山友精祟[2]	앞산은 정령들이 모여있네
或爲道士服	간혹 도사복장의 사람이 되어서
月明對人語	달 밝은 날 사람을 대하고 대화한다고 하니
幸勿相猜嫌	부디 서로 꺼리지 말고
夜來談客旅	밤이 되면 여관에서 얘기하세나

1) 碧火(벽화): 귀화(鬼火).

2) 精祟(정수): 정령(精靈).

백한 白鷳[1]

片雪簇寒衣	싸락눈이 찬 옷에 모이고
玄絲繡一圍	검은 실이 한 둘레를 수 놓았네
都緣惜文采	모두 문채를 아끼기 때문에
長得侍光輝	오랫동안 광휘를 모셨네
提賜朱籠窄	내려준 붉은 조롱이 좁으니
羈栖碧漢違	깃든 곳이 푸른 한수와 어긋나네
短檐側目處	짧은 처마에서 옆 눈으로 보는 곳의
天際看鴻飛	하늘가에 기러기 날아감을 보네

1) 白鷳(백한): 일종의 꿩과의 관상용 새. 양 날개가 백색이고, 흑색 무늬가 있고, 긴 꼬리는 순백이고, 복부는 순남흑색(純藍黑色)이다. 서위는 일찍이 동남항왜군무총독(東南抗倭軍務總督) 호종헌(胡宗憲)의 막부에 있었다. 호종선은 권신(權臣) 엄숭(嚴嵩)과 결탁한 인물로서 사치하고 탐욕스러웠다. 그러나 서위를 예의로써 대해주었기 때문에 차마 떠나지 못하고 그 막료로 있었던 것이다. 어느 날 호종헌이 서위에게 백한을 선물하자, 서위는 이 시를 지어서 자신의 자유롭지 못한 평소의 심회를 기탁한 것이다.

절부 節婦

縞衣綦履譽鄉鄰[1]　호의와 기리를 향리 인근에서 칭찬하니
六十年來老此身　육십 년 동안 이 몸이 늙어왔네
庭畔霜枝徒有夜　마당가 서리 맞은 나무엔 다만 밤만 있고
鏡中雲鬢久無春　거울 속 흰 머리엔 오래 봄이 없네
每因顧影啼成雨　매번 그림자를 돌아보면 눈물이 비를 이루는데
翻爲旌門切作顰　도리어 정문을 이루니 통절히 얼굴 찡그리네
百歲雙飛願所志　백세 동안 쌍으로 날기를 소원했는데
不求國難表忠臣　국난을 구하여 충신으로 표창 받지 못했네

주석 ⌒

1) 縞衣綦履(호의기리): 하얀 상복(喪服)과 상거(喪居)를 표시하는 띠를 맨 가
　죽신.

포도도에 적다 題葡萄圖

半生落魄已成翁　반평생 낙백하여 이미 늙은이가 되어
獨坐書齋嘯晩風　서재에 홀로 앉아 저녁바람에 휘파람 부네
筆底明珠無處賣　붓 아래의 명주를 팔 곳이 없어서
閑抛閑擲野藤中　야생 등나무 속에 한가히 버리고 또 버리네

풍연도에 적다 題風鳶圖[1]

1

春風語燕潑堤翻	봄바람 속 재잘대는 제비들 제방에 물 튀기며 날고
晚笛歸牛穩背眠	저녁 피리소리 속 돌아오는 소 등에서 편히 자네
此際不偸慈母線	이때에 어머니의 실을 훔치지 못하니
明朝孤負放鳶天	내일 아침에 외롭게 하늘에 연을 날리지 못하겠네

주석 ⌒

1) 風鳶(풍연): 연(鳶). 일명 풍쟁(風箏), 요(鷂)라고 함.

2

偸放風鳶不在家	몰래 연을 날리려 집에 있지 않으니
先生差伴沒處拿	선생이 연 떨어진 곳에서 벗에게 잡아오라 하네
有人指點春郊外	어떤 이가 봄 교외 밖을 가리키니
雪下紅衫就是他	눈밭 아래 붉은 적삼이 바로 그 아이이네

3

| 新生犢子鼻如油 | 새로 태어난 송아지의 코가 매끄러워서 |
| 有索難穿百自由 | 줄로 꿰기 어려워 멋대로 날뛰네 |

纔見春郊鳶事歇　　겨우 봄 교외의 연 날리기 끝남을 보는데
又搓彈子打黃頭[1]　　또 탄환을 만들어 황두를 쏘네

주석

1) 彈子(탄자): 탄환(彈丸). 黃頭(황두): 새 이름. 크기가 참새 정도인데, 황색이
   며 잘 다투어서 투조(鬪鳥)로 사육하기도 함.

4

我亦曾經放鷂嬉[1]　　나 또한 일찍이 연날리기 놀이를 했었으니
今來不道老如斯　　지금 이처럼 늙었다고 말하지 마오
那能更駐游春馬　　어찌 다시 봄놀이의 말을 멈추고서
閑看兒童斷線時　　한가히 애들이 연줄을 끊을 때를 보겠는가?

주석

1) 放鷂(방요): 방연(放鳶).

심명신 沈明臣

심명신(1518-1596), 자는 가칙(嘉則), 호는 구장산인(句章山人)·역사장
(櫟社長), 은현(鄞縣: 절강성 寧波) 사람. 일찍이 제생(諸生)이 되었으나 여
러 번 향시에 떨어져서 시에만 전념했다. 가정(嘉靖) 연간에 서위(徐
渭)·여인(余寅)과 함께 절강총독(浙江總督) 호종헌(胡宗憲)의 막료(幕僚)
를 지냈다. 저서로 『풍대루시선(豊對樓詩選)』이 있다.

『사고전서제요』에 "명신의 시는 재기(才氣)가 분용(坌涌)한데 그 몹시 용
이한 것을 얻었다"고 했다.

개가 凱歌

銜枚夜度五千兵[1]	함매하고 밤에 건넌 오천 병사인데
密領軍符號令明	비밀리 군부를 거느리고 호령이 분명하네
狹巷短兵相接處	좁은 길에서 짧은 병기로 서로 접전하는 곳에서
殺人如草不聞聲	풀 베듯 살인하니 소리도 들리지 않네

주석

1) 銜枚(함매): 대나무로 만든 막대를 입에 무는 것. 군사들의 소란을 방지하기 위한 것. 막대의 양쪽 끝에 줄이 달려있어서 뒤로 묶었다.

평설

● 『명사(明史)·문원전(文苑傳)』: "호종헌(胡宗憲)이 일찍이 난가산(爛柯山)에서 장리(將吏)들에게 연회를 베풀었는데, 술이 거나하고 음악이 울리자, 명신(明臣)이 〈요가(鐃歌)〉 10장(章)을 지었다. 그 중에 '狹巷短兵相接處, 殺人如草不聞聲' 구가 있었는데, 종헌이 일어나서 그 수염을 매만지며 말하기를 '심생(沈生)이 누구던가? 웅쾌(雄快)함이 이와 같은가!'라고 하고는 즉시 명하여 돌에 새기도록 했다."

어촌석조 漁村夕照

1

洲前洲後盡垂楊	강섬의 앞뒤엔 모두 수양버들이고

村尾村頭滿夕陽　마을의 뒤와 앞엔 석양이 가득하네
換酒醉眠高曬網　술을 사와 취해 자는데 말리는 그물이 높고
遠山修竹正蒼蒼　먼 산의 긴 대나무들 진정 푸르네

2

不知誰唱白銅鞮[1]　누가 <백동제>를 부르는지 모르겠는데
楊柳村南卽大堤　버드나무 우거진 마을 남쪽이 곧 대제이네
欸乃一聲風斷續[2]　어기어차 한 소리에 바람이 끊겼다 이어지고
打魚人背夕陽遲　물고기 잡는 사람의 등엔 석양이 더디네

주석 ⌒

1) 白銅鞮(백동제): 남조 민요의 이름. 『수서(隋書) · 악지(樂志)』에 "양무제(梁
武帝)가 옹진(雍鎭)에 있을 때, 동요(童謠)에 '양양(襄陽)의 백동제(白銅蹄)가
도리어 양주아(揚州兒)들을 결박했네'라고 했는데, 어떤 식자(識者)가 말하기
를 '동제(銅蹄)는 말[馬]이고, 백(白)은 금색(金色)이다'라고 했다. 의사(義師)
를 일으킬 때, 실로 철기(鐵騎)로써 양주의 병사들을 모두 투항하게 했는데
과연 동요와 같았다. 그래서 즉위 후에 곧 신성(新聲)을 짓고 황제도 스스로
그 가사 3곡을 짓고, 또한 심약(沈約)에게 3곡을 짓도록 하여서 관현(管絃)으
로 연주하게 했다"고 했다. 『고금악록(古今樂錄)』에 "〈양양답동제(襄陽蹋銅
蹄)〉는 '양무제가 서하(西下)에서 지은 것이다. 심약이 또한 그 화답을 짓기를
「〈양양백동제〉는 성덕(盛德)이 하늘에 감응하여 온 것이다」라고 했다. 천감
(天監) 초에는 무인(舞人)이 16인이었는데, 나중에 8인이었다'라고 했다"라고
했다.

2) 欸乃(애내): 노를 젓는 소리.

소고별업의 〈죽지사〉 蕭皐別業竹枝詞[1]

靑黃梅氣暖凉天	청황색의 매실 기운의 따뜻하고 서늘한 날씨인데
紅白花開正種田	붉고 흰 꽃들 피니 바로 밭에 파종할 때이네
燕子巢邊泥帶水	제비 둥지의 진흙은 물기를 띠고
鵓鳩聲裏雨如烟	비둘기 소리 속에 비가 안개 같네

주석 ෴

1) 蕭皐別業(소고별업): 이빈부(李賓父)의 별장 이름. 모두 10수임.

평설 ෴

● 왕부지의 『명시평선』: "〈죽지〉의 본색(本色)이다."

종신(1525-1560), 자는 자상(子相), 양주(楊州) 홍화(興化: 강소성 홍화현) 사람. 가정(嘉靖) 29년(1550)에 진사가 되고, 형부주사(刑部主事)·계훈원 외랑(稽勛員外郎)을 지냈다. 엄숭(嚴嵩)에게 죄를 얻어서 복건참의(福建參 議)로 쫓겨났다가, 제학부사(提學副使)를 지냈다. 후칠자의 한 사람이다. 저서로 『종자상집(宗子相集)』이 있다.

운문 여러 산을 오르다 登雲門諸山[1]

山頭月白雲英英[2]	산머리에 달이 희고 구름 자욱한데
千峰倒插千江明	천 봉우리가 거꾸로 꽂힌 천 강이 밝네
手把芙蓉步石壁[3]	손으로 부용을 부여잡고 석벽을 걷는데
蒼翠亂射猿鳥驚	푸른빛 어지럽게 쏘아 원숭이와 새들이 놀라네
誰其雲外吹紫笙	누가 구름 밖에서 붉은 생황을 부는가?
欲來不來空復情	오려 해도 올 수 없어 공연이 정을 펴네
天風吹我佩蕭瑟[4]	바람의 나의 패옥을 불어 소슬하고
恍疑身在崑崙行	황홀히 몸이 곤륜산 길에 있네

주석

1) 雲門(운문): 산 이름. 절강성 소흥시(紹興市) 남쪽. 일명 동산(東山). 위에 운문사(雲門寺)가 있음.

2) 英英(영영): 구름이 자욱한 모양.

3) 芙蓉(부용): 거상화(拒霜花)의 속칭. 7-8월에 무궁화 모양의 꽃이 핀다. 일명 목부용(木芙蓉).

4) 蕭瑟(소슬): 가을바람이 부는 소리.

호수 가에서 湖上[1]

幽人夜不眠[2]	유인이 밤에 잠 못 이루고
松下倚寒石	소나무 아래 찬 바위에 기댔네

秋月落江潭　　　가을 달은 강담으로 떨어지고
千里湛空碧　　　천리의 푸른 하늘이 맑네

주석

1) 원래 제목이 〈湖上雜詠〉 20수임.

2) 幽人(유인): 은자(隱者).

이지(1527-1602), 자는 굉보(宏甫), 호는 탁오(卓吾)·온릉거사(溫陵居士), 천주(泉州) 진강(晉江: 복건성 진강현) 사람. 가정(嘉靖) 31년(1552)에 복건 향시(福建鄉試)의 거인(擧人)이 되고, 만력(萬曆) 5년(1577)에 운남요안지부(雲南姚安知府)를 지냈다. 3년 후 귀향하여 저술과 강학으로 일관했다. 정주학(程朱學)을 반대하고 이단(異端)으로 자처하다가, 혹세무민의 죄로 몰려서 옥에 갇혀서 자살했다. 시문은 복고(復古)를 반대하고 스스로의 진정(眞情)을 강조했다. 저서로 『이온릉집(李溫陵集)』·『장서(藏書)』·『속장서(屬藏書)』·『분서(焚書)』·『속분서(續焚書)』 등이 있다.

처음 석호에 이르다 初到石湖[1]

皎皎空中石[2]	교교한 공중의 바위인데
結茅俯靑谿[3]	띠집 짓고 청계를 굽어보네
魚遊新月下	새 달빛 아래 물고기들 놀고
人在小橋西	사람들은 작은 다리 서쪽에 있네
入室傾尊酒	방으로 들어가서 술잔 기울이고
逢春信馬蹄	봄을 만나 말 가는 데로 맡겨두네
因依如可就	의지하여 나아갈 만하니
笻竹正堪攜	대지팡이를 진정 휴대할 만하네

주석

1) 石湖(석호): 강소성 소주(蘇州) 서남에 있는 호수.

2) 皎皎(교교): 결백(潔白)한 모양.

3) 靑谿(청계): 남경시(南京市) 종산(鍾山) 서남에서 발원하여 진회(溱淮)로 들어가는 물 이름.

홀로 앉아서 獨坐

有客開靑眼[1]	객이 있으면 청안을 열 터인데
無人問落花	낙화를 묻는 사람이 없네
暖風薰細草	따뜻한 바람에 작은 풀이 향기 나고
凉月照晴沙	서늘한 달빛은 밝은 모래밭을 비추네

客久翻疑夢	나그네 생활 오래되어 곧 꿈인가 싶은데
朋來不憶家	벗이 오니 집을 생각하지 않네
琴書猶未整	금서를 오히려 정돈하지 않고
獨坐送殘霞	홀로 앉아 남은 놀을 전송하네

주석

1) 靑眼(청안): 반기는 눈동자. 진(晉)나라 완적(阮籍)은 마음에 드는 벗이 오면
   청안으로 대하고, 싫은 사람에게는 백안(白眼)으로 대했다고 함.

늙은 병이 처음 낫다 老病始蘇[1]

名山大壑登臨遍	명산과 대학을 두루 올라가 보았는데
獨此垣中未入門	다만 이 담 안의 문에는 들어가지 못했네
病間始知身在系	병중에 비로소 몸이 갇혀있음을 아니
幾回白日幾黃昏	몇 번이나 대낮과 황혼이 돌았던가?

주석

1) 〈계중팔절(系中八絶)〉 중의 1수임. 이지가 75세의 고령으로 예부급사중(禮部
   給事中) 장문달(張間達)에게 '혹란인심(惑亂人心)'이란 죄목으로 탄핵을 받
   고, 옥에 갇혀서 쓴 시임.

척계광 戚繼光

척계광(1528-1587), 자는 원경(元敬), 호는 남당(南堂)·맹제(盟諸), 등주(登州) 봉래(蓬萊: 산동성 봉래현) 사람. 장군가 출신으로 17세에 부친의 직책을 세습하여 등주위지휘첨사(登州衛指揮僉事)가 되었다. 왜구를 막은 공으로 복건부총병(福建副總兵)이 되고, 신기영부장(神機營部將)을 지냈다. 유대유(兪大猷)와 함께 광동(廣東)의 왜란을 평정했다. 융화(融化) 초에 좌도독(左都督)·태자소보(太子少保)를 지냈다. 저서로 『지지당집(止止堂集)』이 있다.

왕세정의 『엄주산인속고(弇州山人續稿)』에 "소보(少保)의 사려(師旅) 중의 시편은 발양도려(發揚蹈厲)하고, 연회 중의 편장들은 청완조창(淸婉調暢)하다"고 했다.

반산 절정 盤山絶頂[1]

霜角一聲草木哀[2]	가을 호각 한 소리에 초목이 슬퍼하고
雲頭對起石門開	구름이 머리 맞대고 일어나니 석문이 열렸네
朔風虜酒不成醉[3]	삭풍 불고 노주에 취할 수 없는데
落葉歸鴉無數來	낙엽 지고 돌아오는 까마귀들 무수히 오네
但使玄戈銷殺氣[4]	다만 쇠창에 살기가 사라지지 않도록 하면
未妨白髮老邊才[5]	백발의 늙은 변재가 방해되지 않으리라
勒名峰上吾誰與	봉우리 위에 이름 새김을 내 누구와 함께할까?
故李將軍舞劒臺[6]	옛 이장군의 무검대이네

주석

1) **盤山**(반산): 본명은 사정산(四正山), 일명 분산(盆山). 지금의 천진시(天津市) 계문현(薊門縣) 서북에 있음.

2) **霜角**(상각): 서리가 내리는 가을의 호각소리. **草木哀**(초목애): 초목이 시드는 것.

3) **虜酒**(노주): 북방 이민족의 술.

4) **玄戈**(현과): 철과(鐵戈). **殺氣**(살기): 병기(兵氣). 전쟁의 기운.

5) **邊才**(변재): 변경을 수비하는 재능.

6) **故李將軍**(고이장군): 한(漢)나라 비장군(飛將軍) 이광(李廣). 이광이 일찍이 파직당하고 밤에 사냥을 하고 파릉정(灞陵亭)으로 돌아왔는데, 파릉위(灞陵尉)가 누구냐고 묻자, "고이장군(故李將軍)이다"라고 했다. 파릉위가 "금장군(今將軍)도 밤에 다니지 못하는데 하물며 고장군이겠는가?"라고 했음. 또 당나라 초의 명장 이정(李靖)이 일찍이 반산에서 검무(劍舞)를 하여서, 후인들이 반산 천성사(天成寺) 동쪽에 무검대(舞劍臺)를 세웠다고 한다.

- 왕부지의 『명시평선』: " 붙인 감개가 격하지 않다. 남당(南塘)은 본래 조관(粗官)이 아니다."

- 심덕잠의 『당시별재』: "의도함이 없이 시를 지었는데 절로 생취(生趣)가 족하다."

말 위에서 짓다 馬上作

南北驅馳報主情	남북으로 내달림은 임금께 보답할 마음인데
江花邊月笑平生	강 꽃과 변경의 달이 나의 평생을 비웃네
一年三百六十日	일 년 삼백육십일 동안
多是橫戈馬上行	창을 비껴들고 말위에서 다님이 많네

새벽에 행군하다 曉征

霜溪曲曲轉旌旗	서리 내린 개울 굽이굽이에 깃발이 도는데
幾許沙鷗睡未知	어디서 갈매기들이 자는지 모르겠네
笳鼓聲高寒吹起	갈피리 북소리 높고 찬바람 일어나니
深山驚殺老闍黎[1]	깊은 산 늙은 고승을 놀라게 하네

1) 闍黎(도려): 도리(闍梨). 범어(梵語) 아도리(阿闍梨). 고승(高僧).

서통, 자는 유화(惟和), 민현(閩縣: 복건성) 사람. 만력(萬曆) 무자년(1618)에 거인(擧人)이 되었다. 아우 서발(徐熥)과 함께 시명(詩名)이 있었다. 당시(唐詩)를 배웠고, 칠율에 뛰어났다. 저서로 『만정집(幔亭集)』이 있다. 『사고전서총목』에 "주이존(朱彝尊)의 『정지거시화(靜志居詩話)』에서 또한 '그의 칠언절구는 원래 왕강녕(王江寧: 王昌齡)에 근본을 두고 다정(多情)하고 말이 지극하다'고 했는데, 이 시집을 상세히 열람해보니 모두를 표방한 것이 아니다. 명나라 말의 시도(詩道)가 용잡(冗雜)한 때에 당하여 또한 예탁(穢濁)함을 선태(蟬蛻)한 자라고 할 만하다. 민중(閩中)의 시인은 임홍(林鴻)과 왕몽(王蒙) 등 여러 사람 이후 정계지(鄭繼之)를 추대하여 으뜸으로 삼는데, 서통은 평생 계지를 즐겨 칭송했다"고 했다.

봄날 한가한 거처에서 春日閑居

草閣春方暮	초각에 봄이 지금 저무는데
檉陰日未斜[1]	위성류 녹음엔 해가 기울지 않았네
蝸涎分斷壁	달팽이 점액이 벽을 나누어 끊고
鶯語共隣家	꾀꼬리소리를 이웃과 함께 듣네
曲塢藏修竹	굽은 터는 긴 대나무 숲을 간직하고
輕雲覆落花	가벼운 구름은 낙화를 덮었네
卑栖有至性[2]	평민생활에 지극한 본성이 있으니
長此臥烟霞	이곳에서 연하에 누운 것이 오래이네

주석 ⟳

1) 檉(정): 위성류. 일명 하류(河柳) · 정류(檉柳). 낙엽관목으로 담홍색의 꽃이 핌.

2) 卑栖(비서): 낮은 지위에 있는 것. 평민생활을 말함. 至性(지성): 하늘이 부여한 본성.

매우금의 진회 객사를 방문하다 訪梅禹金秦淮客舍[1]

舟過長干問客星[2]	배가 장간을 지나며 객성을 물어보며
風流不用嘆飄零	풍류가 표령함을 한탄하지 않네
一秋桃葉居淮水[3]	한 가을의 도엽 나루가 회수에 있는데
十月梅花夢敬亭[4]	시월 매화가 핀 경정산을 꿈꾸네
游徧南朝故宮地[5]	남조의 고궁 터를 두루 유람하고

翻殘西竺淨名經[6]　남은 서축 정명경을 열람하네
贈君欲折藏鴉柳[7]　그대에게 까마귀 깃든 버들가지를 꺾어주려는데
滿目隋堤何處靑[8]　시야에 가득한 수제의 어느 곳이 푸른가?

주석

1) 梅禹金(매우금): 매정조(梅鼎祚: 1553-1619), 선성(宣城: 안휘성) 사람. 젊어서부터 시명(詩名)이 있었고, 탕현조(湯顯祖)와 절친했음.

2) 長干(장간): 지명. 강소성 남경시(南京市) 강녕현(江寧縣) 경내. 客星(객성): 타향에 은거한 사람을 말함.

3) 桃葉(도엽): 도엽도(桃葉渡). 진(晉)나라 왕헌지(王獻之)가 이곳에서 그의 첩 도엽을 전송하며, "桃葉復桃葉, 渡江不用楫. 但渡無所苦, 我自迎接汝"라고 노래를 불러서 얻은 이름이라고 함. 매우금은 당시 소희(小姬)를 데리고 진회 객사에 머물고 있었음.

4) 敬亭(경정): 산 이름. 안휘성 선성현(宣城縣). 매우금의 고향임.

5) 南朝(남조): 송(宋)·제(齊)·양(梁)·진(陳)을 말함. 서로 이어서 건강(建康: 建業)에 도읍하였음. 지금의 남경시(南京市)임.

6) 西竺淨名經(서축정명경): 불경의 이름. 유마힐경(維摩詰經).

7) 藏鴉柳(장아류): 까마귀를 깃들게 할 만큼 우거진 버드나무.

8) 隋堤(수제): 수양제(隋煬帝)가 판저(板渚)로부터 하수(河水)를 끌어다가 어도(御道)를 만들어 버드나무를 심고, 수제(隋堤)라고 불렀음.

아우에게 부치다 寄弟[1]

春風送客翻愁客　봄바람이 객을 보내며 나그네 수심을 날리니

客路逢春不當春　　객로에서 봄을 만나니 마땅히 봄이 아니네

寄語鶯聲休便老　　꾀꼬리 울음은 부디 금방 변하지 말라

天涯猶有未歸人　　하늘 끝에 여전히 귀향하지 못한 사람이 있다네

주석

1) 서통이 아우 서발에게 보낸 시임.

우정의 남은 꽃 郵亭殘花[1]

征途微雨動春寒　　나그네 길의 보슬비가 봄추위를 일으키니

片片飛花馬上殘　　편편히 나는 꽃이 말 위에 떨어지네

試問亭前來往客　　물어보자 역 앞의 왕래하는 객들이여

幾人花在故園看　　몇 사람이나 고향의 꽃을 보았던가?

주석

1) 郵亭(우정): 역참(驛站).

단양에서 진십팔을 만나다 丹陽遇陳十八[1]

丹陽渡口遇同鄉　　단양 나루에서 동향 사람 만나서

欲語忽忽怨夕陽[2]　　말을 하려는데 빨리 저무는 석양이 원망스럽네

君返江南我江北　　그대는 강남으로 돌아가고 나는 강북으로 가니

雲山千疊斷人腸　　구름 낀 산 천 겹이 사람 마음을 끊어놓네

주석 ᑲ

1) 丹陽(단양): 강소성 남부 태호(太湖) 유역에 있음.

2) 忽忽(홀홀): 시간이 신속한 모양.

주점에서 이대를 만나다 酒店逢李大

偶向新豐市裡過[1]　　우연히 신풍 시장 안을 지나다가

故人尊酒共悲歌　　친구와 술잔 들고 함께 슬픈 노래 부르네

十年別淚知多少　　십년 이별의 눈물이 얼마이던가?

不道相逢淚更多　　상봉하니 눈물이 더욱 많음을 말하지 않네

주석 ᑲ

1) 新豐(신풍): 지금의 섬서성 임동현(臨潼縣) 동쪽에 있음.

서발 徐𤊺

서발, 자는 유기(惟起)·흥공(興公), 호는 홍우루주인(紅雨樓主人), 서통(徐熥)의 아우. 평생 출사하지 않았음. 만력(萬曆) 연간에 민중(閩中)의 시단을 주지(主持)했다. 후세에 '흥공시파(興公詩派)'라고 했다. 저서로 『오봉집(鰲峰集)』이 있다.

전겸익의 『열조시집』에 "흥공(興公)은 박학하고 문에 뛰어났는데 초예서(草隷書)를 잘 썼다. 만력(萬曆) 연간에 조능시(曹能始)와 함께 민중사맹(閩中詞盟)을 주지했는데, 후진들이 모두 '흥공시파(興公詩派)'라고 했다"고 했다.

궁인사 宮人斜[1]

空山冥漠夜沈沈[2]　빈산 어둡고 밤이 침침한데
多少芳魂不可尋　다소의 향기로운 혼을 찾을 수 없네
莫怨埋香在黃土　향혼을 묻음이 황토에 있음을 원망하지 마오
長門深比墓門深[3]　장문궁의 깊음이 묘문의 깊음과 같다오

주석 ☙

1) 宮人斜(궁인사): 옥구사(玉鉤斜). 강소성 양주시(揚州市)에 있음. 수양제(隋
　煬帝) 때 궁인(宮人)을 장례한 곳임.

2) 冥漠(명막): 깊고 어두운 모양.

3) 長門(장문): 장문궁(長門宮). 한무제(漢武帝)의 진황후(陳皇后)가 총애를 잃
　고 유폐된 곳임.

요소아 姚少娥

요소아, 다른 이름은 청아(靑娥), 호는 청아거사(靑娥居士), 수수(秀水: 절강성) 사람. 명나라 여류시인. 요원서(姚元瑞)의 딸. 어려서부터 학문을 좋아하고, 박학했다. 나이 26세에 요절했다. 그 남편인 범군화(范君和)가 그녀가 남긴 시사(詩詞)를 편집한 『옥원각초(玉怨閣草)』가 있다.

죽지사 竹枝詞

1

賣酒家臨烟水濱　　술파는 집이 안개 낀 물가에 임하여
酒旗挂出樹頭春　　술집 깃발을 나무 끝 봄에 매달았네
當壚十五半遮面　　술파는 십오 세 소녀는 얼굴을 반쯤 가렸는데
一勺淸泉能醉人　　한 구기 맑은 샘물이 사람을 취하게 할 수 있네

2

燕晴花暖春色饒　　제비 울고 꽃 핀 맑고 따뜻한 날의 춘색이 풍요한데
游情欲醉魂欲銷　　노니는 정은 취하려 하고 혼은 끊기려 하네
紅衣突展綠江畔　　붉은 의상들이 초록 강가에 갑자기 펼쳐져서
接袖紛紛渡小橋　　소매 접하고 분분하게 작은 다리를 건너네

도융(1542-1605), 자는 장경(長卿)·위진(緯眞), 호는 적수(赤水)·홍포거사(鴻苞居士), 은현(鄞縣: 절강성 寧波市) 사람. 만력(萬曆) 5년(1577)에 진사가 되고, 하남영상지현(河南潁上知縣)·예부원외랑(禮部員外郎)을 지냈다. 시주(詩酒)로 방종하다가 파직되었다. 시(詩)·사(詞)·곡(曲)·전기소설(傳奇小說)에 모두 능했다. 저서로『백유집(白楡集)』·『유권집(由拳集)』·『홍포집(鴻苞集)』과 전기소설로『수문기(修文記)』·『담화기(曇花記)』·『채호기(彩毫記)』 등이 있다.

팽성에서 황하를 건너다 彭城渡黃河[1]

彭城臨廣岸	팽성은 넓은 언덕에 임했는데
俯仰霸圖空[2]	부앙하던 패도는 없어졌네
白日照殘雪	밝은 해가 잔설을 비추고
黃河多烈風	황하엔 거센 바람이 많네
所嗟人向北	사람이 북으로 향함을 탄식하니
不似水流東	물이 동으로 흐르는 것만 못하네
回首滄溟曲[3]	창명의 굽이로 머리 돌리니
山山雲霧中	산마다 운무 속에 있네

주석 ↩

1) 彭城(팽성): 강소성 서주시(徐州市) 동산현(銅山縣).

2) 항우(項羽)가 진(秦)을 멸망시킨 후 스스로 서초패왕(西楚霸王)이라고 칭하
   고 팽성에 도읍을 세웠음. 나중에 유방(劉邦)과 천하를 다투다가 패하여 자
   결했음.

3) 滄溟(창명): 대하(大河).

봄날에 도화 별업을 생각하다 春日懷桃花別業[1]

緩步踏江村	느린 걸음으로 강촌을 가니
沙晴晚日暄	모래 맑고 저녁 햇별 따뜻하네
偶然逢野老	우연히 시골노인을 만나서

相送出柴門　　　서로 전송하며 사립문을 나서네

曲岸隱漁吹　　　굽은 언덕엔 어부의 취적소리 가려있고

平橋落水痕　　　평평한 다리엔 물 흔적이 줄어있네

歸來坐長薄　　　돌아와 긴 덤불에 앉으니

星月欲黃昏　　　별과 달이 황혼이 되려고 하네

주석

1) 別業(별업): 별서(別墅).

탕현조 湯顯祖

탕현조(1550-1617), 자는 의잉(義仍), 호는 해약(海若)·약사(若士)·혁옹(革翁), 임천(臨川: 강서성 撫州市) 사람. 만력(萬曆) 11년(1583)에 진사가 되고, 남경태상박사(南京太常博士)·예부주사(禮部主事)·절강수창지현(浙江遂昌知縣)을 지냈다. 명나라의 걸출한 희극가(戲劇家)로서 「모란정(牡丹亭)」 등 많은 작품을 남겼다. 저서로 『옥명당집(玉茗堂集)』·『홍천일초(紅泉逸草)』·『문극우초(問棘郵草)』 등이 있다.

주이존의 『정지거시화』에 "의잉(義仍)의 전사(塡詞)는 한 시대에 묘절(妙絶)하다. 시는 끝내 견솔(牽率)하여 그가 잘하는 바가 아니다"라고 했다. 진전의 『명시기사』에 "의잉(義仍)은 재기(才氣)가 올오(兀傲)하여 한 시대로 말할 수 없다. 문집 중의 오고는 청경침울(淸勁沈鬱)하고 천연고수(天然孤秀)한데, 때때로 건삽(蹇澁)함에 손상된 것은 교왕(矯枉)이 지나쳐서이다.……의잉은 원중랑(袁中郞: 袁宏道)과 친하여 칠자를 버리고 별도로 혜경(蹊徑)을 열었는데 취향은 동일하다"고 했다.

가을에 유령을 출발하다 秋發庾嶺[1]

楓葉沾秋影	단풍잎은 가을 그림자 더하고
涼蟬隱夕暉	서늘한 매미소리 석양에 가려졌네
梧雲初晻靄	오동나무 구름은 막 어둡고
花露欲霏微	꽃의 이슬은 방울지려 하네
嶺色隨行棹	고개의 색은 가는 노를 따르고
江光滿客衣	강의 빛은 나그네 옷에 가득하네
徘徊今夜月	배회하는 오늘 밤의 달빛 속에
孤鵲正南飛	외로운 까치가 바로 남쪽으로 날아가네

주석 ⌒

1) 庾嶺(유령) 대유령(大庾嶺). 일명 매령(梅嶺). 강서성과 광동성에 걸쳐있는
   산맥.

황금대 黃金臺[1]

昭王靈氣久疏蕪[2]	소왕의 영기가 오래 황폐해졌는데
今日登臺弔望諸[3]	오늘 대에 올라 망제를 조문하네
一自酈生流涕後[4]	한 번 괴생이 눈물을 흘린 후로
幾人曾讀報燕書[5]	몇 사람이나 <보연혜왕서>를 읽었던가?

주석 ᘒ

1) 黃金臺(황금대): 일명 금대(金臺)·연대(燕臺). 하북성 역현(易縣) 동남에 있
   었음. 연(燕)나라 소왕(昭王)이 천하의 현사(賢士)들을 초빙하기 위하여 세웠
   다고 함.

2) 昭王(소왕): 연(燕)나라 왕. 이름은 평(平). 곽외(郭隗)를 위해 황금대를 지어
   서 예우하였음. 악의(樂毅)·추연(鄒衍)·극신(劇辛) 등이 왔는데, 악의를 상
   장군(上將軍)으로 삼고, 진(秦)·초(楚)·한(韓)·조(趙)·위(魏)나라와 연합
   하여 제(齊)나라 70여 성을 함락시키고, 제나라 수도 임치(臨淄)로 공격하여
   들어갔음.

3) 望諸(망제): 악의(樂毅). 연나라 소왕을 이은 혜왕(惠王)이 악의의 상장군직
   을 박탈하자, 악의는 조나라에 투항했는데, 조나라에서 악의를 망제군(望諸
   君)으로 봉했음.

4) 蒯生(괴생): 괴통(蒯通). 본명은 괴철(蒯徹)이었으나 한무제(漢武帝)의 이름
   을 피하여 통으로 바꾸었음. 서한(西漢)의 유명한 변사(辯士).

5) 報燕書(보연서): 연나라 혜왕이 기겁(騎劫)을 악의 대신 상장군으로 삼았는
   데, 제나라 전단(田單)이 그를 격파하고, 제나라의 잃었던 성을 모두 회복했
   음. 이에 혜왕이 후회하고 사자를 악의에게 보내 책망하자, 악의가 〈보연혜
   왕서(報燕惠王書)〉를 써서 자신이 연나라를 떠나 조나라로 간 이유를 조목조
   목 진술했음. 이 편지를 제나라의 괴통과 주부언(主父偃)이 읽고서 폐하지
   않을 수가 없어서 눈물을 흘렸다고 함.

칠석에 군동에게 취하여 답하다 七夕醉答君東[1]

玉茗堂開春翠屛　　옥명당에 봄의 푸른 병풍을 열고
新詞傳唱牡丹亭[2]　신사로 〈모란정〉을 전하여 노래하네
傷心拍遍無人會[3]　박자와 곡조를 깨닫는 사람 없어 상심하니

自搯檀痕教小伶[4]　스스로 단흔을 두들기며 소령을 가르치네

1) 君東(군동): 유절(劉浙). 인화(人和) 사람. 명나라 유학자.

2) 牡丹亭(모란정):『임천사몽(臨川四夢)』중의 하나로 탕현조의 대표작. 두여랑(杜麗娘)과 유몽매(柳夢梅)의 생사를 넘나드는 사랑이야기이다. 심덕부(沈德符)의 『고곡잡언(顧曲雜言)』에 "탕의잉(湯義仍)의 〈모란정〉이 한 번 나오자, 집집마다 전하여 암송하니, 거의 〈서상(西廂)〉의 성가(聲價)를 감하게 했다"고 했음.

3) 拍遍(박편): 음절과 곡조.

4) 檀痕(단흔): 현악기 위에 걸쳐놓은 현을 거는 격자(格子). 小伶(소령): 어린 공연자.

석문천 · 청전 石門泉 · 青田[1]

春虛寒雨石門泉　　봄 허공에 찬 비 내리는 석문 폭포
遠似虹霓近若烟　　멀리서는 무지개 같고 가까이는 안개 같네
獨洗蒼苔注雲壑　　다만 푸른 이끼를 씻으며 구름 골짜기로 쏟아지니
懸飛白鶴繞青田　　높이 나는 백학이 청전을 둘렀네

1) 石門泉(석문천): 절강성 청전현(青田縣) 구강(甌江) 남안에 있는 유명한 폭포.

유대보가 조현중을 알현하려 교서로 감을 전송하다
送劉大甫謁趙玄冲胶西[1]

欲別悲歌鷄又鳴	이별의 슬픈 노래를 하려는데 닭이 또 울고
白頭無計與劉生	백발로 유생에게 줄 계책이 없네
恩仇未盡心難死	은혜와 원수를 다 갚지 못해 죽기 어려우니
獨向田橫島上行[2]	홀로 전횡의 섬으로 가네

주석

1) 劉大甫(유대보): 탕현조의 학생. 趙玄冲(조현충): 탕현조의 친구. 탕현조가 유대보에게 조현충을 소개하여 가서 가르침을 받도록 했음.

2) 田橫(전횡): 진(秦)나라 말과 한(漢)나라 초의 사람. 산동(山東)에서 진나라에 반대하는 군사를 일으켜서 제왕(齊王)을 칭했음. 항우(項羽)가 자결한 후 유방(劉邦)에게 항복하지 않고 5백 장사를 거느리고 해도(海島)로 피난했음. 한 고조가 항복을 강요하자 마침내 장안(長安)으로 가던 중에 자결했음. 이 소식을 들은 나머지 장사들도 모두 자결했음.

강에서 숙박하다 江宿

寂歷秋江漁火稀	적막한 가을 강에 고깃배 불빛 드물고
起看殘月映林微	잔월이 숲을 비추며 희미함을 일어나서 보네
波光水鳥驚猶宿	파도 빛에 물새들 놀라면서 여전히 자고
露冷流螢濕不飛[1]	이슬 차가워 반딧불이 젖어서 날지 못하네

1) 流螢(유형): 나는 반딧불.

● 왕부지의 『명시평선』: "몹시 취하여 들어갔는데, 씻어내고서 나왔다. 시의 도(道)가 여기에서 거의 다하지 않았는가?"

천축산의 중추 天竺中秋[1]

江樓無燭露凄淸	강 누대에 촛불 없고 이슬 차고 맑은데
風動琅玕笑語明[2]	바람이 낭간을 움직이자 웃음소리 밝네
一夜桂花何處落	한 밤에 계수꽃 어디서 떨어지나?
月中空有軸簾聲[3]	달 속에 공연히 주렴 걷는 소리가 있네

주석 ○~

1) 天竺(천축): 절강성 항주(杭州) 서호(西湖) 서쪽에 있는 산 이름.

2) 琅玕(낭간): 전설 속의 보수(寶樹). 주옥과 같은데 곤륜산(崑崙山)에 있다고 함. 흔히 대나무를 비유함.

3) 軸簾(축렴): 권렴(捲簾).

도성에서 가물 때 세금을 거둠을 괴로워한다는 소식을 듣고
都城渴雨時苦攤稅[1]

五風十雨亦爲褒[2]　오풍십우가 또한 표창을 받는데
薄夜焚香露御袍[3]　박야에 분향하니 이슬이 곤룡포를 적시네
當知雨亦愁抽稅　비 또한 세금 거둠을 근심함을 안다고
笑語江南申漸高[4]　웃으며 말한 강남의 신점고였네

주석

1) 명나라 신종(神宗) 만력(萬曆) 26년(1598) 초여름에 경기(京畿) 지역에 큰 가
   뭄이 들었는데, 신종은 관례에 따라 분향하며 기우제를 지냈다. 이에 일군의
   아첨꾼들이 도처에서 황제의 미덕을 찬양하며 황제가 밤낮으로 백성을 위한
   다고 했다. 탕현조는 당시 관직을 버리고 은거하고 있었는데, 이런 것을 목격
   하고 분노하여 쓴 풍자시이다.

2) 五風十雨(오풍십우): 5일에 한 번 바람이 불고, 10일에 한 번 비가 내리는
   적절한 기후.

3) 薄夜(박야): 해가 진 후 처음 어두운 때. 御袍(어포): 황제의 곤룡포.

4) 申漸高(신점고): 오대(五代) 때 강남 오(吳)나라의 해학을 잘 했던 영인(伶
   人). 오나라의 관세가 무거워서 상인들이 고통스러워했는데, 도성 광릉(廣陵)
   에 큰 가뭄이 들자, 중서령(中書令) 서지고(徐知誥)가 좌우에게 묻기를 "근교
   에서는 몹시 비를 얻었는데, 도성에는 비가 오지 않으니 무슨 까닭인가?"라
   고 하니, 신점고가 장난으로 답하기를 "비가 세금 거둠을 두려워하여 감히
   경사로 들어오지 못할 뿐입니다!"라고 했다.

고반룡 高攀龍

고반룡(1562-1626), 자는 존지(存之)·경일(景逸)·운종(雲從), 무석(無錫: 강소성) 사람. 만력(萬曆) 17년(1589)에 진사가 되고, 행인(行人)을 지냈다. 희종(熹宗) 때 광록승(光祿丞)·형부시랑(刑部侍郎)·좌도어사(左都御史)를 지냈다. 동향의 고헌성(顧憲成)과 함께 동림서원(東林書院)에서 강학했는데 세칭 '고고(高顧)'라고 불렸다. 동림당(東林黨)의 영수였다. 나중에 환관 위충현(魏忠賢)과 최정수(崔呈秀)의 무리에 반대하다가 체포당하려 할 때 물에 투신하여 죽었다. 저서로 『고자유서(高子遺書)』가 있다. 『사고전서제요』에 "반룡의 시의(詩意)는 충담(沖澹)하다"고 했다.

심덕잠의 『명시별재』에 "무심히 도연명(陶淵明)을 배웠는데, 천취(天趣)를 스스로 깨달았다"고 했다.

여름날 한가한 거처에서 夏日閑居

長夜此靜坐	긴 밤에 여기 조용히 앉아서
終日無一言	종일 한마디도 없네
問君何所爲	그대에게 묻노니 어찌 그럴 수 있는가?
無事心自閑[1]	일이 없고 마음이 절로 한가하기 때문이네
細雨漁舟歸	보슬비 속 고깃배 돌아오고
兒童喧樹間	아이들은 숲 사이에서 소란하네
北風忽南來	북풍이 문득 남으로 불어오고
落日在遠山	지는 해는 먼 산에 있네
顧此有好懷	이를 돌아보니 좋은 회포가 있어서
酌酒遂陶然	술을 따르며 도연히 취하네
池中鷗飛去	못 속엔 갈매기가 날아가며
兩兩復來還	쌍쌍이 다시 왔다가 가네

주석 ∽

1) 도연명(陶淵明)의 〈음주(飮酒)〉 시에 "問君何能爾? 心遠地自偏"이라고 했음.

호수 가의 한가한 거처에 계사와 자왕이 오다

湖上閑居, 季·子往適至[1]

正爾山水間	바로 산수 간에서
念吾烟霞友[2]	나의 연하의 벗을 생각했었네

春風吹微波　　봄바람이 작은 물결을 불고
日暮倚楊柳　　해는 저물어 버들에 기대었네
我友惠然至　　나의 벗이 은혜롭게 방문하니
童僕喜奔走　　동복이 기쁘게 달려 나가네
相別歎幾時　　서로의 이별이 언제던가 탄식하는데
相逢慮非久　　상봉이 오래지 않음을 생각하네
所歡得晤言[3]　　기쁜 사람과 마주하고 대화하니
欲言仍無有　　말을 하려다가 곧 할 말이 없네
黙黙各自怡　　묵묵히 각자 스스로 기뻐하며
一室閑相偶　　한 방안에서 한가히 서로 마주하네
夜深不能寐　　밤 깊어서도 잠들 수 없는데
明月在東牖　　밝은 달이 동쪽 창에 있네

주석 ∾

1) 季思(계사): 귀자모(歸子慕). 子往(자왕): 오지원(吳志遠). 절강성 가선(嘉善) 사람. 모두 시인의 벗들임. 귀자모의 〈庚子正月, 吳子往見過, 同訪高存之于 漆湖〉시가 있는데, 이에 의하면 이 시는 만력(萬曆) 28년(1600)에 칠호(漆湖: 蠡湖 東岸)에서 지은 것임.

2) 烟霞友(연하우): 산림에 은거한 벗.

3) 所歡(소환): 친밀한 친구. 晤言(오언): 마주하고 대화함.

밤에 걷다 夜步

幽人夜未眠[1]	유인이 밤에 잠 못 이루고
月出每孤往	달이 뜨면 매번 홀로 가네
繁林亂螢照	우거진 숲엔 어지러운 반딧불 비추고
村屋人語響	마을 집엔 사람 말소리 들리네
宿鳥時一鳴	깃든 새들 때때로 울고
草徑露微上	풀 길엔 이슬이 작게 맺혔네
欣然意有會	기쁘게 뜻이 깨닫는 바가 있는데
誰與共心賞	누구와 함께 마음 맺을 건가?

주석

1) 幽人(유인): 은자(隱者).

바위를 베고 枕石

心同流水淨	마음은 흐르는 물과 함께 정결하고
身如白雲輕	몸은 흰 구름처럼 가볍네
寂寂深山暮	적적한 깊은 산이 저무는데
微聞鍾磬聲	종소리 풍경소리를 희미하게 듣네

손승종 孫承宗

손승종(1563-1638), 자는 치승(稚繩), 호는 개양(愷陽), 고양(高陽: 하북성)
사람. 만력(萬曆) 32년(1604)에 진사 제2등으로 합격하고, 편수관(編修官)
을 지냈다. 천계(天啓) 2년(1622)에 예부우시랑(禮部右侍郎)이 되고, 병부
상서(兵部尙書)·동각대학사(東閣大學士)·태자태부(太子太傅) 등을 지냈
다. 숭정(崇禎) 11년(1638)에 청군(淸軍)이 고양을 포위하자, 전 가족과
성내 백성들을 이끌고 항전하다가 성이 함락되자 목을 매어 자결했다.
전 가족 40여 인도 모두 자결하여 순국했다. 저서로 『고양집(高陽集)』이
있다.

주이존의 『명시종』에 "위환극(魏環極)이 '손공(孫公)의 고풍(古風)과 근체
(近體)는 영분(英分)에 근본을 두지 않은 것이 없다. 웅재(雄才)를 펴서
작자의 숲에서 고보(高步)했는데, 끝내 고(古)에 응체됨이 없었다'고 했
다"고 했다.

어가 漁家

呵凍提篙手未蘇	언 손에 입김 불며 노를 드는데 손이 풀리지 않고
滿船凉月雪模糊	배에 가득한 서늘한 달빛과 눈발이 흐릿하네
畵家不識漁家苦	화가는 어부의 고통을 알지 못하고
好作寒江釣雪圖	즐겨 〈한강조설도〉를 그리네

주석 ✑

1) 寒江釣雪圖(한강조설도): 당나라 유종원(柳宗元)의 〈강설(江雪)〉시 "千山鳥
　飛絕, 萬逕人蹤滅. 孤舟蓑笠翁, 獨釣寒江雪"을 화가들이 그림으로 그린 이
　후, 비슷한 그림들이 많이 생산되었음.

귀자모(1563-1606), 자는 계사(季思), 곤산(昆山: 강소성) 사람. 귀유광(歸有光)의 작은 아들. 만력(萬曆) 신묘년(1591)에 거인(擧人)이 되었다. 곤산의 서강촌(西岡村)에 은거했다. 학자들이 청원선생(淸遠先生)이라 불렀다. 숭정(崇禎) 연간에 한림대조(翰林待詔)에 추증되었다. 저서로 『도암집(陶庵集)』이 있다.

심덕잠의 『명시별재』에 "대조(待詔: 귀자모)의 시는 아담청진(雅淡淸眞)한데, 간표동관(簡瓢童冠)이 낙취(樂趣)가 아님이 없다. 평생 고충헌공(高忠憲公: 高攀龍)과 도의교(道義交)가 돈독했는데, 시품(詩品) 역시 대략 서로 같아서 이른바 동심(同心)의 말이라고 하겠다"고 했다.

진전의 『명시기사』에 "계사(季思)는 인품이 고결하여 성정(性情)을 베껴냈다. 시상(柴桑: 도연명)과 풍취(風趣)가 멀지 않다"고 했다.

객을 대하고 對客

默然對客坐	묵묵히 객을 대하고 앉아서
竟坐無一言	끝까지 앉아서 한마디도 없네
亦欲通殷勤[1]	은근한 정을 통하려 하건만
尋思了無取	생각을 해도 취할 것이 없네
好言不關情	좋은 말은 마음과는 상관없으니
諒非君所與	참으로 그대에게 베풀 바가 아니네
坦懷兩相忘[2]	허심탄회하게 둘 다 서로 잊으니
何害我與汝	어찌 나와 너를 방해하겠는가?

1) 殷勤(은근): 친절한 정의(情意).

2) 坦懷(탄회): 허심탄회.

북쪽 땅을 새벽에 가다 北地曉征

夜半寒鷄不忍聽	한밤중 추운 닭 울음을 차마 들을 수 없는데
主人炊熟夢初醒	주인이 밥을 한 후 꿈에서 비로소 깨네
出門不復知南北	문을 나서 다시 남북을 알 수 없는데
馬上持鞭數七星	말 위에서 채찍 들고 북두칠성을 헤아리네

정가수 程嘉燧

정가수(1565-1643), 자는 맹양(孟陽), 호는 송원(松園)·게암(偈庵). 만년에 불교에 귀의하여 법명을 해능(海能)이라 했다. 휴녕(休寧: 안휘성) 사람. 처음에는 항주(杭州)에서 살다가 나중에 가정(嘉定: 上海市)에서 살았다. 만년에는 우산(虞山: 강소성 常熟)에 있다가 숭정(崇禎) 14년(1641)에 고향 휴녕으로 돌아왔다. 저명한 화가로서 당시승(唐時升)·누견(婁堅)·이류방(李流芳)과 함께 '가정사선생(嘉定四先生)'이라 불렸다. 저서로 『송원랑도집(松園浪淘集)』·『송원게암집(松園偈庵集)』 등이 있다.

전겸익의 『열조시집』에 "맹양(孟陽)의 시는 당인(唐人)을 종(宗)으로 삼았는데, 이백·두보 두 사람을 정밀하게 익혀서 표적비의(票賊比擬)의 얽힘을 깊이 깨달았다. 칠언금체는 대략 수주(隨州: 劉禹錫)을 추구했고, 칠언고체는 미산(眉山: 蘇軾)을 본받았다"고 했다.

왕사정의 『잠미속문(蠶尾屬文)』에 "맹양의 칠언절구는 몽득(夢得: 劉禹錫)·목지(牧之: 杜牧)·의산(義山: 李商隱)의 사이를 출입했는데, 일가(一家)를 거명하지 않고 때때로 묘경(妙境)에 이르렀다. 가행(歌行)은 동파(東坡: 蘇軾)를 깊이 배웠는데 환원자(桓元子)·유월석(劉越石)처럼 유감스러워 하지 않는 바가 없다"고 했다.

심덕잠의 『명시별재』에 "맹양의 시는 연수(娟秀)하고 속진(俗塵)이 적다. 전목재(錢牧齋: 錢謙益)는 이몽양·하경명·왕세정·이반룡 등을 헐뜯고, 맹양을 한 시대의 종주(宗主)로 추대하고, 거의 고계적(高季適: 高啓)·이빈지(李賓之: 李東陽)와 전후로 서로 같다고 했다. 그러나 맹선(孟羡) 소자상(邵子湘)은 속으로 교왕(矯枉)하려고 그 누구(累句)를 뽑아서 예설리속(穢褻俚俗)하다고 말하면서 거의 몸에 피부를 남겨두지 않으려고 했다. 맹양은 스스로 참된 시를 지녔으니, 갑자기 목재의 지나친 칭찬이나, 터럭 같은 하자로써 덮어버릴 수 없다"고 했다.

장형의 차취각에 적다 題長蘅次醉閣[1]

爲愛檀園開北閣[2]	단원이 북각을 연 것을 사랑하여
兩回三宿小房櫳	작은 방 창가에서 두 번 삼일을 묵었네
坐深曲洞香燈焰[3]	깊고 굽은 누각에 앉으니 향등이 타고
睡美疏櫺曉日烘[4]	아름다운 성근 창에서 잠자니 새벽해가 붉네
白拂花飛方丈雨[5]	백불의 꽃 날리는 방장실에 비 내리고
素屏灘響一床風	흰 병풍의 여울소리 울리는 한 평상의 바람이네
但名次醉猶嫌俗	차취라고 이름 지은 것은 세속을 꺼린 것인데
合作禪棲住遠公[6]	마땅히 선서를 지어 원공을 머물게 하네

주석 ⟨⟩

1) 長蘅(장형): 이유방(李流芳)의 자. 저명한 화가로서 '가정사선생(嘉定四先生)' 중의 한 사람.

2) 檀園(단원): 이유방의 호. 北閣(북각): 차취각(차취각)을 말함.

3) 曲洞(곡동): 누각이 굽은 회랑(回廊)과 서로 통하여 깊기 때문에 곡동이라 했음. 香燈(향등): 향 기름을 태우는 등불.

4) 疏櫺(소령): 성근 격자창.

5) 白拂(백불): 하얀 갈대꽃으로 만든 불자(拂子: 먼지털이).

6) 禪棲(선서): 선실(禪室). 遠公(원공): 동진(東晋)의 고승 혜원(慧遠) 대사.

<억금릉> 6수를 그림 부채에 섞어 적다 憶金陵六首雜題畫扇[1]

1

秋陰殢客思騰騰	가을 그늘에 체류한 객은 사념이 등등하여
木末荒臺盡日登	나무 끝의 황량한 누대에 종일 올랐네
誰信到家翻憶遠	집에 와 도리어 먼 곳을 추억함을 뉘 믿겠는가?
雨齋含墨畫金陵	비 오는 서재에서 먹물 찍어 금릉을 그리네

주석 ∽

 1) 金陵(금릉): 지금의 남경시(南京市).

2

最憶西風長板橋	서풍 속의 장판교가 가장 생각나는데
笛床禪閣雨蕭蕭	피리 불던 선각에 빗소리 소소했네
只今畫裏猶知處	지금 그림 속의 장소를 여전히 아니
一抹寒烟似六朝[1]	일말의 찬 안개가 육조 때와 같네

주석 ∽

 1) 육조(六朝): 금릉에 도읍했던 여섯 나라. 오(吳)·동진(東晉)과 남조의 송(宋)
　　·제(齊)·양(梁)·진(陳).

3

臘下風光旅客顔　　설달의 풍광이 나그네의 얼굴인데
奇情孤絶未能還　　기이한 정이 고절하여 돌아갈 수 없네
携錢日向旗亭醉[1]　돈을 가지고 매일 술집에서 취하고
醉看長江雪後山　　장강의 눈 내린 산들을 취해서 보네

주석 ♋

 1) 旗亭(기정): 주막.

사조제(1567-1624), 자는 재항(在杭), 호는 무림(武林)·소초재주인(小草齋主人)·산수로인(山水勞人), 복건(福建) 장락현(長樂縣) 강전(江田) 사람. 나중에 부친을 따라 복주(福州)에서 살았다. 만력(萬曆) 20년(1592)에 진사가 되고, 호주(湖州)·동창추관(東昌推官)·남경형부주사(南京刑部主事)·병부랑중(兵部郎中)·공부둔전사원외랑(工部屯田司員外郎)·광서안찰사(廣西按察使) 등을 지냈다. 저서로 『소초재시화(小草齋詩話)』·『소초재집(小草齋集)』 등이 있다.

전전의 『명시기사』에 "재항(在杭)의 근체는 서유화(徐惟和: 徐熥) 형제와 서로 대항한다. 고체는 상건(爽健)하여 진안(晉安) 시파 중에서 특별히 높은 한 격이다"라고 했다.

서흥공이 집으로 돌아감을 전송하다 送徐興公還家[1]

楓落空江生凍烟　　단풍 떨어진 빈 강에 찬 안개 피고

西風羸馬不勝鞭　　서풍 속 여윈 말은 채찍을 이기지 못하네

氷消浙水知家近[2]　얼음 녹은 절수로 집이 가까움을 알고

春到閩山在客先[3]　봄이 이른 민산은 객보다 먼저이네

斜日雁邊看故國　　석양의 기러기 옆에서 고국을 보고

孤帆雪裏過殘年　　외로운 돛의 눈발 속에 남은 해를 보내네

憐予久負寒鷗約[4]　내가 한구의 약속을 오래 저버림이 가련한데

魂夢從君碧海天　　꿈의 혼이 그대를 좇아 푸른 하늘의 하늘로 가네

주석 ❧

1) 徐興公(서흥공): 서발(徐燉).

2) 浙水(절수): 절강(浙江).

3) 閩山(민산): 서발의 고향인 민현(閩縣)의 산.

4) 寒鷗約(한구약): 은거할 약속.

문하를 건너다 渡汶河[1]

霜飛月落野鷄啼[2]　서리 날고 달 떨어지고 야계가 우는데

霧銷長林水拍堤　　안개 사라진 긴 숲에 물이 제방을 치네

夾岸人家寒未起　　강안을 낀 인가엔 추위가 일어나지 않았는데

孤舟已過汶河西　　외로운 배는 이미 문하 서쪽을 지났네

주석 ᘓ

 1) 汶河(문하): 대문하(大汶河). 산동성 내무현(萊蕪縣) 북쪽에서 발원하여 문상
    현(汶上縣)을 지나서 운하(運河)로 들어가는 물.

 2) 野鷄(야계): 일명 치계(雉鷄)·산계(山鷄). 일종의 꿩과의 새.

전당에서 강원룡을 만나다 錢塘逢康元龍[1]

黃梅細雨暗江關[2]	누런 매실 보슬비 속 강관이 어두운데
我入西吳君欲還	나는 서쪽 오로 들어가는데 그대는 돌아가네
馬上相逢須盡醉	말 위에서 상봉하니 만취합시다
明朝知隔幾重山	내일 아침엔 몇 겹의 산으로 막힐지 모르겠네

주석 ᘓ

 1) 康元龍(강원룡): 강언등(康彥登). 복주(福州) 민현(閩縣)의 제생(諸生).

 2) 江關(강관): 전당강(錢塘江) 가의 항주성(杭州城)을 말함.

원굉도(1568-1610), 자는 중랑(中郎)·무학(無學), 호는 석공(石公) 공안 (公安: 호북성 공안현) 사람. 만력 20년(1592)에 진사가 되고, 오현지현(吳縣知縣)·순천교수(順天敎授)·국자박사(國子博士)·이부원외랑(吏部員外郎)을 지냈다. 원굉도는 이지(李贄)와 서위(徐渭)의 영향을 받고, 형 원종도(袁宗道)와 아우 원중도(袁中道)와 함께 '삼원(三袁)'으로 불리며 공안파(公安派)를 이루었다. 저서로 『원중랑집(袁中郎集)』이 있다.

원굉도는 전후칠자의 의고(擬古)를 배격했는데, "당(唐)에는 스스로 시가 있으니, 체(體)를 선택할 필요가 없다. 초당·성당·중당·만당에는 모두 시가 있으니 초당과 성당일 필요가 없다. 구양수(歐陽脩)·소식(蘇軾)·진사도(陳師道)·황정견(黃庭堅)은 각자의 시가 있으니, 당(唐)일 필요가 없다. 공동(空同: 이몽양)은 공부(工部: 두보)의 노복(奴僕)이 됨을 면하지 못하고, 공동 이하는 모두 중대(重僕: 노비의 노비)일 뿐이다"라고 하고, "당인(唐人)의 시는 천세(千歲)가 되어도 참신한데, 금인(今人)의 시는 손을 떼면 진부한 것이 된다. 어찌 성령(性靈)에서 나온 것과 표의(剽擬)에서 나온 것이 다르기 때문이 아니겠는가?"라고 하고, "홀로 성령을 펴고, 격투(格套)에 구속되지 않는다"고 했다.

『사고전서제요』에 "명나라는 삼양(三楊)이 대각체(臺閣體)를 창도하자 서로 모방을 하여서 날로 용부(庸膚)하게 되었다. 이몽양·하경명이 나와서 그것을 변화시키고, 이반룡·왕세정이 계속하여 그것에 화응했다. 전후칠자는 마침내 한(漢)을 모방하고, 당(唐)을 본떠서 한 시대의 풍기(風氣)를 바꾸었다. 그 말류에 이르러서 점차 위체(僞體)를 이루고, 자구(字句)를 도택(塗澤)하고, 편장을 구극(鉤棘)하여 만훼(萬喙)가 한 가락이어서 진부함으로 염증이 났다. 이에 공안(公安) 삼원(三袁)이 또한 좇아서 그것을 배격했다. 그 시문은 판중(板重)함을 경교(輕巧)함으로 바꾸고, 분식(粉飾)을 본색(本色)으로 바꾸어서 천하의 이목을 새롭게 했다. 또한 미연(靡然)이 그것을 좇았다. 그러나 칠자는 오히려 학문에 근본을 두었는데, 삼원은 오직 총명함을 지녔다. 칠자를 배우는 자는 안고(贋古)에 불과했고, 삼원을 배우는 자는 그 소혜(小慧)를 자랑하고, 율(律)을 파괴하고, 도(度)를 부수었는데, 명분이 칠자의 폐단을 구한다고 했지만, 폐단이 더욱 심했다"고 했다.

주이존의 『명시선』에 "이서장(李舒章)이 말하기를 '중랑의 천속(賤俗)한데 원진(元稹)·백거이(白居易)의 풍이 있다'고 했다"고 했다.

심덕잠의 『명시별재』에 "공안(公安) 형제는 왕세정(王世貞)·이반룡(李攀龍)의 폐단을 교정하려고 생각했으나 배해(俳諧)로 들어갔다. 또 한 번 변하여 경릉(竟陵)에 이르니, 시도(詩道)가 마침내 다시 떨쳐나지 못했다. 사람들은 단지 경릉의 쇠퇴함만 알고, 공안 일파(一派)가 선두가 된 것은 알지 못한다"고 했다.

현령궁에 제공들을 모아서 '성·시·산·림'자를 운으로 삼
다 顯靈宮集諸公, 以城·市·山·林爲韻[1]

野花遮眼酒沾涕	들꽃이 시야를 막고 술이 눈물에 보태지니
塞耳愁聽新朝事	귀 막고 새 조정의 사건을 근심스레 듣네
邸報束作一筐灰[2]	저보를 묶어 한 상자의 재를 만들고
朝衣典與栽花市[3]	조의는 꽃시장에 전당 잡혔네
新詩日日千餘言[4]	새 시가 날마다 천여 글자인데
詩中無一憂民字	시 안엔 '우민'글자가 한 곳도 없네
旁人道我眞聵聵[5]	옆 사람이 나를 참으로 귀머거리라고 하는데
口不能答指山翠	입으로 대답할 수 없어서 산의 푸름을 가리키네
自從老杜得詩名[6]	스스로 노두를 좇아 시명을 얻고
憂君愛國成兒戲[7]	우군애국으로 애들 장난을 이루네
言旣無庸默不可[8]	말이 이미 필요 없지만 침묵할 수 없는데
阮家那得不沈醉[9]	완가는 어찌 몹시 취할 수 없었던가?
眼底濃濃一杯春[10]	눈 아래 넘치는 한 잔 술인데
慟于洛陽年少淚[11]	낙양 연소의 눈물보다 더 슬프네

주석 ∽

1) **顯靈宮**(현령궁): 일명 왕령관사(王靈官祠). 북경(北京) 서교(西郊)에 있음.
명나라 성조(成祖) 영락(永樂) 연간에 지어졌음. 원굉도가 만력(萬曆) 27년
(1599) 국자감조교(國子監助敎) 때 지은 작품임. 원래 모두 4수임. 명나라 심
덕부(沈德符)의 『만력야유편(萬曆野獲篇)』에 "기해(己亥)·경자(庚子)년(만
력 27·28년) 간에 초중(楚中) 원옥반(袁玉蟠: 袁宗道)과 태사(太史) 동제(同

弟) 중랑(中郞)이 환상(皖上) 오본여(吳本如)·촉중(蜀中) 황신헌(黃愼軒: 黃輝) 등과…… 서로 모여서 선학(禪學)을 담론했는데, 열흘마다 반드시 모였다. 고명한 사대부들이 흡연(翕然)히 그들을 따랐다”고 했음.

2) 邸報(저보): 내각(內閣)과 육부(六府)에서 초록하여 발행하는 조보(朝報).

3) 朝衣(조의): 조복(朝服).

4) 言(언): 자(字).

5) 聵聵(외외): 귀머거리. 사리에 밝지 못한 것.

6) 老杜(노두): 당나라 두보(杜甫).

7) 우군애민(憂君愛民)의 시인 두보의 진정한 정신도 없으면서 겉으로만 두보를 본뜬다는 것.

8) 不庸(불용); 불수(不須).

9) 阮家(완가): 완적(阮籍). 『晉書·阮籍傳』에 “완적은 본래 세상을 구제할 뜻이 있었지만, 위(魏)·진(晉) 때에 천하에 변고가 많아서, 명사(名士)들이 온전함을 유지한 사람이 적었다. 완적은 이로부터 세상일에 관여하지 않고, 마침내 술에 만취함을 일상으로 삼았다”고 했음.

10) 濃濃(농농): 많은 모양. 一杯春(일배춘): 일배주(一杯酒).

11) 洛陽年少(낙양연소): 한(漢)나라 가의(賈誼). 나이 20세로 대중대부(大中大夫)에 올랐는데, 모함을 받고 장사왕태부(長沙王太傅)로 쫓겨났음. 가의의 「진정사소(陳政事疏)」에 “신(臣)은 삼가 사세(事勢)를 생각하면, 통곡할 것이 하나이고, 눈물 흘릴 것이 둘이고, 길게 탄식할 것이 여섯입니다”라고 했음.

<호상별>을 방자공과 함께 읊다 <湖上別>同方子公賦[1]

| 望望鄂王墳[2] | 악왕의 분묘를 바라보니 |
| 石龜與人齊 | 돌 거북의 높이가 사람과 나란하네 |

冢前方丈土	무덤 앞 사방 한 길의 흙은
澆酒渥成泥	술을 뿌려서 두텁게 진흙이 되었네
雖知生者樂	산 자의 즐거움을 안다면
無益死者啼	죽은 자의 울음은 무익하리라
如彼墳前馬	저 분묘 앞의 말처럼
張吻不能嘶	입을 벌리고도 울 수가 없네
天地入晦劫[3]	천지가 어두운 큰 화난으로 들어가면
志士合鸞棲[4]	지사는 난서가 마땅하네
曷爲近湯火	어찌 끓는 물과 불을 가까이 하여
爲他羊與鷄	저 양과 닭처럼 될 것인가?
孤山梅處士[5]	고산의 매처사는
事業未曾低	사업이 낮은 적이 없었네
西陵倡家女[6]	서릉의 창가 여인은
松柏雜廣蹊	소나무 측백나무의 넓은 길에 있네
紅粉是活計	홍분이 생계의 계책이었고
山花足品題[7]	산꽃을 품제할 만하였네
笑折蘇公柳[8]	웃으며 소공의 버들을 꺾어서
策馬度花堤	말에 채찍질하며 꽃 핀 제방을 지나가네

주석 ⌒

1) 모두 7수임. 方子公(방자공: ?-1609): 이름은 문선(文僎). 만력 22년 과거에
   낙방하고, 반지항(潘之恒)의 식객으로 있으면서 시를 배웠음. 오현지주(吳縣知
   州)로 있던 원굉도를 소개받고 와서 식객으로 있었음. 만력 36년에 병사했음.

2) 鄂王(악왕): 남송의 장군 악비(岳飛). 모함을 받고 죽은 후, 나중에 악왕으로
   봉해졌음. 그 분묘는 항주(杭州) 서호(西湖) 북산(北山)에 있음.

3) 晦劫(회겁): 어둡고 큰 화난(禍難).

4) 鸞棲(난서): 은거하여 자신을 보존하는 것.

5) 孤山梅處士(고산매처사): 송나라 임포(林逋). 서호(西湖)의 고산(孤山)에서
   은거하며 매화를 처로 삼고, 학을 자식 삼고, 평생 처사로 살았음.

6) 西陵倡家女(서릉창가녀): 소소소(蘇小小). 남제(南齊) 때 전당(錢塘)의 명창
   (名娼)이었음. 고악부(古樂府) 〈소소소가(蘇小小歌)〉에 "妾乘油壁車, 郞騎靑
   驄馬. 何處結同心? 西陵松柏下"라고 했음. 『방여승람(方輿勝覽)』에 "소소소
   의 묘는 가흥현(嘉興縣) 서남 60보(步)에 있다. 곧 진(晋)의 가희(歌姬)인데,
   지금 편석(片石)이 통판청(通判廳)에 있고, '소소소묘'라고 적혀 있다"라고 했
   다. 이신(李紳)의 〈蘇小小墓詩序〉에서 "가흥현(嘉興縣) 앞에 오(吳)의 기인
   (妓人) 소소소묘가 있는데, 비바람 치는 밤이면 간혹 그 위에 노랫소리가 있
   음을 듣는다"고 했다.

7) 品題(품제): 품평. 임포의 여러 매화시를 말함.

8) 蘇公柳(소공류): 송나라 소식(蘇軾)이 쌓은 소제(蘇堤)의 버드나무. 송나라
   원우(元祐) 5년(1090)에 소식이 항주지주(杭州知州)를 지낼 때 서호(西湖)를
   준설하고 나온 흙으로 제방을 쌓고 버드나무를 심었음.

이자염에게 답하다 答李子髯[1]

草昧推何李[2]	초매로 하리를 추대하는데
聞知與見知	듣고 깨달음과 보고 깨달음이
機軸雖不異[3]	기축이 비록 다르지 않지만
爾雅良足師[4]	이아함이 참으로 스승을 삼을 만했네

後來富文藻[5]	후래자는 문조가 풍부했는데
詘理競修辭[6]	시의 이치에 졸렬하여 수사를 다투었네
揮斤薄大匠[7]	도끼 휘두름이 대장에 핍근했지만
裹足戒旁岐[8]	발을 싸매고 옆의 갈림길을 경계했네
模擬成險狹	모의가 험협함을 이루고
莾蕩取世譏	망창함이 세상의 기롱을 받았네
直欲凌蘇柳[9]	곧장 소식과 유종원을 능가하려 했지만
斯言無乃欺	그 말은 기만이 아니겠는가?
當代無文字	당대에는 문자가 없다고 했지만
閭巷有眞詩	여항에 참된 시가 있으니
却沽一壺酒	다시 한 병 술을 사들고
携君聽竹枝[10]	그대를 이끌고 <죽지사>를 들으려 하네

주석

1) 李子髥(이자염): 원굉도의 손아래 처남. 자는 자염(子髥), 만력(萬曆) 28년에 진사가 되어서 지주(知州)를 지냈음. 이 시는 만력 22년(1594)에 원굉도가 출사하기 1년 전에 지은 시임.

2) 草昧(초매): 창시(創始). 초창(初創). 何李(하리): 전칠자의 하경명(何景明)과 이동양(李東陽).

3) 機軸(기축): 시문의 구사(構思)·사채(詞彩)·풍격(風格) 등을 말함. 하경명과 이동양의 시문이 한위(漢魏)나 당나라와 다르지 않다는 것.

4) 爾雅(이아): 아정(雅正). 하경명과 이동양의 시문이 대각체(臺閣體)와는 달리 아정했다는 것.

5) 後來(후래): 후칠자 이반룡(李攀龍)과 왕세정(王世貞)을 말함.

6) 詘理(굴리): 시의 이법(理法)에 졸렬하다는 것.

7) 揮斤(휘근): 『장자(莊子)·서무귀(徐無鬼)』에 "영(郢) 사람이 그 코끝에 석회
   가 묻었는데 파리 날개와 같았다. 장석(匠石)에게 그것을 깎아내라고 했다.
   장석이 도끼를 휘둘러 바람을 일으켰는데, 소리를 들으면서 그것을 깎아냈
   다. 석회를 다 깎아냈는데 코는 상하지 않았다. 영 사람은 서서 안색을 변하
   지 않았다"고 했음. 후칠자의 모방의 솜씨가 "文必秦漢, 詩必盛唐"의 구호에
   핍근했다는 것.

8) 후칠자는 중당(中唐)과 양송(兩宋) 이하의 시문은 읽을 필요가 없다고 했음.

9) 蘇柳(소류): 북송의 소식(蘇軾)과 중당의 유종원(柳宗元).

10) 竹枝(죽지): 죽지사(竹枝詞). 민요(民謠)를 말함.

장난삼아 비래봉에 적다 戲題飛來峰[1]

1

試問飛來峰	물어보자 비래봉아
未飛在何處	날지 않을 땐 어디에 있는지?
人世多少塵	사람 세상엔 먼지가 많은데
何事不飛去	무슨 일로 날아가지 않는가?
高古而鮮妍	고고하고 선연한데
楊雄不能賦[2]	양웅도 읊을 수 없었네

주석

1) 飛來峰(비래봉): 항주(杭州) 서호(西湖) 영은사(靈隱寺) 앞에 있는 봉우리 이
   름. 일명 영취봉(靈鷲峰). 전설에 천축(天竺)의 영취산(靈鷲山)이 날아온 것

이라고 함.

2) 楊雄(양웅): 서한(西漢)의 부(賦)의 대가.

2

白玉簇其巓	백옥이 그 꼭대기에 모이고
靑蓮借其色	청련이 그 색을 빌려 주었네
唯有空虛心	다만 공허심만 있으니
一片描不得	한 조각도 그려낼 수가 없네
平生梅道人[1]	평생 매도인은
丹靑如不識	단청을 알지 못한 듯하네

주석

1) 梅道人(매도인): 서호 고산(孤山)에 은거했던 임포(林逋).

주생이 〈수호전〉을 말함을 듣다 聽朱生說〈水滸傳〉[1]

少年工諧謔	소년이 해학을 잘하는데
頗溺滑稽傳[2]	자못 〈골계전〉을 탐닉했네
後來讀水滸	나중에 〈수호전〉을 읽고
文學益變奇	문학이 더욱 기묘하게 변했네
六經非至文[3]	육경은 지극한 문장이 아니고
馬遷失組練[4]	사마천은 조련을 잃었네

一雨快西風　　한차례 비에 서풍이 상쾌한데
聽君酣舌戰　　그대의 무르익은 설전을 듣네

1) 水滸傳(수호전): 원나라 시내암(施耐庵)이 편찬하고, 명나라 나관중(羅貫中)이 종합한 장편소설. 송강(松江) 등 108명의 장사가 기의(起義)한 의적(義賊) 이야기. 허균(許筠)의 『홍길동전』의 창작에 영향을 주었음.

2) 滑稽傳(골계전): 『사기(史記)·골계열전(滑稽傳傳)』. 심덕잠의 『설시수어(說詩晬語)』에 "(시가 후칠자 이후) 한 번 변하여 원중랑(袁中郎)의 회해(詼諧)가 되었고, 다시 변하여 종성(鍾惺)·담원춘(譚元春)의 벽삽(僻澁)이 되었다" 고 했음.

3) 六經(육경): 『시(詩)』·『서(書)』·『역(易)』·『예(禮)』·『악(樂)』·『춘추(春秋)』.

4) 馬遷(마천): 『사기』의 작가 사마천(司馬遷). 組練(조련): 문장의 구성이 근엄하고 사채(詞彩)가 미려한 것.

성곽을 나가다 出郭

稻熟村村酒　　벼가 익어 마을마다 술이 있고
魚肥處處家　　물고기 살쪄서 곳곳의 집에 있네
輕刀粘水去[1]　　경쾌한 배가 물에 붙어 떠나가고
獨鳥會風斜　　외로운 새는 바람을 만나 비껴있네
落日流紅浪　　석양에 붉은 물결 흐르고
長江徙白沙　　긴 강에 흰 모래밭이 옮겨졌네

山僧迎客喜　　　산승이 객을 맞아 기뻐하며

顚倒着袈裟[2]　　가사를 거꾸로 걸쳤네

주석

1) 輕刀(경도): 경도(輕舸). 경쾌한 작은 배.

2) 袈裟(가사): 승려의 옷.

산음도 山陰道[1]

錢塘艶若花[2]　　전당의 아름다움은 꽃 같고

山陰芊如草　　　산음의 울창함은 풀 같네

六朝以上人　　　육조 이상 사람들은

不聞西湖好　　　서호의 좋음을 듣지 못했네

平生王獻之[3]　　평생 왕헌지는

酷愛山陰道　　　산음 길을 몹시 사랑했네

彼此俱清奇　　　피차가 모두 맑고 빼어난데

輸他得名早　　　산음이 명성을 얻은 것이 빨랐네

주석

1) 山陰道(산음도): 회계성(會稽城: 浙江省 紹興城) 서남 편문(偏門) 교외에서
   동쪽으로 호교(湖橋)와 서로 접해있음. 산음도에 난정(蘭亭)이 있음.

2) 錢塘(전당): 항주(杭州).

3) 王獻之(왕헌지: 344-386): 자는 자경(子敬), 동진(東晉)의 서예가. 조적(祖
籍)은 낭야(琅琊) 임기(臨沂). 회계(會稽: 절강성 紹興)에서 성장했음. 왕희지
(王羲之)의 7째 아들. 중서령(中書令)을 지냈음.

사건에 감개하다 感事

湘山晴色遠微微[1]	상산의 맑은 색이 멀리 미미한데
盡日江頭獨醉歸	종일 강 머리에서 취해서 돌아오네
不見兩關傳露布[2]	양관에서 전하는 노포를 보지 못했는데
尚聞三殿未垂衣[3]	오히려 삼전에선 수의하지 못한다고 들었네
邊籌自古無中下[4]	변방의 계책은 예로부터 중하가 없는데
朝論于今有是非	조정의 의론에 지금 시비가 있네
日暮平沙秋草亂	해 지는 너른 모래밭에 가을 풀 어지럽고
一雙白鳥避人飛	한 쌍의 흰 새가 사람을 피해 날아가네

주석 ⌒

1) 湘山(상산): 군산(君山). 호남성 악양시(岳陽市) 서남 동정호(洞庭湖) 안에 있
음. 微微(미미): 깊고 조용한 모양.

2) 兩關(양관): 남북의 변관(邊關). 露布(노포): 격문(檄文). 군사문서. 만력(萬曆)
연간에 조선에서는 임진왜란이 일어나고, 중국 남부에는 왜구가 창궐했음.

3) 三殿(삼전): 명나라 시대 황극전(皇極殿)·중극전(中極殿)·건극전(建極殿)
을 삼전이라고 했음. 垂衣(수의): 무위이치(無爲而治)를 말함. 『易·繫辭下』
에 "황제(皇帝)·요(堯)·순(舜)은 의상을 드리우고 있었는데 천하가 흡족했
다"고 했음.

4) 邊籌(변주): 변방을 방어하는 계책. 中下(중하): 중책(中策)과 하책(下策).

호포천을 유람하다 游虎跑泉[1]

竹床松澗净無塵	죽상이 소나무 개울가에 먼지 없이 정결한데
僧老當知寺亦貧	노승도 마땅히 절이 가난함을 아네
饑鳥共分香積米[2]	굶주린 새가 향적미를 함께 나눠먹고
落花常足道人薪	낙화는 도인의 땔감을 항상 풍족하게 하네
碑頭字識開山偈[3]	비석머리 글자는 개산조의 게송을 알게 하고
爐裏灰寒護法神	화로의 재는 불법을 지키는 정신을 차갑게 하네
汲取清泉三四盞	맑은 샘물 서너 잔을 길러다가
芽茶烹得與蒙新[4]	어린 찻잎을 끓이니 몽천의 신선함을 얻네

주석 ⌒

1) 虎跑泉(호포천): 항주(杭州)의 경승지의 하나.

2) 香積米(향적미): 승려가 밥을 지어먹는 쌀.

3) 開山(개산): 개산조(開山祖). 절을 창건한 승려.

4) 芽茶(아다): 가장 어린 찻잎. 蒙(몽): 몽천(蒙泉). 호남성 석문현(石門縣) 서쪽 화산(花山) 아래 있는 샘. 송나라 황정견(黃庭堅)의 '몽천'이란 글자가 새겨져 있음.

엄릉 嚴陵[1]

1

溪深六七尋[2]	개울 깊이가 육칠 심이고
山高四五里	산 높이는 사오 리이니
縱有百尺鉤	설령 백 척의 낚시가 있더라도
豈能到潭底	어찌 못 바닥에 닿을 수 있겠는가?

주석 ⌇

1) 嚴陵(엄릉): 엄릉탄(嚴陵灘). 후한(後漢) 엄광(嚴光)이 은거했던 곳. 엄광의 자는 자릉(子陵), 회계(會稽) 여요(餘姚) 사람. 젊어서 광무제(光武帝)와 동학이었음. 광무제가 즉위한 후 그를 간의대부(諫議大夫)로 삼으려고 했으나, 은거하여 벼슬에 나가지 않았음. 동려현(桐廬縣) 부춘산(富春山)에 은거했는데, 후인들이 그가 낚시했던 곳을 엄릉탄(嚴陵灘) 혹은 엄릉조단(嚴陵釣壇)이라고 불렀다.

2) 尋(심): 길이의 단위. 1심은 8척(尺).

2

文叔眞有爲[1]	문숙은 참으로 이룸이 있는데
先生眞無用	선생은 진정 쓸모가 없었네
試問宛洛都[2]	물어보자 완락도를
誰似嚴灘重	누가 엄탄처럼 소중히 하는지?

1) 文叔(문숙): 후한 광무제(光武帝) 유수(劉秀)의 자.

2) 宛洛都(완락도): 남양(南陽)과 낙양(洛陽)의 도성.

3

擧世輕寒酸[1]	온 세상이 빈곤을 경시하는데
窮骨誰相敬[2]	궁골을 누가 서로 공경하겠는가?
如何嚴州城[3]	어찌하여 엄주성은
亦以嚴爲姓	또한 엄으로써 성을 삼았는가?

1) 寒酸(한산): 빈곤(貧困).

2) 窮骨(궁골): 빈천한 몸.

3) 嚴州(엄주): 본래 목주(睦州)였는데, 송나라 휘종(徽宗) 때 엄주로 개명했음.

4

或言嚴本莊[1]	어떤 이는 엄씨는 본래 장씨로서
蒙莊之後者[2]	몽장의 후손이라고 하고
或言漢梅福[3]	어떤 이는 한나라 매복이
君之妻父也	그대의 처부였다고 하네

1) 한(漢)나라 명제(明帝) 유장(劉莊)의 이름을 기휘(忌諱)하여 엄(嚴)으로 바꾸었다고 함.

2) 蒙莊(몽장): 몽인(蒙人) 칠원리(漆園吏) 장주(莊周). 즉 장자(莊子)를 말함.

3) 梅福(매복): 한(漢)나라 은자(隱者). 자는 자진(子眞), 구강군(九江郡) 수춘(壽春: 안휘성 壽縣) 사람. 서한 때 남창현위(南昌縣尉)를 지냈다. 왕망(王莽)이 신(新)나라를 세우자 난리를 피하여 은거했음.

도화우 桃花雨[1]

淺碧深紅太半殘	옅은 푸름 질은 붉음이 태반이 지고
惡風催雨剪刀寒	악풍이 비를 재촉하니 가위가 차갑네
桃花不比杭州女	복사꽃을 항주 여자와 비교할 수 없으니
洗却胭脂不耐看	연지를 씻어내면 차마 볼 수가 없다네

1) 桃花雨(도화우): 복사꽃이 필 때 내리는 봄비.

원종도 袁宗道

원종도(1560-1600), 자는 백수(伯修), 공안(公安: 호북성) 사람. 만력(萬曆) 4년(1586), 회시(會試) 제일이 되고, 편수(編修)를 지냈다. 우서자(右庶子)를 지내고 예부시랑(禮部侍郎)에 추증되었다. 원종도는 아우 굉도(宏道)와 중도(中道)와 함께 전후칠자의 복고파(復古派)를 반대하여 '공안삼원(公安三袁)'으로 불렸다. 당나라의 향산(香山: 白居易)과 송나라의 미산(眉山: 蘇軾)을 좋아하여 서재를 '백소(白蘇)'라고 했다. 저서로『백소재집(白蘇齋集)』이 있다.

전겸익의『열조시집』에 "백수(伯修)가 사단(詞壇)에 있을 때는 왕세정(王世貞)·이반룡(李攀龍)의 사장(詞章)이 성행하던 때였다. 홀로 동관(同館)의 황소소(黃昭素)와 함께 속학(俗學)을 염박(厭薄)하고, 가차도절(假借盜竊)의 과실을 배격했다. 당(唐)에서는 향산(香山: 白居易)를 좋아하고, 송(宋)에서는 미산(眉山: 蘇軾)을 좋아하여 그 서재를 '백소(白蘇)'라고 이름 지었는데 시류(時流)와 스스로를 구별하고자 한 것이다. 그 재능은 간혹 두 아우에게 미치지 못했으나, 공안(公安) 일파(一派)는 실로 백수로부터 나온 것이다"라고 했다.

주이존의 『정지거시화』에 "백수(伯修)는 향산(香山)과 미산(眉山)의 결찬 (結撰)을 복습(服習)하고 먼저 '백소(白蘇)'라고 서재 이름을 짓고 그 근원 을 인도했다. 중랑(仲郎: 袁宏道)와 소수(小修: 袁中道)가 그것을 이어서 더욱 그 물결을 떨쳤다. 이로부터 공안파가 성행했다. 그러나 향산과 미 산은 각자 신채(神采)가 있는데, 살핌이 퇴파(頹波)를 스스로 펴서 그 고 결함을 버리고 오로지 비리함을 숭상했다. 종성(鍾惺)·담원춘(譚元春)이 나와서 다시 변화했는데, 효음결설(梟音駃舌)하여 풍아(風雅)가 탕연(蕩 然)했다. 사정(泗鼎)이 침몰하려 하니, 이매(魑魅)가 일제히 나타났으니, 작용(作俑)을 말한 자가 백수가 아니라고 누가 말하겠는가?"라고 했다. 진전의 『명시기사』에 "백수는 선리(禪理)로 깊이 들어가서 흥취의 소원 (蕭遠)함을 시에 붙였을 뿐이다"라고 했다.

봄날의 한가한 거처 春日閑居

不才敢擬子雲玄[1]	재능 없이 감히 자운의 <태현경>을 본뜨고
索米金門又一年[2]	식량 구하러 금문에서 또 일 년을 지냈네
風味漸隨雙鬢減[3]	풍미는 점차 양쪽 귀밑머리를 따라 줄어드는데
天眞猶仗一尊全[4]	천진은 오히려 한 잔 술에 기대어 온전하네
破冰滴硯晨箋易	얼음 깨서 벼루에 물 부어 새벽에 <역경>에 주
	불이고
掃地安單夜坐禪	바닥을 쓸고 단을 안치하고 밤에 좌선을 하네
閑洗磁瓶烹岕茗[5]	자기 병을 한가히 씻고 개명차를 끓이는데
故人新寄玉山泉[6]	벗이 옥산 샘물을 새로 부쳤네

주석 ᑤ

1) 子雲(자운): 한(漢)나라 양웅(揚雄)의 자.『역경(易經)』을 모방하여『태현경(太玄經)』을 지었음.

2) 金門(금문): 금마문(金馬門). 한(漢)나라 궁궐의 문. 한나라 때 학사(學士)가 대조(待詔)하던 장소였음. 한림원(翰林院)의 별칭으로 사용함.

3) 風味(풍미): 풍채(風采).

4) 天眞(천진): 세속의 예교(禮敎)의 영향이 없는 자연본성(自然本性).

5) 岕茗(개명): 절강성 장흥현(長興縣) 경내에서 생산되는 차 이름.

6) 玉山泉(옥산천): 선인(仙人)이 마신다는 가장 좋은 샘물.

원중도(1570-1623), 자는 소수(小修), 원종도(袁宗道)·원굉도(袁宏道)의 아우. 박학다재(博學多才)하고, 10세에 〈설부(雪賦)〉·〈황산부(黃山賦)〉를 읊어서 명성을 떨쳤다. 만력 44년(1616)에 진사가 되고, 휘주교수(徽州教授)·국자박사(國子博士)·남경이부랑중(南京吏部郎中)을 지냈다. 저서로 『가설재집(珂雪齋集)』이 있다.

전겸익의 『열조시집』에 "소수(小修)의 시는 재능이 넘치는 근심이 있다"고 했다.

청나라 주염(朱炎)의 『입정시집(笠亭詩集)·논시(論詩)』에 "공안을 향해 시파를 물어보고자 하는데, 소수를 약간 백미라고 할 만하네(欲向公安問詩派, 小修差比白眉良)"라고 했다.

지강현으로 가던 중에 枝江道中[1]

楚國丹陽路未賒[2]	초국의 단양 길이 멀지 않는데
峰巒斷處又平沙	봉우리 끊긴 곳은 또 너른 모래밭이네
溪深不障斑斕石[3]	개울 깊어 반란석에 막히지 않고
梅老猶餘冷澹花	매화 늙었지만 여전히 차고 맑은 꽃이 남아있네
水氣漾洲全似月	물 기운이 강섬에 출렁거려 온통 달빛 같고
山嵐收雨漸成霞[4]	산의 남기는 비를 거둬 점차 놀을 이루네
風烟如此今方到	풍연이 이처럼 지금 이르는데
悔不從前細泛槎	종전에 뗏목 타고 살피지 못한 것을 후회하네

주석 ❧

1) 枝江(지강): 현(縣) 이름. 호북성에 있음.

2) 楚國(초국): 초(楚) 지역. 丹陽(단양): 호북성 제귀현(秭歸縣) 동쪽에 있음.

3) 斑斕石(반란석): 채색이 있는 바위.

4) 山嵐(산람): 산에 끼어있는 아지랑이 같은 기운.

밤의 폭포 夜泉

山白鳥忽鳴	산이 희니 새가 문득 울고
石冷霜欲結	바위 차가워 서리가 맺히려 하네
流泉得月光	흐르는 폭포가 달빛을 얻으니
化爲一溪雪	한 개울의 눈발로 변하네

유안기, 자는 선장(羨長), 오강(吳江: 강소성 蘇州) 사람. 강개하여 기절(氣節)을 숭상했다. 일찍이 장률(長律) 150운(韻)을 왕세정(王世貞)에게 주었는데, 왕세정이 그로써 그를 몹시 중시했다. 저서로『요료각집(蓼蓼閣集)』이 있다.

주이존의『명시종』에 "주운자(朱雲子)가 '선장(羨長)은 말에는 웅장(雄壯)함이 많다'고 했다"고 했다.

이강을 뱃길로 가다 漓江舟行[1]

桂楫輕舟下粤關[2]	계수 노의 경쾌한 배로 월관으로 내려가니
誰言嶺外客行難[3]	누가 영외의 나그네길이 어렵다고 했는가?
高枕翻愛漓江路	베개 높이고 도리어 이강의 뱃길을 사랑하니
枕底濤聲枕上山	베개 아래엔 파도소리가 있고 베개 위엔 산이 있네

주석 ☙

1) 漓江(이강): 화남(華南) 광서(廣西) 장족자치지구동부(莊族自治區東部), 주
   강(珠江)의 수계에 속함.

2) 粤(월): 양광(兩廣) 지역.

3) 嶺外(영외): 영남(嶺南)을 말함.

성명세, 자는 태고(太古), 봉양부(鳳陽府: 안휘성) 사람. 국자감생(國子監生)이었다. 저서로 『곡중집(谷中集)』이 있다.

주이존의 『명시종』에 "태고(太古)의 오언은 원윤첩타(圓潤貼妥)한데, 그 근원은 낭사원(郎士元)에게서 나왔다"고 했다.

악양의 주가에 적다 題岳陽酒家[1]

巴陵壓酒洞庭春[2]	파릉의 짜낸 술이 동정춘인데
楚女當壚勸客頻	초녀가 술을 팔며 객에게 자주 권하네
莫上高樓望湖水	높은 누대에 올라 호수를 보지 마오
烟波二月已愁人	이월의 연파가 사람을 수심 짓게 한다오

주석 ෴

1) 岳陽(악양): 호남성 중부에 있음. 옛 명칭은 파릉(巴陵).

2) 洞庭春(동정춘): 술 이름.

강영과 江盈科

강영과, 자는 진지(進之), 호는 녹라산인(綠蘿山人), 도원(桃源: 호남성) 사람. 만력(萬曆) 임진년(1592)에 진사가 되고, 장주지현(長洲知縣)·이부주사(吏部主事)·사천첨사(四川僉事) 등을 지냈다. 원굉도(袁宏道)와 친했고, 시풍도 공안파(公安派)에 가까웠다. 저서로 『설도각집(雪濤閣集)』이 있다.

주이존의 『명시종』에 "원중랑(袁中郎: 袁宏道)이 말하기를 '진지(進之)의 시재(詩才)는 준일상랑(俊逸爽朗)힌데 힘써 신절(新切)을 이루었다. 다만 교왕(矯枉)하는 허물이 있다'고 했다"고 했다.

사념을 적다 書思

萬里滇雲寄一官[1]	만 리 진운을 한 관직에 부치고
天涯歸路正漫漫[2]	하늘 끝에서 돌아가는 길이 진정 머네
荒煙遠浦迷春色	황량한 안개의 먼 포구에 봄 색이 헤매고
細雨孤城釀暮寒	보슬비 오는 외로운 성에는 저녁 추위를 빚네
鄕思隔年頻入夢	고향생각은 해를 넘겨 빈번히 꿈으로 들어오고
客愁向晚只憑欄	객의 수심은 저녁 향해 다만 난간에 기대네
可憐寂寞誰相對	적막함이 가련한데 누구를 상대하나?
細把梅花獨自看	매화를 들고 홀로 드려다 보네

주석 ᠀

1) **滇雲**(전운): 중국 남방의 구름. 전(滇)은 운남(雲南)의 별칭.

2) **漫漫**(만만): 요원한 모양.

심목, 자는 자교(子喬), 가흥(嘉興: 강소성) 사람. 만력(萬曆) 연간에 현학생(縣學生)이었다. 저서로『근죽고(近竹稿)』가 있다.

『명시종』에 "시화(詩話)에 '자고(子喬)는 자호가 정득일인(靜得逸人)인데, (야기(夜起)) 한 시는 가경(佳境)을 모두 모았다'고 했다"고 했다.

밤에 일어나다 夜起

暑夜不成寐	더운 밤에 잠 못 이루고
起步中庭中	일어나 중정 안을 걷네
殘月忽墮水	잔월이 문득 물로 떨어지고
明河猶在空	밝은 은하수는 아직 허공에 있네
籬根滴淸露	울타리 아래 맑은 이슬 맺히고
樹杪生微風	나무 끝에 미풍이 이네
坐愛新凉好	앉아서 새 서늘함의 좋음을 사랑하는데
先秋有候蟲	가을보다 먼저 가을벌레가 있네

평설 ❧

- 심덕잠의 『명시별재』: "'殘月忽墮水' 2구는 야기(夜起)이고, '鷄聲茅店月' 2구는 효행(曉行)인데, 각각 신묘(神妙)함으로 들어갔다."

손우호, 생평 미상. 전겸익의 『열조시집』에서 왕인(王寅)의 말을 인용
하여 "신선(神仙)을 좋아하고, 산에 살며 홀로 걷고, 통소(洞簫)를 차고
세속의 꾸짖음을 돌아보지 않았다. 표연자이(飄然自怡)하였기 때문에 그
시는 본성에 맡겨서 읊어냈다"고 했다.

옛 묘지를 방문하다 過古墓

野水空山拜墓堂	들 물과 빈산의 묘당을 참배하니
松風濕翠洒衣裳	솔바람과 축축한 푸름이 의상을 씻네
行人欲問前朝事	행인이 전조의 일을 묻고자 하는데
翁仲無言對夕陽[1]	옹중은 말없이 석양을 대하고 있네

주석 ⟨⟩

1) 翁仲(옹중): 묘지 앞에 세워놓은 석인(石人).

종성(1574-1624), 자는 백경(伯敬), 호는 퇴곡(退谷), 경릉(竟陵: 호북성 天門縣) 사람. 만력(萬曆) 38년(1610)에 진사가 되어서 행인(行人)을 지내고, 공부주사(工部主事)·남경예부랑중(南京禮部郎中)을 지냈다. 종성은 시서화에 뛰어났고, 전후칠자의 복고운동에 반대하고, '성령(性靈)'을 펴낼 것을 제창했다. 동향의 담원춘(譚元春)과 함께 '종담체(鍾譚體)'를 이루어서 한 시대를 풍미했다. 이를 또한 '경릉파(竟陵派)'라고 부른다. 두 사람은 합작으로 『고시귀(古詩歸)』·『당시귀(唐詩歸)』·『명시귀(明詩歸)』를 펴냈다. 종성의 저서로는 『은수헌집(隱秀軒集)』이 있다.

주이존의 『정지거시화』에 "『예기』에 '국가가 망하려고 하면 반드시 요얼(妖孽)이 있다'고 했다. 일식성변(日食星變)이나 용시계화(龍蔡鷄禍)뿐만이 아니다. 또한 시에도 그러함이 있다. 만력(萬曆) 연간에 공안(公安)이 역하(歷下: 李攀龍)·누동(婁東: 王世貞)의 폐단을 고치려고 천솔(賤率)한 조(調)를 노래하여 부향(浮響)으로 삼고, 근거 없는 구(句)를 지어서 기돌(奇突)로 삼고, 조어(助語)의 말을 사용하여 유전(流轉)으로 삼았다. 한 글자를 써서 유회(幽晦)함을 힘써 구하고, 일제(一題)를 구성하고, 반드시 불통(不通)함을 바랐다. 『시귀(詩歸)』가 나오자, 일시에 종이 값이 오르고, 민인(閩人) 채복일(蔡復一) 등이 마음을 굽히고 상종하였고, 오인(吳人) 장택(張澤)·화숙(華淑) 등이 또한 명성을 듣고 멀리서 상응했다. 한 마디를 받들어 준적(準的)으로 삼고, 두 수자(豎子: 종성과 담원춘)를 고황(膏肓)으로 들여서 한 시대에서 명성을 취하고, 천하에 독을 퍼뜨리니, 시가 망하고 나라 또한 그것을 따라갔다"고 했다.

진전의 『명시기사』에 "백경(伯敬)은 음사(吟事)에 고심했는데, 조루참삭(雕鏤鑱削)에 여력을 남기지 않았다. 오고의 유람(遊覽)한 작품에 오히려 가작(佳作)이 있다. 근체는 힘써 왕세정·이반룡의 폐단을 교정했는데, 숭광(崇曠)을 버리고 망진(莽榛)으로 들어갔다. 양음(亮音)을 박(薄)하게 하고 세향(細響)을 자랑했으니, 이른바 소지(小智)로써 대도(大道)를 파괴하려는 자라 하겠다"고 했다.

밤에 돌아가다 夜歸

落日下山徑　　　지는 해는 산길로 내려오는데
草堂人未歸　　　초당 사람은 돌아오지 않네
砌蟲泣凉露　　　섬돌의 벌레는 찬 이슬을 슬피 울고
籬犬吠殘輝　　　울타리가의 개는 남은 햇살을 짖어대네
霜靜月逾皎　　　서리 고요하니 달빛이 더욱 하얗고
烟生墟更微[1)]　　연기 오르니 마을이 더욱 은미하네
入秋知幾日　　　가을이 된 지 며칠인지 모르겠는데
鄰杵數聲稀　　　이웃 다듬질소리 드물어졌네

주석 �

1) 墟(허): 허락(墟落). 마을.

포구에 있는 주무재의 지관에서 숙박하다 宿浦口周茂才池館

江邊事事作山家　　강변의 지닌 일들이 산가가 되고
復有山齋著水涯　　또 산재가 물가에 붙어있네
一壑陰晴生草樹　　한 골짜기의 흐림과 맑음이 초목에서 생겨나고
六時喧寂在鸎花[1)]　육시의 소란과 정적이 꾀꼬리와 새들에게 있네
潮尋故步沙頻失　　조수가 찾는 옛 발자국엔 모래가 자주 유실되고
烟疊新痕嶺若加　　안개 쌓인 새 흔적에 고개가 더욱 높아진 듯하네
信宿也知酬對淺[2)]　이틀 묵으니 수창 상대가 천했음을 아니

暫將心迹寄幽遐[3]　잠시 심적을 깊고 먼 경치에 붙이네

주석 ⟆

1) 六時(육시): 불교용어. 하루를 여섯 부분으로 나눈 것. 신조(晨朝)·일중(日中)·일몰(日沒)·초야(初夜)·중야(中夜)·후야(後夜).

2) 信宿(신숙): 이틀 밤을 머무는 것.

3) 幽遐(유하): 유심하원(幽深遐遠)한 경치.

무자비 無字碑[1]

如何季世事[2]　　어찌하여 말세의 일은

反近結繩初[3]　　도리어 결승 초에 가까운가?

民不可使知　　백성들을 알게 할 수가 없어서

亟亟欲其愚　　급급하게 그들을 우매하게 하려 했네

隱然于來者　　은연히 여기에 온 것은

此意卽焚書[4]　　그 뜻이 곧 분서였네

주석 ⟆

1) 無字碑(무자비): 태산(泰山) 등봉대(登峰臺)에 있는 글자 없는 비석. 전설에 진시황(秦始皇)이 세웠다고 함. 일설에는 한무제(漢武帝)가 세웠다고 함.

2) 季世(계세): 말세(末世).

3) 結繩初(결승초): 문자가 없던 시대에 끈의 매듭을 통해 사건이나 숫자를 표기했던 원시시대를 말함.

4) 焚書(분서): 진시황 34년(기원전 213)에 재상 이사(李斯)의 건의를 받아들여
   제생(諸生)들이 옛 제도로써 지금의 제도를 비난하는 것을 금하게 하고, 전국
   의 제가백가(諸子百家)의 서적들을 불태우게 하고 우민정책을 실시했다.

전오곡 前懊曲[1]

畏君知儂心   그대가 내 마음을 아는 것이 두렵고
復畏知君意   또 그대의 뜻을 아는 것도 두렵네
兩不關情人   두 사람이 정을 둔 사람이 아니라면
無復傷心事   다시 상심하는 일이 없으리라

주석 ⌘

 1) 前懊曲(전오곡): 남조 악부 오성가곡(吳聲歌曲)의 이름. 내용은 남녀의 애정
    을 노래한 것이 많음. 모두 3수임.

구장유가 요양으로 부임하면서 기를 남겨 벗을 이별했는데, 뜻
이 몹시 한탄하지 말게 하려는 것이었다. 내가 화답하여 전송
했다 丘長孺將赴遼陽, 留詩別友, 意欲勿生壯悁之 余和以送之[1]

1
曲突何曾勸徙薪[2]   굴뚝을 구부리고 땔나무를 옮기라고 어찌 권했
                   던가?

烽烟枹鼓重邊臣[3]　봉수 연기와 부고소리에 변신을 중시하네
全遼三五年中事[4]　요동을 지키려는 사오 년 동안의 전쟁에서
爛額焦頭半楚人[5]　이마 데이고 머리 태운 사람은 초인들이 절반이네

주석

1) 丘長孺(구장유): 구탄(丘坦). 자는 장유(長孺), 마성(麻城: 호북성) 사람. 시서화에 능했고, 향시무거(鄕試武擧)에 제일로 합격했다. 해주찬장(海州參將)을 지냈다. 원굉도(袁宏道)와 종성(鍾惺)과 친분이 있었다. 遼陽(요양): 요녕성(遼寧城) 심양시(沈陽市). 명나라 때 동지휘사(東都指揮使)를 설치했음. 시는 모두 5수임.

2) 『예문유취(藝文類聚)』에서 한(漢)나라 환담(桓談)의 『신론(新論)』을 인용하여 "순우곤(淳于髡)이 이웃집에 가서 그 굴뚝이 수직이고 그 옆에 땔나무가 쌓여있는 것을 보고, 말하기를 '여기에 장차 불이 날 것이다'라고 하고, 굴뚝을 굽게 만들고 땔나무를 옮기도록 했다. 이웃집에서는 듣지 않았는데, 과연 그 지붕에 불이 났다. 이웃집에서 도와서 불을 껐다. 양을 삶고 술을 준비하여 불을 진압한 사람들에게 사례했지만 순우분은 부르려고 하지 않았다. 지사(智士)가 그것을 비난하기를 '굴뚝을 구부리고 땔나무를 옮기라고 한 사람에겐 은택이 없고, 머리 태우고 이마를 덴 사람을 상객으로 삼았네(曲突徙薪無恩澤, 憔頭爛額爲上客)'라고 했다"고 했다.

3) 枹鼓(부고): 전고(戰鼓). 邊臣(변신): 변방을 방어하는 신하.

4) 만력(萬曆) 45년(1617)부터 48년까지 명나라는 청나라와 요동의 패권을 걸고 여러 차례 전투를 벌였음.

5) 楚人(초인): 구장유는 초(楚) 출신임.

2

借箸前籌戰守和[1]	젓가락 빌려 전투와 수비를 미리 계책하니
較君當局意如何	그대가 맡은 국면과 비교하면 뜻이 어떠한가?
豈應但作傍觀者	어찌 다만 방관자가 될 것인가?
預擬鐃歌如挽歌[2]	미리 요가와 만가를 지었네

주석 ⌒

1) 借箸(차저): 한고조(漢高祖)가 역이기(酈食其)의 계책을 듣고, 그것을 장량(張良)에게 물어보니, 장량이 "앞에 있는 젓가락을 빌려주시면 대왕을 위하여 헤아려 보겠습니다"라고 했음. 차저는 남을 위해 계책을 세우는 것을 말함.

2) 鐃歌(요가): 한(漢)나라 악부 고취곡(鼓吹曲)의 이름. 전가(戰歌)에 속함. 구장유의 시에 "諸君醮筆懸相待, 不是鐃歌卽挽歌"라고 했음.

도원사 桃源詞[1]

商山海上半秦民[2]	상산과 해상에 진나라 백성이 절반인데
何獨桃源是避秦	어찌 유독 도원만이 진나라를 피한 사람이던가?
滿洞仙人一漁子	골짜기에 가득한 선인 중에 한 어부가 있으니
翻疑漁子是仙人	어부가 도리어 선인이 아닌가 싶네

주석 ⌒

1) 桃源(도원): 진(晉)나라 도연명(陶淵明)의 「도화원기(桃花源記)」에서 허구로

설정한 도화원(桃花源). 진(秦)나라의 난리를 피하여 온 사람들이 사는 곳이
라고 함. 나중에 사람들이 그곳이 호남성 도원현(桃源縣)의 도화원(桃花源)
이라고 부회(附會)했음.

2) 商山(상산): 상산사호(商山四皓)를 말함. 동원공(東園公)·기리계(綺里季)·
하황공(夏黃公)·녹리선생(甪里先生). 海上(해상): 진(秦)나라 말에 전횡(田
橫)이 5백인을 거느리고 해도(海島)로 도망했음.

언선우가 밤에 부친 편지에 답하다 答彦先雨夜見柬[1]

蕭然形影自爲雙　　쓸쓸히 몸과 그림자가 절로 쌍을 이루니
旅況鄕心久客降[2]　여행 중의 고향생각을 오랜 객이 억제하네
歷盡嚴霜如落葉　　된서리 다 겪으니 낙엽 같은데
聽多寒雨只疏窗　　찬 빗소리 많이 듣는 성근 창이네

주석 ⋙

1) 모두 2수임.

2) 降(강): 억제(抑制).

담원춘 譚元春

담원춘(1586-1637), 자는 우하(友夏), 호광(湖廣) 경릉(竟陵: 호북성 天門縣) 사람. 천계(天啓) 7년(1627) 향시(鄕試)에 제일로 합격하고, 경사로 응시하러 가다가 여관에서 죽었다. 동향의 종성(鍾惺)과 함께 '경릉파(竟陵派)'의 영수로 불렸다. 저서로 『악귀당집(岳歸堂集)』이 있다.

전겸익의 『열조시집』에 "우하(友夏)의 재력(才力)은 종성(鍾惺)보다 박약하고, 그 학식(學殖)은 더욱 천하고, 전렬(謏劣)은 더욱 심하다. 이속(俚俗)을 청진(淸眞)으로 삼고, 벽삽(僻澁)을 유초(幽峭)로 삼았다. 알듯 모를 듯한 말을 지어서 의표(意表)의 말로 여겼고, 심오함을 구할 줄을 몰라서 더욱 천(淺)해졌다. 이해할 수도 있고 이해할 수도 없는 경치를 묘사하여서 물외(物外)의 상(象)으로 여겼는데 새로운 것을 구할 줄을 몰라서 더욱 진부해졌다. 더듬대지 않는 글자가 없고 혼미하지 않는 구가 없고, 한 편장(篇章)에서 단락을 파쇄하지 못했다. 한 마디 말 안에 의의(意義)가 위반(違反)되어서 연(燕)나라와 오(吳)나라가 격해 있는 듯하다. 몇 행 중에서 사지(詞旨)가 몽회(蒙晦)하여서 천맥(阡陌)을 구별할 수 없다. 원래 그 처음부터 아마 일지반해(一知半解)도 없으면서 뜬 빛에서 그림자를 훔쳐다가 거연(居然)히 문외(文外)의 독절(獨絶)로 여기어서 묘처를 전할 수 없었을 것이다. 스스로 그 식견이 마(魔)로 떨어지고, 취미가 귀(鬼)로 침몰한지도 몰랐다"고 했다.

진정의 『명시기사』에 "우하(友夏)의 악부는 무염(無鹽)을 각화(刻畵)했다고 하겠다. 근체는 종성과 같은 취향이지만 종성에게 채록할 만한 준구(雋句)가 많은 것보다 못하다"고 했다.

유계룡 간토의 정원에서 〈무도가〉를 보다

劉季龍簡討庭上看舞刀歌[1]

燈影與月爭微茫	등불그림자와 달빛이 미망을 다투고
階閑塵靜添薄霜	계단 한가롭게 먼지 고요하고 얕은 서리 덮였네
主人奇不但文事	주인의 좋아함이 문사뿐만 아니니
呼童舞刀刀劃光	동자 불러 칼춤을 추게 하니 칼이 빛을 자르네
一童雙臂如蛟纏	한 동자의 두 팔은 교룡이 얽힌 듯하고
兩童蹴踏身手强[2]	두 동자가 달려가며 몸과 손이 강건하네
沐金浴火刀欲吼	황금빛과 불빛에 목욕하니 칼이 울부짖으려 하고
颯颯月響秋吐芒[3]	바람소리 달빛에 울리고 가을밤 섬광을 토하네
我欲飲時舞亦回	내가 술을 마시려 할 때 춤 또한 회생하니
素魄挾霜紛下翔	달빛이 서리 끼고 분분히 아래로 날아오네
鷄旣鳴矣冷相看	닭이 이미 울고 차갑게 서로 보니
葳蕤鉤起天欲明[4]	무성하게 검광이 일어나고 하늘이 밝으려 하네
靑鞵靑笠我不辭	푸른 신발과 푸른 대삿갓을 내 사양하지 않는데
君用凷人宜傍徨[5]	너는 세상 사람에게 부림을 당해 마땅히 방황하네
他年期我深山裏	훗날 나와 깊은 산에서 만날 것을 기약하는데
世平僮散刀沈水	태평세월엔 동자들 흩어지고 칼은 물에 잠기리라

주석

1) 簡討(간토): 명나라 때 한림원사관(翰林院史官)의 명칭. 본래 검토(檢討)인
   데, 숭정황제(崇禎皇帝)의 이름을 기휘하여 바꾸었음.

2) 蹜踏(축답): 행주(行走).

3) 颯颯(삽삽): 바람이 부는 소리.

4) 葳蕤(위유): 무성한 모양.

5) 君(군): 도(刀)를 말함.

정묘년 중동 밤에 백경의 묘에 경배를 마치고, 그 다섯째 아
우 거이의 집을 방문하다 丁卯仲冬夜, 拜伯敬墓訖, 過其五
弟居易家[1]

哭罷尋何處	곡을 마치고 어디로 가려는가?
宵投汝弟家	밤에 그대 아우의 집에 투숙하려네
磬聲知世短	경쇠소리는 세상의 짧음을 알고
墨迹引心遐	묵적은 마음을 이끌음이 머네
墓柏微微樹[2]	묘지의 측백나무는 몹시 작은 나무인데
瓶梅漸漸花	화병의 매화는 점점 꽃을 피우네
在時頻送別	살아있을 때는 송별이 빈번했는데
悲只似天涯	슬프게도 지금 하늘 끝에 있는 듯하네

주석 ᚉ

1) 丁卯(정묘): 천계(天啓) 7년(1627). 伯敬(백경): 종성(鍾惺)의 자. 이때는 종
   성이 50세의 나이로 작고한 지 이미 3년이 지난 때임. 모두 4수임.

2) 微微(미미): 매우 작은 모양.

화병의 매화 瓶梅

入瓶過十日	화병에 꽂은 지 열흘이 지나서
愁落幸開遲	시들까 걱정했는데 다행히 더디게 피어났네
不借春風發	봄바람을 빌려서 피지 않았고
全無夜雨欺	전혀 밤비에 속지도 않았네
香來淸淨裏	향기 피워 맑고 정결한데
韻在寂寥時	운치가 적막한 때에 있네
絶勝山中樹	산중의 나무보다 훨씬 뛰어난데
遊人或未知	유람인은 간혹 알지 못하네

촉중의 벗의 편지를 받다 得蜀中故人書

蜀州兵定人靜[1]	촉주에 전쟁 그치고 사람들 안정되니
老友天寒信來	늙은 벗이 날 추운데 편지를 보냈네
莫怪草堂深閉	초당이 깊이 잠겨있다고 괴이 여기지 마오
小橋邊有門開	작은 다리 옆에 문이 열려 있다오

주석 ☙

1) 명나라 천계(天啓) 2년(1622) 정월에 사천총병(四川總兵) 양유무(楊愈楙)가
   영녕(永寧)의 적을 토벌했는데, 영녕의 적장 나건상(羅乾象)이 항복하고, 관
   군과 함께 적을 토벌하여 성도(成都)의 포위를 풀었다. 이듬해 4월에 사천의
   관군은 영녕에서 적을 격퇴시키니, 사숭명(奢崇明)은 홍애(紅崖)로 도주했다.

왕차회(1593-1642), 이름은 언홍(彦泓), 금단(金壇: 강소성) 사람. 숭정(崇禎) 연간에 세공(歲貢)으로서 화정훈도(華亭訓導)를 지냈다. 시풍은 당나라 한악(韓偓)과 비슷했다. 저서로 『의우집(疑雨集)』이 있다.

전겸익의 『열조시집』에 "차회는 공간공(恭簡公) 왕초(王樵)의 손자이다. 박학하고 호고(好古)했는데, 시는 염체(艶體)가 많고, 격조(格調)는 한치광(韓致光: 韓偓)과 같았다"고 했다.

무제 無題

幾層芳樹幾層樓	몇 층의 향기로운 나무이고 몇 층의 누대인가?
只隔歡娛不隔愁	다만 즐거움만 막히고 근심은 막히지 않았네
花外遷延惟見影[1]	꽃 너머로 배회하는 그림자만 볼 뿐이고
月中尋覓略聞謳	달빛 속에서 찾은 것은 들려오는 노래이네
吳歌凄斷偏相入[2]	오가는 처량히 애끊는데 두루 서로 들어오고
楚夢微茫不易留[3]	초몽은 아득하여 쉽게 머물러 들 수 없네
時節落花人病酒	시절의 낙화에 사람은 술에 만취하고
睡魂經雨思悠悠	잠든 혼은 비를 겪고 사념이 끊이질 않네

주석 ✍

1) 遷延(천연): 배회(徘徊).

2) 吳歌(오가): 오(吳)지역의 노래.

3) 楚夢(초몽): 송옥(宋玉)의 〈고당부(高唐賦)〉에 나오는 초왕(楚王)과 무산신
   녀(巫山神女)의 사랑을 말함.

한사 寒詞

從來國色玉光寒[1]	예로부터 국색은 옥광이 차가우니
晝視常疑月下看	낮에 보면서도 항상 달빛 아래 보는가 싶네
況復此宵兼雪月	하물며 이 밤에 하얀 달빛 아래 있으니
白衣裳凭赤闌干	하얀 의상이 붉은 난간에 기대었네

주석

1) 國色(국색): 빼어난 미인.

조학전 曹學佺

조학전(1573-1646), 자는 능시(能始), 호는 안택(雁澤)·석창거사(石倉居士)·서봉거사(西峰居士), 복건(福建) 후관(侯官: 福州市) 사람. 만력(萬曆) 23년(1595)에 진사가 되고, 호부주사(戶部主事)·절강안찰사(浙江按察使)를 지내고, 좌천되어 광서참의(廣西參議)가 되었다가 섬서부사(陝西副使)로 관직을 마쳤다. 융무(隆武) 2년(1646)에 청병이 복주(福州)로 들어오자, 목을 매고 자결했다. 건융(乾隆) 중에 충절(忠節)이란 시호를 내렸다. 저서로 『석창문집(石倉全集)』이 있다.

진전의 『명시기사』에 "충절(忠節)의 시는 재기(才氣)를 자랑하지 않고, 음(音)이 현외(絃外)에 있다. 그 흥이 이른 작품은 영양괘각(羚羊卦角)·향상도해(香象渡海)의 묘가 있다"고 했다.

시를 남기고 금릉을 떠나다 留別金陵

微月斜陽影已低　　작은 달은 사양에 그림자 이미 나직하고
風霜四起夕淒淒　　서리바람 사방에서 일어나니 저녁이 처량하네
烏生兩翼不飛去　　까마귀는 두 날개로 날아가지 못하고
只在白門城上啼[1]　다만 백문성 위에서 우짖네

주석 ∽

　1) 白門城(백문성): 금릉(金陵)의 별칭.

이유방 李流芳

이유방(1575-1629), 자는 장현(長蘅)·무재(茂宰), 호는 단원(檀園)·향해(香海)·포암(泡庵), 흡현(歙縣: 안휘성) 사람. 가정(嘉定: 上海市)에서 살았다. 만력(萬曆) 34년(1606)에 효렴(孝廉)으로 천거되었다. 그림에 뛰어나서 누견(婁堅)·정가수(程嘉燧) 등과 '가정사선생(嘉定四先生)'이라 불렸다. 저서로 『단원집(檀園集)』이 있다.

심덕잠의 『명시별재』에 "가정사군(嘉靖四君) 중에 단원(檀園)을 상(上)으로 삼는다, 비록 약간 습기(習氣)에 오염되었지만 풍골(風骨)이 스스로 높으니, 그 참된 성령(性靈)을 덮어버릴 수 없다"고 했다.

고정 용거만 영경서원에 묵으며 일렴·징심·항가 등 여러 상인들과 함께 달빛을 밟다 過皐亭龍居灣宿永慶禪院, 同一濂·澄心·恒可諸上人步月[1]

每多方外游	항상 방외의 노님이 많아서
見僧卽如故	승려를 보면 곧 친구와 같네
燈明一龕下	등불 밝은 한 감실 아래
夜長愜深悟	밤이 긴데 깊은 깨침이 흡족하네
不知山月上	산달이 떴는지 모르겠는데
千林已流素	온 숲에 이미 흰빛이 흐르네
出門尋舊蹊	문을 나서니 옛 개울이 졸졸 대고
愛踏松影路	솔 그림자의 길을 사랑스럽게 밟네
幽泉洗我心	깊은 샘물은 내 마음을 씻어내고
微鐘杳然度	은미한 종소리는 아득히 지나가네

주석 ◌◟

1) 皐亭(고정): 절강성 항주시(杭州市) 동북.

평설 ◌◟

● 심덕잠의 『명시별재』: "마치 동파(東坡: 蘇軾)의 〈承天寺夜遊〉의 광경을 보는 듯하다."

백문에서 칠석날의 감회 白門七夕感懷[1]

舊日維舟處	지난날 배를 매던 곳에
懸情獨柳條	정을 묶던 버들가지만 홀로 있네
秋風又京國	가을바람이 또 경국에 부니
客思正江潮	나그네의 그리움은 바로 강호에 있네
長路有時到	긴 길은 도착할 때가 있는데
歡期難再邀	즐거운 기약은 다시 맞이하기 어렵네
徘徊望牛女	배회하며 견우와 직녀성을 바라보며
愁絶向中宵	근심하며 한밤중을 향하네

주석 ∽

1) 白門(백문): 금릉(金陵)의 별칭. 원래 유송(劉宋)의 도성 건강(建康)의 서문(西門)이었음. 원주에 "이때는 장차 연(燕)으로 들어가려고 할 때다"라고 했음.

왕상춘(1578-1632), 자는 계목(季木), 호는 우구(虞求), 신성(新城: 산동성 淄博市 桓台縣 新城鎭) 사람. 만력(萬曆) 38년(1610)에 진사가 되고, 남경이 부고공랑(南京吏部考功郎)을 지냈다. 저서로 『제음(齊音)』·『문산정집(問山亭集)』이 있다.

주이존의 『명시종』에 "만력(萬曆) 연간에 시파(詩派)가 잡출했는데, 계목 (季木)은 따로 문정(門庭)을 열고 따르지 않았다. 비록 관중(關中)의 문천 서(文天瑞)를 이끌어다가 동조(同調)로 삼았으나, 천서는 몹시 지리(支離) 하여 사경해전(邪徑害田)을 면하지 못했다. 계목이 군아(羣雅)를 어그러 뜨리지 않은 것만 못했다. 〈제항왕묘벽(題項王廟壁)〉은 1편은 사참군(謝 參軍)의 〈홍문(鴻門)〉 작품에 비할 수 있는데, 더욱 주련(遒鍊)함을 깨닫 는다. 망우(亡友) 영천(潁川) 유효공공(劉考功公)이 몹시 그것을 칭찬했는 데 거의 타호(唾壺)를 쳐서 깨뜨리려고 했다. 이는 사사외도(邪師外道)의 전함이 아니다"라고 했다.

항왕묘의 벽에 적다 書項王廟壁[1]

三章旣沛秦川雨[2]	삼장으로 이미 진천에 비를 뿌렸는데
入關又從阿房炬[3]	관문으로 들어가 또 아방궁에 불 질렀네
漢王眞龍項王虎[4]	한왕은 진룡이고 항왕은 호랑이인데
玉玦三提王不語[5]	옥결을 세 번 들었으나 왕은 답하지 않았네
鼎上杯羹棄翁姥[6]	솥의 한 그릇 국으로 늙은 부모를 버렸으니
項王眞龍漢王鼠	항왕이 진룡이고 한왕은 쥐새끼이네
垓下美人泣楚歌[7]	해하 미인은 울며 초가를 부르고
定陶美人泣楚舞[8]	정도 미인은 울며 초무를 추었으니
眞龍亦鼠虎亦鼠	진룡 또한 쥐새끼이고 호랑이도 쥐새끼이네

주석 ☙

1) 項王(항왕): 항우(項羽: 기원전232-기원전202), 성은 항(項), 이름은 적(籍), 자는 우(羽), 하상(下相: 강소성 宿遷市 宿城) 사람. 진(秦)나라 말에 군사를 일으켜서 유방(劉邦)과 함께 진나라를 멸망시키고 서초패왕(西楚覇王)을 칭했음. 나중에 유방에게 패하여 오강정(烏江亭)에서 자결했음.

2) 三章(삼장): 유방(劉邦)이 진천(秦川)으로 진격하여 함양(咸陽)으로 공격하여 들어가서 함양의 부로들에게 약속하기를, 진나라의 가혹한 법을 모두 폐지하고 다만 "살인자는 죽이고, 남을 상해한 자와 도둑질한 사람은 법으로 처단한다"는 삼장의 법만을 시행하겠다고 말했음. 秦川(진천): 섬서성과 감숙성의 진령(秦嶺) 이북의 평원지대.

3) 阿房(아방): 진나라 도성 함양의 궁전. 기원전 206년 항우가 함양으로 들어가서 살육하고, 진나라 왕 자영(子嬰)을 죽이고, 진나라 궁실을 불태워버렸는데 3개월 동안 불이 꺼지지 않았다고 함.

4) **韓王**(한왕): 유방(劉邦:기원전256-기원전195), 자는 계(季), 패현(沛縣) 풍읍(豊邑: 강소성 풍현) 사람. 농가 출신으로 사수정장(泗水亭長)을 지냈다. 진나라 말에 군사를 일으켜서 한(漢)나라를 개국했다.

5) 항우가 범증(范增)의 계책을 받고 유방을 홍문(鴻門)으로 불러 연회를 베풀고, 연회 중에 암살하려고 했다. 그러나 범증이 여러 번 항우에게 안색으로 뜻을 표하고, 패용한 옥결(玉玦)을 들어서 유방을 죽일 것을 결단하도록 촉구했으나 항우는 끝내 묵묵히 응하지 않았다. 항우가 범증의 계책을 쓰지 않아서 유방이 달아나자, 범증이 탄식하기를 "수자(豎子)와는 함께 일을 꾀할 수 없다. 항왕(項王)에게서 천하를 탈취할 사람은 반드시 패공(沛公: 유방)일 것이다. 우리들은 지금 그의 포로가 될 것이다"라고 했다.

6) 항우와 유방의 군대가 광무(廣武: 하남성 榮陽 광무산)에서 대치하고 있을 때, 항우는 유방의 부친을 인질로 잡고 유방에게 고하기를 "지금 빨리 항복하지 않으면 내가 태공(太公: 유방의 부친)을 삶아버리겠다"고 했다. 유방이 답하기를 "나와 항우는 모두 북면하여 회왕(懷王)에게서 명을 받고, 형제로 약속했으니, 나의 옹(翁)은 곧 너의 옹이다. 반드시 너의 옹을 삶으려고 한다면, 부디 나에게 한 그릇 국을 나누어주기 바란다"고 했다.

7) **垓下美人**(해하미인): 항우의 애첩 우희(虞嬉). 해하(垓下)에서 항우가 유방의 연합군에 포위당했을 때 자결했음. 『고시원(古詩苑)』 등에 항우의 〈해하가(垓下歌)〉에 화답하였다는 우희의 노래 〈답항왕초가(答項王楚歌)〉 "漢兵已略地, 四面楚歌聲. 大王意氣盡. 賤妾何聊生"이 실려 있음. 『사기(史記)』에 "항왕(項王)의 군대는 해하(垓下)에 주둔했는데, 병력은 적고 군량은 다 떨어졌다. 한(漢)나라 군대와 제후(諸侯)들의 군대가 그곳을 여러 겹으로 포위했다. 밤중에 한나라 군대가 사면에서 모두 초가(楚歌)를 부르는 것을 듣고 '한나라가 이미 초나라를 얻었던가! 이처럼 어찌 초나라 사람이 많단 말인가?'라고 했다. 항왕이 밤에 일어나 술을 마셨는데, 장막 안에 한 미인이 있었다. 이름이 우(虞)인데 일찍이 총애했다. 준마 추(騅)에다 항상 태우고 다녔다. 이에 항왕이 슬프게 노래하다가 강개(忼慨)하여 스스로 시를 짓기를 '力拔山兮氣蓋世, 時不利兮騅不逝. 騅不逝兮可奈何? 虞兮虞兮奈若何!'라고 했다. 여러 가락을 노래하니, 미인이 그것에 화답했다. 항왕은 눈물을 여러 줄기 흘리

니, 좌우도 모두 울면서 우러러 보지 못했다"고 했다.

8) 定陶美人(정도미인): 유방의 총희 척부인(戚夫人). 산동성 정도(定陶) 사람
   임. 유방은 일찍이 척부의 소생 여의(如意)를 후사로 삼으려고 했는데, 태자
   유영(劉盈)이 장량(張良)의 도움을 받고 저항하자 뜻을 이루지 못했다. 이에
   척부인이 울며 호소하자, 유방이 척부인을 달래면서 "나를 위해 초무(楚舞)
   를 춰다오, 내가 너를 위해 초가(楚歌)를 부르리라"라고 했다. 나중에 태자가
   등극하자, 척부인과 여의는 모두 여후(呂后)에게 살해당했다.

대명호 大明湖[1]

萬派千波竟一門[2]	만 갈래 천 물결이 결국 한 문에 모이고
岡巒回合紫雲屯	산봉우리들 돌며 합하고 붉은 구름 머물었네
蓮花水底危城出	연꽃 물 아래 높은 성이 솟아있고
略似鏤金翡翠盆	대략 누금한 비취 화분 같네

주석 ✑

1) 大明湖(대명호): 제남성(濟南城: 산동성 會稽) 북쪽. 진주천(珍珠泉)·부용천
   (芙蓉泉)·왕부지(王府池) 등의 물이 모여서 이루어졌음.

2) 一門(일문): 북수문(北水門). 대명호의 물은 모두 북수문에서 소청하(小淸河)
   로 들어와서 발해(渤海)로 흘러 들어감.

박소군(1596년 전후로 살았음), 자는 서진(西眞), 태창(太倉: 강소성) 사람. 시서(詩書)에 정통하고, 금(琴)에 능하고, 불경을 좋아하여 물고기나 비린 고기를 먹지 않았다. 수재(秀才) 심승(沈承)에게 시집을 갔는데, 심승은 자가 군렬(君烈)이고, 어려서부터 재능을 가지고 시문에 능했다. 천계(天啓) 4년1624) 겨울에 심승이 병으로 죽었는데, 당시 박소군은 임신 7개월이었다. 시 1백 수를 지어서 부군을 애도했다. 이듬해 아들을 출산하고 심승의 기일에 제주(祭酒)를 올리고 한 차례 통곡한 후 절명했다. 저서로 『이읍집(嫠泣集)』이 있다.

도망 悼亡[1]

水次鱗家接葦蕭[2]　　물가에 즐비한 집들은 갈대와 쑥대에 접하고
魚喧米哄晚來潮[3]　　물고기 새우들 소란한데 저녁 조수가 오네
河梁日暮行人少　　하수 다리에 해 저물고 행인이 드문데
猶望君歸過板橋　　그대가 판교를 건너 돌아옴을 보는 듯하네

주석 ⌒

1) 悼亡(도망): 서진(西晉) 반악(潘岳)이 처음 이 제목으로 죽은 처를 애도하는
   시를 쓴 후, 주로 망처(亡妻)를 애도하는 시 제목으로 사용되어 왔음. 그런데
   여기서는 망부(亡父)를 애도하는 시 제목으로 사용하고 있음.

2) 水次(수차): 수변(水邊).

3) 米(미): 미하(米蝦). 새우의 한 종류.

심의수 沈宜修

심의수(1590-1635), 자는 완군(婉君), 오강(吳江: 강소성) 사람. 부도호사(副都御使) 심류(沈琉)의 딸, 공부랑중(工部郎中) 섭소원(葉紹袁)의 처. 산수화에 능했고, 시문에 뛰어났다. 의수는 16세에 시집와서 3녀를 낳았는데, 환환(紈紈)·만주(蕙綢)·소만(小鸞)이 모두 문재(文才)로 유명했다. 세 딸이 차례로 요절하자, 심의수 또한 상심하여 죽었다. 저서로『이취집(鸝吹集)』이 있다.

봄 이별 春別

簾前殘月五更風	발의 남은 달빛 오경의 바람인데
江上征帆挂碧舸	강 위에 가는 돛이 푸른 배에 매달렸네
客路片雲隨遠望	객로의 조각구름은 먼 조망을 따르고
鏡中雙鬢歎飛蓬[1]	거울 속 양 귀밑머리는 날리는 산발을 탄식하네
縈愁芳草千山繞	수심 얽힌 방초는 천 산을 두루고
送恨啼鶯萬里同	한을 보내는 꾀꼬리소리는 만 리가 동일하네
待約芙蓉秋水綠[2]	부영호의 가을 물이 초록이 될 때를 약속했으니
莫教黃菊冷煙塵	황국을 차가운 연기 먼지 속에 두지 말구려

주석 ∽

1) 飛蓬(비봉): 봉두난발(蓬頭亂髮).

2) 芙蓉(부용): 부용호(芙蓉湖). 강소성 시인의 고향에 있음.

중소가 초상으로 가는데, 이별할 때 비바람이 사람을 처량하게 하고, 하늘이 어두워지려 했다. 돌아온 후 절구 5수를 부쳐왔는데, 그 운에 차운하여 답하였다. 당시의 갈림길에서의 눈물일 뿐이다 仲韶往苕上, 別時風雨凄人, 天將暝矣. 自歸, 寄絶句五首, 依韻次答, 當時臨歧之淚耳[1]

1

離亭樹色映長征[2]	이정의 나무색이 긴 여정을 비추고

渺渺烟波送去程　　아득한 연파가 가는 길을 전송하네
腸斷只憑千里夢　　애끊는 마음 단지 천리 꿈에 의지하는데
亂山遮隔更無情　　어지러운 산이 막으니 더욱 무정하네

주석 Ꮛ

1) 仲韶(중소): 섭소원(葉紹袁)의 자. 오강(吳江: 강소성) 사람. 천계(天啓) 3년
   (1623)에 진사가 되고, 국자감조교(國子監助敎)·공부우형사주사(工部虞衡司
   主事)를 지냈다. 명나라가 망하자, 출가하여 승려가 되었다. 茗上(초상): 호
   주(湖州: 절강성). 경내에 초계(茗溪)가 있음.

2) 離亭(이정): 송별하는 장소.

2

蓮壺催漏自銷魂[1]　　연호 물시계가 시간 재촉하니 절로 슬프고
畫枕銀屛夜色昏　　고운 베개 은 병풍에 밤색이 어둡네
蕭索半春愁裏過　　쓸쓸한 봄의 반이 근심 속에 지나가니
一天風雨盡啼痕　　한 하늘의 비바람이 모두 울음 흔적이네

주석 Ꮛ

1) 蓮壺(연호): 연꽃을 새긴 구리 병의 물시계.

장부 張溥

장부(1602-1641), 자는 천여(天如), 호는 서명(西銘), 태창(太倉: 강소성) 사람. 숭정(崇禎) 연간에 진사가 되고, 서길사(庶吉士)를 지냈다. 동향의 장채(張采)와 제명(齊名)하여, '누동이장(婁東二張)'이라고 불렸다. 천계(天啓) 4년(1624)에 두 사람은 소주(蘇州)에서 복사(複社)를 창건했다. 이후 수년에 걸쳐 엄당(閹黨)과 투쟁했다.

장부는 문학상으로는 전후칠자의 이론을 받아들여 복고를 주장하고, 공안(公安)·경릉파(竟陵派)의 '유심고초(幽深孤峭)'한 풍격을 반대했다. 저서로 『칠록재집(七錄齋集)』과 편찬서인 『한위육조삼백가집(漢魏六朝百三家集)』 등이 있다.

청나라 추의(鄒漪)의 『계정야승(啓楨野乘)』에 "천여(天如)의 문은 경사(經史)에 융흡(融洽)했고, 시는 모두 삼당(三唐)의 풍격이다"라고 했다.

떠남을 애석해하다 惜行

花開鶯去日	꽃 피었는데 꾀꼬리 떠나는 날
石爛水淸時[1]	바위 뭉개지고 물이 맑을 때이네
不憚山川阻	산천의 험함을 꺼리지 않고
空勞風雨隨	공연히 수고롭게 풍우 속을 따르네
車中呼小字[2]	수레 안에서 소자를 부르고
桑下問柔荑[3]	뽕나무 아래서 여린 띠풀을 묻네
一別無楊柳[4]	한 번 이별에 버들가지도 없으니
臨流應賦詩	물에 임하여 마땅히 시를 읊는 때이네

주석 ⟩⟩

1) 石爛(석란): 해고석란(海枯石爛). 바다가 마르고 바위가 가루가 되는 것. 영원함과 불가능을 상징함. 주로 맹세할 때 쓰는 말.

2) 小字(소자): 소명(小名).

3) 柔荑(유이): 막 돋아난 여린 백모(白茅: 荑: 띠)의 싹. 『시경·邶風·靜女』에 "自牧歸荑, 洵美且異"라고 했는데, 애정의 상징으로 기증한 것임.

4) 이별할 때 버드나무가지를 꺾어주는 풍속이 있음.

담정량(1599-1648), 자는 원해(元孩), 가흥(嘉興: 강소성) 사람. 숭정(崇禎) 16년(1644)에 오경진사(五經進士)가 되었다. 저서로 『연석거유고(狷石居遺棄)』가 있다.

〈하량읍별도〉에 적다 題河梁泣別圖[1]

都尉臺前起朔風　　도위대 앞에 삭풍이 일어나고
節旄空盡路西東[2]　절모는 길 동서에서 다 해졌네
不知別淚誰先落　　이별의 눈물을 누가 먼저 흘렸는지 모르지만
同在河梁夕照中　　함께 하량의 석양 중에 있네

주석 ⌒

1) **題河梁泣別圖**(제하량읍별도): 소무(蘇武)와 이릉(李陵)이 흉노(匈奴)에서
   이별하는 것을 그린 그림. 이릉의 〈증소무(贈蘇武)〉시에 "攜手上河梁"이라
   했음. 소무(약 기원전143-기원전60)는 자가 자경(子卿), 한(漢)나라 경조(京
   兆) 사람. 무제(武帝) 때 중랑장(中郎將)으로서 흉노에 사신으로 갔다가 억류
   되었으나 19년 동안 지절을 굽히지 않았다. 소제(昭帝)가 흉노와 화친하였을
   때 한나라로 돌아와서 전속국(典屬國)에 임명되었다. 이릉(?-기원전74)은 자
   가 소경(少卿), 농서(隴西) 성기(成紀: 감숙성 秦安) 사람. 이광(李廣)의 손자
   이다. 도기위(都騎尉)가 되어 한무제 천한(天漢) 2년(기원전99)에 보졸 5천을
   거느리고 흉노를 쳤다. 격전을 치르다 화살이 다 떨어져서 마침내 항복하여
   포로가 되었다. 선우(單于)가 자신의 딸을 처로 삼게 하고 우교왕(右校王)으
   로 세웠다. 한무제(漢武帝)가 이릉의 전 가족을 몰살시켜 버렸다. 소제(昭帝)
   초년에 곽광(霍光)이 그의 친구를 농서(隴西)로 보내 정사를 맡게 하고, 이릉
   을 부르도록 하였으나 끝내 오지 않았다. 흉노에서 20여 년을 보내고 원평
   (元平) 원년에 병사했다.

2) **節旄**(절모): 사신의 부절(符節)과 소꼬리로 만든 깃대장식. 소무가 19년 동안
   억류되어 있으면서 절모를 버리지 않고 간직했음.

광로(1604-1650), 초명은 서로(瑞露), 자는 담약(湛若), 호는 해설(海雪), 남해(南海: 광동성) 사람. 시사(詩詞)에 뛰어났고, 모든 서체(書體)를 잘 썼다. 특히 초서는 왕희지(王羲之)를 사숙하여 일가를 이루었다. 남명(南明) 당왕(唐王) 때 중서사인(中書舍人)을 지냈다. 영력제(永曆帝) 때 광주(廣州)로 나갔는데, 청병(淸兵)이 월(粵)로 들어오자, 제장(諸將)들과 함께 싸웠으나 성이 함락되자 식사를 거부하고 금(琴)을 껴안고 죽었다. 저서로 『적아(赤雅)』가 있다.

왕사정의 『어양시화』에 "광로가 지은 〈교아(嶠雅)〉는 소인(騷人)의 유음(遺音)이 있다"고 했다.

심덕잠의 『명시별재』에 "담약(湛若)의 시는 〈초소(楚騷: 離騷)〉에 근본을 두었는데, 오언이 더욱 뛰어났다. 오언의 좋은 곳은 완전히 기운(氣韻)이 있는데, 언어와 대우의 사이에서 구하지 않았다. 이 뜻을 얻으면 더불어 담약의 시를 읽을 수 있다"고 했다.

동정호 주루 洞庭酒樓[1]

落日洞庭霞	해 저무는 동정호 노을
霞邊賣酒家	노을 옆에 술파는 집에 있네
晚虹橋外市	만홍교 밖의 시장엔
秋水月中槎	가을물 달빛 속에 뗏목이 있네
江白魚吹浪	물고기가 물결 부니 강물이 희고
灘黃雁踏沙	기러기가 모래를 밟으니 여울이 노랗네
相將楚漁父[2]	초나라 어부를 서로 따르니
招手入蘆花	손으로 불러 갈대꽃 속으로 들어가네

주석 ↷

1) 洞庭(동정): 호남성 북부에 있는 동정호(洞庭湖).

2) 춘추시대 오자서(伍子胥)가 위난을 당하여 초(楚)나라를 떠나 오(吳)나라로
   도망갈 때 초나라 어부의 도움을 받아 강을 건너 갈대밭에 숨었는데, 어부가
   음식을 가져와서 갈대밭을 향해 손짓으로 부르며 '갈대밭 안의 사람'이라고
   불렀다.

평설 ↷

● 심덕잠의 『명시별재』: "오언의 가처(佳處)는 전적으로 기운(氣韻)에 달
   려있고, 언어와 대우(對偶)의 사이에서 구해서는 안 된다. 이 뜻을 터득
   하면 더불어 담약의 시를 읽을 수 있다."

진자룡(1608-1647), 자는 인중(人中)·와자(臥子), 호는 질부(軼符)·대준(大樽), 화정(華亭: 上海市 松江縣) 사람. 숭정(崇禎) 10년(1673)에 진사가 되고, 남경이부주사(南京吏部主事)·병과급사중(兵科給事中)을 지냈다. 청병(清兵)이 남경(南京)을 점령하자 고향에서 군사를 청나라에 대항했다. 순치(順治) 4년에 포로가 되어 배 안에 갇혀 있다가 물에 투신하여 자결했다. 천나라 건융(乾隆) 연간에 명나라 말의 순절제신(殉節諸臣)으로 표창되고, 충유(忠裕)라는 시호를 받았다. 저서로 『진중유공십(陳忠裕公集)』과 편찬서인 『명시선(明詩選)』이 있다.

진자룡은 일찍이 하윤이(夏允彝)·서부원(徐孚元) 등과 함께 '기사(幾社)'를 조직하여 '복사(復社)'와 서로 호응했다. 그의 시의 종지(宗脂)는 칠자를 귀숙으로 삼고, '공안파(公安派)'·'경릉파(竟陵派)'와 대항했다.

청나라 오위업(吳偉業)의 『매촌시화(梅村詩話)』에 "(진자룡의 시는) 고화웅심(高華雄深)하고, 한 시대를 흘겨보았다"고 했다.

심덕잠의 『설시수어』에 "시가 종성(鍾惺)·담원춘(譚元春) 등에 이르러서 지극히 쇠퇴했다. 진대준(陳大樽)이 진무(榛蕪)함을 간벽(墾闢)하여서

위로 정시(正始)를 엿보았으니, 비파만취(枇杷晚翠)라고 말할 만하다"고
했다.

소거행 小車行

小車班班黃塵晚[1]	작은 수레 덜컹덜컹 누런 먼지 저물고
夫爲推	남정네는 수레를 밀려하는데
婦爲挽	아낙은 만류하네
出門茫然何所之	문을 나서 망연히 어디로 가려는가?
靑靑者楡療吾飢[2]	푸릇푸릇한 느릅나무가 내 굶주림을 풀어주리니
願得樂土共哺糜	낙토를 얻어서 함께 죽을 먹고자 하네
風吹黃蒿[3]	바람이 누렇게 마른 쑥대를 부는데
望見牆宇	담장의 집을 바라보니
中有主人當飼汝	안에 주인이 있어 마땅히 너희를 먹이리라
叩門無人室無釜	문 두들기니 사람도 없고 집에는 가마솥도 없으니
躑躅空巷淚如雨	빈 거리에서 서성이며 눈물이 빗줄기 같네

주석 ❧

1) 班班(반반): 수레가 굴러가는 소리.

2) 楡(유): 느릅나무. 그 껍질을 찧어서 식용함. 예로부터 기근 때의 대표적인 구황식물이었음.

3) 黃蒿(황호): 누렇게 마른 쑥대.

역수가 易水歌[1]

趙北燕南之古道[2]	조북 연남의 옛 길에
水流湯湯沙皓皓	물결 넘실대고 모래는 하얀데

送君迢遞西入秦[3]　　그대가 아득히 서쪽 진으로 들어감을 전송하니
天風蕭條吹白草[4]　　바람이 쓸쓸하게 백초를 부네
車騎衣冠滿路旁　　수레와 말과 의관들이 길가에 가득하고
驪駒一唱心茫茫[5]　　〈여구〉 한 노래에 마음이 망망하네
手持玉觴不能飮　　손에 든 옥 술잔을 마실 수 없는데
羽聲颯沓飛淸霜[6]　　우성이 빠르게 울리니 맑은 서리 날리네
白虹照天光未滅[7]　　흰 무지개가 하늘 비추며 빛이 사라지지 않으니
七尺屛風袖將絶[8]　　칠 척 병풍에서 소매가 끊어졌네
督亢圖中不殺人[9]　　독항지도 안의 비수는 사람을 죽이지 못하고
咸陽殿上空流血[10]　　함양 궁전에서 공연히 피를 흘렸네
可憐六合歸一家　　가련하게 천하가 일가가 되니
美人鍾鼓如雲霞　　미인들의 종고소리가 구름 놀과 같네
慶卿成塵漸離死[11]　　경경은 먼지가 되고 고점리도 죽으니
異日還逢搏浪沙[12]　　훗날 다시 박랑사에서 만나리라!

주석 ❧

1) 易水歌(역수가): 전국시대 형가(荊軻: ?-기원전 227)가 연(燕)나라 태자 단
　　(丹)의 부탁을 받고 진왕(秦王)을 암살하러 가면서 역수(易水) 가에서 부른
　　노래. 형가는 원래 위(衛)나라 사람으로서 경경(慶卿)·형경(荊卿)·경가(慶
　　軻)라고 불렸음. 『전국책(戰國策)·연삼(燕三)』에 "태자와 그 일을 알고 있는
　　빈객들은 모두 흰 의관 차림으로 형가를 전송하여 역수가에 이르렀다. 이미
　　제사를 마친 형가는 고점리(高漸離)가 치는 축(筑)에 맞추어 노래하고 있었
　　는데, 변치[變徵]소리로 불렀다. 인사들 모두가 눈물을 흘리면서 울었다. 또
　　앞으로 나아가서 노래하기를 '바람 소소히 부는데 역수는 차갑고, 장사가 한

번 떠나가면 다시 돌아오지 못하리라(風蕭蕭兮易水寒, 壯士一去兮不復還)'이
라 했다. 다시 우성(羽聲)으로 부르니, 그 소리가 강개하여 인사들은 모두 눈
을 부릅뜨고 머리털이 곤추서서 모자를 찔렀다. 이에 형가는 수레를 타고 떠
나갔는데 끝내 뒤를 돌아보지 않았다"고 했다. 역수는 역하(易河)라고도 부
르는데, 하북성(河北省) 역현(易縣) 경내에 있음. 남역수(南易水)·중역수(中
易水)·북역수(北易水)로 나누어짐.

2) 趙北燕南(조북연남): 형가를 전송한 역수 지역을 말함.

3) 迢遞(초체): 길이 먼 모양.

4) 白草(백초): 목초의 일종. 다년생초본식물.

5) 驪駒(여구): 송별의 노래. 『시경』의 일시(逸詩)의 이름.

6) 羽聲(우성): 궁·상·각·치·우(宮·商·角·徵·羽) 오성의 우음(羽音). 비
장한 소리임. 颯杳(삽답): 빠른 모양.

7) 전설에 형가의 정성이 지극하여 하늘이 흰 무지개를 드리웠다고 함.

8) 七尺屏風(칠척병풍): 전설에 형가가 왼손으로 진왕의 소매를 잡고 오른손으
로 비수로 찌르려고 하니, 진왕이 노래 한 곡을 듣고 죽고 싶다고 하여서 가
희를 불러서 노래하게 했는데, 가희가 금(琴)을 타며 노래하기를 "羅縠單衣
可製而絶, 八尺屛風可超而越"이라고 했다. 진왕이 병풍을 뛰어넘어서 형가
의 일이 실패했다고 함.

9) 督亢圖(녹항도): 형가는 진왕에게 접근하기 위하여 독항지도와 진나라를 배
신한 장군 번오기(樊於其)의 수급을 가지고 진나라에 갔음. 독항지도 안에
비수를 감추었음.

10) 咸陽(함양): 진나라의 도성.

11) 慶卿(경경): 형가. 漸離(점리): 고점리(高漸離). 축(筑)의 명인. 형가의 친구
로서 나중에 진왕을 축으로 쳐서 죽이려다가 실패하고 살해되었음.

12) 搏浪沙(박랑사): 장량(張良)이 역사(力士)를 시켜 철추(鐵椎)로 진시황을 격
살하려다가 실패한 장소.

여거 廬居[1]

行遁山河改[2]	세상을 피하니 산하가 변하고
歸來松菊荒[3]	돌아오니 소나무 국화가 황폐해졌네
尙餘三畝宅[4]	여전히 삼 무의 집이 남아있는데
無復萬家旁[5]	다시 만가를 옆에 둘 수 없네
祈死煩宗祝[6]	죽기를 기원하나 종축이 걱정이고
偸生愧國殤[7]	목숨을 구하려 하니 국상에게 부끄럽네
但依親隴在[8]	다만 부모의 묘소에 의지해 있으니
含笑此高岡	웃음 머금고 이 높은 언덕에 있네

주석 ◌◌

1) **廬居**(여거): 부모의 상을 당하여, 묘소 옆에 여막을 짓고 사는 것.

2) **行遁**(행둔): 세상을 피해 숨는 것.

3) 도연명(陶淵明)의 〈귀거래사(歸去來辭)〉에 "三徑就荒, 松菊猶存"이라고 했음.

4) **三畝宅**(삼무댁): 좁은 터의 가난한 집을 말함. 무(畝)는 발음이 묘이기도 한데, 토지 면적의 단위임.

5) 『사기(史記)·회음후전찬(淮陰侯傳贊)』에 "회음(淮陰) 사람이 나를 위해 말해주기를 '한신(韓信)이 비록 포의(布衣) 시절이었지만, 그 뜻은 남들과는 달랐다. 그 어미가 죽자, 가난하여 장례할 수 없었다. 그러나 고창지(高敞地)에 장례를 치르고는 그 옆에 만가(萬家)를 배치할 만하다'고 했다고 한다. 내가 그 모친의 묘를 살펴보니 참으로 그러했다"고 했다.

6) **宗祝**(종축): 가묘(家廟)에서 제례(祭禮)를 담당하는 사람.

7) **國殤**(국상): 나라를 위해 희생한 사람.

8) **親隴**(친롱): 부모의 분묘.

양주 揚州[1]

淮海名都極望遙[2]　회해 명도를 지극히 멀리 바라보는데
江天隱見隔南朝[3]　강 하늘이 은연히 보이며 남조에 격해 있네
青山半映瓜洲樹[4]　청산은 과주의 나무를 반쯤 비추고
芳草斜連揚子橋[5]　방초는 양자교에 비껴 이어졌네
隋苑樓臺迷曉霧[6]　수원의 누대는 새벽안개 속에 희미하고
吳宮花月送春潮[7]　오궁의 꽃과 달은 봄 조수를 전송하네
汴河盡是新栽柳[8]　변하는 모두 새로 심은 버드나무인데
依舊東風恨未消　의구한 동풍은 한을 풀지 못했네

주석 ∽

1) 揚州(양주): 강소성 양주시.

2) 淮海名都(회해명도): 양주를 말함. 명나라 초에 양주로(揚州路)를 회해부(淮海府)로 바꾸었음.

3) 南朝(남조): 남북조 때 남조는 모두 지금의 남경(南京)에 도읍했음. 남경을 말한 것.

4) 瓜洲(과주): 일명 과부주(瓜埠洲). 강소성 한강현(邗江縣) 남쪽, 대운하가 장강(長江)으로 흘러들어가는 곳의 삼각주로서 진강시(鎭江市)와 강을 격하여 마주하고 있음.

5) 揚子橋(양자교): 강소성 양주시(揚州市) 서북.

6) 隋苑(수원): 수양제(隋煬帝)가 건설한 강소성 양주시 서북에 있는 서원(西苑).

7) 吳宮(오궁): 춘추시대 오(吳)나라의 궁전. 오나라의 도성이 강소성 소주시(蘇州市)에 있었음.

8) 汴河(변하): 일명 변거(汴渠). 수양제가 강도(江都)로 유람하기 위해 황하를

끌어다가 안휘(安徽)를 거쳐 회하(淮河)로 통하게 한 운하. 그 제방에 버드나무를 심었는데, 이를 수제(隋堤)라고 함.

거듭 엄원을 유람하다 重游弇園[1]

放艇春寒島嶼深	배 띄운 도서에 봄추위가 깊고
弇山花木政蕭森[2]	엄산의 화목은 진정 소삼하네
左徒舊宅猶蘭圃[3]	좌도의 옛 집에 난포가 남아있고
中散荒園尚竹林[4]	중산의 황량한 원림엔 대숲이 여전하네
十二敦槃誰狎主[5]	십이돈반으로 누가 문맹을 교대로 했던가?
三千賓客半知音	삼천 빈객들의 반이 지음들이었네
風流搖落無人繼[6]	풍류가 요락한데 계승할 사람이 없고
獨立蒼茫異代心	홀로 서니 창망한 다른 시대의 마음이네

주석 ❧

1) **弇園**(엄원): 속칭 왕가산(王家山). 상서(尚書) 왕세정(王世貞)이 건설한 원림(園林). 강소성 태창현(太倉縣) 융복사(融福寺) 서쪽에 있음.

2) **蕭森**(소삼): 어지럽게 떨어지고 솟아있는 모양.

3) **左徒**(좌도): 초회왕(楚懷王)의 좌도를 지낸 굴원(屈原). **蘭圃**(난포): 난혜(蘭蕙)를 심은 원포(園圃). 굴원의 〈이소(離騷)〉에 "余旣滋蘭之九畹兮, 又樹蕙之百畝"라고 했음.

4) **中散**(중산): 중산대부(中散大夫)를 지낸 혜강(嵇康). 죽림칠현(竹林七賢)의 한 사람이었음.

5) 十二敦槃(십이돈반): 고대 천자(天子)와 제후(諸侯)가 회맹(會盟)할 때 사용
   했던 예기(禮器). 狎主(압주): 주맹(主盟)을 교체하는 것. 『명사(明史)·문원
   전(文苑傳)』에 "왕세정(王世貞)은 처음에 이반룡(李攀龍)과 문맹(文盟)을 압
   주했는데, 반룡이 죽은 후 홀로 문병(文柄)으 잡은 것이 20년이었다"고 했음.
6) 風流搖落(풍류요락): 유풍이 조락하여 없어지는 것.

평설 ☙

● 심덕잠의 『명시별재』: "지금 엄원(弇園)의 일대는 황폐하여 민가(民家)
   가 되었다. 이 시를 읽어보면 시대에 대한 감개를 이길 수 없다."

가을날의 여러 감개 秋日雜感[1]

行吟坐嘯獨悲秋	가며 읊고 앉아서 읊으며 홀로 가을을 슬퍼하니
海霧江雲引暮愁	바다 안개 강 구름이 저녁 근심을 이끄네
不信有天常似醉	하늘이 있음을 믿지 못하니 항상 취한 듯하고
最憐無地可埋憂	근심을 묻을 땅이 없음이 가장 가련하네
荒荒葵井多新鬼[2]	황황한 규정엔 새 귀신이 많고
寂寂瓜田識故侯[3]	적적한 오이 밭의 옛날 제후를 아네
見說五湖供飮馬[4]	듣자니 오호는 말에 물 먹임을 받든다니
滄浪何處着漁舟	창랑의 어디에 고깃배를 댈 것인가?

주석 ᏬᎠ

1) 모두 10수임. 순치(順治) 3년(1646) 오중(吳中: 蘇州)에서 청군(淸軍)에 점령 당한 조국의 산하를 목격하고 발분하여 지은 시임. 주정진(朱庭珍)의 『소원 시화(筱園詩話)』에 "(진자룡의 시는) 웅려유골(雄麗有骨)한데, 국변(國變) 이후 더욱 비장(悲壯)해졌다"고 했음.

2) 荒荒(황황): 황폐한 모양. 葵井(규정): 야생 규채(葵菜: 冬莧菜, 아욱)가 뒤덮은 우물. 『樂府詩集·橫吹曲辭·紫騮馬歌辭』에 "十五從軍征, 八十始得歸 …… 中庭生旅穀, 井上生旅葵"라고 했음. 新鬼(신귀): 청군에게 살해당한 사람들.

3) 故侯(고후): 진(秦)나라가 망한 후 동릉후(東陵侯) 소평(邵平)이 장안성(長安城) 밖에서 오이 밭을 가꾸며 생계를 꾸렸음.

4) 五湖(오호): 널리 강호를 말함. 飮馬(음마): 병마(兵馬)에게 물을 먹이는 것. 청군에게 점령당한 것을 말한 것.

역수를 건너다 渡易水

幷刀昨夜匣中鳴[1]	병도가 어젯밤 갑중에서 울었는데
燕趙悲歌最不平[2]	연조의 슬픈 노래가 가장 불평스럽네
易水潺湲雲草碧	역수는 흘러가고 구름 같은 풀들 푸른데
可憐無處送荊卿[3]	형경을 전송할 곳이 없어서 가련하네

주석 ᏬᎠ

1) 幷刀(병도): 병주(幷州: 산서성과 내몽고와 하북성 일대)에서 생산된 칼. 예로부터 명도(名刀)로 불렸음.

2) 燕趙(연조): 연(燕)과 조(趙) 지역은 북방 변경지역으로서 예로부터 의사(義

士)가 많았음.

3) 荊卿(형경): 형가(荊軻).

봄날 일찍 일어나다 春日早起[1]

獨起憑欄對曉風	홀로 일어나 난간에 기대 새벽바람 대하니
滿溪春水小橋東	따뜻함이 가득한 봄물의 작은 다리 동쪽이네
始知昨夜紅樓夢[2]	어젯밤의 홍루몽을 비로소 깨닫는데
身在桃花萬樹中	몸이 복사꽃 만 그루 안에 있네

주석 ᦈ

1) 모두 2수임.

2) 紅樓(홍루): 부귀한 집의 여인이 거주하는 방. 또한 청루(靑樓)의 기녀가 거
   주하는 방을 말하기도 함.

서호의 만흥 西湖漫興[1]

蟲怨秋山萬樹空	벌레들 원망하는 가을 산엔 만 나무가 낙엽지고
漁燈明滅小亭紅	고깃배의 등불 명멸하는 작은 정자가 붉네
焚香永夜愁難夢	긴 밤에 분향하며 근심으로 꿈 못 이루는데
人在西陵風雨中[2]	사람은 서릉의 풍우 속에 있네

1) 모두 10수임. **西湖**(서호): 항주(杭州)에 있음.

2) **西陵**(서릉): 항주 서호의 고산(孤山) 옆에 서령교(西泠橋)가 있는데, 그 다리 옆에 소소소(蘇小小)의 묘가 있음. 소소소는 남제(南齊) 때 전당(錢塘)의 명 창(名娼)이었음. 고악부(古樂府) 〈소소소가(蘇小小歌)〉에 "妾乘油壁車, 郎騎 靑驄馬. 何處結同心? 西陵松柏下"라고 했음. 이하(李賀)의 〈소소소묘(蘇小小 墓)〉에 "西陵下, 風吹雨"라고 했음.

지난해 초가을 13일 밤에 나는 경사에서 귀향했는데, 녹성에 서 천여를 만났다. 사고까지 대화하다가 이별했는데 누가 영 원한 이별이 될 줄을 알았겠는가? 지금 가을의 이 밤에 화군 에 배를 정박하니 달이 밝은 것이 어젯밤과 같아서 슬픔을 이길 수가 없다 去歲孟秋十三夜, 予從京師歸, 遇天如于鹿 城, 談至四鼓而別, 孰知遂成永訣也. 今秋是夜泊舟禾郡, 月 明昨夜, 不勝愴然[1]

日暮維舟楓樹林	날 저물어 단풍 숲에 배를 매고
玉峰峰外漏沈沈[2]	옥봉 봉우리 밖에 밤 시간이 침침했었네
那堪獨對當時月	어찌 당시의 달을 홀로 대할 수 있겠는가?
淚落吳江秋水深	눈물이 오강에 떨어지니 가을 물이 깊네

1) 모두 2수임. **天如**(천여): 장부(張溥)의 자. 태창(太倉: 강소성 蘇州) 사람. 복

사(復社)의 영도자였음. 숭정(崇禎) 13년(1640) 7월 13일 밤에 진자룡은 경사
에서 남으로 돌아가던 중에 녹성(鹿城: 강소성 昆山縣)에서 장부를 만나서
밤새워 대화를 하고 이별했음.

2) 玉峰(옥봉): 강소성 곤산현(昆山縣)에 있는 산봉우리 이름.

진호(1613-1675), 자는 언하(言夏), 호는 확암(確庵), 자칭 칠십이담어부(七十二潭漁父)라고 했음. 태창(太倉: 강소성) 사람. 숭정(崇禎) 16년(1643)에 거인(擧人)이 되었다. 오경(五經)에 정통했고, 실학에 힘썼다. 명나라가 망한 후 출사하지 않고 곤산(昆山) 울촌(蔚村)에서 부모를 모시고 은거했다. 저서로『구도록(求道錄)』·『치병술(治病說)』·『구황정의(救荒定議)』등이 있다.

진전(陳田)의『명시기사(明詩紀事)』에 "확암(確菴)의 시는 침웅(沈雄)으로써 뛰어나다"고 했다.

이영벽 정위가 남긴 지도 李映碧廷尉遺地圖[1]

圖畵山川感慨多	그림 속 산천에 감개가 많은데
邊陲風景近如何	변방의 위급한 풍경은 근래 어떠한가?
入關無復蕭丞相[2]	관중에 들어간 소승상은 다시 없고
聚米空思馬伏波[3]	쌀을 모은 마복파를 공연히 생각하네
兩戒一江橫似線[4]	양계의 한 강물이 실처럼 가로놓여있고
九州五嶽小於螺	구주의 오악이 소라보다 작네
錯疑留守魂歸夜[5]	유수의 혼이 밤에 돌아오나 착각했는데
風雨聲聲喚渡河	비바람 소리 소리가 하수를 건너라고 부르네

주석 ☙

1) 李映碧(이영벽): 이청(李淸). 숭정(崇禎) 연간에 진사가 되고, 대리시좌승(大理寺左丞)을 지냈다. 청나라로 들어간 후 출사하지 않았다.

2) 蕭丞相(소승상): 한(漢)나라 소하(蕭何). 기원전 206년 한나라 유방(劉邦)은 항우(項羽)의 강요를 받고 관중(關中)을 나가서 파(巴)·촉(蜀)·한중(漢中)의 지역을 거느렸다. 동년에 소하를 승상으로 삼아서 다시 관중(關中)을 평정했다.

3) 馬伏波(마복파): 후한(後漢) 북파장군(伏波將軍) 마원(馬援). 광무제가 외효(隗囂)를 서정(西征)하러 갔다가 칠(漆: 섬서성 邠縣)에 이르러 감히 깊이 들어가지 못했다. 마원이 어전에서 쌀을 모아서 산곡(山谷)을 이루고서, 거기에 행군노선을 그려 보이고, 강력히 진군을 청했다.

4) 兩戒(양계): 『당서(唐書)·천문지(天文志)』에 "북계(北戒)는 융적(戎狄)으로 한정하고, 남계(南戒)는 만이(蠻夷)로 한정한다"고 했다.

5) 留守(유수): 남송(南宋) 동경유수(東京留守) 종택(宗澤: 1060-1128). 종택은

금(金)나라에게 빼앗긴 국토를 회복하기 위하여 악비(岳飛) 등과 함께 북벌을 도모했음. 병으로 죽을 때 유언으로 "도하(渡河)! 도하! 도하!"라고 했음.

섭소란 葉小鸞

섭소란(1616-1632), 자는 경장(瓊章)·요기(瑤期), 오강(吳江: 강소성 蘇州) 사람. 부친은 공부주사(工部主事) 섭소원(葉紹袁), 모친은 여류시인 심의수(沈宜修)이다. 4세 때『초사(楚辭)』를 암송하고, 10세 때 작시에 능숙했다. 17세에 병으로 요절했다. 저서로『반생향(返生香)』이 있다.

진유숭(陳維崧)의『부인집(婦人集)』에 "섭씨(葉氏)의 세 딸은 모두 재조(才調)가 있다. 그 중에서 경장(瓊章)이 더욱 영철(英徹)한데, 마치 옥산(玉山)이 사람을 비추는 것 같다. 시사(詩詞)에 빼어난 사치(思致)가 있다"고 했다.

비 오는 밤에 퉁소소리를 듣다 雨夜聞簫

紗窓徒倚倍無聊	비단 창으로 옮겨 기대니 배나 무료하고
香爐熏爐懶更燒	향 사르는 훈로를 나른하게 다시 태우네
一縷簫聲何處弄	한 줄기 퉁소소리를 어디서 부는가?
隔簾微雨濕芭蕉	발 너머 보슬비는 파초를 적시네

한흡, 자는 군망(君望), 장주(長洲: 강소성 蘇州市) 사람. 양산(羊山)에 은
거하여 고절(高節)로써 저명했다. 자학(字學)에 정통했다. 저서로 『기암
시존(寄庵詩存)』이 있다.

주이존의 『정지거시화』에 "숭정(崇禎) 때에 오하(吳下)에서 시를 말한다
면, 나는 반드시 군망(君望)을 거벽(巨擘)으로 삼는다"고 했다.

진정의 『명시기사』에 "군망의 시는 질각(質慤)한데 진의(眞意)가 있다.
이에 고답(高踏)하는 인사는 부조(浮藻)를 숭상하지 않음을 알 수 있다"
고 했다.

기러기소리를 듣다 聞雁

朔風吹雁渡江干[1]	삭풍이 기러기를 불어 강변을 건너니
月白霜淸響尙寒	달빛 희고 서리 맑아 소리가 더욱 차갑네
孤客幾回愁裏聽	외로운 객은 몇 번이나 근심 속에 들었는가?
故鄕何處報平安	고향 어디에서 편안함을 알리는가?

주석 ✑

1) 江干(강간): 강변(江邊).

심자연, 자는 군복(君復), 오강(吳江: 강소성 蘇州) 사람. 부사(副使) 심충(沈珫)의 아들. 어머니의 상을 당하여 슬픔을 이기지 못하고 죽었다. 저서로 『내사집(來思集)』·『한정집(閑情集)』이 있다.

청나라 섭신향(葉申薌)의 『본사시(本事詩)』에 "군복(君復)의 재조(才藻)는 분피(紛披)한데 문집에 가구(佳句)가 많다. 섬미농염(纖靡濃艶)함은 서곤(西崑)을 수레로 삼았는데, 온정균(溫庭筠)·이상은(李商隱)의 후진(後塵)일 뿐만 아니다"라고 했다.

강남락 江南樂

初景爛銀浦	아침 햇살이 은빛 포구에 찬란하고
溘溘浮鸂鶒[1]	출렁대며 비오리가 떠있네
儂情兩搖蕩	나와 정이 둘 다 요랑하니
持比春江色	봄 강의 색과 비할 수 있네
江深蓮子齊	강 깊으니 연밥들 나란하고
水暖鴛鴦栖	물 따뜻하니 원앙이 깃들었네
不須更相問	다시 서로 물을 필요가 없으니
家住橫塘西[2]	집이 횡당 서쪽에 있다오
橫塘連夾浦	횡당은 협포에 이어지고
曲曲明如許	굽이마다 이처럼 밝다오
誰打白蘋開[3]	누가 백빈을 쳐서 열었는가?
前溪夜來雨	전계에 밤에 비가 내렸네
雨霽上南樓	비가 개어 남루에 오르니
天高水影浮	하늘 높아 물그림자가 떠있네
出門郎不見	문을 나서도 낭군은 볼 수 없으니
仍蕩采蓮舟	다시 연밥 따는 배를 저어가네

주석

1) 溘溘(합합): 못의 물이 출렁이는 소리. 鸂鶒(계칙): 비오리. 청둥오리만한 물 새의 한 종류.

2) 橫塘(횡당): 강소성 소주시(蘇州市) 서남쪽에 있는 못 이름.

3) 白蘋(백빈): 네가래. 일종의 수생식물.

* 심덕잠의 『명시별재』: "음절(音節)의 정신이 〈서주곡(西州曲)〉과 같다."

오기, 자는 일천(日千), 화정(華亭: 上海市 松江縣) 사람. 명나라 말에 제생(諸生)으로서 성대한 명성이 있었다. 왕광승(王光承) 형제와 친했다. 명나라가 망한 후 종적을 감추었다. 저서로 『함함집(頷頤集)』이 있다.

이서장의 시 뒤에 적다 書李舒章詩後[1]

胡笳曲就聲多怨[2]　〈호가곡〉의 가락은 원망이 많고
破鏡詩成意自慚[3]　〈파경시〉를 이루니 듯이 스스로 참담하네
庾信文章眞健筆[4]　유신의 문장은 참으로 건필인데
可憐江北望江南　가련하게 강북에서 강남을 바라보았네

주석 ೕ

1) 李舒章(이서장): 이문(李雯: 1608-1647). 화정(華亭: 上海市 松江縣) 사람. 숭정(崇禎) 15년(1642)에 과거를 보러 경사로 갔는데, 계주성(薊州城)이 함락되어 포로가 되어 청군(淸軍)에 들어갔다. 청나라에서 홍문원찬문중서(弘文院撰文中書)를 지냈다.

2) 胡笳曲(호가곡): 동한(東漢) 채염(蔡琰)의 금가사(琴歌辭) 〈호가십팔박(胡笳十八拍)〉.

3) 破鏡詩(파경시): 남조 서덕언(徐德言)과 그의 처 낙창공주(樂昌公主)가 난리를 당하여 이별하여 파경을 읊은 시.

4) 庾信(유신): 남북조시내 양(梁)나리 남양(南陽) 신야(新野: 하남성) 사람. 북조 서위(西魏)로 사신을 갔다가 억류되었음. 고향을 생각하며 지은 〈애강남부(哀江南賦)〉가 있다. 두보(杜甫)의 〈戲爲六絶句〉에 "庾信文章老更成, 凌雲健筆意縱橫"이라고 했음.

대관, 자는 아중(莪仲). 바꾼 이름은 역(易), 자는 남지(南枝), 산음(山陰: 절강성 紹興市) 사람.

조대 회고 釣臺懷古[1]

赤伏符興罷戰爭[2]　　〈적복부〉 일어나서 전쟁을 끝내니

釣竿三尺足平生　　낚싯대 삼 척이 평생에 족하네

遠攜仙女桐江隱[3]　　멀리 선녀를 데리고 동강에 은거하니

深悔羊裘大澤行　　양털 옷 걸치고 대택으로 간 것을 몹시 후회했네

一夜星辰淩帝座[4]　　하룻밤에 별이 황제자리를 범하니

九重貴賤見交情　　구중궁궐의 귀천들이 교정을 보네

請看七里瀧中水　　칠리롱 안의 물을 보구려

未到錢唐徹底淸　　전당에 이르기 전에 바닥까지 맑네

주석 ∽

1) 釣臺(조대): 후한(後漢) 엄광(嚴光)이 은거하여 낚시하던 곳. 엄광은 자가 자
　　릉(子陵), 회계(會稽) 여요(餘姚) 사람이다. 젊어서 광무제(光武帝) 유수(劉
　　秀)와 동학이었음. 광무제가 즉위한 후 그를 간의대부(諫議大夫)로 삼으려고
　　했으나, 은기히어 벼슬에 나가지 않았음. 동려현(桐廬縣) 부춘산(富春山)에
　　은거했는데, 후인들이 그가 낚시했던 곳을 엄릉탄(嚴陵灘) 혹은 엄릉조단(嚴
　　陵釣壇)이라고 불렀다.

2) 赤伏符(적복부): 유수(劉秀)의 동학이 올린 참언(讖言)으로서 유수가 제위(帝
　　位)에 오른다는 내용임.

3) 仙女(선녀): 전하는 말에 엄광의 처는 왕망(王莽) 때에 신선이 되었다는 남창
　　위(南昌尉) 매복(梅福)의 딸이라고 함. 桐江(동강): 부춘강(富春江)의 지류.
　　전당강(錢塘江) 중류가 엄주(嚴州)에서 동려(桐廬)에 이르는 구간을 말함. 칠
　　리롱(七里瀧)이 인근에 있음.

4) 광무제가 엄광과 함께 한 침상에서 잤는데 엄광이 광무제의 몸에 발을 올려
　　놓고 잤다. 일관(日官)이 급히 보고하기를, "객성(客星)이 제좌(帝座)를 범했

다"고 했음.

평설 ᔒ

* 심덕잠의 『명시별재』: "남지(南枝)의 〈조대시(釣臺詩)〉는 많게는 천여
  장(章)에 이르는데, 모두 요도천솔(潦倒賤率)하다. 이것은 그 중 더욱 고
  아한 것을 뽑은 것인데, 수미(首尾)가 혼성(渾成)하고, 정신이 만복(滿
  腹)하여 세상에 전할 만하다."

육연, 명나라 여류시인. 저명한 학자 육덕온(陸德蘊)의 딸, 마룡(馬龍)의

처. 화정(華亭: 上海市 松江縣) 사람.

부친을 대신하여 시를 지어 신안 가는 사람을 전송하다
代父送人之新安[1]

津亭楊柳碧毿毿[2]　　나루 역정의 버들은 푸르게 늘어지고
人立東風酒半酣　　사람은 봄바람 속에 서서 술이 반쯤 취했네
萬點落花舟一葉　　만점의 낙화와 일엽편주인데
載將春色到江南　　춘색을 싣고 강남에 이르렀네

주석 ☙

1) 代父(대부): 부친을 대신하여 시를 쓰는 것. 新安(신안): 안휘성 흡현(歙縣).

2) 毿毿(삼삼): 가늘고 긴 모양.

하완순 夏完淳

하완순(1631~1647), 자는 존고(存古), 송강(松江) 화정(華亭: 상해시 송강현) 사람. 부친 하윤이(夏允彛)와 스승 진자룡(陳子龍)은 모두 명나라 말의 문장과 기절(氣節)로써 저명한 인사들이었다. 청병(淸兵)이 강남으로 쳐들어 왔을 때 항청전쟁에 투신했다. 하윤이와 진자룡이 순국한 후 순치(順治) 4년에 청병의 포로가 되어서 난리 중에 죽었다. 나이가 겨우 17세였다. 건융(乾隆) 연간에 절민(節愍)이라 시호를 받았다. 저서로 『하절민공집(夏節愍公集)』이 있다.

심덕잠의 『명시별재』에 "존고(存古)의 시는 고고(高古)한데 짝이 드물다"고 했다.

세림산에서 밤에 통곡하다 細林夜哭[1]

細林山上夜烏啼　　세림산 위엔 밤 까마귀가 울고
細林山下秋草齊　　세림산 아래엔 가을 풀이 우거졌네
有客扁舟不系纜　　객의 편주는 닻줄을 매지 않고
乘風直下松江西　　바람 타고 송강 서쪽으로 곧장 내려가네
却憶當年細林客[2]　　문득 당년의 세림객을 추억하니
孟公四海文章伯[3]　　맹공은 사해에서 문장의 영수였네
昔日曾來訪白雲[4]　　지난날 일찍이 와서 백운을 방문했는데
落葉滿山尋不得　　낙엽이 산에 가득하여 찾을 수가 없었네
始知孟公湖海人[5]　　비로소 맹공이 호해인임을 알았는데
荒臺古月水粼粼　　황량한 누대와 옛 달과 물빛만 반짝이네
相逢對哭天下事　　상봉하여 마주하고 천하사를 통곡하고
酒酣睥睨意氣來　　술 취해 흘겨보니 의기가 끼쳐오네
去年平陵鼓聲絶[6]　　지난해 평릉의 북소리 끊기니
與公同渡吳江水　　공과 함께 오강 물을 건넜네
今年夢斷九峰雲[7]　　금년에 구봉 구름에 꿈이 끊겼는데
旌旗猶映暮山紫　　깃발은 오히려 저녁 산의 붉은 놀을 비추네
瀟洒秦庭淚已揮[8]　　진정에 뿌린 눈물을 이미 닦았고
仿佛聊城矢更飛[9]　　요성에 화살을 다시 날림과 방불하네
黃鵠欲擧六翮折[10]　　황곡이 날아오르려 했지만 육핵이 꺾이니
茫茫四海將安歸　　망망한 사해에서 어디로 가야 하는가?
天地踦躅日月促　　천지에서 국척한데 세월이 재촉하니
氣如長虹葬魚腹　　긴 무지개 같은 기세를 물고기 뱃속에 장례지냈네

斷腸當年國士恩　　당년의 국사의 은혜에 애끓는데

剪紙招魂爲公哭　　지전을 오려 혼을 불러 공을 위해 통곡하네

烈皇乘雲御六龍[11]　열황이 구름 타고 육룡을 부리니

攀髥控馭先文忠[12]　수염 잡고 올라간 건 문충이 먼저였네

君臣地下會相見　　군신들이 지하에서 만나서 서로 보며

淚洒閶闔生悲風[13]　창합문에서 눈물 뿌리니 슬픈 바람 일어나네

我欲歸來振羽翼　　내 돌아가려고 날개를 떨치려는데

誰知一擧入羅弋　　누가 일거에 그물과 화살로 떨어질 줄 알았으랴?

家世堪憐趙氏孤[14]　가세가 조씨의 외로움을 동정할 만하고

到今竟作田橫客[15]　지금 마침내 전횡의 객이 되었네

嗚呼　　　　　　　아아!

撫膺一聲江雲開　　가슴 만지며 한 번 외치니 강 구름 열리는데

身在羅網且莫哀　　몸이 그물 속에 있으니 슬퍼할 수 없네

公乎公乎　　　　　공이여! 공이여!

爲我筑室傍夜臺[16]　나를 위해 야대 옆에 방을 지어주시오

霜寒月苦行當來　　서리 차고 달빛 짙으면 마땅히 오리라

주석 ⌒

1) 細林(세림): 산 이름. 일명 신산(神山). 상해시(上海市) 청포현(靑浦縣) 남쪽 20리. 청병(淸兵)이 강남으로 들어왔을 때 진자룡(陳子龍)이 거의(擧義)에 실패하고 은거했던 장소였음. 진자룡이 순국한 지 얼마 되지 않았을 때 하완순이 배를 타고 세림산을 지나가며 스승을 애도한 시임.

2) 細林客(세림객): 진자룡.

3) 孟公(맹공): 진자룡의 만년의 호인 우릉맹공(于陵孟公).

4) 白雲(백운): 백운향(白雲鄕). 은거지를 말함.

5) 湖海人(호해인): 의기(意氣)가 호매(豪邁)한 사람.

6) 平陵鼓(평릉고): 하완순이 스승 진자룡과 함께 오역(吳易)의 항청병(抗淸兵)에 참가한 일을 말함. 오역이 패배하여 죽은 후 두 사람은 오송강(吳淞江)을 건너 민가에 숨어 있다가 다시 민절(閩浙) 일대의 의군에 참가했음. 평릉은 악부 〈평릉동(平陵東)〉을 말함. 한(漢)나라 적의(翟義)의 문생(門生)이 지은 것이라고 함. 적의가 동군태수(東郡太守)로 있을 때 왕망(王莽)이 한나라를 찬탈하자 군사를 일으켜서 죽이려고 했으나 실패하고 죽었다. 그 문생이 〈평릉동〉을 지어서 그의 죽음을 애도한 것임.

7) 九峰(구봉): 산 이름. 복건성 민후현(閩侯縣).

8) 秦庭淚(진정루): 전국시대 오(吳)나라가 초(楚)나라 도성 영(郢)으로 침공했을 때 초나라 대부(大夫) 신포서(申包胥)가 진(秦)나라에 구원을 요청했는데, 진나라 궁정 벽에 기대어 7일 밤을 통곡하니, 진나라가 마침내 구원병을 초나라에 파견했음.

9) 聊城矢(요성시): 전국시대 제(齊)나라 장군 전단(田單)이 연(燕)을 격파하고 제나라 땅을 회복했는데, 다만 요성(聊城)만이 오래 공격했으나 함락되지 않았다. 이에 노중련(魯仲連)이 편지를 매단 화살을 성안으로 쏘자, 연나라 장군이 성을 넘기고 물러갔다.

10) 오강(吳江)의 의거(義擧) 때 황빈경(黃斌卿)의 수군의 배들이 해상의 태풍으로 침몰하여 실패하자 조자룡도 포로가 되었다가 물에 투신하여 자결했음.

11) 烈皇(열황): 매산(煤山)에서 목을 매고 죽은 숭정황제(崇禎皇帝)를 말함. 전설에 황제(黃帝)가 육룡(六龍)을 타고 승천했다고 함.

12) 攀髯控馭(반염공어): 전설에 황제(皇帝)가 구리로 정(鼎)을 주조한 후, 용이 호수(胡須)를 드리워서 황제를 맞이했는데, 황제와 군신(群臣)과 후궁들 70여 인이 올라타고 승천했다고 함. 文忠(문충): 하완순의 부친 하윤이(夏允彝). 오강(吳江)에 투신하여 자결했음.

13) 閶闔(창합): 천문(天門)의 이름.

14) 趙氏孤(조씨고): 춘추시대 진(晉)나라 간신 도안고(屠岸賈)가 조순(趙盾)의 전 가족을 살해했는데, 정영(程嬰)과 공손저구(公孫杵臼)가 고아 조무(趙武)를 구원하여 나중에 원수를 갚게 했음.

15) 田橫(전횡): 진(秦)나라 말에 자립하여 제왕(齊王)이 되었는데, 한고조(漢高祖)가 즉위하자 장사 5백여 명을 거느리고 해도(海島)로 피신했다. 한고조가 불러서 낙양(洛陽)으로 가던 중에 자결했다. 나머지 장사들도 그 소식을 듣고 모두 자결했음.

16) 夜臺(야대): 묘혈(墓穴).

보대교 寶帶橋[1]

寶帶橋邊泊	보대교 가에 배를 정박하고
狂歌問酒家	광가를 부르며 술집을 물어보네
吳江天入水	오강의 하늘은 물속으로 들어가고
震澤晚生霞[2]	진택의 저녁에 놀이 피어오르네
細纜迎風急	가는 닻줄은 바람을 맞아서 다급하고
輕帆帶雨斜	가벼운 돛은 비를 띠고 기울었네
蒼茫不可接	창망하여 접근할 수 없는데
何處拂靈槎[3]	어디서 영사를 떨칠 것인가?

주석

1) 寶帶橋(보대교): 강소성 소주(蘇州) 봉문(葑門) 밖 6리에 운하(運河)에 놓여 있는 석교(石橋). 모두 2수임.

2) 震澤(진택): 호수 이름. 강소성 태호(太湖).

3) 靈槎(영사): 배의 미칭.

오도독을 곡하다 哭吳都督[1]

知己功名盡	지기의 공명이 끝장나니
傷心叩九閽[2]	상심하여 구혼을 두들기네
餘光留日月	남은 빛은 일월에 머물러두고
遺恨滿乾坤	남긴 한은 건곤에 가득하네
湖海門生誼[3]	호해는 문생의 정의인데
荊榛國士恩	형진은 국사의 은혜이네
滔滔江水闊	넘실대는 강물이 넓은데
萬里獨招魂	만 리에서 홀로 혼을 부르네

주석 ᕦ

1) 吳都督(오도독): 오지규(吳志葵). 자는 승계(升階), 유격장군(遊擊將軍)으로
서 공을 세워 좌군도독첨사(左軍都督僉事)가 되었다. 총병관(總兵官)으로 오
송(吳淞)을 진수(鎭守)했는데, 순치(順治) 2년(1645) 8월에 남하한 청병과 전
투하다가 패하여 피살되었음.

2) 九閽(구혼): 구천(九天)의 문. 상제(上帝)의 궁중문.

3) 湖海(호해): 호방한 기개를 말함. 門生誼(문생의): 문생의 정의(情誼). 오지
규는 하윤이(夏允彝)의 문생이었음.

4) 荊榛(형진): 위난(危難)을 말함.

운간을 떠나다 別雲間[1]

三年羈旅客	삼년을 떠도는 객인데
今日又南冠[2]	금일 또 남관을 썼네
無限山河淚	무한한 산하의 눈물인데
誰言天地寬	누가 천지가 넓다고 했는가?
已知泉路近	이미 황천길이 가까움을 아니
欲別故鄉難	고향을 떠나기가 어렵네
毅魄歸來日[3]	굳센 혼백이 돌아오는 날에
靈旗空際看[4]	영기를 하늘가에서 보려네

주석 ❧

1) 雲間(운간): 송강(松江)의 고칭(古稱). 시인의 고향임. 영력(永歷) 원년(1647)에 하완순은 반청거의(反淸擧義)를 도모하다가 고향에서 체포되어 남경(南京)으로 압송되었음.

2) 南冠(남관): 죄수를 말함. 『좌전(左傳)·성공구년(成公九年)』에 "진후(晉侯)가 군부(軍府)를 둘러보다가 종의(鍾儀)를 보고, '남관(南冠)을 쓰고 묶여있는 자는 누구인가?'라고 묻자, 유사(有司)가 '정(鄭)나라 사람이 바친 초(楚)나라 죄수입니다'라고 했다"고 했다.

3) 毅魄(의백): 굳센 영웅의 혼백.

4) 靈旗(영기): 군기(軍旗)를 말함.

구식사(1590~1651), 자는 기전(起田), 호는 가헌(稼軒), 상숙(常熟: 절강성) 사람. 만력(萬曆) 44년(1616)에 진사가 되고, 숭정(崇禎) 초에 병과급사중(兵科給事中)을 지냈다. 영명왕(永明王) 때 병부상서(兵部尙書)를 지냈다. 영력(永歷) 4년(1650)에 계림(桂林)이 청군에게 함락되자, 총독(總督) 장동창(張同敞)과 동시에 포로가 되어, 굴하지 않고 피살되었다. 건융(乾隆) 연간에 충선(忠宣)이란 시호를 받았다. 저서로 『구충선공집(瞿忠宣公集)』이 있다.

옥중에서 獄中[1]

年逾六十復奚求	나이가 육십을 넘었는데 다시 무엇을 구하랴?
多難頻經渾不愁	다난함을 빈번히 겪지만 전혀 걱정하지 않네
劫運千年彈指到[2]	겁운 천년이 손가락 한번 튕길 때에 이르고
綱常萬古一身留[3]	강상 만고가 한 몸에 머물렀네
欲堅道力憑魔力[4]	도력을 견실히 하려고 마력에 의지하고
何事俘囚學楚囚[5]	어찌하여 포로가 초수를 배우는가?
了却人間生死業[6]	인간 세상의 생사의 업을 버렸으니
黃冠莫拟故鄕游[7]	황관으로 고향에서 노닐지 못할 듯하네

주석 ◌◌

1) 영력(永歷) 4년(1650) 11월 6일에 청병이 계림(桂林)을 함락시켰을 때 구식사는 포로가 되었는데, 형욕(刑辱)을 받고도 굴하지 않고, 윤11월 17일에 순국했다.

2) 彈指(탄지): 손가락을 한번 튕길 정도의 아주 짧은 시간을 말함.

3) 綱常(강상): 윤리도덕.

4) 魔力(마력): 불가(佛家)에서 말하는 천마지력(天魔之力).

5) 楚囚(초수): 나약한 죄수를 말함. 『진서(晉書)·왕도전(王導傳)』에 "마땅히 함께 왕실에 힘을 다하여, 신주(神州)를 수복해야지, 어찌 초수(楚囚)가 되어서 서로 보며 울겠는가?"라고 했음.

6) 生死業(생사업): 불가에서 말하는 생사윤회(生死輪回).

7) 黃冠(황관): 도사(道士)가 쓰는 모자. 『송사(宋史)·문천상전(文天祥傳)』에 "나라가 망했으니, 나의 분수는 한 번 죽는 것인데, 만약 관용으로 풀어주어서 황관으로 고향으로 돌아간다면, 훗날 방외(方外)로서 돌아볼 수 있을 것이다"라고 했음.

장황언(1620-1664), 자는 현저(玄箸), 호는 창수(蒼水), 은현(鄞縣: 절강성 寧波) 사람. 숭정(崇禎) 15년(1642)에 거인(擧人)이 되었다. 남명(南明) 홍광(弘光) 원년(1645)에 강남이 함락되자, 기병하여 절동(浙東)과 주산(舟山) 일대에서 항청전쟁을 전개했다. 영력(永歷) 초에 병부좌시랑(兵部左侍郎)을 지내고, 계왕(桂王) 때에 병부상서(兵部尚書)를 지냈다. 항청투쟁을 19년 동안 전개하다가, 반도(叛徒) 때문에 포로가 되어서 항주(杭州)에서 순국했다. 저서로『장창수집(張蒼水集)』이 있다.

생환 生還[1]

落魄須眉在[2]	낙백한 수미가 남아있으니
招魂部曲稀[3]	혼을 부르는 부곡이 드무네
生還非衆望	살아 돌아옴은 모두의 소망이 아닌데
死戰有誰歸	죽음의 전쟁에서 누가 돌아왔는가?
蹈險身謀拙	험난함으로 빠지니 일신의 계책이 졸렬하고
包羞心事違	수치를 품고 심사가 어긋났네
江東父老見[4]	강동의 부로들을 만나면
一一問重圍	일일이 포위된 일을 물으리라

주석 ❧

1) 모두 4수임.

2) 落魄(낙백): 궁곤실의(窮困失意)한 모양. 須眉(수미): 남아의 풍채를 말함.

3) 部曲(부곡): 군대의 편제.

4) 江東父老(강동부로): 고향의 부도와 형제를 말함.

군사를 관음문에 주둔하다 師次觀音門[1]

樓船十萬石頭城[2]	누선 십만이 석두성에 있는데
鍾阜依然拱舊京[3]	종부가 의연하게 옛 경사를 받드네
弓劍秋藏雲五色	활과 검은 가을에 오색구름을 간직하고
旌旗夜度月三更	깃발은 밤에 삼경의 달빛을 건너네

中原父老還扶杖　　중원의 부로들이 지팡이 짚고 돌아오고

絶塞山河自寢兵[4]　절새 산하는 절로 전쟁이 멈추었네

不信封侯皆上將　봉후를 믿지 않으니 모두가 상장군인데

前茅獨向棄繻生[5]　전모는 홀로 기수생에게 향하네

주석 ∽

1) 觀音門(관음문): 남경(南京) 연자기(燕子磯) 부근에 있음. 청나라 순치(順治) 16년(1659) 6월에 장황언은 정성공(鄭成功)과 군사를 합쳐서 북벌에 나섰다. 정성공이 주력군을 이끌고 진강(鎭江)으로 나가고, 장황언은 일부 군대를 이끌고 물길로 관음문으로 나갔다. 대강(大江)의 남북에서 전투를 했는데 정성공이 패전하자, 장황언도 고립무원이 되어서 결국 패배하고 말았다.

2) 樓船(누선): 큰 전선(戰船). 石頭城(석두성): 남경의 별칭.

3) 鍾阜(종부): 종산(鍾山). 舊京(구경): 남경을 말함.

4) 絶塞(절새): 지극히 먼 변새. 寢兵(침병): 전쟁을 중지하는 것.

5) 前茅(전모): 선봉의 척후군을 말함. 棄繻生(기수생): 한(漢)나라 종군(從軍)이 군국(郡國)으로 사행(使行)을 갈 때 관문의 관리가 수(繻: 통행증)를 주자, "대장부가 서쪽으로 여행을 가는데, 끝내 다시 되돌려주지 못할 것이다"라고 하고는 수를 버리고 갔음.

장차 무림으로 들어가려 하다 將入武林[1]

國亡家破欲何之　　나라 망하고 집이 파괴되니 어디로 가려는가?

西子湖頭有我師[2]　서자호 앞에 우리 군대가 있네

日月雙懸于氏墓[3]　해와 달이 우씨묘에 쌍으로 매달려 있고

乾坤半壁岳家祠[4]　　건곤은 악가사의 반벽에 있네

慚將赤手分三席　　맨손으로 세 좌석으로 나누려 함이 부끄러운데

敢爲丹心借一枝[5]　　감히 단심으로 한 가지를 빌리고자 하네

他日素車東浙路[6]　　훗날 소거가 동절로에 있으리니

怒濤豈必屬鴟夷[7]　　노한 파도가 어찌 치이에 속하겠는가?

주석 ✑

1) 武林(무림): 절강성 항주(杭州)의 별칭. 장황언이 강희(康熙) 3년(1664)에 청
   군에게 포로가 되어 항주로 압송되었을 때 지은 시임. 모두 2수임.

2) 西子湖(서자호): 서호(西湖). 소식(蘇軾)의 〈飮湖上初晴後陰〉시에 "欲把西湖
   比西子, 淡粧濃抹總相宜"라고 했음.

3) 于氏墓(우씨묘): 우겸(于謙: 1398-1457)의 묘. 자는 정익(廷益), 호는 절암(節
   庵). 명나라 명신(名臣). 관직은 소보(少保)를 지냈음. 우겸은 많은 전공을 세
   워서, 악비(岳飛)와 장황언과 함께 '서호삼걸(西湖三杰)'이라고 불림. 그의 묘
   는 절강성 항주시 서호 가의 삼태산(三台山) 기슭에 있음.

4) 岳家祠(악가사): 남송 악비(岳飛)의 사당. 절강성 항주시 서하령(栖霞嶺) 남
   쪽 기슭에 있음.

5) 一枝(일지): 몸을 둘 작은 장소. 『장자 · 소요유(逍遙游)』에 "鷦鷯巢於深林,
   不過一枝"라고 했음.

6) 素車(소거): 상여수레. 東浙路(동절로): 『송사(宋史) · 하거지(河渠志)』에 "다
   만 절강(浙江)은 동쪽으로 해문(海門)에 접하여 서도(胥濤)가 팽배(澎湃)하
   다"고 했음.

7) 鴟夷(치이): 『오월춘추(吳越春秋)』에 "오왕(吳王)이 이에 오자서(吳子胥)의
   시신을 치이(鴟夷: 말가죽)의 용기에 넣어서 강해(江海)에 던져버렸다. 자서
   는 이로 인하여 파도를 일으켜서 연안을 치며, 조수(潮水)를 따라 왕래한다"
   고 했음.

황주성 黃周星

황주성(1611-1680), 자는 구연(九烟)·경우(景虞), 호는 이암(而庵), 상원(上元: 강소성) 사람. 숭정(崇禎) 13년(1640)에 진사가 되고 호부주사(戶部主事)를 지냈다. 명나라가 망한 후 은거하고 출사하지 않았다. 나중에 물에 투신하여 죽었다. 저서로 『구연선생유집(九烟先生遺集)』이 있다. 진전의 『명시기사』에 "구연(九烟)의 장가(長歌)는 진기(眞氣)가 분박(噴薄)하여 나왔는데 납잡(拉雜)함을 꺼리지 않았다. 근체는 오올(傲兀)하여 스스로 풍절(風節)으 보였다"고 했다.

가을날 두자와 함께 고좌사를 방문하여 우화대에 오르다
秋日, 與杜子, 過高座寺, 登雨花臺[1]

被髮何時下大荒[2]	머리 풀고 언제 대황으로 내려왔던가?
河山擧目共淒涼	강과 산을 바라보니 모두 처량하네
客來古寺談秋雨	객이 옛 절에 와서 가을비를 말하니
天爲幽人駐夕陽[3]	하늘이 유인을 위해 석양을 머물러두네
去國屈原終婞直[4]	도성을 떠난 굴원은 끝내 몹시 강직했고
無家李白只佯狂[5]	집이 없는 이백은 다만 양광했었네
百年多少憑高淚	백 년 동안 몇 번이나 높이 올라 눈물 흘리며
每到西風灑幾行	매번 서풍에 이르러 몇 줄기를 뿌렸던가?

주석 ∽

1) 杜子(두자): 두준(杜濬). 자는 우황(于皇), 호는 영촌(茱村), 호북성 황강(黃岡) 사람. 숭정(崇禎) 연간에 태학생(太學生)으로 있다가 나라가 망하자 은거하고 출사하지 않았음. 高座寺(고좌사): 일명 감로사(甘露寺)·영녕사(永寧寺). 남경(南京) 중화문(中華門) 밖 우화대(雨花臺) 매강(梅岡) 위에 있음. 동진(東晋) 함강(咸康) 연간에 창건되었음.

2) 被髮(피발): 피발(披髮). 大荒(대황): 지극히 멀고 황량한 곳. 소식(蘇軾)의 〈潮州韓文公廟碑〉에 "翩然被髮下大荒"이라 했음.

3) 幽人(유인): 은자(隱者).

4) 屈原(굴원): 이름은 평(平)이고, 초(楚)나라 회왕(懷王)을 섬겼으나 참소를 받고 쫓겨나 멱라수(汨羅水)에 투신하여 자살했음. 婞直(행직): 강직(剛直). 굴원의 〈이소(離騷)〉에 "鯀婞直而亡身兮, 從然殛乎羽之野"라고 했음.

5) 佯狂(양광): 양광(佯狂). 거짓으로 꾸며서 미친 척 하는 것. 두보(杜甫)의 〈불견(不見)〉시에 "不見李生久, 佯狂眞可哀"라고 했음.

방이지 方以智

방이지(1611-1671), 자는 밀지(密之), 호는 만공(曼公), 동성(桐城: 안휘성) 사람. 숭정(崇禎) 경진년(1640)에 진사가 되고, 한림원검토(翰林院檢討)를 지냈다. 젊어서 모양(冒襄)·진정혜(陳貞慧)·후방역(侯方域)과 함께 '명계사공자(明季四公子)'라고 불렸다. 명나라가 망한 후 출가하여 승려가 되었는데, 이름은 굉지(宏智), 자는 우자(愚者), 호는 약지(藥地)라고 했다. 저서로 『부산전집(浮山全集)』이 있다.

진자룡(陳子龍)의 『충유집(忠裕集)』에 "방자(方子: 방이지)는 금릉(金陵)으로 이거하여 시 수백 편을 지었는데, 『유우초(流寓草)』라고 이름 붙였다. 모두 우초감개(憂愀感慨)한 작품들이다. 그러나 그 정(情)은 원망하면서 분노하지 않고, 그 사(詞)는 정혼(整渾)하면서 통달하고, 그 기(氣)는 격장(激壯)하면서 침실(沈實)하다"고 했다.

주이존의 『정지거시화』에 "악부고시는 뇌락금기(磊落嶔崎)하고, 오율 또한 부향(浮響)이 없어서 탁연(卓然)히 명가(名家)이다"라고 했다.

달을 보다 看月

一片鍾山月[1]	한 조각 종산의 달을
那從嶺外看	어찌 고개 너머에서 보는가?
昔嘗臨北闕	옛날 일찍이 북궐에 임했는데
今獨照南冠[2]	지금은 다만 남관을 비추네
萬里天難問	만 리에서 하늘의 뜻을 묻기 어려운데
三更影易寒	삼경의 그림자가 쉽게 차갑네
夢中兒女路	꿈속의 아녀자는 길에서
莫憶舊長安[3]	옛 장안을 추억하지 못하네

주석 ༄

1) 鍾山(종산): 자금산(紫金山). 남경시(南京市) 동쪽에 있음.

2) 南冠(남관): 죄수(罪囚)를 말함.

3) 두보(杜甫)의 〈월야(月夜)〉시에 "遙憐小兒女, 未解憶長安"이라고 했음.

와자를 곡하다 哭臥子[1]

共指西湖靈隱松[2]	서호 영은산 소나무를 함께 가리켰고
揮筆刻石記相逢	붓 휘둘러 돌에 새겨 상봉을 기념했네
文章自小夸司馬[3]	문장은 어려서부터 사마상여에게 자랑할 만했고
名字當今比臥龍[4]	이름자는 지금 와룡에게 비할 수 있네
一死泰山于汝華	태산에서 한 번 죽음은 그대의 영화인데

再生苗地爲人傭⁵⁾　묘지에 재생하면 남의 품팔이꾼이 되리라
悲歌奠酒沅江上⁶⁾　슬픈 노래로 원강 위에 술을 올리니
與淚東流到九峰⁷⁾　눈물과 함께 동으로 흘러 구봉에 이르리라

주석

1) 臥子(와자): 진자룡(陳子龍)의 자. 순치(順治) 4년(1647) 5월에 진자룡은 소주(蘇州)에서 청군(淸軍)의 포로로 있다가, 틈을 타서 물에 투신하여 순국했음.

2) 靈隱(영은): 산 이름. 절강성 항주시(杭州市) 서쪽에 있음.

3) 司馬(사마): 사마상여(司馬相如). 서한(西漢)의 저명한 사부가(辭賦家).

4) 臥龍(와룡): 삼국 촉한(蜀漢)의 제갈량(諸葛亮).

5) 苗地(묘지): 청나라 통치 지역을 말함.

6) 沅江(원강): 귀주(貴州) 도습현(都習縣) 운무산(雲霧山)에서 발원하여 동정호(洞庭湖)로 흘러 들어가는 물. 굴원(屈原)의 〈구가(九歌)·상부인(湘夫人)〉에 "沅有芷兮澧有蘭, 思公子兮未敢言"이라 했음.

7) 九峰(구봉): 구의산(九嶷山).

범기 梵琦

범기(1296-1370), 속성(俗姓)은 주(朱), 자는 초석(楚石), 상산현(象山縣: 절강성) 사람. 어려서 출가하여 해렴현(海鹽縣: 절강성) 천녕영조선사(天寧永祚禪寺)에서 납옹모사(衲翁謨師)에게서 경(經)을 받았다. 16세에 항주(杭州) 소경사(昭慶寺)에서 계(戒)를 받았다. 원나라 지정(至正) 7년(1347)에 '불일보조혜변선사(佛日普照慧辯禪師)'라는 호를 하사받았다. 만년에 천녕사(天寧寺)로 돌아가서 서재(西齋)를 지어서 거주하면서, 자칭 서재노인(西齋老人)이라 했다. 명나라 홍무(洪武) 원년(1368)에 천녕사(天寧寺) 천불각(千佛閣)을 중건했다. 이 해와 이듬해에 명태조(明太祖)를 위한 2번의 대법사(大法事)에 참여하여 몸소 고문(顧問)을 받들었다. 저서로 『초석집(楚石集)』이 있다.

새벽에 서호를 지나다 曉過西湖[1]

船上見月如可呼	배위에서 달을 보며 부를 만하니
愛之且復留斯須[2]	달을 사랑하여 다시 잠깐 머무네
青山倒影水連郭	청산이 거꾸로 비추고 물은 성곽에 이어지고
白藕作花香滿湖[3]	백련이 꽃 피어 향기가 호수에 가득하네
仙林寺遠鐘巳動[4]	선림사는 먼데 종소리가 이미 울려오고
靈隱塔高燈欲無[5]	영은사 탑은 높아 등불이 명멸하네
西風吹人不得寐	서풍이 사람을 부니 잠 못 이루고
坐聽魚蟹翻菰蒲[6]	물고기 게가 줄 부들을 뒤집는 소리를 앉아 듣네

주석 ᆼ

1) 西湖(서호): 절강성 항주(杭州)에 있는 호수.

2) 斯須(사수): 짧은 시간.

3) 白藕(백우): 백련(白蓮).

4) 仙林寺(선림사): 항주성 안국방(安國坊)에 있는 절. 남송(南宋) 소흥(紹興) 32년(1162)에 창건되었음.

5) 靈隱塔(영은탑): 영은사(靈隱寺)의 탑. 영은사는 서호 옆에 있음.

6) 菰蒲(고포): 줄과 부들. 둘 다 물가에 자라는 다년생 식물.

평설 ᆼ

● 심덕잠의 『명시별재』: "석자(釋子)의 시는 소순기(蔬筍氣)가 없는 것을 취해야 하는데, 요료(寥寥)한 여러 장(章)이 이미 그 대략을 다 했다."

독철(1586-1656), 속성은 조(趙), 자는 견효(見曉)·창설(蒼雪), 호는 남래(南來), 곤명(昆明) 정공(呈貢: 운남성) 사람. 소주(蘇州) 능가산(楞伽山) 중봉(中峰)에서 거주했다. 저서로『남래당고(南來堂稿)』가 있다.

왕사정의『어양시화』에 "근일 석자(釋子)의 시는 전남(滇南) 독철(讀徹) 창설(蒼雪)을 제일로 삼는다. 예를 들면 '一夜花開湖上路, 半春家在雪中山.' ·'亂流落葉聲兼下, 聽徹寒扉不上關'은 모두 경구(警句)이다"라고 했다.

낭구가 광산으로 들어감을 전송하다 送朗癯入匡山[1]

獨向匡廬去[2]	홀로 광려산으로 떠나가니
安禪第幾重[3]	안선이 얼마나 깊은가?
九江黃葉寺	구강의 누런 잎들의 절들이고
五老白雲峰[4]	오로봉의 흰 구름의 봉우리이네
落日啼蒼兕	석양에 푸른 무소가 울고
飛泉挂玉龍	폭포에 옥룡이 매달렸네
到時應爲我	도착할 때 나를 위하여
致意虎溪松[5]	호계의 소나무에게 뜻을 전해주오

주석 ❧

1) 匡山(광산): 여산(廬山). 강서성 구강시(九江市) 서쪽에 있음.

2) 匡廬(광려): 여산(廬山)을 말함. 은(殷)나라 주(周)나라 때 광속(匡俗)선생이
   란 사람이 여기에 여막을 짓고 은거하였다고 하여 광려산이라 부름.

3) 安禪(안선): 선정(禪定).

4) 五老(오로): 여산의 오로봉(五老봉).

5) 虎溪(호계): 강소성 구강시(九江市) 남쪽 여산(廬山) 동림사(東林寺) 앞에 있
   는 시내 이름. 동림사에 주석했던 진(晉)나라 혜원법사(慧遠法師)가 객을 전
   송하다가 시내를 건너자, 호랑이가 곧 울어서 호계라고 불렀다고 함.

평설 ❧

● 심덕잠의 『명시별재』: "창설(蒼雪)의 오언에 '風吹殘雪樹, 人語夕陽山'구
   가 있고, 칠언에 '十日花開湖上路, 半春家在雪中山'구가 있는데 왕완정
   (王阮亭: 王士禎) 상서(尙書)가 시화(詩話) 안에 채록하여 넣었다."

찾아보기

ㅊ

기태완(奇泰完)

중앙대학교 문예창작과 졸업
성균관대학교 일반대학원 국어국문학과 석사·박사 졸업(문학박사)
성균관대학교 동아시아학술원 대동문화연구원 선임연구원
홍익대학교 겸임교수
전남대학교 호남문화연구소 전임연구원 등을 역임
연세대학교 국학연구원 연구교수
저서로『황매천시연구』·『곤충이야기』·『한위육조시선』·『당시선』上, 下·『천년의
향기-한시산책』·『화정만필』·『송시선』·『요금원시선』등이 있고,
역서로『거오재집』·『동시화』·『정언묘선』·『고종신축의궤』·『호응린의 역대한시 비
평-시수』·『퇴계 매화시첩』·『심양창화록』·『집자묵장필유』8책 등이 있음.

한중역대한시선05

명시선

2010년 4월 23일 1쇄 펴냄
2022년 6월 10일 2쇄 펴냄

선 역 기태완
발행인 김흥국
발행처 보고사

등록 1990년 12월 13일 제6-0429호
주소 경기도 파주시 회동길 337-15 보고사
전화 031-955-9797
팩스 02-922-6990
메일 kanapub3@naver.com
http://www.bogosabooks.co.kr

ISBN 978-89-8433-815-9 93820
ⓒ 기태완, 2010

정가 32,000원